Jauja

Use Lahoz

Jauja

Use Lahoz

Ediciones Destino
Colección Áncora y Delfín
Volumen 1483

Ediciones Destino es un sello de Editorial Planeta, S.A.
Diagonal, 662-664. 08034 Barcelona
www.edestino.es
www.planetadelibros.com

Primera edición: noviembre de 2019

ISBN: 978-84-233-5641-6
Depósito legal: B. 23.346-2019
Impreso por Limpergraf
Impreso en España-*Printed in Spain*

El papel utilizado para la impresión de este libro es cien por cien libre de cloro y está calificado como papel ecológico.

Para Andrés Fernández Rubio, y no es en vano

Primera parte

La ida

Soñé que había dibujado las teclas de un piano
en la mesa de la cocina.
Las tocaba, en silencio.
Los vecinos venían a escuchar.

Tomas Tranströmer

Cuando nos presentaron comprendí que el pasado no tiene tiempo y el ayer se junta allí con la fecha de diez años atrás.

Juan Carlos Onetti, *Bienvenido, Bob*

Todos los ruidos que surgen en la lejanía del campo llegan al oído merced al silencio interior: son canciones de labrador, voces de niños y sonidos de animales y, de vez en cuando, un perro que ladra... Se ha producido un gran silencio y oigo como si fuesen las voces de mil recuerdos delicados y conmovedores, que se alzan en la lejanía del pasado y viene a susurrar a mi oído.

Maurice de Guérin, *El cuaderno verde*

I

María Broto

Barcelona, 2016

—¡Adiós, casa!
—¡Es hora de irnos!... Adiós, vida pasada...
—¡Oh, mi querido, mi delicioso, mi bello jardín!
—Mi vida, mi juventud, mi felicidad... Adiós.

Es el final. Una última sombra huye del escenario. Los aplausos son cada vez más intensos. Sobre las tablas, el vacío oscuro. En la platea, el entusiasmo y las luces que, paulatinamente, se van encendiendo. Los actores, de un lado y del otro, regresan y se cogen de las manos para hacer una reverencia. Entre el público, un señor aplaude y detiene la mirada en una de las actrices. Con el pensamiento, vuelve al pasado y redescubre en esa sonrisa emocionada a una niña. Persisten los aplausos y hay incluso quien grita algo ininteligible, como un aullido, que precede a un potente «¡*Bravo*!».

Es la tercera vez que los actores saludan. Su satisfacción es ahora más perceptible en los rostros, liberados ya de la tensión del texto, de la carga emotiva de la representación y del estreno. Obligado por la tropa, el director sube a escena, saluda al público y señala hacia el rincón donde están los técnicos de luces y de sonido. El hombre que aplaude solo tiene ojos para una de las actrices, María Broto, y con ella otros nombres atraviesan su memoria y, desde ese abismo del tiempo, parece que también le saluden: son sus abuelos, su padre, su tía, su amiga. La ha reconocido desde el principio, en cuanto se ha pronunciado su nombre, Liuba Andreievna. Quién lo iba a decir, María Broto interpretando una obra tan larga y sin equivocarse en una sola réplica.

Ese hombre piensa ahora en un profesor que tuvieron ambos al que le gustaba mucho el teatro. Quizás fue allí donde empezó todo. Aunque qué más da dónde empezara. Lo que importa ahora es que él está aquí y que la gente empieza a abandonar sus butacas y que tiene que localizar a esa actriz.

En la calma del *hall*, rememora una frase del final de la obra declamada por ella: «Adiós mi querido, mi tierno, mi bello jardín», y piensa en una plaza descascarillada y en las eras por las que correteaban niños sin lumbre que aprovechaban el más nimio rayo de sol para calentarse. Chiquillos inquietos y fibrosos, ninguno tan ágil como él, renacuajos cuyas carreras se fueron diluyendo como rayas de nube en el cielo, hasta quedarse en nada. Ahora le viene grande el decorado, pero tiene una responsabilidad. Ha prometido a los abuelos que la encontraría y le dará la noticia. Él, que no ha ido nunca al teatro, fue niño y compartió las calles de un pueblo con otros niños como él predestinados a riesgos de suburbio, azarosas rendijas en tabiques de lata, e interiores con moscas, observa con asombro las paredes forradas de carteles que anuncian títulos que desconoce: *La tempestad, Tío Vania, Oleanna*. Bajo la refulgente luz de las lámparas advierte halagos en las voces con las que tropieza y que buscan la calle. Poco a poco se va quedando solo mientras se disipa el bullicio. Un vigilante se le acerca y, tendiendo una mano, le invita a abandonar el vestíbulo. Pero él no piensa hacerlo. Tiene que esperar a una de las actrices como sea. El vigilante le indica que la puerta de salida de los actores es otra. Una vez en el exterior del Teatre Lliure, frente a una puerta metálica en la que lee «salida de emergencia», se decide a fumar. Está en la calle de Leopoldo Alas, a estas horas un callejón silencioso. El repentino frío que ha traído la noche le arranca un ligero temblor. Apenas quedan ya cuatro gatos a los pies de las escaleras del teatro. Un taxi ocupa parte de la acera de la calle Montseny y se detiene. Es entonces cuando se abre la puerta metálica, y resuenan risas y alegría destilada en elogios y felicitaciones. Vestidos de calle, flanqueados por amigos y familiares, los miembros de la compañía se encienden cigarros, hablan de la cena prevista y de esperar a los otros. María Broto sujeta un ramo de flores.

El hombre que tanto ha aplaudido la función se acerca dubitativo. Y con un hilo de voz pronuncia su nombre:

—María... —alcanza a decir.

Ella detiene el paso y repara en ese individuo al que mira con una mezcla de costumbre (no es la primera vez que un admirador la requiere) y extrañeza (no lo conoce de nada). Sonríe y aguarda la enhorabuena, que no llega.

—¿Te acuerdas de mí? —pregunta él.

El grupo se dispersa.

—No, para nada —asegura María. Le ha pasado muchas veces. Ellos se acuerdan, pero ella, ¿cómo va a acordarse ella de todos? Es imposible—. ¿Debería?, ¿nos conocemos?

A su alrededor se suceden varias conversaciones simultáneamente: «Vamos a la Plaza del Sol»; «pero si he llamado al taxi y he reservado en el Giardinetto». Fruto de los nervios es el temblor del labio de ese hombre, que asiente y que habla tan despacio que sacaría de quicio a cualquiera:

—Sí, sí que nos conocemos.

María Broto levanta los hombros y niega con la cabeza. La sonrisa ha dado paso a un mohín de perplejidad. Tiene los ojos vidriosos. Son muchas emociones en muy poco tiempo. Las flores le rozan la mejilla.

—Pues la verdad es que ahora no caigo, como no me des más pistas... ¿Alguna fiesta?, ¿del insti?, ¿representas a actores?, ¿algo de publi?

El hombre traga saliva y se decide:

—No, soy Rafael. —Ante la falta de reacción por parte de ella se ve obligado a explicarse—. Rafa, bueno, el Rafelín, de Valdecádiar...

El recuerdo se adueña del cerebro de María Broto y da vueltas y más vueltas hasta que logra ubicar ese rostro maduro, con barba, ciertas manchas y piel arrugada por los bordes de los ojos, en el rostro de un niño pálido y de mirada cristalina.

—Rafelín... Claro, el vecino, el de la Replaceta, el del Bernardo... —aliviada vuelve a sonreír—, pues sí que has cambiado.

Tiene tiempo de evocarlo fugazmente, encaramado al árbol más alto del pueblo. Un tirillas poco hablador, pero curioso, escuálido y ágil como una lagartija, las rodillas raspadas y la pillería en los ojos.

—He visto la obra —dice él como si quisiera ganarse la aceptación de María—. Hay que ver... lo lejos que has llegado.

—¡María! —Alguien grita su nombre desde el fondo de la calle, junto al taxi—. ¿Pero qué haces? ¿Vienes o no?

Nada le gusta más que ser halagada, pero no puede responder a esta apreciación de Rafael.

—Bueno..., es que me tengo que ir —dice con la vista puesta en otra parte—, tenemos una cena. Gracias por venir.

Así logra escabullirse de este espectro salido de un lugar tan remoto que, si le sigue dando coba, conseguirá avergonzarla.

—Yo también vivo aquí, en Barcelona —dice él como si lo hubiera querido decir antes y no hubiera podido.

—Qué bien —añade ella deseando sacárselo de encima—. Pues a ver si coincidimos otro día...

Con la inseguridad que le da la distancia, los años sin verse, pero al mismo tiempo con la confianza de saber que ella ha roto todo contacto con su padre y con el pueblo que un día los unió, mientras la ve alejarse, añade:

—Pero si estoy aquí no es por la obra, es por Teodoro, por tu padre.

No se esperaba que María Broto, con la que había compartido parte de la infancia, tratara de burlarlo como quien sortea un socavón en el camino. Por eso no le extrañó que se parara en seco y se girara forzada, interrogándole primero con los ojos y después con palabras:

—¿Qué?, ¿mi padre?... ¿Qué ha pasado?

Hay un silencio que lo dice todo, y que obliga a María Broto a insistir.

—¿Ha ocurrido algo?

El hombre al que interroga con aire retador baja la vista. María se gira y grita un nombre:

—¡Vidal!, ¡Vidal, espera!

Ese tal Vidal agacha la cabeza ante la puerta del coche y le dice algo al taxista. Luego remonta la calle con pasos a todas luces disconformes y, cuando llega frente a ellos, no duda en coger del brazo a María Broto como si fuera necesario marcar terreno.

—¿Qué coño pasa, María, que no ves que llegamos tarde?

Pero María Broto no le hace caso, solo puede estar pendiente de ese hombre que durante dos horas no ha dejado de admirarla.

—¿Qué ha pasado?

—Me llamaron ayer del pueblo, fue tu abuelo, Zacarías. He tardado en localizarte y en enterarme de todo esto... —Alzando brevemente la mano señala el teatro—. Fue de repente. Un infarto. Les prometí a Zacarías y a Amparo que te encontraría.

Cuando María Broto tuvo la convicción de que quería ser actriz se distanció de su padre. Ambos hechos coincidieron por casualidad en un tiempo que ahora, al sentir que ha culminado un largo proceso de formación con el estreno de *El jardín de los cerezos*, se le antoja lejano. Durante años, desde que se embarcó, becada por el Institut del Teatre, en aquel sueño de ser actriz, hasta hoy, había logrado salir adelante. En algunas etapas tuvo que combinar los vaivenes de la interpretación con trabajos alimenticios en gremios como el de la hostelería y el *atrezzo* en publicidad. A sus treinta y nueve años tenía por fin un representante con el que estaba de acuerdo en la mayoría de las cláusulas del contrato y en la manera de enfocar su carrera y había dejado de grabar anuncios de televisión para dedicarse exclusivamente al cine y al teatro. Pese a ello, a menudo recordaba los inicios, y muchas veces los echaba de menos. Añoraba el riesgo, la escasa preocupación por el dinero, los amigos esporádicos que en la noche prometían lo que nunca cumplirían luego, la intrepidez, vivir a salto de mata pero sin miedo, la huida continua en la que habitó, y, por supuesto, el despertar de la vocación y todas las dudas que acarreó.

Hacía tiempo que no pensaba en Teodoro, pero esa noche, después de haber aceptado sin ganas acudir a la cena, ausente y sin compartir su desasosiego con el resto de la mesa, se le aparecía su imagen a cada instante. Corrían el vino y los brindis pero su cara era un lamento. María mataba el tiempo evocando una época que se disipaba por los agujeros de un colador; y daba motivos así para que su fama de irascible y veleta adquiriera forma de obviedad. Creía que alguien que estuviera abatido no debía exteriorizar sus sentimientos y entorpecer la felicidad del resto de la noche de un estreno tan deseado, y que lo mejor que podía hacer era fijar la mirada en un punto, haciendo caso omiso a los chascarrillos y a la celebración. Nadie entendería, además, que no se fuera a casa a llorar. Había muerto su padre. Ningún miembro de la compañía comprendería su postura. Es más, probablemente pensarían mal de ella y la acusarían luego, a escondidas, de ingrata e insensible. Que su manera de pasar el duelo consistiera en quedarse festejando una obra de teatro y dedicando alabanzas cada tanto a Chéjov y «a nuestro pequeño jardín», haría dudosa su afectividad, la autenticidad de su sufrimiento y su amor por la familia. ¿Pero qué familia tenía? Para ella, esa palabra no era más que sinónimo de neblina, de patraña, de migaja como las que se desperdigaban por el mantel y que se empeñaba en deshacer con los dedos. Suerte tenía, a fin de cuentas, de que Vidal estuviera a su lado, aunque la sacara de quicio su actitud jovial, tan falsamente bromista, esa manera suya de verbalizar en voz alta pensamientos sobre teatro sin tener ni idea, o peor aún, de contar chistes sin gracia. Que fuera incapaz de demostrar un indicio de ternura y que prefiriese seguir el juego al resto de los comensales, e incluso tuviera el coraje de pedirse otra copa antes que mirar el reloj y salir de ahí para compartir su sufrimiento bajo el abrazo estéril de la noche.

Nada más entrar en casa, Vidal enciende las luces del pasillo y se despoja de la chaqueta con maneras que delatan embriaguez, lo que provoca en María un gran deseo de soledad. El piso se le hace grande, un túnel bruscamente iluminado donde al dolor le sobra sitio para dejar su huella. Se lo había dicho muchas veces: «Me molesta que enciendas todas las luces al mismo tiempo», pero él no hacía caso, una y otra vez se repetía la escena, lo que dejaba en María la sensación de hablar al vacío. Vidal, tambaleante, lanzó la chaqueta al sofá, pero en su corto vuelo cayó al suelo. Sin preocuparse por ello, propuso que se acostaran cuanto antes, y balbuceó: «Mañana será otro día», «venga, si además era un mentiroso». María echó de menos su empatía y maldijo en silencio su borrachera, tan pésimamente encubierta. Si no era capaz de ver que no quería dormir, que lo que necesitaba era comprensión, una conversación fraternal, ¿qué podía esperar en el futuro? Para evitar discusiones entró con él en la habitación, se desvistió y se puso el pijama. El contacto con la frialdad de las sábanas le hizo dudar de su decisión. Cuando él la besó en la frente, por encima del pelo, ni siquiera se molestó en ofrecer la cara y aún menos los labios. En cuanto Vidal empezó a roncar (cuando iba bebido era una cuestión de segundos), María se levantó y regresó a la oscuridad del salón. Rebuscó en su bolso hasta dar con el paquete de tabaco y el mechero. Sin ni siquiera ponerse algo de ropa, alzó las persianas. El final del invierno removía las hojas de los árboles. Pese al frío, se asomó al balcón a fumar. ¿No se estaría alargando demasiado esta segunda parte?Desde que lo dejaron por primera vez, nunca se lo había conseguido sacar de la cabeza, nunca había dejado de comparar. ¿Sigo porque es el único que me aguanta?, ¿vamos a algún lado? María se hacía a menudo estas preguntas, pero hoy, con todas las emociones que cargaba, no podían disuadirle. Los recuerdos se acumulaban y había que hacer esfuerzos por ordenarlos cronológicamente. La infancia le avasallaba con toda su fuerza y le importaba mucho más que Vidal. ¿Cómo dar prioridad a unas vivencias frente a otras?, ¿cuál era el primer recuerdo?, ¿dónde estaba ese momento fundacional de conciencia de la vida? Quiso encontrarlo en las ficciones que leía por trabajo, en esos guiones y novelas que le pasaba su agente, y que a menudo le daban qué pensar. Admiraba esa capacidad de administrar la información y de dar al lector destellos de trama como cebos que conducían a una casa de cuento. Hoy esas casas eran una, la suya, la casa de su cuento particular, la que estaba en Valdecádiar, en el barrio alto, en una calle estrecha, sombreada, en la que siempre hacía frío. Ese era quizás su primer recuerdo, el frío, el frío combatido con las ganas de correr, los juegos, las risas, los lloros, los aprendizajes y el entusiasmo que tan poco tenían que ver con el entusiasmo de ahora, este presente exitoso y a la vez inseguro, frágil, que le había enfriado su manera de ser imponiéndole un corazón mucho más hermético y calculador que antaño. Durante su infancia sabía quererse a sí misma, aceptarse, sabía admitir sus defectos precisamente porque los obviaba. Ahora era consciente de ellos, de sus limitaciones, de sus arrebatos repentinos contra Vidal, de sus dudas, de su talante irritable. Él era de buena familia, había heredado este piso en el que vivían y, más allá del desgaste de los años, estaban bien, ¿pero bastaba con eso? Apuró al máximo la colilla y la lanzó a la calle sin mirar siquiera si pasaba alguien. Cerró el balcón. Le llegó el eco de esos ronquidos que tantas veces la desvelaban si a medianoche se despertaba para ir al baño. Ya eran las 2 de la madrugada y tenía que volver a la cama. Al entrar en la habitación se descalzó con cuidado, aunque, en verdad, despertar a esa bestia, con todo lo que había bebido y comido, fuese harto complicado.

De nuevo bajo las sábanas piensa en su padre muerto, y en todos los años que durmieron juntos y ella cerraba los ojos sintiéndose el ángel de una fábula. Qué bien dormía con él, qué bien se duerme cuando el carácter aún no es capaz de volverse contra uno mismo, pensaba. Echó en falta el cansancio que normalmente la dejaba rendida después de las funciones. Con los ojos abiertos volvió inevitablemente a Valdecádiar, con la certeza de que, mientras perseguía esa primera sensación, iba a pasar la noche en blanco. Tocaba decir adiós al jardín por segunda vez en una noche, ya se han ido, adiós, adiós mi juventud, adiós mi bello jardín. Adiós, padre. ¿Padre? Extraña palabra, ayer hueca, cuando no le decía nada, y que ahora sin embargo le decía tanto. Mañana debería repetir lo mismo, en el mismo escenario, pero ahora el día de mañana y el escenario quedaban muy lejos, porque entre medias se extendían un granero repleto de trastos que su abuela tenía el valor de llamar juguetes, pieles de animales, zarrios inservibles, días sin horarios y vísperas de fiesta, carreras, y una inocencia por cuya pérdida ahora, esta noche, por recuperar de ella ni que fuera un pequeño porcentaje, pagaría con lágrimas y con años. Como un arqueólogo, el pensamiento de María se fue aproximando a su infancia y nuevamente le fue dando la mano a su padre. Los dos en el camino de los huertos, el aire seco y harina en el talego. El tacto de la franela del pantalón en la mejilla, el barro de los pies. Y un perro, sí, sí, su perro. Y también se encontró con un maestro cuyo nombre no atinaba a recordar, pero sí su fisonomía y también a su mujer, tan pizpireta ella, Esperanza, eso, Esperanza. Y a una amiga a la que no quiso perder y de la que, sin embargo, ya nunca más supo, la quejica y cándida Piedad. Así se imaginó leyendo su vida con la necesidad que acarrea querer sobrevivirla. Ahí estaba, puesta en páginas, escritas por alguien muy parecido a Rafael, el vecino con el que se había reencontrado hoy, al que había dado el teléfono y a quien, ahora estaba segura, llamaría en cuanto la claridad se hiciera cargo del cielo para decirle que sentía haberlo tratado así, (ay, esa soberbia tan absurda, y que tantas comeduras de cabeza le causaba luego. ¡Pero si se habían criado juntos!, siempre le pasaba lo mismo, ¿quién se creía que era?) y para que la sacara de dudas, ¿cómo había muerto?, ¿por qué?, y para que le ayudara así a entender todo aquello a lo que llevaba años dando la espalda.

María Broto aflojó el hilo dorado del recuerdo para ir deshilvanando fragmentos. Se dedicó a repasar la parte de su historia que conocía de primera mano, como si necesitara reconstruir su figura, esa que ella misma había roto pensando que ya tendría tiempo de recomponerla, y buscara una respuesta a la pregunta que tantas veces se había hecho, sin compartirla con nadie que no fuera el hombre que roncaba a su lado, ¿por qué lo quiso tanto y por qué dejó de quererlo?, ¿por qué se quisieron tan mal?, ¿quién era él, ahora que estaba muerto y ella entendía que, como en las obras de teatro que interpretaba y reflejaban la vida, también ella habría de morir? Qué lejos quedaba la muerte cuando tenía tres años. No existía ni siquiera el concepto, ni siquiera la posibilidad de no estar. De niña nombraba cosas y personas que iban a durar, «abuelo», «agua», «castillo», «piedra», «huerto», ¿cómo iba a dejar de existir un abuelo, un padre?, ¿cómo iba dejar de estar el perro, un corral, un vecino, aquel torreón? De niña una sale a la calle y estrena el mundo cada día, y maldice que le corrijan un ímpetu que, sin ser consciente, ella misma aprenderá con el tiempo a mitigar. ¿Cuándo se deja de estrenar el mundo? Cuando era niña estaba en paz con las costumbres, con la repetición de los días, con quienes la guiaban en los primeros pasos (el maestro, el padre, la tía Gracia, la abuela Amparo, el abuelo Zacarías) porque todo iba a durar siempre.

Siempre, esa palabra que también creyeron que estaba hecha para ellos, Vidal y ella. Siempre. ¿Cómo puede existir una palabra cuyo significado es incompatible con la vida?, preguntaba María Broto al vacío, Vidal a su izquierda, rompiendo el húmedo silencio, la rendija de la puerta con un arañazo de luz tenue del pasillo, pensando ¿en qué momento la vida deja de ir para adelante y te obliga a volver? En este, tal vez, se dijo, resignada, sintiendo el avance, la estricta sinrazón del arrepentimiento, y sola, ahora sí, como si finalmente habitara en esa verdad hecha de tiempo que, como un puñado de tierra, era imposible de retener entre las manos.

2

Teodoro Broto

Valdecádiar, 1977

En las inmediaciones de Valdecádiar, más allá de la ermita de Santa Ana, casi en ese desolado rellano que ejerce de bifurcación entre el camino que lleva al Molino Bajo y el que conduce a Santa Quiteria, cuando se vislumbraba ya el torreón en lo alto, a la derecha, y la montaña de La Retuerta de frente, con su inevitable torre de telecomunicaciones coronándola, un automóvil adelantó a otro que, por su aspecto achacoso, se intuía cargado hasta los topes.

En el coche que entró primero conducía José Ángel, y a su lado estaba su esposa. Melenudo, barbudo, con gafas de montura de madera y vestido con tejanos, camiseta de cuello ancho y zapatillas de deporte, el hombre, aún con el coche en marcha, bajó la ventanilla y luego frenó para echar un vistazo a los huertos.

—Huele bien, aquello debe de ser romero. ¿Sabes la diferencia entre el espliego y el romero? —le preguntó a su mujer.

—Anda, tira palante y no me cabrees ahora con tonterías, que quiero llegar ya —repuso ella para, acto seguido, darle un trago a la petaca que reposaba entre sus piernas.

El chispeante vestido de Esperanza, lleno de estampadas flores coloridas, contrastó con la atmósfera espectral que vieron sus ojos al aparcar y preguntar por el bar. Al levantar la vista observaron desperdigados jirones de nubes y, sobre los balcones del edificio más alto, leyeron: «Casa de Elías, 1971» y recordaron que el alcalde les dijo que el bar estaba en la plaza y pertenecía a un tal Elías. Así que aquello debía de ser la plaza, aunque en verdad era una calle ancha, de tierra, cuyo ribazo daba al río.

Entonces apareció el otro coche y José Ángel no dudó en detenerlo alzando la mano:

—¡Eh! Para, para...

Teodoro bajó la ventanilla y asomó brevemente la cabeza para fijarse en la sonrisa de aquel barbudo de porte campechano.

—Ya estoy aquí, ¿eres Antonio?

—No, no, yo soy Teodoro, el de Zacarías, el pequeño...

—Ah, yo es que soy José Ángel, el nuevo maestro, he venido un par de días antes de empezar, me ha enviado el Servicio Nacional de Magisterio. Me dijeron que me recibiría el alcalde...

A Teodoro aquel tipo dicharachero le recordó a un grupo de hippies que había visto en Barcelona. Tras él apareció la figura de su mujer que, tomándole del hombro, lo separó de la ventanilla.

—Pero quieres dejar en paz a este chico que ya te ha dicho que no es él.

—Perdón —insistió el maestro—, ¿pero sabes dónde vive Antonio?

—Sí, sí —Teodoro señaló más allá de la plaza—, por allí, pregunten por la casa del médico, allí es.

—Gracias —añadió mientras rastreaba el interior el coche—. Por cierto, ¿qué tiempo tiene la pequeña?

—Cerca de un año y medio.

—Ah, pues el año que viene me la mandas a la escuela.

—Claro, claro, pero primero ¡que hable!

—Ya le debe de quedar poco. ¿Cómo se llama?

—María...

—María —sostuvo el otro—, qué preciosidad...

De la puerta del bar, abriéndose hueco entre las cortinas, surgió Tomasa, más achaparrada que antes. Se la vio agacharse y barrer el escalón con un fajo de sarmientos. Como si las palabras movieran el mundo, la mujer aguzó la vista al interior de los coches y murmuró:

—Alá, forasteros, siempre donde no les mandan...

Teodoro arrancó de nuevo. En la cuesta de las abadías, por el retrovisor se aseguró de que María seguía sentada y también de que sus ojos hundidos y su nariz aguileña eran los mismos de antaño, los que asumieron cambios del paisaje del pueblo durante tantos otoños, los que respiraron sus veranos carrascosos y sus inviernos de hielo. Había sido tanta la tensión de los últimos días y, sobre todo, de la noche anterior, y había estado tan preocupado por llegar sano y salvo, sin que la niña diera más problemas de los habituales y sin que les detuviera ningún control rutinario de la Guardia Civil, que ahora, ya en Valdecádiar, junto al cansancio asomaba el inmisericorde sentido del deber no cumplido.

Porque, de pronto, al volver a ver aquel horizonte de corrales, pajares y herrumbre, el peso del retorno hizo mella en el cuerpo y un nudo se hizo fuerte en su garganta. Cayó en la cuenta de la ausencia de noticias por su parte y tomó conciencia de lo largos que habían sido aquellos tres años. Se apoderó de él un gran desasosiego, también cierto sentimiento de desarraigo. Desde la plaza hasta la parte alta del pueblo fue sorteando portales con el temor de un criado que atraviesa las estancias más nobles antes de caer en su zahúrda. Al llegar a la era, mientras se reafirmaba en la certeza de que empezaba una nueva vida y una historia propia que se situaba al margen de lo vivido anteriormente, se preguntó si estarían vivos.

Detuvo el motor y abandonaron el coche sin descargarlo. Los primeros pasos de María, entre la suntuosa arcilla y tantas piedras y paja, eran inseguros, pero su mirada, más curiosa y atrevida que nunca. Descubría un nuevo entorno que le hacía vociferar emocionada y señalar cuanto aparecía ante ella: casas de piedra, el vuelo de los pájaros, gatos raudos y raquíticos surcaban las tapias, cardos y matojos por todos lados. Estaban a un paso de la casa de su tía Gracia y Teodoro se dirigió hacia allí.

Descorrió la manta de la entrada y bajaron el escalón para encontrarse de nuevo con aquel olor conocido que mezclaba las brasas del hogar y el puchero.

—¡Tía! —anunció Teodoro al ver la espalda de aquella figura más rechoncha que antaño.

La mujer se volvió lentamente, como si hubiera tenido que procesar el significado de esa palabra un par de veces (¿tía?, ¿tía?). Al comprender quién era aquel que tenía delante siguió la pauta de su instinto y con un grito callado preguntó si era cierto lo que veían sus ojos. Sin soltar a la niña, Teodoro se dejó abrazar por ella y, antes de dar opción a preguntas, como quien tiene prisa por mostrar su mejor trofeo, el fruto de lo que ha sembrado en el destierro, añadió:

—Es mi hija...

—¿Tu hija? —preguntó incrédula antes de abrir los brazos y agacharse.

En el recibimiento de su tía se notaban aquellos años de espera por aquel reencuentro, pero también la duda de quien no asume la realidad que se evidencia ante ella. ¿Qué era todo aquello? Parecía decir con ese mohín de desconcierto. ¿Dónde, en qué lugares, y en qué líos se habría metido este muchacho que se fue un día y que ahora regresaba sin que nadie lo esperara? Mientras la tía acariciaba el rostro de la pequeña, los ojos de Teodoro estaban llenos de inquietud. La tía preguntó si había venido solo y bastó un «es largo de contar» para que ella entendiera.

—Tu madre no se lo va a creer, lleva esperándote tanto tiempo...

Que el reencuentro feliz que había imaginado no tendría lugar lo supo en cuanto la tía Gracia aludió por segunda vez al sufrimiento de su madre. María, a la primera de cambio, se entretuvo con una jada que alguien habría dejado apoyada en un muro. Luego quiso acariciar unas plantas que resultaron ser cardos. Al momento vio la puerta de una cuadra y deseó entrar, pero entonces, su padre le detuvo el paso, la cogió en brazos y le susurró al oído algo sobre sus abuelos.

Aunque a los pies del batiente había un serón de esparto, nada había cambiado en aquella entrada. La misma puerta de madera y los mismos guijarros que la precedían cuando se fue. Las ganas que tenía por saltar aquel cerco eran proporcionales a sus temores. Con el estómago hecho un nudo dio un puntapié y escuchó un chirrido familiar. El sombrío interior en el que se había criado seguía intacto. Sentada, con un plato de porcelana en las piernas, estaba su madre, algo más arrugada que el día en que se fue, pero con una bata que bien podría ser la misma.

—Que soy yo, madre, tu Teodoro...

Amparo alzó la mirada y dudó entre ponerse en pie o seguir sentada. Había esperado tanto esa visita que no supo abandonar la postura. ¿Era una manera de mostrar castigo, incredulidad, frustración? Porque durante unos segundos todo indicó que necesitaba tomarse su tiempo para asumir la situación. Parpadeó débilmente y dejó de comer:

—Tres años. Tres años y cuatro meses, y ni una noticia... —dijo.

Olía a cerrado y a mugre. Un caldero con deshechos ocupaba una esquina. Si aquella mujer quería mostrar el descontento y la rabia, consiguió traspasar ambos al genio de su hijo. Para él, en la ciudad había transcurrido el tiempo de manera diferente. No pudo evitar caer en comparaciones. ¿Cómo era posible que la imagen de su madre fuera la de una abuela si apenas pasaba de los cuarenta años? Nunca habían sido una familia habladora, por lo que no le sorprendía que el silencio lo embargara todo. Estuvo a esto de decirle «pero qué quieres que te envíe, mujer, si no sabes leer» pero, por suerte, calló. La niña le soltó la mano y, más atraída por el olor que emanaba del plato que por quien lo sujetaba, fue a buscar a su abuela.

—He venido con tu nieta —así de escueto le presentó a su razón de ser.

Al procesar el significado de la palabra nieta, Amparo bajó del carro y observó con admiración y congoja la fisonomía de su hijo, como si la alegría que a buen seguro reposaba en el fondo de su ser, para hacerse un hueco, tuviera que abrirse paso a marchas forzadas: seguía igual de delgado, pero con las facciones aún más pronunciadas y el cuerpo esbelto, como su Zacarías. Eran iguales. Se acercó a besarla y sintió en las mejillas los labios de su madre y en el cuello sus manos. María ya husmeaba entre las patatas cocidas y los verdes trazos de borraja.

Pronto preguntó Amparo por el hombre que se había llevado a su hijo del pueblo, por lo que la imagen de Pablo Peñalver recién llegado a Valdecádiar, ocho años atrás, se mezcló con la de Pablo Peñalver muerto. A Teodoro se le apareció Pablo, con sus cosas buenas, y también con las malas, pero no dijo nada y con el consiguiente silencio dio pie a que los bulos que habrían corrido, las sospechas que las malas lenguas habrían ido diseminando, siguieran en pie.

Al sostener las manos pringosas de María, Amparo recibió el candor que transmitía la niña y por fin se fijó en ella. Por momentos encontró en aquel contacto el final de las suspicacias. Tras escrutarla de cerca cambió su expresión y buscó los ojos de Teodoro, que podría mentir con palabras, pero no con gestos. En aquel azote visual cabían muchas cavilaciones, pero no le hizo falta a Amparo expresar ninguna.

—Bien, bien —dijo llevando la contraria a su pensamiento—, así que esta bendición de Dios es mi nieta. ¿Y cuándo os vais?

—No nos vamos, madre, nos quedamos. No tenemos a donde ir. Mejor que aquí no estaremos en ningún sitio.

—Tienes que estar seguro de lo que haces. ¿No estarás escapando?

—No, madre. ¿Y de los otros se sabe algo?

—Nada, muy poco. Ninguno de tus hermanos ha vuelto nunca. Milagros de vez en cuando manda una carta a casa de Gracia, nada más...

Toda la parquedad de la que Amparo hizo gala se transformó en ternura en Zacarías, que al personarse en casa, acarreando su inconfundible olor a choza, se mostró entusiasmado y se llevó a la niña de la mano para mostrarle su rebaño de cabras. Subieron hasta la plaza de la iglesia y al entrar en la calle del Horno distinguieron a un grupo de gente en la puerta de la casa del maestro. Allí estaban el juez, el alcalde, sus respectivas mujeres y, entre todos ellos, un joven barbudo y una chica con motivos florales en su atuendo. Dado que el corral se hallaba en esa dirección, abuelo y nieta pasaron por ahí.

—Mira, el pastor más gandul del pueblo, ahí lo tienes... —chamulló una voz femenina que se hizo difícil de detectar.

Por culpa de una mesa que no cabía por la puerta,

se armó un considerable barullo del que se levantó, para sorpresa de todos, la voz del nuevo maestro:

—A esta niña la tengo vista yo... Se llama María, ¿verdad que sí?

La niña ni se inmutó, pero Zacarías agrandó la boca y asintió, de algún modo feliz, y de otro perplejo de que su nieta despertara unas atenciones de las que jamás miembro alguno de su familia había merecido. Del horno salía un acaramelado olor a torta recién hecha y Zacarías deseó por un instante dar a la niña un pedazo de aquel dulce, pero siguió su rumbo y dejó atrás ese pequeño capricho y los quehaceres de los demás, pensando en aquella vez, tan lejana, en que había discutido con el maestro, aquel don Tomás, que le insinuó que no daba suficiente comida a su Teodoro. La vinculación entre el abuelo y María empezó a estrecharse desde ese primer momento. Y no importó que la niña saliera del corral cosida a picaduras de pulgas y de mosquitos. Ella se sintió a gusto en aquel espacio donde convivían cinco gallinas y todas aquellas cabras atolondradas que, ante su presencia, no hacían más que atropellarse las unas a las otras y amontonarse, intimidadas por sus carcajadas.

De vuelta, al pasar por la plaza se encontraron de nuevo con el maestro, que no dudó en preguntar a dónde iban. Zacarías señaló con la mano la puerta del bar, que abrió a continuación. La curiosidad impidió dudar al maestro, que quiso también conocer el bar de un pueblo al que había llegado para quedarse mucho tiempo.

—¿Y esa niña, Zacarías? —le preguntaron desde el mostrador.

—¡Mi nieta! Se llama María. ¡Es de Teodoro! —Más que esperarlo, Zacarías había ido al encuentro de ese momento. Acto seguido se llevó la mano al bolsillo y dejó que tintinease la calderilla que su hijo le había entregado antes de salir de casa—. Elías, pon vino para todos, por mi nieta.

Al recibir los vasos, los cinco parroquianos le felicitaron y le rieron las gracias, pero en cuanto se acabaron las monedas ya ninguno le hizo caso y volvieron a sus asuntos. Ante la falta de atención, como si ya hubiera cumplido su cometido, Zacarías se despidió. Tan solo José Ángel se animó a darle las gracias en voz alta desde la pared del fondo, donde se había acercado a leer unos maltrechos carteles. Desde su feliz actitud, proclive a los descubrimientos, el maestro escuchó cómo, una vez se hubo cerrado la puerta, Paco repiqueteó sobre la mesa con una moneda llamando la atención de Elías, que pasaba un trapo por el mostrador y que se echó a reír como si supiera lo que iba a oír a continuación.

—Elías, tú que eres un hombre de cultura, a ver si nos explicas una cosa porque yo no salgo de mi asombro —las sordas risas que acompañaban sus palabras le impedían hablar con la velocidad que hubiera deseado—, a ver, a ver si me puedes sacar de dudas, ¿pueden tener crías los palomos cojos?, ¿tú crees que eso es posible?

Todos rieron mientras la inocente mirada de José Ángel, aun en el fondo, se ensombrecía. Y fue por eso, para quedarse a solas y pensar, que decidió despedirse de los allí presentes, quienes le desearon suerte en el próximo curso.

En casa, Amparo terminaba de freír un huevo. Su actitud distante denotaba cierto reparo hacia Teodoro. No podía mirarlo con los mismos ojos con los que lo despidió, como si todo aquello que había traído —la hija, el coche, las herramientas, la ropa, la loza— ocultara oscuros tejemanejes, e inoculara en ella la certeza de que con el tiempo algo malo ocurriría. Colocó el humeante plato en el centro de la mesa junto a unos cuantos corruscos de pan. Poco importó que quemara, entre los tres adultos mojaron lo que pudieron y se lo comieron antes de que el expectante rostro de la niña fuera consciente de que se había terminado. Para alivio de su padre, tuvo suficiente con el pan, del que se hartó. No hablaron más que entre murmullos.

Una vez en el camastro, pegada a su padre, María se distrajo con una araña que avanzaba entre dos maderos del techo, hacia donde señaló con el mentón, fascinada, antes de caer dormida.

Entre las sonoras respiraciones de su familia, acostumbrada a la bronquitis y a la tos, Teodoro recordaba el pasado inmediato, escenas de la vida doméstica de la calle Bailén (los abundantes platos, los cubiertos, las servilletas de hilo). Se colaba entonces en sus pensamientos la imagen del Pablo Peñalver al que aludió su madre, y su manera de coger los cubiertos y sus prejuicios. «El vulgo está equivocado. No es de buena educación rebañar y frotar el plato con pan como si se le estuviera quitando la roña —le advirtió la primera vez en un bar de la calle Pau Claris— hay que dejar algo para demostrar que estás satisfecho.»

Qué monsergas más estúpidas decía don Pablo cuando despreciaba la comida y se encendía un cigarro, haciendo de él un personaje a la altura de sus deseos y su aparente naturalidad. Para Teodoro, ahora Pablo sí era una idea, una entidad, una referencia de la que no podía prescindir. Con María durmiendo a su lado sobre el viejo colchón de lana, y con el cansancio acumulado, se dijo que tendría que tener paciencia. En duermevela, sentía la respiración de María, cuyo eco apenas perceptible, parecía decirle que pensara cuanto antes en vender cosas.

El peso de aquel silencio le invitó a recordar el momento en que Pablo, con su aire de ingeniero progresista, llegó al pueblo para trastocar la cotidianidad. Su inocencia permanecía entonces agazapada en un corral, y Pablo le habló de otros mundos, de opciones que podían liberarle de tanta pobreza. Se lo llevó con dieciséis años a Barcelona para que viviera lo que quizás de otra forma nunca hubiera estado a su alcance. Y ahora Teodoro estaba a punto de cumplir los veinte y debía enfrentarse al hecho de que no volvería a verlo nunca más. La ingenuidad se había evaporado del corral, y cuanto más la necesitaba, menos podía aferrarse a ella.

En Barcelona se había imaginado el mundo sin Valdecádiar, pero ahora era consciente de la imposibilidad de destruir el pasado. Lo vivido en Barcelona se reproducía a toda prisa y, aun a su pesar, creía que todo aquello lo estaba sintiendo desde lejos. Llegó a la conclusión de que todo vive muriendo, y se aferró entonces —temeroso de que los desvelos se repitieran— al cuerpo de su hija, como si buscara arraigarse en lo único cierto y puro que conocía. Antes de dormir se vio a sí mismo unos años atrás, cuando la vida reposaba en un estado regular, uniforme, sin sobresaltos, y las responsabilidades eran menos concretas. Aunque se sintiera adulto desde los catorce años, Teodoro no podía evitar pensar si no sería una obligación excesiva aquel legado de Pablo Peñalver, la niña que lo hacía inmensamente feliz pero que a la vez le recordaba las limitaciones de su estirpe.

La mañana siguiente, mientras su padre se hacía cargo de la niña, Teodoro vació lo que quedaba en el coche. Luego se apropió de un balde que llenó de agua y, con ayuda de un trapo, lo limpió escrupulosamente, tras lo cual se dedicó a desenroscar las dos matrículas. Para protegerlo necesitaba una lona. Rodeó el pueblo para llegar a la herrería bajando por el carrascal. Saludó tímidamente a los herreros. Aprovechó para depositar en la fragua restos de inmundicia y la doblada chapa metálica de las matrículas. Añadió que le gustaría vender un coche y preguntó si le interesaba a alguien. Le hablaron de un tal Melchor, de Montalbán, un figura que había sido guardia civil. Y, antes de irse, le sugirieron que preguntara al nuevo maestro ya que, aunque tuviera uno, a lo mejor quería otro más destartalado para su mujer, o para el campo, pues ya había preguntado por un mulo y un huerto y parecía que era un hombre con ese tipo de aficiones.

Sobre la puerta de la escuela resistía un cartel en el que a duras penas se leía «la Enseñanza». Delante del edificio había un olmo cuyo tronco, abajo, tenía una parte hueca por la que se colaban los niños más avispados y trepaban hasta cerca del inicio de las ramas, donde un agujero en la corteza les permitía asomarse. Siempre estaba allí Rafelín, ágil como una lagartija que en nada te la liaba. Las acrobacias eran su principal distracción. Vivía en la puerta contigua a la Escuela, donde la calle terminaba para dar paso a la Replaceta, cuya sombra era muy buscada en los días duros del verano. Su madre, Lorenza, regentaba una pequeña tienda de carnes, y su padre, Bernardo, al que apodaban *el Manso*, se encargaba del ganado y la tierra. En el banco de piedra de la entrada de la botica se sentaban las mujeres y Rafelín, ya fuera desde el árbol o desde su habitación, escuchaba cuchicheos de todas las que acudían y esperaban allí para entrar, pues era tan reducida que entre el mostrador y la cortina de la entrada apenas cabían tres personas.

Cuando Teodoro se había ido del pueblo, Rafelín era un renacuajo en cuya mirada cabía de todo menos miedo. Aquel bandarra era uno de los más difíciles de hacer entrar en vereda. Así que cuando lo vio asomado en lo alto del árbol, por la manera en que le devolvió el saludo, levantando y bajando a cámara lenta la cabeza, entendió que ya sabía quién era él y desde cuándo estaba en el pueblo. Por la calle del horno asomó el trote perezoso de los mulos de Bernardo, tirando del viejo remolque.

—Sooo —pronunció el Manso, sentado en el saliente, haciendo honor a su mote. Un brote de espliego atravesaba su boca.

Antes de que soltara las riendas, Rafelín abrió la puerta de la cuadra. Luego ayudó a descargar remolachas, pepinos, tomates y calabacines, que no pasaron desapercibidos para Teodoro.

La hermandad de inspectores de enseñanza primaria había enviado a un buen hombre. Al menos eso le pareció a Teodoro cuando lo vio en mitad de la clase con las manos en los bolsillos, hablando para todos aquellos chavales.

—Yo no tiro de las orejas ni doy con la regla en la punta de los dedos. Nuestra guerra fue de curas contra maestros, y nos ganaron.

Aguardó a que acabara su discurso. El maestro no podía verlo. Pero él, instalado en el quicio, donde las grietas de la pared hablaban de penurias y estrecheces, sí. José Ángel dio media vuelta y se retiró a su mesa. En absoluto esperaba que al abrir el cajón sus ojos dieran con una zigzagueante culebra del tamaño de su brazo y un ratón desnortado que parecía un gato recién nacido. El grito del maestro asustó al propio Teodoro que, incrédulo, observó la jarana que se creó a su alrededor. En su desesperación, el ratón saltó al vacío y atolondrado atravesó el sinuoso suelo del aula. Risas, burlas y gritos de pánico contribuyeron a la general estampida.

Aprovechando el enredo, Teodoro se hizo un hueco entre el barullo y fue al encuentro de José Ángel, que se mostró aliviado de encontrar un confidente.

Un acartonado mapamundi y la misma pizarra que colgaba entre los conocidos símbolos (una cruz, una peana, José Antonio, el Caudillo...) permanecían en su sitio.

—Aquí había un tele club —dijo Teodoro, que siguió a José Ángel al salón contiguo, alargada estancia cuyo suelo de largos tablones de madera gastada transmitía la sensación de flotar.

—Sí, eso me han dicho, que lo puso en marcha un ingeniero.

Al ver la mesa de ping-pong en el fondo, sobre la que ahora descansaban cajas, Teodoro no pudo evitar pensar en don Pablo Peñalver.

Después de lo que había escuchado decir de él en el bar, la tarde en que llegó al pueblo, a José Ángel se le había despertado un sentimiento de cercanía, o puede que de caridad, en relación a Teodoro:

—¿Qué te trae por aquí?

—Yo estudié en este edificio, y por las tardes cuidaba a los zagales cuando me lo pedía el maestro. Mi madre me dijo de crío que estaba hecho para cuidar niños...

—Pues digo yo que su madre estará encantada con la nieta.

—Sí, y mi padre más... —Hizo una pausa y entró en el tema que le interesaba—. Quería comentarle algo. Ya que acaba de llegar y su coche parece tan nuevo, he pensado que a lo mejor necesita uno viejo, un trasto para andar de los huertos al molino, para ir por los campos, ya me entiende. Si así fuera el caso, sepa que yo tengo uno en venta.

—Está bien saberlo, aunque me gustaría más un tractor, en cuanto me haga con un huerto tengo pensado plantar patatas y tomateras... ¿Tiene precio? No sé cómo se arreglaría el cambio de papeleo...

José Ángel, guiado por una intuición que le permitía encajar en el conjunto del pueblo a ese individuo que cogía con pinzas las palabras, quizás lo vio venir...

—No tiene matrícula ni papeles, es para el pueblo, para ir al campo...

—¿Es un coche robado? —preguntó envalentonado por la confianza del que no conoce lo suficiente al que tiene en frente.

Teodoro debió sentirse herido.

—Yo no soy un delincuente, no se confunda conmigo. Lo que usted oiga por ahí de nosotros me trae sin cuidado. A mí solo me importa mi hija. Y con tal de darle comida vendo lo que sea.

—No me refería a si lo ha robado usted, quizás lo ha heredado o se lo ha encontrado o lo ha ganado en una apuesta...

—No soy hombre de juegos. Ni de beber. Tengo bastante con lo que tengo. Si le interesa bien, y si no también. ¿Qué más da de dónde salga? Yo lo quiero vender y ya le he dicho por qué.

Teodoro no se amilanó. Más bien al contrario, saberse en el otro lado le dio oxígeno. Y el maestro debió de percatarse.

—Oye, Teodoro —esa fue la primera vez que lo llamó por su nombre, y le tuteó—. Te hablo en son de paz, te voy a ayudar, no debe ser fácil para un hombre solo sacar adelante a una hija, pero creo que te va a costar vender un coche sin papeles, ¿quién lo va a querer?

—No lo sé. —La última intervención de José Ángel le animó a seguir hablando—. Me vendría bien deshacerme de él, ahora somos dos y...

José Ángel carraspeó brevemente, como si dudara entre preguntar por la madre de la pequeña o hablar de sí mismo.

—Mira... Yo soy de los que piensan que un hijo es la mayor recompensa que le puede dar la vida a alguien. ¿Sabes dónde hemos pasado el verano mi mujer y yo?

—No.

—En Barcelona, haciendo pruebas en el Hospital del Mar. ¿Y qué han dicho los resultados? Pues que no podemos tener hijos, y es lo que más deseábamos... Guarda el coche, ya se nos ocurrirá algo, pero no te preocupes que tú vas a sacar adelante a tu hija. No le va a faltar de nada, aquí hay leche cada mañana, puede venir también ella...

—Tengo para tirar un tiempo. He trabajado tres años de albañil en Barcelona, pero en casa no sobra nada, más bien al contrario.

¿Por qué se detuvo entonces?, ¿quizás iba a decir que no quería que su hija se sintiera estigmatizada y señalada como se había sentido él en el pueblo? En cualquier caso, José Ángel recogió el guante y, antes de despedirse, le tendió la mano y le dijo:

—Aquí tienes un amigo.

Soplaba brisa del este cuando llegó a la era cargado con la lona. Las montañas del otro lado, en cuyos ribazos se acanalaban las hojas de los pinos, lucían un tenue color rojizo que se iba apagando en función de la claridad del cielo. El viento hizo volar broza y levantó polvareda. Reconfortado en parte por la atención del maestro, Teodoro decidió darse un tiempo. ¿Quién era él en realidad?, se preguntó. ¿Qué podía decir de sí mismo?, ¿cómo lo habría visto el maestro?, ¿seguía siendo a ojos del pueblo un muerto de hambre? En los alrededores del coche descubrió un grupo de chavales entre los que estaba Rafelín, el vecino, siempre valiente e impetuoso. A escondidas, todos daban ansiosas caladas a cigarros. Teodoro detuvo el paso para observar la escena, pues Rafelín se acercaba al coche diciendo en voz alta que hoy era él el capitán y que iba a conducir, y que si querían los llevaba hasta la presa. Los demás se pusieron en pie y le siguieron la corriente. «No, mejor hoy nos llevas a Madrid», dijo uno, «eso eso, a Madrid» repuso otro; «venga, pues a Madrid», gritó Rafelín, pero todas las buenas intenciones se fueron al traste cuando el capitán oyó un grito a su espalda:

—¡Eh, zagal! Fuera de ahí... —Teodoro provocó la estampida del grupo.

Una vez solo observó el coche, cuyo color beis resplandecía con la luz que aún lo bañaba. Y al ver la claridad llenando el interior, pensó en la facilidad con que la vida iluminó también el suyo, poniendo en sus brazos de un día para otro —como el que dice— una criatura. El coche, la niña. Sí, la luz era ella y su ingenuidad, la excelencia. ¿Qué más podía pedir? Desdobló la lona y con ahínco cubrió el coche como quien resguarda un tesoro.

Risueña como de costumbre, en casa estaba la tía Gracia. Sujetaba a la pequeña en sus brazos y parecía contenta. Sobre la mesa había un tarro de miel. Amparo fregaba unos cacharros.

—Le he traído unos juguetes viejos que me han dado —hablaba la tía con tono cantarín—. Y esta miel ya se la puedes dar que le vendrá muy bien. Esta niña es la cosa más bonita que se ha visto en este pueblo, mira mira, quién está ahí... —preguntaba Gracia señalando a Teodoro—, pero mira quién ha venido, ¿quién ha venido?, ¿quién ha venido?

Y fue entonces cuando en su estómago se deshizo

el nudo que lo atenazaba desde que había llegado, porque fue la primera vez que escuchó de su boca aquello que a partir de entonces le hizo, en buena medida, saber quién era.

—Papá, papá —dijo María con la boca muy abierta, sonriendo, pozo sin fondo de ingenuidad.

Las nevadas del invierno dejaron al pueblo a la intemperie y aún más incomunicado. Las casas con cuadras en la planta de abajo se aseguraban el calor, pero la del Zacarías seguía siendo un nevero. No tardaron en llegar las primeras fiebres de María, a las que Teodoro hizo frente con cuidados y atenciones (trapos fríos, mantas, desvelos). Pero esas fiebres se iban de un día para otro y la niña volvía a las andadas con su energía habitual, echando mano a cuanto encontraba y, ahora sí, a todas horas con la palabra papá en la boca, talismán para reclamar atención y obtenerla.

Hasta entonces, Teodoro no había sido consciente de conocer el miedo. Y si bien la presencia de María le dio el coraje del que antes carecía, también es cierto que desde su llegada solo veía peligros a su alrededor. Maldita crianza, cada día traía raspaduras. Como Teodoro volvió con su padre a la caza y al pillaje (cada dos por tres salían huyendo de un corral apresando el cuello a algún conejo) al regresar a casa solía encontrarse a María con las rodillas marcadas.

Antes de marcharse del pueblo, Teodoro se había labrado fama de bicho raro. Él era consciente de que su regreso —aunque fuera acompañado de una hija— no había cambiado nada. Por eso nunca pisaba el bar, ni la iglesia, ni siquiera paseaba por la plaza. Que lo vieran hablar de ciento en viento con el maestro le dotaba de cierta popularidad, a buen seguro mal vista a ojos de los demás.

El tiempo fue pasando con distinta cadencia para el padre y para la hija. Ella asimilaba la cortesía de las palabras que aprendía («tía», «pan», «gato», «arriba», «lejos»), asumía las enseñanzas de la naturaleza y de la escuela, estrenaba las mañanas bajo la poderosa luminosidad del sol y descubría lo desconocido cada vez más arraigada en la cortés intemperie de las eras. En cambio, la sensación del padre estaba más cerca de la resignación que de la peripecia y, aunque se esforzaba por evitar cualquier rastro de malestar, a menudo se daba de bruces con el pasado antes de Barcelona, con una infancia que, ahora sí, reconocía repleta de carencias, las mismas que no quería para María.

A veces echaba en falta Barcelona. Hasta allí emprendía largos viajes mentales, y repetía los trayectos en metro a los distintos trabajos que tuvo, a la calle Aragón, el Paseo de Gracia, Bellvitge, Santa Coloma. Pero lo que más añoraba era la música que ponía a todas horas su amigo Pablo. Así, con la débil línea melódica de la respiración de María a su lado, recordaba las noches en que se durmió con el runrún tras el tabique, aquellos sonidos que entonces le importunaban el sueño, ahora le parecían hermosas melodías como aquella *Rhapsody in blue* tan frecuente, o aquella otra, *An American in Paris*, de la que decía que nació del sueño de reconvertir el jazz en obra sinfónica. La respiración de María, la acústica de su débil jadeo, devolvía, como si fuera una consecuencia, la imagen de

Pablo, que reaparecía de vez en cuando con el desorden de sus actos, la anarquía de su carácter libertario e inmaduro, solidario pero egocéntrico. Y también la chulería con la que Teodoro no empatizaba y que ahora le parecía ridícula. «Cuando te repita las mismas historias —le dijo desde la cama uno de los últimos días, en que la fanfarronería daba paso al sentimentalismo—, dímelo, no tengas piedad ni paciencia conmigo.» Durante mucho rato, la imagen de Pablo lo acompañaba en la oscuridad, y era tan densa que se necesitaba algo más que empeño para borrarla.

Cuando María empezó el colegio, le supuso un alivio que su abuela la siguiera dejando ir al molino cada mañana con su padre a primera hora. Despertaban al día con sus pasos y ellos despertaban con la claridad, sobre el lecho frío del camino de los huertos, y bajo un cielo que, segundo a segundo, se iba haciendo más luminoso. Dejaban atrás el lavadero y leían la señal que apuntaba a la izquierda: «Presa de Gravedad 1966-1969», pero ellos tomaban el camino de tierra de la derecha. Al llegar, saludaban a Pascual y a sus hijos y esperaban a que encontraran tiempo para molerles el trigo. Si a la salida, en las inmediaciones del molino, no había nadie del pueblo, padre e hija descendían brincando entre juncos hasta el barranco, pues junto a él se hallaban las almendreras de la señora Inés y cargaban lo que podían.

Como siempre salía con el vaso de hojalata atado a la cintura, si alguna vez se quedaba sin leche, Teodoro saltaba la tapia del corral de Tobías y agarraba de las patas a una cabra y la ordeñaba. Mientras María bebía,

Teodoro insistía en que lo hiciera tranquila, que eran cabras de un amigo.

Desde las lindes del camino, Teodoro no dejaba de escudriñar los interiores de los huertos, asegurándose de que no hubiera perros guardando la vez del riego o estuvieran ya los dueños trasegando, con las espaldas dobladas, el saludo torcido. Si se veía con vía libre, para no hacer saltar a la pequeña, puso en práctica un juego:

—Tú sigue caminando recto y, cuando llegues al final de la parcela, ahí estará papá —le indicaba para animarla—. Lo único que tienes que hacer es no separarte nunca de este camino.

María caminaba sola, concentrada, acarreando la insólita inseguridad de estar sin su padre, el peso de la harina en las dos manos, el eco de los guijarros a su paso. Mientras tanto, Teodoro, de un salto evitaba la acequia y se escabullía como una salamanquesa entre sembrados y a toda prisa se aprovisionaba de zanahorias, pepinos y tomates que crecían allí gracias al sudor de otros, y rápidamente cruzaba de nuevo la acequia para estar allí donde había prometido. Al verlo, a la niña se le dibujaba una sonrisa por la que valía la pena robar cien veces más y aceleraba el paso para traspasarle el peso de la harina y dejarse arrullar.

—Pero ¿cómo lo has hecho? —decía—. ¿Dónde estabas?

Antes de llevar el trigo molido al horno, Teodoro dejaba en casa cuanto había robado a escondidas, y seguidamente mandaba a María a la escuela, donde acudía encantada. Mientras tanto, él se echaba al monte o daba cuatro voces por ahí para ver si había algo.

Así, logró ir a segar una semana para Pedro, al que apodaban *el Rico*, pues era el que más hectáreas poseía del pueblo. Durante la jornada no descansaban más que a mediodía para dar cuatro mordiscos a unos chuscos de pan con sardinas. Daba pena verlo llegar al atardecer. Teodoro baldado y la pequeña insistiendo en que le hiciera caso. Al final de la semana, a la hora de entregarle el jornal, el patrón le dio menos que a los demás, aludiendo que él no tenía la experiencia de los otros, y que además ellos eran más hombres. Cuando esa noche contó lo sucedido y puso sobre la mesa las monedas, Zacarías las contó una a una. Luego miró al hijo, el ceño fruncido, las manos apretadas bajo la barba. Con la mirada le preguntó si eso era todo, a lo que Teodoro respondió levantando los hombros.

—No haga nada, padre, que tengo una hija y... —imploró Teodoro, viéndolas venir, sabiendo cómo se arreglaban en aquella casa ciertas cosas.

—De un hijo mío no se ríe nadie —dijo el otro, herido en el orgullo, antes de ponerse en pie y colgarse el morral y coger el garrote—. Vamos a ver quién es más hombre...

Aquella noche Zacarías no vino a dormir. Y la noche siguiente quien no durmió en su casa fue Pedro, el Rico, al que encontraron sus amigos en una batida nocturna. Aunque vivo, no podía ponerse en pie y, al parecer, gritaba achucuyado en un andurrial a los pies del tractor, junto a uno de sus campos, con la sangre seca en la frente, moviendo con dolor los brazos, como si intentara salir a flote de un pozo.

La noticia fue de corrillo en corrillo hasta que llegó a Teodoro por boca de la tía Gracia. «Algo malo le han hecho a ese hombre —clamaba apenada—, por el amor de Dios», encendiendo en Teodoro la luz de una alarma. Hubo que transportar al Rico a un hospital provincial del que tardaría en salir tanto como tardaría en andar; y Teodoro temió que viniera la Guardia Civil a indagar, por lo que se planteó escapar unos días. No podía decir a su padre ni a su madre el motivo de su miedo. Nunca habían temido a ningún guardia en aquella casa. Pero ahora era diferente.

El coche seguía en la era, cubierto por la lona, ya generosamente rasgada. Observó el armatoste como quien mira unos zapatos viejos. Servía como juguete para los chavales que, en cuanto podían, arrancaban restos de lona y se subían encima como si navegaran en un barco pirata. Alguien había roto un cristal. Desde entonces las puertas habían quedado abiertas. Igual que un estafermo, el automóvil se estaba llenando de desperdicios y resistía postrado en la era como si no hubiera más remedio.

No apareció la Guardia Civil y Zacarías no dijo ni una palabra convencido además de que nadie podría culparlo de nada, pues la víctima ni siquiera tuvo tiempo de reconocerlo.

—¿No lo denunciará, padre? —se atrevió a preguntar el hijo cuando en el pueblo llegó la noticia de que Pedro había vuelto.

—Tranquilo, ese sabe que si hace algo será lo último que haga.

Y así fue. El mismo Pedro, el Rico, difundió el rumor de que se había dormido en el tractor y se había caído en mala postura. Quien lo quiso creer lo hizo, y quien no, optó por el silencio como medida preventiva.

Salvo el oro, todo el caudal que Teodoro había podido traer de Barcelona se había fundido. Las herramientas, las ropas y los enseres que acarreó para que su madre los utilizara como canje habían rendido lo suyo. Bernardo, el Manso, le recomendó que se apuntara a la esquila, y no quedó más remedio que sumarse. Estaba habituado a las triquiñuelas, a los apaños que le ofrecía la economía sumergida, alejada de ese otro mundo que él había conocido. Esquilando coincidió con Miguel, uno de los hijos del Seronero, que le dijo que su padre tenía previsto ir a la feria de Albalate para vender unos burros el siguiente domingo, y que tal vez sería bueno dar voces allí de lo del coche. Y es que aquel hombre no solo elaboraba los serones, también era tratante, iba a las ferias de ganado y compraba y revendía mulos y mulas.

Llegó el domingo: el Seronero y Miguel en la silla del remolque (¡arre, arre macho!), Teodoro y el Prenda (que así apodaban al otro hijo del Seronero) sentados detrás, en la caja. Nada más salir del pueblo, el Prenda le ofreció tabaco, pero Teodoro lo rechazó. Después le ofreció la bota de vino, y también desestimó. Luego el Prenda se bajó el sombrero de la cabeza a la cara y se echó una cabezada apoyándose sobre unos sacos de plástico llenos de paja. El galope corto y el paisaje ancho: campos de trigo y cebada, viñas, el «cabezo redondo» y la «colina del palomar»; el cielo sin nubes y el sol candente sobre ellos. Una vez en Albalate, Teodoro descubrió que la feria no era interesante y que lo que había que hacer era participar de un chanchullo con el aceite, y ayudar a transportar bidones. Aquel viaje tuvo dos recompensas: por un lado, cinco litros de aceite que se llevó a casa de extranjis y, por otro, que el Prenda le presentara a uno de los que también participaba en el cotarro: Melchor, el de Montalbán, del que ya le habían hablado.

Escuálido y erguido, lo primero que destacaba en él era la prominente nuez que dominaba su cuello, y luego la sublime nariz que, dada la angulosidad de su cara, las mejillas tan hundidas, lo convertía en imán para quien lo avistara. Además tenía siempre un cigarro en la mano y bebía quintos de cerveza como si fuera agua. Cuando Teodoro lo vio con americana beis y una camisa blanca con los botones desabrochados hasta el ombligo, pensó que era una excepción, pero al poco tiempo comprobaría que era una norma. No paraba de contar chistes. Y, en cuanto podía, hacía saber que su sueño era montar un bar, quizás para que los que lo secundaban se murieran otra vez de risa y le dijeran de nuevo: «¡Pero si sería una ruina, Melchor, te beberías tu propio negocio!», a lo que él respondía riendo sonoramente, orgulloso de lo que era capaz de beber. De pie no aguantaba mucho, por lo general lo encontraban sentado, las piernas siempre cruzadas, un pie colgando.

—¿Tú sabes lo que es la vida, pequeño? —le dijo a Teodoro nada más conocerlo, ante la complacencia del Prenda—. La vida es un tiempo en el que no paramos de hacer cosas para ver si un día podemos dejar de hacerlas.

Estaban en la entrada del bar, sentados alrededor de una mesa llena de quintos vacíos. En uno de los avisos que colgaban en la puerta se anunciaba una pelea de gallos y en otro una exhibición de vacas. Olía a estiércol por todas partes. El pueblo estaba lleno de animales acompañados por sus amos. Resulta que había venido un veterinario a poner vacunas a perros y al ganado. Menudo tinglado. Entre tanta gente, Teodoro, poco amigo de aglomeraciones, no se encontraba a gusto.

—Así que tú has vivido en Barcelona, eh...

—Sí, sí.

—Oye, ¿y es verdad que allí atan a los perros con longanizas?

—De eso nada, allí se penca como hay Dios.

—¿Y qué es eso que me cuentan del coche? —le preguntó con interés.

—Bueno, ahí lo tengo, no lo utilizo.

—¿Y eso?

—Sin permiso no me quiero arriesgar. Lo quiero vender.

—A ver, pequeño, yo te explicaré: el miedo, que lo tengan ellos. Vivimos la época del miedo, del día de mañana y del sudor de tu frente. Tonterías... Todo es cuestión de orientación, de saber a dónde vas.

A Teodoro le gustó esa locuacidad, pero no dijo nada y con su silencio dio pie a que Melchor, un hombre que se sentía a gusto con él mismo y con su labia, siguiera departiendo. Siempre empezaba las frases de la misma manera:

—A ver, pequeño, yo te explicaré. Dicen que hay que adaptarse, que somos simios, pues, ¿sabes qué te digo? Que no me da la gana, que yo no soy un mono, yo soy un ser humano y si quiero conducir, conduzco, que eso un mono no lo hace... Y esto de beber creo que tampoco, ay, pequeño, pequeño... Sin pan te mueres de hambre pero sin cerveza te mueres de aburrimiento...

—Tengo una hija —dejó caer Teodoro, como si con ello bastara para explicarse, para decir esta es mi razón de ser y mi razón de no conducir.

—Pues eso está bien, y sabes por qué, porque uno solo crece cuando es niño, así que tienes que estar ahí para verla crecer..., porque tú ya no vas a crecer más... Y ojo, tampoco es urgente: no hay que crecer más de lo necesario. Si te parece, vuelvo con vosotros y le doy un repaso al famoso coche, a ver qué podemos hacer...

Y así, tras un rato en que el Prenda, Melchor y el Seronero se perdieron por el pueblo, los cinco subieron al remolque, ahora cargado de bidones de aceite. El padre y Miguel iban en la silla, los otros atrás, para ver desde allí cómo se fundía el día sobre los campos en puntadas rojas, la luz rota del atardecer, con una caja de cervezas y con los chistes de Melchor.

—Tú sabes este que va al cura y le dice: padre, yo quiero vivir cien años; y el cura le dice: cásate. ¿Y así viviré cien años, padre? No, hijo, pero el deseo desaparecerá...

Cada vez que quería abrir una cerveza acercaba el envase a la barra metálica que marcaba el límite del remolque y, a pesar del traqueteo, lo encajaba y, con un golpe seco, destapaba una tras otra.

—Todo eran risas hasta que nos enteramos de que el tartaja quería jamón...

Y luego:

—Tú sabes que era uno tan agarrao, tan agarrao, tan agarrao que cuando se murió la mujer se casó con la cuñada pa ahorrarse a la suegra...

En las proximidades del pueblo los Seroneros repartieron el aceite y quedaron con Melchor en encontrarse después. Al bajar del remolque, este oteó el cielo, aún le quedaba una pizca de tersura, pero por las dudas pidió una linterna. Remontaron la calle del Trinquete y, al pasar por la Replaceta, les llegó un agradable olor de carne asada. Un grupo de mozos había extendido dos parrillas sobre unas brasas y se pasaban un porrón. Ellos continuaron su camino sin detenerse a saludar, pero Teodoro, como era costumbre, aguzó el oído y entre los murmullos rescató un comentario chabacano que apuntaba a él y a su compañía.

Subir cuestas no era la actividad preferida de Melchor, por lo que llegó a la era sin aire. Dio un trago y esperó a que Teodoro descorriera los restos rasgados de lona que mal cubrían el coche. La puerta del conductor seguía abierta. Melchor alumbró, comprobó la marca, golpeó la chapa y asomó luego al volante para examinar el cambio de marchas.

—No tienes las llaves aquí, ¿verdad?

—No, están en casa.

Melchor abandonó el asiento y abrió el capó, dejó resbalar la vista por la carrocería. La humedad se había adueñado de los parabrisas. Un pelotón de mosquitos revoloteaban delante del haz de luz de la linterna. Un concierto de chicharras orquestaban el anochecer.

—Esto está escacharrado y las ruedas son como hojas de afeitar. Este coche es un peligro, hay que cambiar el motor. Pero bueno, tengo a quien colocárselo.

—¿Seguro?

—Yo vendo humo, y si es necesario crecepelo. ¿Cuánto pides?

—Lo que me des...

—Si me haces buen precio te puedo ayudar con otra cosa que te va a interesar. Quinientas pesetas es lo que te ofrezco —dijo sacando el billete del bolsillo, un billete que a ojos de Teodoro brilló más que la linterna. No era nada, ¿pero qué más podía hacer? Qué bien había hecho en guardarlo—. Mañana vengo a por las llaves, traeré gasolina y a mi amigo el herrero para que me ayude a apretar las bujías.

—Nunca digas mi nombre... Yo no te lo he vendido.

—¿Por qué? ¿Lo has robado?

—No, no es eso. Pero no tiene matrícula ni papeles ni nada.

—Eso no me importa, lo que me sobran son matrículas. Tranquilo. Y ya vendrás un día a verme.

Con el paso del tiempo, el talante irascible y receloso de Amparo fue remitiendo. Si en un principio, cuando llegaron, pareció que la presencia del hijo y la nieta le importunara y le generara incertidumbre, algo, sin duda causado por el temor a que Teodoro arrastrara deudas y cuentas pendientes, paulatinamente, al comprobar que ambos se habituaban más bien que mal a la vida en el pueblo y fortalecían el vínculo con ellos, la aceptación había dado paso al entusiasmo, en especial en lo que se refería a María.

Y así, el día en que María cumplió los cinco años el primero en felicitarle fue su padre. Había conseguido (solo él sabía cómo) una muñeca y le faltó tiempo para dársela. María ya era entonces la niña de los ojos de Amparo, que se había encariñado de ella como de algo suyo. Le gustaba vestirla, asearla, darle de comer y responder a todas sus preguntas. Ni Zacarías ni ella se podían imaginar sin su parloteo, la voz cantante de todas las trastadas. Cinco años, y más de tres con ellos. Aquella estampa familiar, los dos abuelos y el padre felicitando a la niña, mostraba una auténtica apariencia de verdad. Sería esto la felicidad, se preguntaría años más tarde Teodoro al recordarlo. Porque, aunque no se lo demostraran unos a otros, era ella el elemento que los había arrimado de nuevo y nunca como entonces estuvieron más unidos.

Todo seguía su curso natural y María se había habituado a las imposiciones de la vida compartida y del apremio, una palabra para su juicio todavía sin sentido. Ya trepaba el olmo de las Escuelas en un plis plas imitando a Rafelín y la morera del camino del Vadiello como una sabandija, hasta la copa. Su rostro era muy expresivo: a través de él se revelaban por igual los enfados, la alegría, las inseguridades. En la escuela había encontrado en José Ángel un confidente, que también tenía que apechugar con su desparpajo. Se había hecho amiga de Piedad, la única niña de Valdecádiar de su quinta, junto a quien se habituó a descubrir los misterios de la naturaleza más allá de la escuela y a ir a la presa a escondidas; allí pasaban muchas tardes lanzando piedras al agua. Otras veces emulaban comportamientos de los mayores, que tenían por costumbre saltarse las vallas y reunirse allí a jugar con el riesgo y caminar por los bordes de cemento para luego sentarse a fumar y a comer pipas a la sombra, en una banqueta sobre la que los albañiles de entonces habían escrito: «Obra de don Pablo Peñalver. Valdecádiar 1966-1969» seguido de un montón de nombres: Santos, Teodoro, Santiago, Cosme, Damián. Allí presenció una escena que recordaría: Rafelín, el vecino, se jugó un duro con otro a que caminaba con las palmas de las manos por encima de la presa hasta la mitad, y que volvería. El otro aceptó. Y todos vieron, con el corazón en un puño, al escuálido chaval caminar con las manos sobre una línea de hormigón jugándose la vida, y saliendo victorioso para alivio de María.

Pero con quien más tiempo pasaba María era con sus abuelos. Tenía pasión por ellos. Identificaba diversión y aventura con Zacarías, pues en cuanto podía se la llevaba al corral, a la fuente, al monte. Tan pronto le enseñaba a ordeñar cabras como los ciclos lunares. María, con él, se sentía protegida y escuchada. Nadie estaba tanto por ella. Vamos aquí, abuelo, ahora hacemos esto abuelo. Y Zacarías no desfallecía, jamás le negaba un minuto de entretenimiento. En casa, su punto de referencia era Amparo. Su abuela le daba todos los caprichos que podía, y exteriorizaba el cariño con besos y arrumacos y efusiva palabrería. Tan pronto le pedía ayuda para recoger platos o doblar ropa como le reclamaba su compañía para acudir al lavadero. El caso era hacerla sentir partícipe del funcionamiento del hogar, algo que María, a juzgar por su satisfacción, agradecía. En casa de la tía Gracia también se sentía protagonista. Con ella aprovechaba para escribir y dibujar, pues la tía mostraba mucha maña. También allí se adentraba hasta la cocina y esperaba la merienda: pan con vino y azúcar. Detectaba la comida como un animalillo. De hecho, solo lloraba cuando tenía hambre.

Teodoro conocía bien la intensidad de un llanto que procedía de las tripas para dolerle en las suyas. Tenía ese lamento grabado, como cuando se le cayó de la silla, el golpe seco en el suelo, el susto que le hizo palidecer. La primera vez creyó que enloquecía. No habían cenado y la metió en la cama a las siete creyendo que si se dormía engañaría al hambre y a la mañana siguiente iría a por lo primero que fuera pero, a las dos de la madrugada, reclamó comida. Lo que empezó como una queja se transformó en llorera y poco después en histeria. Intentó calmarla en vano. No había nada que darle. Una despiadada tormenta martilleaba las ventanas. Las cuatro sobras las había tirado Amparo a las gallinas. María sentía que el hambre le corroía las entrañas. El padre se vio acorralado y perdió la paciencia. Se echó a la noche a la buena de dios, la lluvia empapándole y la respiración agitada. Ni un alma en las calles más allá del alarido lejano de algún perro. La puerta de Gracia estaba atrancada. Se encaramó a la pared y, encontrando acomodo entre los resquicios que dejaban las piedras, logró dar con el alféizar y, de un golpe, echó al suelo el aldabón del contraventano. En la cama, la tía cubrió su espanto con las mantas, incrédula.

Con su ayuda logró arramblar el pan y patatas y el tarro de miel y, sin pensar más de la cuenta, esperó a que la tía, que tenía las manos libres, le abriera la puerta para echarse a correr bajo la lluvia.

Zacarías aguardaba con un pie en la calle. María

seguía sollozando. El pan se había mojado, pero eso era lo de menos. En cuanto la niña lo agarró empezó a devorarlo fieramente, los párpados hinchados. Qué tranquilidad verla, qué dicha aquel silencio. La miel sobre la miga y un reguero dulce en la barbilla. Por fin podía llorar tranquilo. Tal era el alivio que Amparo estuvo a punto de abrazar a su hijo, de decirle «deja de golpearte la cabeza en la pared, loco, loco, que te vas a hacer daño, más que loco», pero se contuvo. Le puso una mano en el hombro y con eso dijo lo que tuviera que decir.

Aquello pervivía aún en la memoria, aunque hacía ya tiempo. Cinco años habían dado para mucho. Padre e hija habían creado un vínculo fortalecido por un contacto que se extendía del día a la noche, pues nunca habían dormido separados. No sabía si esta era una forma de querer sana o comparable a las otras. A veces, Amparo le echaba en cara que la protegiera y sufriera tanto por todo, y era verdad, vivía presa de un miedo constante.

Por eso, cuando llegaron las habladurías, llevaba tiempo esperándolas. De camino al molino, María dijo: «Piedad me pregunta siempre dónde está mi madre» y Teodoro no supo esconder una débil sonrisa.

—¿Ah sí? ¿Y qué más te dice Piedad...?

—Me dice que por qué no tengo, si todos los demás tienen una...

—¿Y tú qué le respondes?

La niña, que había querido ir con su muñeca, la estrechó fuerte contra sí misma, dibujó una mueca con la boca y levantó los hombros:

—Que no lo sé, que hay gente que tiene madre y

padre y otra gente, como yo, que solo tiene padre y que tampoco pasa nada.

—Pues claro que no...

El sendero que llevaba al molino se dividía en otras dos veredas y en ese cruce, ancho y desolado, y en el que el sol solía dar de lleno, resistía la señal que indicaba la dirección a la Presa de Gravedad. Junto a ella, alguien había erigido una mínima torre de gres para colocar encima la figura de una virgen. No fue hasta pasar por allí que María volvió a hablar:

—También me pregunta que por qué no tienes novia, con todas las mozas que hay...

—Sí que tengo novia, pero no es una novia cualquiera.

—¿Quién es?, ¿la conozco?

—Sí que la conoces, eres tú. ¿Y qué más dicen en casa de tu amiga?

—No sé, muchas cosas. —El zumbido de un tábano madrugador obligó a María a soltar la mano de su padre para espantarlo—. Que nunca vas al baile los domingos, que no vas al bar con los otros hombres del pueblo, que eres muy raro, que nunca bebes, ni te ríes, ni cantas en las fiestas...

De vuelta del molino, en un charco se reflejaba la plateada luz del cielo y las hojas de los árboles.

—No pises ahí, cuidado, que te pondrás perdida —advirtió Teodoro antes de añadir—: Hoy vamos a ir un poco más lejos: vas a ir andando hasta el lavadero. Cuando llegues te asomas, y me verás allí, ¿qué te juegas?

En ningún momento se planteó María detener el paso. Y cuando, minutos después, llegó al lavadero, sonrió feliz, por un lado por haber llegado sola y, por otro, porque sentado en actitud chulesca, el sombrero ladeado, estaba su padre.

—Jo, no vale, papá, siempre llegas tú antes...

—Venga —dio un brinco—, ahora vamos al horno y tú te vas a la escuela, que tengo cosas que hacer.

—¿Adónde vas?

—Me voy a Montalbán, así que volveré por la noche.

—¿Y para qué vas allí?

—¿Para qué va a ser, cariño? Para traerte un pastel. ¿Dónde se ha visto que no haya chocolate en un cumpleaños? Por cierto, me ha dicho un pajarito que te han visto con tu amiga en la presa. No quiero que vuelvas allí. Que sea la última vez, que yo me entero de todo...

—¿Por qué no podemos ir a la presa?

—Porque es peligroso.

—¿Por qué es peligroso, papá? —lo preguntaba todo.

—Porque lo digo yo, que la conozco muy bien, trabajé en la construcción y me da miedo que te caigas...

Teodoro atravesó la plaza y, sorteando la palanca, se encaminó hacia el Barrio Verde. El río aún tenía buen caudal. El ganado había pasado por ahí llenando todo de boñigas. Le gustaba esa hora, cuando el pueblo despertaba de puertas para afuera con las nueve campanadas y las primeras mujeres salían con baldes cargados de ropas y jabones rumbo al lavadero; y la bolillera sacaba su armatoste para ocupar su rincón de sombra. Antes de pasar por la casa del médico saludó a Justo y a Delfina, que bajaban de arreglar a los animales en el corral y le recordaron que en breve empezarían a trillar en la era y que si María quería subirse al trillo como hizo el verano anterior que no hacía falta que preguntara.

El camino a Montalbán duraba tres horas. Para evitar la tiranía del sol, había que emprenderlo temprano. Tomó el atajo del Barranquiello y, luego, habiendo remontado, salió a la trocha rebosante de aplomo, dejando que su liviano pensamiento se perdiera entre los pinos y la profundidad del horizonte, tratando de desentrañar aquello que decía Melchor, que hay dos tipos de personas: los que crecen por dentro y los que crecen por fuera. ¿Qué querría decir? ¿Cómo crece uno por dentro cuando por fuera ya ha crecido todo lo que tenía que crecer?

Llegó casi a las doce. Los rayos de sol se filtraban a través del sombrero y humedecía la ropa dejando manchas de sombra.

Encontró a Melchor en la puerta del bar, las piernas dobladas y el pie colgando. Ya tenía un quinto en la mano y se reía solo.

—A las cuatro tenemos hora en Utrillas. Tú vas a hacer lo que yo te diga. Esto servirá como segundo pago por el coche.

—¿Cómo funciona, por cierto?

—Se deja conducir.

Ahí pasó a relatarle que se lo había colocado a un gacho que solo lo quería para ir de putas a Calamocha de ciento en viento. Así su mujer no sospechaba. Ni siquiera lo guardaba en su garaje, sino en un redil que tenía en las afueras de su pueblo que, como era lógico, no iba a decirle cuál era.

—¿Cómo está tu hija? —preguntó Melchor.

—Hoy cumple cinco años. ¿Sabes dónde le puedo conseguir un dulce?

—Sí, hombre, sí. De eso me encargo yo, luego veremos. Hostias, cinco años... Cinco años, creo que son los mismos que llevo yo aquí, desde que volví. Yo no sé si tengo hijos, creo que alguno debo de tener, me gustaría, bueno, no lo sé, soy un desastre, para tener hijos hay que ser recto, y yo soy lateral..., pero allí, en Venezuela, puede que dejara alguno, puede no, seguro. Tuve que salir de naja...

Teodoro no era de hacer preguntas, pero entendió que el otro, como era habitual, tenía ganas de palique, y con su silencio pareció dispuesto a escucharle:

—Me pilló el suegro con mi cuñada... y me puso la escopeta aquí (aún noto el tacto metálico en la sien, como lo oyes, pequeño...), se ve que el hombre se dijo si a este caracandao no lo echo se folla también a mi mujer... y oye, porque no me lo planteé, que si no... yo allí era el rey del mambo. Me levantaba y la mucama tenía el café y los huevos revueltos, y luego al tenis con mi suegro, una copa aquí, otra allá, la comida, tostones, arepas; luego mi ron, el puro, la siesta, media hora que si no luego te duele todo, y a pasar la tarde de la piscina a la tumbona. Luego echaba un polvo y a cenar. Así cada día...

—Pensaba que habías estado en la Guardia Civil —llegó a decir el Teodoro entre risotadas, pues tanto le daba si era verdad o no lo que escuchaba, el caso es que se lo estaba pasando en grande.

—¿Yooo? Pero qué va... Yo he sido toda mi vida un vivalavirgen. Me casé con la más guapa de Venezuela, mira...

De la cartera extrajo un retrato que puso en manos de Teodoro para que viera a una hermosa mujer de pelo negro y piel mulata, una sonrisa más blanca que su vestido, un ramo de rosas amarillas sobre el brazo, el escote sin embadurnar. Y a su lado, es cierto, ¡estaba Melchor!, con traje azul y camisa blanca y corbata roja... y un cirio entre las manos. La misma cara afilada, con varios años de menos y la mirada de quien todavía no ha roto un plato.

—Ese fue el día de la boda, en Caracas. Pero la conocí en Zaragoza un domingo de Ramos... Me fui para quedarme y no duré ni un año. Me perdió el vicio, y el que nace golfo muere golfo, eso es una verdad como un templo, la cabra tira al monte... Está buena, ¿verdad? —antes de seguir esperó a que Teodoro asintiera—. Bueno, pues la hermana, el doble de buena, qué talento, me levantaba y la veía ahí en el jardín de la finca con un camisón que se transparentaba todo, y me ponía ya el tubo como el cuello de un cantaor, ¿me explico? Así no se puede. Ay, pequeño... A mi madre solo le di disgustos, pobre Celedonia, la llevé a la boda y al ver aquello me dijo «hijo mío esto no es para nosotros» y yo le dije «ya lo sé madre, pero qué le voy a hacer, se ha encaprichado conmigo, qué culpa tengo yo de haber sido el elegido para vivir como un marajá». En fin..., cinco años tu hija, ¿te apañas?

—De momento sí, esto no es jauja, pero de hambre no se me muere.

—El único sitio que es jauja es Rusia, allí no hay ricos ni pobres, son todos iguales.

—Rusia...

—Jauja... Tú llegas mañana y te dan una casa, un

coche y un trabajo. Tienes tu paga como todos los demás. Nadie es más que nadie. El médico, el albañil, el policía, el del bar, tú... Todos ganan lo mismo. Hay que ir a Rusia, ¿es que tú no vas al bar a ver la televisión?

—No.

—El otro día entraron en el Congreso a tiros, golpe de Estado. Esto se está poniendo divertido, pequeño, así que a lo mejor nos vamos a ir todos a Rusia. Pero allí hay que ir con el carné de conducir, porque te dan un coche en cuanto llegas, para todo necesitas un coche, es muy grande Rusia, y hay rusos por todas partes, y vodka, mucho vodka, calefacción central. Has traído la documentación, ¿no?

—Sí —dijo antes de hallar una baza en la memoria—. Un amigo de Barcelona decía que el pobre no quiere hacer la revolución, quiere ser rico.

Melchor encendió otro BN y se encajó las gafas de sol. Dejó pasar un tiempo antes de opinar:

—Tenía razón tu amigo. —Luego consultó su reloj y se puso en pie—. Vamos, venga, no vayamos a llegar tarde.

En la entrada del ayuntamiento había un inspector con traje y corbata que controlaba la documentación. Al leer la suya, le invitó a pasar inmediatamente e hizo un gesto al joven que organizaba la sala, para que lo sentara al final, como si tuviera su sitio reservado. En cuanto se sentó, el hombre, cuya acreditación sobresalía del bolsillo de su camisa, se inclinó y le dijo algo al oído. Teodoro asintió. La sala se fue llenando de gente que venía de pueblos de toda la comarca. Algunos traían un libro en las manos que obligatoriamente debían dejar sobre la mesa principal. Cuando le llegó el test cayó en la cuenta de que hacía años que no leía ni escribía y le costó anotar su nombre y sus apellidos. En cuanto se cerraron las puertas y empezó la prueba, todos se lanzaron a leer y a rellenar la casilla adecuada de cada respuesta. Él siguió las indicaciones que le había dado Melchor. Pocos minutos después pasó a su lado el joven que ejercía de observador y, con un movimiento rápido, puso el dedo sobre la opción B de la primera respuesta. Dio una vuelta por la sala y al volver a pasar por el final regresó a su lado y, en la segunda, señaló la opción C, sobre la que nuevamente Teodoro marcó una equis. Aquel hombre de andares pesarosos dio otra vuelta y, al volver a su lado, como quien no quiere la cosa, dejó caer el dedo en la opción C de la tercera respuesta. Así lo hizo durante cuarenta vueltas. Cuando marcó la última equis, Teodoro se levantó y entregó el papel y el bolígrafo al otro vigilante, que le agradeció el esfuerzo y le dijo adiós deseándole suerte.

Sentado en las escaleras, con un quinto en una mano y un cigarro en la otra, Melchor lo esperaba. Como si tuviera ojos en la espalda, sin ni siquiera girar la cabeza, dijo:

—¿Ya está, pequeño?, ¿cómo te ha ido?

—Bien —tuvo la gentileza de decir mientras se sentaba.

—Ya tienes el teórico. La semana que viene, la práctica...

Entonces descubrió que Melchor escondía algo

bajo las piernas, de donde provenía un murmullo. El sol había dejado ya de hostigar como antes.

—Toma, coge esto por un lado —dijo Melchor entregándole un cartón con un lazo— las trenzas de chocolate que hacen aquí, y esto por otro, el mejor regalo que le harás a tu hija.

Así, Teodoro se vio agarrando un cachorro recién nacido, todavía caliente, inquieto y aullador. Había sostenido en las manos a muchos animales, pero al tocar aquel trozo de carne, negro como el carbón, se le dibujó una sonrisa infantil porque, y aunque luego lo considerara una exageración, por un momento recordó aquel día, cinco años atrás, cuando en el salón de aquel piso de la calle Bailén de Barcelona, le pusieron a María en los brazos. Iba envuelta en una manta empapada (qué bien recordaba aquel tacto de lana húmeda, y la lluvia de aquel día de abril), pero desprendía al mismo tiempo sensación de calor. Un gorro beis de algodón le cubría la cabeza. Le costaba (lo mismo que ahora al cachorro) despegar los párpados, como si aún no se atreviera a enfrentarse a la luz de la vida. Tenía los labios abiertos y de ellos salía un desnortado berrido de socorro. La piel blanda, nueva. Incluso su olor era parecido al que emanaba ese animal.

—¿Qué niño no quiere tener un perro? —explicaba Melchor—. Yo creo que vas a hacer muy feliz a tu hija, y no hay nada más agradecido que la sonrisa de un niño, ¿verdad? Cuando uno es niño es feliz en cualquier parte, aquí y en Sebastopol, que por cierto está en Rusia... Los problemas vienen cuando entiendes lo que es la necesidad, ¿verdad, pequeño? Cuando tú eras un zagal no sabías lo que era la necesidad, y te ibas a correr por aquí y por allá... ¿Sabes qué es lo que lo tuerce todo? El dinero, el dinero es lo que mata a la ingenuidad. El dinero vuelve loca a la gente. Por eso digo que hay que repartir, que estamos aquí cuatro días, joder. Me he dicho... coño, la cara que va a poner esa niña cuando vea a un perro, eso no se paga con dinero...

—Muchas gracias por todo, se va a poner muy contenta. Todos tienen perro menos ella, nunca ha habido en casa, antes no teníamos ganado... —Teodoro se mostraba satisfecho y complacido. Y, tal vez, entreviendo más momentos de complicidad, guiado por la confianza que le brindaba la generosidad de Melchor, quiso también él hablar de sus planes—. Lo he pensado y en cuanto pueda compro un rebaño y me meto a pastor.

—Esto funciona así: hoy por ti, mañana por mí. Y del examen ya sabes, ni palabra, que nos cortan el cuello... es un tema serio.

—Descuida.

—Un día vuelve con más tiempo, tienes que contarme más cosas de ti. Ni siquiera me has dicho de dónde viene esa niña, me gustaría ver las fotos de tu boda, cómo era tu vida en Barcelona. ¿No lo echas de menos?

Teodoro había pasado un buen día, por lo que aquellas apreciaciones, formuladas tan de golpe, que no eran preguntas pero sí lo eran, que no eran acusaciones, pero casi, le pillaron a contrapié. No le gustaba hablar de eso. Teodoro nunca hablaba de su experiencia en Barcelona. Como si se avergonzara de algo, aunque en el pueblo se sabía todo de todos y cualquiera podría indagar en esa vida que él se esforzaba por esconder.

—Sí, sí, lo echo de menos, todo era tan distinto —dijo por decir algo—, como tú, supongo...

—¿Yo? ¿Echar de menos? Mira, pequeño, yo te explicaré —repuso Melchor, bajando junto a él las escaleras—. Eso de la nostalgia y la tristeza, esas chorradas son para los ricos, enfermedades de señoritos que los que venimos de donde venimos no nos podemos permitir.

—Mi tía Gracia dice que el pasado no tiene tiempo, que siempre viene con ganas de molestar. Cuando era niño no lo entendía, ahora empiezo a entenderlo...

—Yo de lo único que me arrepiento es de haber hecho daño, de haber hecho daño a quien me lo daba todo ingenuamente. Eso sí, es lo único. Pero lo demás, tonterías. Lo que tenemos que hacer nosotros es ayudarnos, como en Rusia. Todos iguales. Si ayudas, creces por dentro, porque tú ya sabes lo que dicen, pequeño, que hay que tener amigos hasta en el infierno. Así que nada de penas. Además, de todo se cansa uno, y yo voy a seguir así, que así estoy muy tranquilo, solo espero no morir como Mariano...

—¿Qué Mariano?

—¿Tú no sabes cómo murió Mariano?

—No.

—Con una polla en la boca y otra en la mano.

Fue entonces, en ese punto, cuando las bromas dejaron de tener gracia. Entre ambos se interpuso un incómodo silencio debido, no a la sonrisa de compromiso de Teodoro, sino a la palmada en la espalda de Melchor que vino a continuación. En ese gesto leyó

Teodoro la intención de pedirle perdón por si había podido ofenderle por todo aquello que sabía, y tal vez sin querer, había sacado a relucir.

Cuando entró en Valdecádiar ya era noche cerrada, noche de estrellas y cantos de lechuzas, la luna como una lámpara envuelta en vidrio polvoriento sobre el torreón. María estaba despierta y recibió, con ilusión, el regalo que le había traído su padre.

3
María Broto

Barcelona, 2016

María Broto recuerda la orilla de un río y la respiración de su perro tras ella, como una prolongación de sus pies, mientras Vidal pasa a su lado con prisa, una sombra que huye, rozándole la cadera con su bolso. Es temprano, en la cocina huele a café recién hecho. Sobre la repisa hay un vaso con una cucharilla y, al lado, un sobre arrugado de Espidifen. María no ha dormido, pero no demuestra su agotamiento. Sabe que no tiene sentido hacerlo.

—No he pegado ojo... —repite Vidal desde el pasillo, dejando tras él la empalagosa estela de su perfume.

Siempre él. Él es el único que duerme mal, el único que trabaja, el único que sufre, el único huérfano, el único que se pelea con su hermano, el único al que presiona su jefe, el único que tiene que entregar proyectos a contrarreloj.

Pero cómo tendrá valor de decir que no ha dormido si cayó rendido en la cama y a los tres segundos ya estaba roncando. Si ha dormido siete horas y se ha despertado sin ni siquiera preocuparse por ella. Si ha ido directo al baño y no ha tenido reparo en abrir y cerrar las puertas y en encender las luces que hicieran falta.

—Qué dolor de cabeza... —insiste.

Qué bien le sale a Vidal el papel de mártir. Cuántas veces se lo había repetido María: «Mira que he leído obras con personajes arquetípicos, pero todavía no he encontrado una víctima como tú, superas al enfermo imaginario».

—Me duele todo, si es que no sé por qué bebo tanto...

El café parece reconciliar a María con el presente. Solo falta que Vidal se vaya cuanto antes. Le gusta ese momento, cuando se cierra la puerta y oye sus pasos descender la escalera.

—Luego hablamos... —dice Vidal asomándose a la puerta.

Se va pero, al instante, como si hubiera dudado, corrige su dirección y vuelve a la cocina. Se agacha para besar a María y entonces, al ver sus ojos hinchados, se acuerda:

—Y tú, ¿has dormido?

—Sí, sí, muy bien —dice—. He descansado mucho.

—Qué bien, lo necesitabas, estuviste genial ayer, qué maravilla de estreno, antológico...

María asiente, sujeta la taza de café delante de la boca. Los codos clavados en la mesa, muy conforme con su mentira.

—Por lo otro, se te va a pasar pronto, ya verás... No lo veías desde hacía años. ¿No me digas que vas a ir al entierro? —María no responde, continúa rezando por dentro para que se vaya y como no contesta a sus preguntas, Vidal se ve con vía libre—. Es que no lo entiendo... Vamos a ver, yo sé que es duro, no le deseo la muerte a nadie, pero coño..., acuérdate de lo que te hizo... Te destroza la vida y ahora tú...

Por suerte para María, durante unos segundos Vidal detiene su discurso y se guarda algunas palabras, quizás sabedor de que ha escogido un camino equivocado. No debería adentrarse en esos temas ni aludir a la muerte ajena con frivolidad y generalidades. Pero María sabe que insistirá y, mientras él retoma su monólogo, ella se ausenta de la conversación y piensa en cuánto lo admiró de adolescente y, aún más después, ya de mayores, cuando volvió con él tras la muerte de los padres, quién sabe si guiada por el impulso de ejercer de madre más que de novia. Cuánto admiró a ese arquitecto tan brillante a la hora de proyectar los espacios domésticos, a ese continuador del oficio de sus padres que, con menos de treinta años coleccionó con todo descaro segundos premios en varios concursos a los que se presentaban centenares de arquitectos. Ese hombre que ahora roza lo insoportable con su charlatanería, en otro tiempo le enseñó a mirar las ciudades, a descifrar los paisajes urbanos de las capitales de Europa y América, el poder extásico de la música, la emancipación, la rebeldía. Y ahora qué cansino es, qué repetitivo. Todo lo que antes le hacía gracia, hoy le resulta impertinente. Era su mejor amigo, su cómplice, su gran amor, y cómo podría en estos momentos definir su relación, ¿compañeros de piso?, ¿vale la pena quererse así? Probablemente sí, porque es innegable que lo sigue admirando. Y quizás por ello, a veces, no sabe si está con él para no estar sola, o para evitar que esté con alguien más.

—... pero haz lo que quieras, yo no iría. Yo lo pasé muy mal, es lo peor que te puede pasar, pero lo mío era diferente.

Ya tardaba en sacar a relucir su yo, piensa María, que traga saliva, y que se sabe de memoria las frases que vienen a continuación.

—... yo me quedé huérfano, pero en tu caso es distinto, aunque si quieres volver a ese pueblo, tú misma. Yo no te podré acompañar, mira cómo estoy de curro...

Todavía puede María dibujar un mapa de aquel pueblo al que alude Vidal, en el que cualquier brote de la naturaleza servía de escondite.

Lo que más le gusta de recibir este beso es que, ahora sí, significa la despedida. Qué alivio. María se acerca a la encimera, las 7:23. Vuelve a hacer café. Siempre se ha despertado temprano, se habituó a madrugar desde niña. Viene de una familia condenada a hacerlo.

Ahora que se ve pisando una parcela de su desvencijado paraíso íntimo descubre que el recuerdo estaba al acecho, como lo están algunas palabras reveladoras, las malas noticias o los placeres fundacionales que ordenan el mundo.

Los días empezaban pronto con Canica en la casa. Aquel perro que olisqueaba todo y le lamía la mejilla en cuanto despertaba, la humedad del hocico en la cara, las patas sobre las mantas presionando su torso. Así se ve a ella misma, peleando con su abuela, la bata mal puesta y la queja siempre en la boca. Amparo insiste en que los animales deben dormir en el corral o en la calle, que dónde se ha visto que los perros duerman en casa y menos aún con los amos, que Canica tiene que salir de allí, y ella que no, que «por favor abuela, que se quede aquí, que quiero dormir con él, abuela, por favor déjame», y al final, claro, Amparo le consentía, y Canica dormía a un lado y su padre al otro. No eran estas maneras de dormir, entre un perro y un padre, piensa ahora, mayor, cuando recupera aquellas escenas desde la atalaya del recuerdo, como quien desentierra una colección de espectros. Al fin y al cabo siempre se salía con la suya. Tan mimada estaba. Silba el café y saltan las tostadas. Queman el pan y la memoria. Y los momentos de ayer con Rafael y los que acumuló en Valdecádiar, con Rafelín. La misma persona, pero tan distintas. Mientras extiende la mantequilla sobre la tostada ve la Replaceta, los tractores y los remolques del Manso, José Ángel y Esperanza, su padre y sus abuelos, y esas fotografías de la memoria que emergen sin pedir permiso, de pronto se ven atravesadas por una frase que declamará por la noche en el escenario del Lliure, vestida de Liuba, en respuesta a su hija Ania, de diecisiete años, tan perdida como lo estuvo ella a su edad: «Por lo menos una vez en la vida hay que mirar a la verdad cara a cara».

Rafael le dijo que trabajaba de vigilante en un *parking* que estaba por el Paralelo. No sabe más de su vida. Luego, a una hora prudente, lo llamará.

No podía negarlo, en días como hoy echaba de menos tener a alguien a quien acudir a cualquier hora. Unos años atrás, de los veinte a los treinta, sobraban las amistades. Incluso se encontraba con ellas sin necesidad de teléfono móvil, por instinto coincidían en los dos o tres bares que frecuentaban, a veces hasta sin querer. Y cómo negarlo, cuánto apoyo había encontrado en ellas, cuántos buenos momentos había vivido. La amistad había sido una doble tabla de salvación y de diversión, el refugio ideal para alguien como ella que, desde el fin de la adolescencia, caminaba con el norte de su brújula vital trastocado. Desde que conoció a Vidal había dado un alto valor a la amistad. Se había implicado tanto en las relaciones que también llegó a pagar sus consecuencias. Había sufrido lo suyo con los desplantes, vaivenes y altibajos que acarrea cualquier apego. Tal vez contribuyera a ello el sentimiento de orfandad que la acompañó a partir de los quince años. Y también su temperamento voluble. Cuando maduró y, a pesar de las correspondientes inestabilidades, encontró su hueco en la profesión, sus amistades fueron disminuyendo. ¿Qué había sucedido?, se pregunta ahora. Algunas amigas de aquella época, aquellas chiquillas de diecisiete y dieciocho años que se matriculaban en el Institut del Teatre con impaciencia e ilusión, ahora eran madres, la mayoría trabajaba en otros asuntos, no habían conseguido prosperar, habían comprendido la dureza de la vida artística, esa otra cara, la tiranía de la rivalidad y el esfuerzo, el despotismo de invertir y sembrar un campo que tardará más de la cuenta en dar sus frutos.

A unos amigos de la juventud los perdió ella por su egoísmo. Ruth, sin duda, era el caso más flagrante. Otros se habían mudado al litoral o a las afueras y era imposible quedar y algunos a otras capitales de Europa. Había también los que permanecían en la ciudad y se dedicaban a la misma profesión, habían resistido y habían llegado lejos, pero habían dejado de ser amigos para ser competencia.

Desde que entró en la rueda de los rodajes y las obras de teatro y los ensayos y las incertidumbres, la vida de María Broto se había transformado en una lucha diaria en la que solo servía persistir. Y, pese a que no le gustaba reconocerse en ese papel de contrincante egocéntrica y nociva, capaz de maniatar y pervertir a los otros para su beneficio, tampoco podía evitarlo, formaba parte del oficio, «iba con el sueldo», como decía su agente. Se había confiado en exceso a esas amistades contando sus desapegos, sus paranoias, sus bajones, sus sentimientos más ciclotímicos, su desamparo, sus celos o sus crisis con Vidal y, peor aún, sus orígenes.

La juventud le dio mucho, ¿pero qué queda de ella?, ¿tiene algo más que ofrecerle? Vista desde lejos, parece hoy el retrato de una patrona arisca y malcarada. Queda Vidal, y alguna que otra compañera de reparto, pero ahí tiene prohibido mostrar debilidades. Si por casualidad se entera de que a alguna de sus amigas del Institut del Teatre, con las que fue a tantos castings cuando no eran conocidas, le ofrecían un papel mejor que a ella, eso la reconcomía por dentro. Desde que acumulaba éxitos laborales, a María le costaba horrores alegrarse por el bien ajeno. ¿Y por qué era así? Hasta hacía poco una actitud semejante hubiera sido imposible en ella. Durante años se había considerado desprendida, natural, sensible y generosa, pero, de un tiempo a esta parte, desde que ganaba dinero y reconocimiento, su temperamento, su manera de tratar a los demás había cambiado. La culpa era de las penurias pasadas, le explicaba a veces a Vidal, esa era su tesis. De niña, en el pueblo, fue ajena a estrecheces, no sabía valorar ni cuantificar la realidad, un perro o unas manzanas eran su mayor recompensa, acompañar a su padre al molino, el mejor premio. Pero en la adolescencia, ya en Barcelona, cuando empezó a ser consciente y a compararse con otros niños, la vida le devolvió un amargo regusto a necesidad del que no sería nunca capaz de liberarse y que derivó en un estado de ánimo resentido.

¿Quién era ahora su mejor amigo? Repasó sus contactos del teléfono móvil, y no encontró a quien enviar un mensaje. Solo podía llamar a Montse Mundó, su tutora. Era la única. Pero ella —comprensiva con otras cosas, que tanto se esforzó por ella tras la ruptura ofreciéndole cobijo, compañía e incluso papeles— jamás se mostró empática ni indulgente con la deslealtad de Teodoro. Escarbando entre los recuerdos, haciendo recuento de la buena gente que habían conocido su padre y ella en sus peregrinajes, aparecía también aquella señora de los Hogares Mundet, ¿cómo era el nombre? Margarita, eso, Margarita; ¿qué habría sido de ella? En la vida, pensaba ahora, nos cruzamos con personas que parece que van a estar ahí eternamente, y luego se olvidan con tanta facilidad. Cómo va a llamarla, si ni siquiera sabe dónde vive, ni su número de teléfono, ni si estará muerta. «Hola, señora Margarita, ¿se acuerda de mí?, se acuerda de nosotros, se acuerda de que vivimos juntos un año, pues mi padre se ha muerto, ya no está, y yo ahora no sé si ir al entierro o no. ¿Usted qué haría? Usted estaba ahí cuando empecé a darme cuenta de las cosas, de dónde venía, de por qué estaba allí, de por qué era tan distinta mi vida de la del resto, de que había gente de verdad y gente de mentira.»

Ha conocido a tanta gente falsa, que a menudo se pregunta quién de los que la rodean es de verdad. Rafael, Rafelín. La humildad de su actitud del día anterior hace que María tenga ganas de verlo de nuevo para que le ayude a recomponer la figura de su padre, para que ilumine las zonas oscuras y le cuente qué hizo en los últimos años. ¿Siguió trabajando de pastor?, ¿preguntaba por ella? Y sobre todo, ¿cómo fue la infancia de Teodoro? Ella solo lo recuerda como padre, pero no sabe apenas nada de su vida anterior. ¿Teodoro?, ¿padre?, ¿tiene derecho a unir esas palabras, comparten un mismo significado?

María Broto siente el cansancio en sus piernas. El sueño le obliga a bostezar. Necesita más café. Sus pensamientos son una montaña rusa. Había soñado tanto con estrenar un Chéjov que, habiéndolo conseguido, tan solo se le antoja como un escalón más. Todo lo que quiso ser durante años, entrega y aplauso, lo tuvo ayer. Jauja. Su padre y su abuelo utilizaban esa palabra para referirse a la abundancia. Y ella creció con ella, con aquel término, y su contrario, la carencia. Aún recuerda la primera vez que la pronunció en el bar de Montalbán, delante del amigo de su padre, Melchor, aquel hombre chistoso que la invitó a un Kas y a unas patatas. Fue algo insólito, como caído del cielo. ¡Un Kas y unas patatas para ella sola! Cuando los tuvo en la mesa preguntó, «¿esto es jauja, papá?», y todos rieron. Entonces sí que sabía disfrutar de la abundancia.

Una vez, tiempo atrás, le dijo a su agente «consígueme un Chéjov, Chéjov sería jauja». Y, después de bordarlo como Maureen en *La reina de la belleza de Leenane*, llegó. En cualquier otro momento estaría ya en la calle, yendo al quiosco a comprar *El País* para leer la crítica del especialista. Pero hoy es distinto. Ya tenía el Chéjov, ¿pero qué significa ahora jauja?

María Broto duda entre acostarse un par de horas más o ducharse y enfrentarse al día. Jauja, otra más de las palabras cuyo significado se transmuta. Mientras sopesa qué hacer enciende el primer cigarro y hace acopio de las palabras que tienen hoy significados distintos a los que tuvieron cuando las estrenaba: amor, libertad, amistad, deseo, pasado... Ninguna significa lo mismo que antes. María abre el grifo y llena la cafetera de agua.

Suena el teléfono y, en la pantalla lee el nombre del director. Más por necesidad que por interés lo coge. «¿Qué te pasaba ayer? Estabas ausente en la cena, ¿es qué no estabas contenta? —le dice—. Joder tu novio, la que llevaba encima, me cae de puta madre, qué tío más divertido. ¿Has leído la crítica de Antón en el periódico? —pregunta el hombre, que se responde a sí mismo—. Es espectacular, dice que estás estupenda, textualmente, mira, te lo leo, "es difícil no sentir el nudo en la garganta cuando María Broto dice las postreras líneas de su personaje: Oh, mi querido jardín, tan bonito, tan tierno, mi vida, mi juventud, mi felicidad, adiós". Un nudo en la garganta, te juro María que desde el Beckett que hiciste hace años con Alcón no has vuelto a hacer nada mejor que esto, te has superado. *Final de partida* estaba bien, pero esto, María, esto es la leche, has hecho una Liuba maravillosa, te quiero un montón, María, eres un ángel, te lo juro, te lo digo con el corazón en la ma...»

—Ayer murió mi padre —suelta María, para cortar con ese reguero de elogios que a buen seguro repetirá a cada uno de los actores—. Por eso estaba rara. Si mañana al final voy al entierro a lo mejor no llego a la función, por eso estoy así. No lo veía desde hace más de veinte años... La última vez que lo vi le dije adiós pensando que lo vería a los dos días y ya no lo volví a ver. Estoy perdida, David, no he pegado ojo en toda la noche.

—Pero qué dices, no puede ser, pero por qué no has dicho nada... —así inicia el director un sinfín de lamentos—. Voy enseguida.

—No, no, no hace falta. —María le frena y pone como excusa que ya ha quedado con la persona que le dio la noticia—. Uno que estaba en el público, aquel que me esperó a la salida, ¿te acuerdas?

Dos horas más tarde, María Broto sale del metro de Drassanes y busca un *parking*. Remonta hasta la esquina con Nou de la Rambla, donde en un panel brilla, sobre un fondo azul, una gran letra P. Ya desde el semáforo ve su presencia en la garita. Antes de que llegue, Rafael ya ha puesto un pie afuera. Es ella quien se esfuerza hoy en darle dos besos.

—¿Has desayunado? —le pregunta él.

—Sí, varias veces.

Quizás ha bastado pensar en él durante la noche para familiarizarse con su imagen. Hoy sí que lo reconoce, claro que es aquel Rafelín que pasaba las horas encaramado en el árbol que tenía delante de casa.

—¿Cómo fue la cena?

—Te puedes imaginar.

No es la misma María Broto que vio ayer. La altiva actriz, engreída y triunfadora que trató de evitarlo, interpreta ahora un papel diferente. En cuanto llega el cambio de turno se dirigen al Bar Ancares. Se sientan a la mesa más alejada de la puerta, bajo el televisor.

—Entonces qué, ¿vienes mañana?

—Sí...

—Yo ya me he pedido el día. ¿A qué hora tienes que estar aquí?

—La función empieza a las nueve, debería estar a las siete.

—Podemos intentarlo, saldremos a las cinco para llegar a las 11, el entierro es a mediodía. Luego nos tendremos que volver lo antes posible.

—Tal vez te gustaría quedarte más rato y estar con tu familia, siento que por mi culpa tengas que ir con prisas.

—Qué más da, mujer. Mi madre, con verme un rato, ya está feliz. Y tampoco va a ser un día de celebrar nada. Pero hay que ir. Y yo encantado de llevarte —hace una pausa y llegan un café y un bocadillo. María se pide también un café.

La pena que trasluce el mohín cansado de Rafael parece muy distinta a la de María. La mirada de pillo que tenía de niño ha dado paso a una más templada.

—Todavía no me hago a la idea. Aún no me lo creo... —Le cuesta llevarse algo a la boca y niega constantemente—. Y encima ayer te vi allí, y he estado toda la noche dándole vueltas. Lo orgulloso que hubiera estado Teo de verte rodeada de aplausos... No he dejado de pensar en eso, en que era él el que estaba en el teatro y no yo.

María no sabe qué responder, bastante tiene con mitigar la punzada de dolor que siente en el estómago. Rafael mastica el bocadillo de tortilla francesa, y sigue:

—Yo lo quise mucho a tu padre..., siempre os he querido mucho a todos vosotros. Supongo que por llevar la contraria, como todo el pueblo daba la espalda al Zacarías yo lo veía como un héroe. Y también a tu abuela, pobre. Los últimos años que pasé allí estuvimos muy unidos. Hablaba tanto de ti... Aún lo veo sentado a la mesa, delante de las fotos tuyas que tenían en el mueble aquel. Porque allí solo había fotos tuyas. Lo que es la vida, un infarto y te vas... Últimamente, al no estar mi padre, nos ayudaba con los campos...

—¿Y tu padre?

—¿Mi padre? —A la memoria de María vuelve la figura del Manso—. Falleció hace cinco años.

—Lo siento, no sabía.

—Es ley de vida. Él no se llevaba muy bien con tus abuelos, ya sabes. Vecinos toda la vida y sin conocerse. Pero yo con tu padre siempre tuve algo especial. Desde la primera vez que volvió, cuando llegó contigo, que tenías un año o dos, y sobre todo luego, a partir de la segunda, cuando vino para lo de Gracia y ya no se volvió a ir.

—Tengo muchas cosas que preguntarte...

—Mañana tendremos tiempo.

—Me he pasado la noche ordenando los recuerdos. Es como si hubiera estado en el pueblo, te veía allí en el olmo viejo, y a mis abuelos, José Ángel y Esperanza y todos. ¿Sabes de lo que me he acordado ahora viniendo?

—No.

—De cuando tu padre te pilló fumando en la era del Pelegrín. Estabas con los de tu cuadrilla, y te escondiste el cigarro en el bolsillo y lo mantuviste encendido mientras él te hablaba hasta que empezó a salir humo del pantalón...

Rafael sonríe.

—Esa sí que fue buena. La que me cayó luego encima, menuda paliza me dio. Pero sobre todo era porque había quemado el pantalón, con lo difícil que era entonces comprarse otro, ¿te acuerdas?

A María Broto se le ablanda el semblante, no sabe si reír o dejarse llevar por la inercia de la nostalgia. Remueve con la cuchara el contenido de la taza y cada tanto levanta la vista para observar el tiempo en el rostro de Rafael y a la vez imaginar el de su padre. ¿Cómo habría envejecido? Está a punto de hablar del último recuerdo que tiene de él, aún joven, en aquel piso del Borne, pero no consigue verbalizarlo. ¿Por qué se gasta de esta manera la piel?, ¿por qué se rasga así la tersura de la infancia?, se pregunta. María Broto ha invertido tanto tiempo en su carrera que ha tenido que morir Teodoro para que repare en ello.

Por el pensamiento de María circulan imágenes y escenas, qué cosas no supo de él, qué cosas le faltaron por averiguar. No entendió las habladurías que corrían en torno a Teodoro hasta años más tarde. Las sospechas le llegaron siempre por voces ajenas, pero en la infancia uno no sabe atar cabos con tanta premura como en la madurez. Entonces sí, fue fácil recomponer y entender comportamientos de aquel hombre, las huidas precipitadas, la soledad escogida, la vergüenza, la timidez, la voluntariosa tendencia a quedarse al margen.

Rafael termina con el bocadillo y el café y no duda en pagar la cuenta sin hacer caso a la petición de María, que saca el monedero pero no llega a abrirlo. Sin embargo, cuando ya está en pie, coge del brazo a Rafael y pregunta:

—Oye, ¿y te acuerdas de Canica, de mi perro?

—Claro, mujer, cómo no me voy a acordar...

—¿Qué fue de él?

—¿No lo sabes? —dice él mientras abre la puerta, antes de que reciban la corriente de aire.

4
Teodoro Broto

Valdecádiar, 1982

Luchando contra el sueño y, contradiciendo las indicaciones de la abuela, que la apremiaba a dormirse de una vez, María esperó a su padre. Cuando llegó, ansiosa por el chocolate prometido, descubrió que traía algo que aún le hizo más ilusión, porque aquel inesperado cachorro negro, un perro recién nacido que reclamaba a su madre en cada aullido, le hizo llorar de emoción, una emoción que, sin duda, le iba a durar más que el dulce de chocolate, que ni siquiera probó esa noche pero que terminó al día siguiente.

Tiempo después, una tarde, María regresó de casa de los maestros y, mientras esperaba a que su abuela terminara de cocer unas patatas, se distrajo dibujando en un cuaderno. Como era habitual, mantenía a Canica en sus piernas. El animal había crecido bastante y sabía bien quién era su dueño. Cuando su padre y su abuelo llegaron del corral, acarreando el correspondiente olor a fiemo, le preguntaron qué era aquello que pintaba, y María dijo que era el símbolo de la paz, y que José Ángel lo había pintado en la pared de la buhardilla de su casa con pintura, muy grande, y rodeándolo de unas letras «p o w e r t o t h e p e o p l e», que no sabía qué significaban. Y que allí, en la buhardilla, tenía también un artilugio que llamaba equipo de música y un montón de discos amontonados.

Siempre que podía, Esperanza daba de merendar a María, que engullía torrijas, galletas o fruta. Y no faltaba la tarde en que si José Ángel venía del huerto con la carretilla llena, con su camiseta de tirantes y su cinta atada a la frente, hacía un alto en la puerta del Zacarías y llamaba para ofrecer a quien abriera unos calabacines, unos tomates, cuatro patatas, algo de borraja.

Como era de esperar, siendo una relación tan estrecha, también llegaron los aprietos. Fue una tarde en que el alguacil echó el bando anunciando que venía el de Alagón a vender fruta y verdura, y María vio a Esperanza salir de casa con una bolsa de tela y el monedero en la mano. Sin dudarlo se aferró a ella y la tomó del brazo («ay, cómo le hace falta una madre a esta niña», se dijo Esperanza) mostrando su entera disposición a acompañarla.

«Mira esta, menuda pájara, ya sabe, ya... Con tal de que le suelten algo es capaz de no separarse de la maestra ni a sol ni a sombra», cuchichearon dos señoras de luto, sentadas en la Replaceta, sin saber que Rafelín las estaba escuchando desde lo alto del olmo, desde donde asistía al espectáculo de la vida del pueblo como quien hace acopio de la información que un día le servirá para otros menesteres. «Estos robar ya saben, ya, y a esa hay que atarla en corto. Una hija sin madre... En unos años de aquí a la capital, ya verás tú, a la calle del Caballo, de puta como Milagros.»

En la plaza, alrededor de la furgoneta, se había concentrado un nutrido grupo de mujeres, algunas acompañadas de sus hijas pequeñas. Piedad y María se saludaron sin entusiasmo: estaban más pendientes de repasar el fresco de colores que se desplegaba ante sus ojos que de jugar al pilla pilla.

Cuando le tocó el turno, Esperanza cargó con todo tipo de frutas y en su última demanda dijo a la pequeña, «venga y ahora para ti. ¿Qué quieres, María?». Y María, ajena a precios y a dineros, señaló primero naranjas, luego manzanas y también peras, y se fue con Esperanza y con su bolsa tan contenta, dando mucho que hablar a las mujeres que se quedaron.

Coincidió que en la puerta de casa de los maestros estaban José Ángel y Teodoro. La niña se colocó junto a su padre y dejó a sus pies la bolsa con sus pertenencias.

—¿Me ayudas? —preguntó Esperanza invitándola a entrar a esa casa que tan bien conocía, tan distinta a la suya.

Los hombres se quedaron en la calle discutiendo sobre el punto de madurez de los tomates y del ofrecimiento de Teodoro para echar una mano a plantar patatas el próximo sábado.

—No hombre, no, Teodoro, que ya tienes tú bastante trabajo, ya las plantaré yo que se tarda mucho...

—Que no, que no —insistía el otro—, que me llevo a la niña, si a ella le encanta...

José Ángel se quedó rumiando. A saber lo que pasó por su cabeza:

—Con la madre viva sería más fácil, ¿verdad? Además, siendo tan joven...

Teodoro se quedó extrañado. ¿De dónde vendría

aquel juicio?, ¿del bar?, ¿del coro de la iglesia? ¿Por qué le recordaba lo joven que era?, en el pueblo era común tener hijos a los veinte años e incluso antes.

—Nos apañamos bien. María no echa de menos a nadie. Con sus abuelos tiene de sobra, no sabes lo bien que se lo pasa con ellos. No hay más que verla, quiere ir con su abuelo a todas partes...

—¿No echa en falta a la madre? En el colegio, cuando se le pregunta por ella, no sabe qué responder, y yo creo que a los niños hay que hablarles con naturalidad. Se está haciendo mayor, y conforme vaya creciendo, irá preguntando más, necesitará saber sobre su procedencia.

—Es algo que no me gusta recordar. Su madre se fue de una enfermedad, de cáncer, aún la estoy viendo en el hospital de San Pablo.

—¿Qué edad tenía María?

—Diez, once meses, por ahí andaría...

Así relató, con sus correspondientes saltos temporales y malabarismos, la enfermedad con todos sus detalles.

—Sí, sí, eso dicen, que es una enfermedad tremenda.

—Tres meses duró, desde el primer diagnóstico. Ni uno más, ni uno menos.

—¿La conociste allí en Barcelona o era del pueblo?

—¿A quién?

—A la madre...

—Ah, no, no... La conocí en el Centro Aragonés, nada más llegar.

—¿Ah, sí?

—Iba a ser actriz, de teatro —recordó entonces a una joven llamada Angelines, ocurrente y entusiasta.

—No me digas...

—Quería hacer una obra y que yo participara, pero yo de esas cosas no sé.

Es curioso, pensaría luego Teodoro en la cama, cómo los recuerdos afloran cuando más los necesitas, y cómo se quedan grabados para rescatar a uno en momentos de apuro. Qué fértiles eran la memoria, o la imaginación.

—¿Cuál era la obra? —preguntó el maestro.

—*El tragaluz*. —Qué bien se sentía Teodoro ante aquel hombre inteligente hablando además de aquello.

—Coño... Pero si es de mis favoritas, el soñador contra el realista. Vicente y Mario, ¡dos personajes antagónicos! Aquí tengo pensado retomar el tema del teatro, en la sala de arriba hay espacio de sobra y a ver si para final de curso del año que viene podemos representar una obra... Pues esta niña debe ir para artista porque tiene mucha fantasía. A menudo habla sola, no sé muy bien con quién, a veces me pregunto si no será con su madre. Ahora es aún pequeña, pero un día querrá saber y preguntará por ella.

Puede que Teodoro encontrara improcedente aquella afirmación, pero su carácter, introvertido, estoico, le impedía reaccionar como tal vez debiera. Quizás el maestro, con esa agilidad verbal que lo caracterizaba, se estaba inmiscuyendo demasiado en un asunto que no le incumbía.

—Ya sé, ya sé... El otro día me preguntó... Se ve que en la escuela le preguntan por ella y por su procedencia...

—Los niños pueden ser muy crueles entre ellos y, según mi experiencia en la educación, aunque se les quiera proteger, es imposible...

—Su madre está muerta. No hay más que hablar —zanjó Teodoro.

—A mí no me hace falta que me lo digas. ¿Se lo has dicho a ella?

Desde dentro de casa se oyó avanzar a Esperanza y a María. Teodoro se inclinó para recoger la bolsa con las frutas, y correspondió una vez más a tantos cuidados con un gesto de cabeza que mezclaba la gratitud y el servilismo.

Horas después, cuando todos dormían —Zacarías, un tiovivo de ronquidos, su madre otro tanto, y María con el perro resollando a sus pies—, las corrientes del desvelo hicieron escala en el pensamiento de Teodoro y no había forma de restaurar el sueño. Era más allá de medianoche. La conversación con José Ángel reapareció y trajo consigo la imagen de Pablo, la enfermedad, las idas y venidas por los corredores subterráneos del hospital, los desequilibrios mentales y emocionales. Y, de paso, las conversaciones que mantuvo con Mercedes Xancó, la única amiga que acabó teniendo Pablo en las turbulentas y largas esperas en la cafetería y en los pasillos.

Pablo Peñalver podría ser muy inestable y muy veleta, ¡pero cuánto le había ayudado y qué importante había sido! ¡Cuánto de él permanecía aún en su piel, en su genética! Por el amor de Dios, ¡si todavía se vestía con sus calzoncillos!, ¡si todavía usaba sus camisetas de tirantes! Si todo lo que tenía, incluida María, era gracias a él. Qué estupor, ahora, en aquella oscuridad impúdica, la memoria solo le permitía acceder a los buenos recuerdos. Llegó a una conclusión que se convirtió en evidencia: tenía que vender el oro para adquirir un rebaño. En cuanto hubiera uno en venta, iría a por él gastándose lo último que le quedaba de Pablo. Recordó el día en que le dio el oro y le pidió que lo guardara, y la cantidad de veces, en aquellos últimos tiempos, en que le habló de la pobreza como algo hereditario, de su empeño por librarlo de ella a sabiendas de que por mucho capital que llegara a poseer nunca dejaría de serlo. Qué bien recordaba Teodoro aquella manera suya de expresarse; cuando decía «soy un pobre con billetes» o «nadie elige ser obrero», y aludía a los problemas que tenía en la fábrica y en las obras por eso, porque quería que los trabajadores tuvieran conciencia de clase y no era posible. En momentos así, de disyuntiva, lo extrañaba. Se imaginó consultándole sus dudas y diciéndole: «Yo sí, Pablo, yo elijo ser pastor, y aquí me quedo». Pablo pondría en cuarentena sus palabras y daría su opinión, con aires de señorito consentido y sabelotodo, pero en el fondo estaría orgulloso. Él, que jamás miraba el dinero, derrochador y oportunista, que murió endeudado, que tan pronto confraternizaba con la chusma (¿qué mejor ejemplo que él?) como con niñatos gandules de clubes de alterne e ínfulas de poeta de bimba y *foulard*, y que amaba por igual la curda y la ingeniería, seguro que vería con buenos ojos invertir la postrera porción de la herencia en algo con sentido práctico. Pablo Peñalver, de apariencia enigmática y suicida, pero tan bonachón visto con perspectiva, ya en la tumba. Qué bien se hubiera llevado con Melchor y con José Ángel. Los tres tan diferentes, pero tan locuaces y vivos. Sin hacer ruido, Teodoro rebuscó en el arcón y se aseguró de encontrar el fardo.

Ese verano volvieron al pueblo Cosme y Damián. Cada uno con un coche ostentoso que llamaba la atención de todo quisqui, pero sobre todo de los pequeños. Fue entrar por el lavadero y que empezara a correr la voz y una bandada de niños se lanzó a palpar la chapa como si tocaran una máquina de guerra. Cosme y Damián se habían ido del pueblo a la vez que Teodoro y también gracias al ingeniero Pablo Peñalver. Ahora regresaban a pasar el verano envueltos en festejos. Su presencia traía remembranzas y recelos. Era evidente que no sabían de la vida de Teodoro. A las primeras de cambio, nada más llegar a Barcelona, lo dejaron de lado y su vida siguió por otros derroteros, pero había hablado de aquella joven de la obra de teatro muy abiertamente a José Ángel, y lo cierto es que ellos la conocieron mucho mejor que él... ¿Había sido muy torpe? Cuando se encontraron, conversaron amistosa pero muy brevemente, como si a nadie le interesara que la complicidad fuera a mayores.

Una de aquellas tardes lánguidas, Zacarías sacó una silla de enea a la calle y se sentó junto a Amparo que, sin levantar la vista de las manos, zurcía calcetines de cara al invierno. María jugaba delante de ellos: con unas cintas elásticas entre las piernas, sujetadas a la altura de los tobillos, daba brincos y entonaba una canción cuya letra solo ella entendía. Teodoro había ido al huerto del maestro a echarle una mano. Había estado quemando unos rastrojos y olía a humo. Canica se estiró a su lado, la respiración le abombaba el vientre, con los ojos medio cerrados anunciaba la entrada en un estado de duermevela. Era habitual encontrar en la puerta de casa una estampa familiar y espontánea. Esta era la vida de Teodoro. Aquí se había criado. Compraría el rebaño y saldría adelante como tantos otros del pueblo, a fin de cuentas conocía las reglas del oficio y los campos donde soltar cada mañana a las reses. Cuando anunció sus planes, Zacarías se sacó la gorra y se rascó la cabeza.

—De aquí no os está echando nadie —soltó con la vista puesta en los pies de la niña.

Zacarías había leído más allá y le preocupaba que su hijo quisiera marcharse de la casa, cosa en la que Teodoro ni siquiera pensaba.

—Las reses entran —siguió Zacarías—, y albarderas hay suficientes. Ahora bien, si luego quieres criar un tocino o unos conejos los tendremos que apañar en este —y con el mentón señaló el corral pequeño.

—De momento, las reses y las cabras, padre. Luego ya veremos.

En esas estaban cuando llegó la tía Gracia, vestida con su eterna bata de cuadros que no cubría del todo las rodillas. Cuando estuvo delante de Amparo, sacó del bolsillo una carta y anunció que era de Milagros. Al levantar la vista, a Amparo se le arrugó la frente. Detuvo sus quehaceres pero no soltó los punzones. Cada vez se le marcaban más las varices a Gracia, que le emborronaban de trazos violetas las corvas. Al parecer, Milagros vivía en Mallorca. Servía en un hotel y a principios de diciembre tendría días libres y vendría con su marido, pues se había casado por lo civil en el ayuntamiento de Palma. Había también una fotografía de ella y el tal Juan, los dos tímidos, los labios sellados, en la puerta de un restaurante. Teodoro se vio reflejado en el gesto de su hermana: la resignada súplica de quien hace lo que puede sin querer ir más lejos.

Como le había dicho Amparo el día en que llegaron, sus otros hermanos se habían desperdigado, cada cual a saber por dónde, y no habían vuelto a pisar Valdecádiar. A Teodoro, la verdad sea dicha, le importaban bien poco, pero Milagros era especial. Fue la primera en irse, pero también la que más lo cuidó en su infancia. Por eso, aquella carta lo convenció aún más de quedarse.

La última vez que regresó de Montalbán, María le había hecho jurar que la próxima la llevaría con él. Así que para la siguiente visita Teodoro no tuvo más remedio que atender su ruego. Ambos se acercaron a ver al Manso. Echaron a un lado la cortina y vieron al hombre sentado, con la radio encendida y un Farias en el cenicero.

—Manso, tengo que ir a Montalbán, ¿me prestas el remolque y el mulo? —preguntó Teodoro.

—Rafelín se lo ha llevado al huerto. —El chaval ya ayudaba en el campo—. Cuando vuelva te apañas con él... ¿Y para qué quieres ir allí?

—Es que quiero comprar un ganado y quiero ver si allí saben de alguno.

—¿Y ya tenéis cómo pagarlo?

—Sí, bueno, en eso estamos.

Rafelín, siempre predispuesto y feliz de que contaran con él para actividades propias de adultos, se ofreció a acondicionar al mulo y les acompañó un trecho. Padre e hija se sentaron en la caja, «arre, arre», gritaba la pequeña, imitando a Teodoro, feliz de compartir ese palco desde el que se divisaba gratamente el esfuerzo del animal y la anchura del horizonte.

Antes de entrar en Montalbán, en un lado del camino, separaron el remolque y, tras aparcarlo, llevaron a abrevar al mulo.

—¿Cuántos años tienes, pequeña? —preguntó Melchor nada más verla, que tenía un imán para los chavales.

—Ocho —dijo, muy tímida ella.

—No mientas, anda —le recriminó el padre.

—Bueno, tengo siete, pero muy pronto haré los ocho.

—Así me gusta, y claro que tienes que mentir, qué coño, tú no hagas tanto caso a tu padre. ¿Quieres un Kas?

—Sí...

—Toma... —del bolsillo extrajo unas monedas— dile a la Paquita que te ponga un Kas y una bolsa de patatas fritas y las chucherías que quieras, y si sobra algo, para la hucha...

Aquello sí que era jauja, barra libre para ponerse morada de todo de lo que carecían en casa, y encima la dejaron subirse a una silla frente al futbolín y jugar con otros chavales. La novedad era un auténtico regalo: destellos de vida diferente que existía más allá de Valdecádiar.

—Qué te trae por aquí, pequeño... —preguntó Melchor una vez solos.

Pese a alguna mínima desavenencia y a las diferentes formas de entender el humor de cada cual, ya fuera en un pueblo o en otro, sus encuentros se habían vuelto habituales. Si Melchor venía de visita y había merienda en la bodega de los Seroneros, no dudaba en apuntarse. Teodoro actuaba con prudencia, como si estuviera de más, mientras los otros se emborrachaban cantando jotas. El mundo giraba a otro ritmo alrededor de Melchor, que tenía gancho, la gracia innata del que está hecho de una pasta singular para la juerga. La semana anterior, en una de esas reuniones regadas de vino, anunció que seguía ahorrando para montar el bar en Zaragoza. Sus allegados habían echado el ojo a un pequeño local en las Delicias. Para todos, menos para él mismo, tenía a punto un consejo. Se jactaba de considerarse un «simple conseguidor». Aunque se bebiera cuarenta cervezas nunca perdía el conocimiento, pero si se pasaba con el vino a menudo afloraba toda esa melancolía que sereno despreciaba. Teodoro había reparado en ello cuando lo vio sacar de la cartera fotos de la venezolana y gritar con mohín triste y al borde del lamento:

—Esta, esta fue mi perdición... —Como si la historia que le había contado fuese a la inversa. Aquel gesto delataba amargura y le daba otro enfoque a las cosas. Parecía que culpara a una mujer de estar ahí.

Mientras María seguía en el interior del bar concentrada en el futbolín, Teodoro transmitió el interés por hacerse con un ganado, aunque para pagarlo, primero tenía que vender algo.

—Me parece muy bien, pequeño, el dinero y los cojones, para las ocasiones... Tú sabes aquel que era tan agarrao, tan agarrao, tan agarrao, que estaba soñando que se tomaba un café, y se despertó para no pagarlo...

Esta vez Teodoro sonrió por compasión. Luego dejó que hablara.

—Y eso que tienes que vender, ¿qué es? Eres una caja de sorpresas, primero un coche y ahora...

—Ahora oro.

—Coño, vas fuerte tú. Eso en Rusia te lo quitaban y lo repartían para el pueblo. ¿No quieres una cerveza? —dijo como si intuyera que la conversación se iba a alargar.

Melchor se encendió un BN y saludó a un conocido que entraba en el bar.

—Qué bien estamos a la sombra, eh —le dijo el hombre, arrastrando los pies, la camisa sudada, un garrote en la mano.

—Calla que vengo de vendimiar —respondió el otro sin mirarlo, pero riendo al vacío.

Teodoro tenía prisa. No quería alargar el día en Montalbán con María y con tanto calor. Melchor dio su punto de vista:

—Lo ideal sería vender todo al mismo, nada de pieza por pieza porque aquí el dinero lo tienen cuatro gatos. Luego se compran las reses. Tráeme el oro, si quieres, porque yo entiendo de eso, no vaya a ser que te paguen de menos...

—Hay mucho...

—¿De dónde viene? Eso es lo que importa.

—De Barcelona, de una señora...

Paquita salió a barrer la entrada del bar, cáscaras de pipas y de cacahuetes, quintos vacíos y colillas, y hasta que no acabó la faena no volvieron a hablar:

—¿Pesa? —quiso saber Melchor.

—Pesa, sí, bastante.

—A un comprador lo tengo claro. Dame tiempo para buscar al otro. Vamos a ver cómo te ayudo, pequeño...

Fue el Prenda quien dio el aviso a Teodoro: por fin

se vendía un ganado en Segura de Baños, y podía subir a Montalbán cuando quisiera, que Melchor lo estaba esperando. Animado, al día siguiente salió del pueblo con el fardo. Al verlo llegar, Melchor se puso en pie y lo guio hasta su casa: no era plan de hacer bravuconadas con oro a plena luz del día. En la mesa de la cocina, sobre el hule de cuadros con restos de grasa, Teodoro depositó el paquete.

—Espera que pase un trapo... —dijo Melchor rescatando un trozo de tela del fregadero—, que ayer me dio por cenar.

Teodoro miró a su alrededor: un hogar con ceniza amontonada, una pileta con cuatro cacharros, una cocina de butano y un hornillo. El paso del trapo acuoso por la mesa dejó un rastro de humedad y un olor que echaba para atrás. El suelo de baldosas amontonaba polvo en las esquinas, y en una de ellas se apoyaba una escoba de hebras.

—A ver qué hay ahí, pequeño... —animó Melchor, encendiéndose un cigarro con una cerilla que lanzó al hogar.

En aquel interior penumbroso relucieron los collares y las pulseras.

—Coño, esto va en serio —opinó Melchor.

—¿Qué piensas?

—Yo te explicaré, pequeño: el ganado es de trescientas cabezas. Hay que contar con el transporte, que nos lo hará el Prenda, y los papeles. Tú lo tienes todo en regla, ¿verdad?

—Verdad.

—Pide cincuenta mil pesetas, pero lo vamos a rebajar. Creo que con esto nos llegará. Me lo tengo que quedar dos días. Esta noche vendrá aquí un comprador y mañana por la mañana espero al otro. Déjame que yo me encargue, haremos que llegue. Le he dicho al de Segura que nos espere el domingo después de misa. Calcula que el lunes empezarás ya a ir a pastor. ¿Tenemos un corral listo?

—Sí, sí...

—¿Cebada para la primera noche, pequeño?

—Hoy la consigo. Se la pediré a alguno del pueblo. Y ya la pagaré...

—Si no, te la consigo yo.

—Tu también tendrás que cobrar algo...

—Anda, tira, tira. No digas tonterías, ya me invitarás a un par de rondas y en paz. Hay que ayudarse, no me jodas, si no, ¿adónde vamos?

De vuelta al pueblo, Teodoro sintió que se abrían las puertas de una época dorada en la que todo tenía un principio y un fin: su hija. Porque la aceptación de los maestros y el carácter abierto de la niña ayudaban a perder la vergüenza y a que María creciera ajena a los estigmas y con salud. ¿Qué más se podía pedir? Todo estaba en su sitio, incluido el futuro. Su hija podría estudiar y él tenía opciones de prosperar con el ganado. Imaginó a su hija yendo a Utrillas a hacer el bachillerato o incluso a la Laboral de Huesca y se llenó de orgullo. Claro que contaba con que María preguntara tarde o temprano más detalles sobre su madre pero, al mismo tiempo, no iban a salir del pueblo y los rumores siempre estarían ahí. Había que convivir con ellos como se convivía con el pasado. El pasado era otro país. De ese país emergía Pablo Peñalver, satisfecho de que las joyas de su difunta madre sirvieran para salir adelante. El camino era largo y daba para mucho. Iba con la ilusión a cuestas, qué peso más sencillo de transportar, qué agradable construir en el aire humildes castillos.

La figura de Melchor le devolvió la imagen del oro y por unos momentos, dudó. Se preguntó si había hecho bien en dejar allí todo el amasijo de joyas, y se dijo que sí, que no había motivo para desconfiar y que qué iba hacer con él Melchor que no fuera ayudarlo otra vez, si jamás se cansaba de proclamar a los cuatro vientos que estaba aquí para hacer el bien. La última línea del cielo desembocaba en Valdecádiar, linde que unía ayer y mañana. Y así dejó que su pensamiento, con el eco de sus pasos y las cigarras como compañía, siguiera su curso y diera vueltas por el paisaje con un único punto de apoyo, María.

A primera hora del domingo, José Ángel madrugó y sin despertar a su mujer se vistió con ropa de deporte y se acercó a la cocina a preparar un café. Había encargado un libro al sindicato de enseñanza de profesores progresistas y por fin, el día anterior, le había llegado. Aunque conocía bien la historia, lo empezó por la noche y lo quería terminar esa mañana: *El tragaluz*. La cafetera silbó y le entró hambre. No había pan en la bolsa de tela que Esperanza se empeñaba en colgar en el pomo de la puerta y, harto como estaba de dulces resecos, decidió esperar a las siete para ir a la tienda de Encarna. Desde hacía un tiempo vendía ella el pan, y en verano incluso lo hacía los domingos. Se sirvió café, terminó la tercera parte y subrayó una acotación:

«Solo los pobres saben que son pobres». Dejó el libro boca abajo y se desperezó sonoramente destensándose del abotargamiento del sueño. El balcón daba al patio de las escuelas y por encima de los tejados de tejas rojizas se percibía el amanecer. La claridad, como un don, concurriendo a la fiesta del día desde los confines del cielo. Qué hambre. No esperó a las siete, salió de casa con diez minutos de adelanto con la bolsa del pan y su cartera. Pasó por la Replaceta, rincón en el que la noche había dejado desperdigados cascos de botellas vacías, mugre y vestigios de tabaco, así como un denso olor a orín que le obligó a girarse y sorprenderse de que la cuadra del Manso estuviera de par en par. Bordeó las escaleras de la iglesia que en unas horas se llenaría de feligreses y al girar la esquina, ante la puerta de la tienda, como si estuvieran haciendo cola, vio a tres guardias civiles y detuvo el paso. Aún se oía el aullido de alguna tórtola, y por ese lado, la luna todavía era un tirabuzón de espuma, desinencia blanca en el gran páramo azul de las alturas. Cantaban los primeros gallos en los corrales y, sin saber cómo, sintió que el frío de la mañana le traspasaba de los brazos a la garganta. Acercándose, trató de hilvanar datos y dar un sentido a la situación. Inocencio, marido de Encarna, era el alcalde del pueblo. Alguna desgracia habría sucedido durante la noche. No había otra explicación.

—Buenos días —saludó reservado, sin obtener respuesta, los tricornios erguidos, las capas sueltas.

La puerta de la tienda ya estaba abierta y en el interior había movimiento, pero, a pesar de todo, pudo distinguir la cara de Encarna, pálida y acobardada, y su voz de pito repitiendo:

—Ahora baja, ahora baja...

Otros tres guardias civiles, igualmente armados, se encontraban ante el mostrador. Cuando José Ángel quiso traspasar el umbral uno de los de fuera le cortó el paso.

—Eh, torito bravo, a dónde vas, qué modales son estos...

—A comprar pan.

—Hoy no se vende nada, documentación.

—Soy el maestro —dijo deteniendo el impulso de sacar los papeles.

—¿Maestro? Pues vaya usted mejor a misa primero y rece, que seguro que le vendrá bien...

Parece que aquello hizo gracia a los otros, que refunfuñaron altivos.

—Vaya, este qué, que se cree que juega en la NBA, tú...

—Este melenas va de listo... —comentaron los otros dos, acercándose a él, braveando con los pasos, las botas altas, la palma de la mano en la frente en señal de saludo. El maestro percibió sus respiraciones muy cerca, ese soplo de anís y de tabaco de picadura; y cómo le examinaban el relieve de su camiseta de tirantes, donde se leía: «Jefferson Airplane, Volunteers of America», junto a una bandera de Estados Unidos.

—Tú qué eres, ¿maestrillo de esos revolucionarios?

—A este un par de sopapos y rezar cuatro rosarios, mi teniente.

—Tú prepara las esposas, por si acaso...

Entre la iglesia y la revolución existe una incompatibilidad absoluta, había leído en una revista de las que guardaba en la buhardilla. Tuvo ganas de hablar de ello, pero se contuvo.

—Que no se vaya, pregúntale a ver...

El más fornido sacó un papel del bolsillo:

—¿Conoce usted a Teodoro Broto?

La sombra de la sospecha ocupó la calle y su pensamiento. En absoluto esperaba oír ese nombre, por lo que arqueó las cejas, levantó los hombros y, asegurándose de que no había nadie del pueblo alrededor, tardó lo que pudo en responder.

—No —dijo considerando que, en última instancia, bien podría luego alegar que no sabía a quién se referían dado el gran número de Teodoros que había en la región—. ¿Por qué lo buscan?

—Si no lo conoces, no te importa. ¿Queda claro, melenas?

Le vino de perlas que sonaran las siete campanadas porque varias mujeres con sus pasos apurados se acercaban con las bolsas del pan. Parecían cansadas aun cuando empezaba el día. La primera a la que saludó fue a Delfina, que era familia de Encarna y hablaba por los codos:

—¿Qué esta pasando aquí? Válgame Dios...

—Tranquila, señora... —la cortó un guardia.

—Si solo quiero una torta, que está aquí mi nieto.

—¿Que ha venido tu nieto?, ¿el de Santiago? —intervino Patrocinio.

—Sí, hija, sí, Daniel, y mi nuera Candela también, están todos, y quiero que se lleven una torta a Barcelona, que luego se acaban.

—¿Y cómo están?

—Bien... Ahí van tirando, hija, que no es poco.

La incertidumbre por lo que estaría pasando generó enseguida murmullos y en el improvisado corro que se formó en cinco minutos se difundió el rumor de un hurto.

Aprovechando el barullo, José Ángel se apartó del grupo. El instinto le llevó a caer en una obviedad que tal vez pudiera ayudarle. La casa-tienda de Encarna tenía dos puertas, una era la de la vivienda y la otra la del comercio, ambas se comunicaban por dentro. Las separaba un pasillo al que se ingresaba por el acceso de la vivienda, que estaba abierto. Precisamente en ese escalón se sentó fingiendo resignación mientras los guardias civiles trataban de poner orden entre tanto cotilleo. Aprovechando que llegaban jóvenes con ganas de alboroto, a buen seguro a por cervezas para seguir la juerga en alguna peña, en un visto y no visto el maestro se internó en el pasillo y se arrambló a la pared para oír la conversación que los otros mantenían en la cocina con el alcalde.

En la carretera entre Gargallo y Montalbán había habido un accidente. Dos muertos. El hombre que conducía se había salido del arcén, cayó por el terraplén impactando de lleno contra unas rocas. Si iban bebidos o no, importaba muy poco en estos momentos, porque en el caso del conductor se daba por supuesto y porque todo indicaba (por la hora que era, por el tipo de accidente) que venían de cerrar un último antro de mal vivir, conocido en la comarca por atraer clientela fija y por sus bombillas rojas. La dirección le había fallado, cosa que no sorprendía con aquel trasto, pues apenas se sustentaban la suspensión ni la estabilidad. Era un coche sin matrícula. Pero alguien había dicho en Montalbán, de donde provenía el conductor, que era un coche de un tal Teodoro Broto, un delincuente de Valdecádiar, que lo había vendido después de haberlo robado tiempo atrás en Barcelona.

Desde fuera llegaban las voces roncas y graves de los jóvenes, cada vez más impacientes, por lo que José Ángel se vio obligado aguzar el oído junto a la puerta mientras el pulso se le aceleraba.

Así que había que arrestar a ese muchacho inmediatamente e interrogarlo. Traían la orden. Pedían colaboración al alcalde, que mostró su absoluta predisposición. En ese momento, José Ángel reconoció otras voces. Aparecieron a toda prisa y generando aún más confusión Pedro el Rico, acompañado por el juez, Víctor, y por el Manso. Al reconocer la voz de este último entendió que estuviera la cuadra abierta.

Pedro el Rico quería denunciar que la noche anterior le habían desaparecido veinte sacos de cebada de uno de sus corrales. Veinte sacos de cebada, ni uno más ni uno menos, que no sabe uno lo que cuestan de pagar. ¡Veinte sacos de cebada de 50 kilos cada uno! El Manso venía como testigo, ya que aseguraba que el otro día, ese mismo Teodoro le había transmitido su decisión de adquirir un ganado.

—Así que me juego el cuello a que ha sido él —afirmaba. Quién lo hubiera dicho, pensó José Ángel con el corazón en un puño, el propio vecino lanzando estas aseveraciones, un cordero adiestrado reconvertido en chivato.

—Pues si tenemos testigos y pruebas, no hay más que hablar, quedan avisados el juez y el alcalde.

—Son mala gente, mi sargento —este era Víctor.

—Yo me lo he callado, oficial, pero vivo amenazado por el padre, que ya me cascó una paliza en el monte —y este Pedro el Rico.

—Ya es hora de que intervengan, sí, sí... Además, este Teodoro te vacía los huertos con una facilidad tremenda. —Inocencio aportaba su visión—. Todos lo hemos visto, y sufrido. Es un ladrón de aquí te espero, además de maricón.

—¿Encima maricón? —el guardia pareció sorprenderse.

—Más que un palomo cojo, mi sargento. Pero violento como el padre. Y además se trajo a una niña, dice por ahí que hija suya, que no se le parece en nada, y que debe de ser robada. Vamos, que no es suya lo saben hasta los negros.

—Vamos a pedir refuerzos a la casa cuartel de Montalbán —debía de ser la voz del jefe, dedujo José Ángel— porque aunque sea maricón, si es violento como dicen ustedes, y está con el padre, nos pueden dar problemas.

—No lo dude, jefe —intervino otro guardia—, nos lo ha confirmado Melchor, en Montalbán. Nos ha asegurado que es un gacho peligroso, roba de todo, coches, oro y lo que haga falta, se ve que en Barcelona desvalijaba las joyas a cualquier vieja rica que encontraba indefensa.

—Mi sargento, si lo ha dicho Melchor hay que creérselo, que es de la casa —opinó uno.

—Menudo hijo de puta —este era el cabecilla—, un jodido maricón que tiene al pueblo atemorizado y con un expediente fino. La que le va a caer por lo del coche solo lo sabe Dios, lo vende sin matrícula el cabrón.

—Vamos a cerrar la carretera, que este es capaz de robar un tractor y largarse. Quiero que corten las dos salidas. En cuanto lleguen los refuerzos vamos a por ellos. Saben todos dónde viven, ¿verdad?

—Sí, sí —respondieron al unísono, convencidos de estar viviendo una aventura esperada.

Para entonces la bolsa del pan era lo de menos, ya José Ángel corría con ella arrugada en la mano. Rafelín, rapaz de afilado olfato, se dejó caer por el interior del olmo y en un plis plas asomó por abajo para escuchar la respiración entrecortada del maestro y soltarle sobre la marcha:

—Mi padre es un cabrón. Te voy a ayudar.

Puede que el zagal viera en María una futura novia o vete a saber qué, porque tenía devoción por ella, y siempre trataba de ayudarla en la escuela, pensaría más tarde José Ángel, cuando entendiera el favor que le hizo para ganar tiempo. Porque ahora todo era apuro. Así, se abalanzó sobre la puerta, golpeó con premura, y cuando Teodoro le abrió empezó a hablar a borbotones. Teodoro no entendía, pues las palabras llegaban escoltadas por un rasposo pitido, el asma de la urgencia, la alteración.

—¿Has robado sacos de cebada?

—Pero qué dices...

—Tenéis que iros, está la Guardia Civil por todo el pueblo, te buscan, os buscan —así hablaba, tan desordenadamente—. Rápido, van a cortar las salidas. Saben que vas con tu hija. No la dejes aquí, huye.

—De qué me estás hablando.

—Escúchame, Teodoro, tu vida tiene un sentido y sabes que te envidio por ello, tienes a María y no me gustaría que se quedara también sin padre. Hazme caso. Te estoy hablando muy en serio, y con el corazón en la mano. Todo esto lo hago por vosotros. Te han delatado en el pueblo y en Montalbán.

José Ángel se hizo entender como pudo. Sonó un disparo a lo lejos. La suerte se batía entre el espacio que separaba el cobertizo de la casa. En los pliegues del rostro mustio del maestro se palpaba la verdad. Teodoro aún dudó un instante, debió de pensar en el oro, pero cuando llegó el sonido de un segundo disparo y empezaban a sonar las campanas, entendió que la busca y captura iba en serio y que también estaba en juego su hija. Canica, asustado por el estruendo, iba de un lado a otro hasta acabar siempre ante María y levantar las patas hasta sus pantorrillas. De la cesta que había junto al hogar, Teodoro extrajo las tres zanahorias que quedaban y se puso como pudo la primera camisa que encontró sobre la silla. Canica, como si intuyera el futuro, empezó a ladrar. No se ajustó las abarcas, pero agarró a María y la sacó de casa con lo puesto, unas sandalias cangrejeras que le había regalado Esperanza para ir a las pozas y un vestidito de flores heredado.

—¿Y Canica? —preguntó María, asustada ante la posibilidad de irse sin él.

—No puede venir, cariño, pero pronto lo verás, vendremos enseguida.

—Pero yo quiero que... —al reconocer el espanto en el rostro de su padre detuvo la frase, sabedora de que aquel gesto de impotencia no aceptaba demandas.

Ni siquiera se despidieron de Amparo y Zacarías, que se quedaron en pijama en aquella penumbra de hedores y esperas, la mirada turbia, incrédulos y parcos en palabras.

—Os acompaño al lavadero. No podéis ir los dos por la carretera. Van a venir refuerzos y quieren cerrar.

—Eso no es problema —dijo Teodoro llevando de la mano a María, que distinguía en los ladridos del perro su despedida.

Al llegar al Cantón, desde donde ya se veía el río y se adivinaba la fuente, agarró las muñecas de su hija y, ante la impavidez de José Ángel, le dijo:

—¿Te acuerdas, mi vida, de cuando papá va al huerto y tú caminas todo recto y yo aparezco?

—Sí.

—Pues hoy vamos a hacer lo mismo. Es el mismo juego, pero más largo. Ahora vas a seguir el camino de los huertos tú sola, andando tranquila, y donde está la señal de la presa y la virgen, ¿te acuerdas? —María asintió—, en lugar de coger el camino del molino, coges el otro, el que nunca cogemos, ¿te enteras?

—Sí, sí...

—Allí te comes estas zanahorias si tienes hambre y sigues recto, recto, recto, recto sin dejar nunca el sendero. Verás que hay un corral muy grande y abajo a la derecha está el barranco, pero tú sigues recto sin salirte nunca, nunca, del camino. Llegarás a un pueblo. Allí verás una iglesia enorme con una cúpula azul, o sea, un globo de piedra azul en lo alto. Entras allí, te sientas en el último banco y cuando lo hagas, me verás a mí allí, ¿estamos?

—Vale...

—Júrame que no vas a coger el camino del molino.

—Te lo juro, papá, te lo juro.

Ella no vio las lágrimas que amenazaban con agolparse en la mirada de José Ángel porque emprendió el camino sin despedirse de él, acuciada por las prisas que imponía su padre, y tal vez segura de estar viviendo una aventura que igual pasado mañana podría relatar en la clase. Pero Teodoro sí vio esa mirada asustada y acuosa.

—Gracias por todo —le dijo al tiempo que le palmeaba el brazo.

—Espera. Toma, coge esto. —Visiblemente agitado, José Ángel abrió la cartera—. Si lográis llegar a Cortes, que sepas que a las tres pasa el coche de línea que te lleva a Zaragoza y desde allí vais donde podáis... Con esto os llegará para los billetes, es todo lo que tengo encima, ojalá tuviera más, cógelo, corre, y dame un abrazo... —Teodoro se agarró al maestro y aún oyó cómo le decía al oído—: dicen que no es hija tuya, pero yo estoy de tu lado.

Segundos más tarde, José Ángel vio correr a Teodoro, enfilando la subida de la Retuerta, y supo que iría campo a través. Solo cuando el amigo era un punto indescifrable en la montaña, lo embargó una sensación de vacío y se permitió llorar sin poder quitarse de encima cierto peso de culpa. Otro disparo resonó en el aire. Con los ojos vidriosos imaginó la borrosa escena que tendría lugar horas más tarde en la iglesia de Cortes, a donde llegó María con las piernas temblando y el pelo ardiendo y la cara enrojecida. Qué razón tenía su padre, el globo azul se veía desde muy lejos. Al principio era solo una mancha, pero conforme se iba aproximando crecía en su pomposidad circular y, cuando estuvo delante, le pareció demasiado inmenso. Subió las escaleras de la iglesia. La velada oscuridad del interior le regaló un frío inminente —que creyó necesario— junto a un súbito brote de incienso. Antes de sentarse en el vértice del último banco, dudó, y vislumbró el fondo en espera de una réplica para su sofoco. Aquel silencio era espeso y contenía las voces de sus abuelos, del maestro, y los ladridos de Canica. Los latidos retumbaban en el cuello. Como una escena previa al entreacto, vio a Teodoro descender desde lo alto del andamio que había más allá del altar. Se acercó a ella a toda prisa y, al tenerla delante, le dijo:

—Qué bien lo has hecho, mi vida, qué bien, anda, ven aquí.

A lo que ella, rendida, respondió:

—Jo, papá, no vale, es que lo sabía, sabía que estarías antes que yo...

Así besó a su niña Teodoro, el rostro y la piel humedecidos donde para él cabían el amparo y la inocencia.

—Es que siempre me haces lo mismo, papá, siempre estás...

5
María Broto

Barcelona, 2016

—¿Qué tal la función de ayer? —pregunta Rafael mientras se ajusta el cinturón de seguridad.

—Las hubo mejores, pero bastante bien para ser la segunda —responde María, el rostro dormido, el pañuelo todavía alrededor del cuello.

—¿Te pudiste concentrar?

—Estuve todo el día creyendo que me derrumbaría, pero en el escenario una se olvida de todo, y ya no mandas tú, ni tu mente ni tu cuerpo, manda el personaje, vamos, que sacas fuerzas de donde sea, porque no hay nada más intenso que eso que estás haciendo en ese momento. —A Rafael le gusta escuchar estos detalles, por lo que no arranca hasta que no termina de explicarse.

Son las cinco y cuarto de la mañana, el cielo es todavía un manto más negro que azulado. Apenas circulan coches por una Diagonal aún iluminada por las farolas. A la altura del restaurante Los Tres Molinos, aprovechando uno de los últimos semáforos antes de entrar en carretera, Rafael se desprende del abrigo, lo deja caer en los asientos de atrás y María Broto repara en que se ha vestido con traje negro y corbata del mismo color.

Es un hombre de tradiciones, piensa. Qué distintas han sido sus vidas, a pesar de tener prácticamente la misma edad. Ella, aunque sabe que va al entierro de Teodoro, se ha olvidado de esa imposición que la retrotrae a otra época. Como le relató ayer momentos antes de despedirse, muy por encima y sin entrar en detalles, cuando ella se fue de Valdecádiar, él se quedó allí ayudando en casa con las tierras y el ganado y allí siguió hasta cinco años atrás, cuando, por sorpresa para todo el pueblo, donde ya nadie pensaba que se iría, después de la muerte de su padre, vendió el rebaño y se decidió a cambiar de aires y probar suerte en Barcelona, gracias a uno que le pasó el trabajo por jubilación. «Si no lo hacía entonces ya no lo hacía nunca», dijo. Estuvo a punto de casarse con una de Alcaine que le presentó un amigo, pero en última instancia no había funcionado. Cada vez que habla, gasta un deje que transporta a María a Valdecádiar.

Una vez en la autopista, después de que ella advierta, muy seria, de que pretende correr con los gastos del viaje, y él insista en que no, y en que deje de dar la lata con eso, porque no van a llegar a un acuerdo, Rafael le invita a que se eche una cabezada, que hay para rato, a lo que ella se niega en redondo. Tiene necesidad de despejar la profusión de dudas que desde ayer la asaltan.

En la radio, las primeras noticias del día hablan de una nueva crisis en Oriente Medio.

—¿También se llenó ayer el teatro? —pregunta

Rafael por encima de la melodía de una publicidad conocida.

—Sí, sí. Está casi todo vendido para los próximos tres meses. Tuviste suerte de encontrar una entrada el día del estreno...

—Una señora me vendió en taquilla la de su hija que no había podido venir. Al ver que no había entradas, yo tenía pensado esperar a que salieras. Pero una vez tuve la oportunidad me encantó ver la obra, aunque aún no sé exactamente de qué habla...

—Pues no sé, supongo que de la imposibilidad de sostener la primavera, los afectos, todo.

—¿Y durante cuánto tiempo tienes que hacerla?

—De momento tres meses, hasta junio. Luego giraremos por el resto de España, pero para después del verano. Se ve que la están moviendo bien. Empezaremos en Madrid, en septiembre.

—Qué vida más interesante tienes, siempre de aquí para allá, ya habrás visto mundo tú, eh...

Hablan de cosas superfluas, como si postergaran el momento de enfrentarse al motivo del viaje, al pasado que los ha vuelto a juntar. Tras un silencio que aprovechan para escuchar la radio, ella decide cambiar de tema.

—Ayer, al terminar, en el camerino, no me quitaba de la cabeza al pobre Canica, me dijiste que era largo de contar así que... ¿Cómo murió exactamente? ¿Qué más pasó ese día después de que nos fuéramos? Yo ya no volví al pueblo nunca más. Cuéntame, anda, no sabes las vueltas que le he dado a todo durante mucho tiempo...

Rafael no pierde de vista la calzada. Tarda en responder, como si antes de hacerlo quisiera encontrar las palabras adecuadas:

—Después de ver que José Ángel corría tan angustiado y de que mi padre había salido de casa hacía rato con unos guardias civiles y con Inocencio, supe que tarde o temprano irían a por vosotros. No sé qué le dije exactamente, algo así como que contara conmigo... Entonces saqué el remolque y los dos mulos de la cuadra, y como pude detuve el paso de la Guardia Civil. Me hice el tonto, fingí que la rueda estaba atrancada sabiendo bien que esa calle era la única que llevaba a tu casa... Yo sabía ya lo de la cebada, la Guardia Civil se había llevado a mi padre. Yo llevaba un rato en pie. Me habían despertado los mozos que habían estado cantando y bebiendo en la Replaceta. Y me temí lo peor, pero más que por tu padre, era por ti. De niño yo siempre quise protegerte, tenía fijación contigo, supongo que porque te veía más débil, porque oía a todas las mujeres que venían a la tienda a alcahuetear y decir barbaridades de ti y de tu padre. No sé, por un momento, te imaginé sin padre ni abuelos y me dije no puede ser... Los cabrones me metían prisa, pero yo hacía tiempo. Cuando empecé a oír los ladridos de Canica me dije ya está, se están yendo.

—Yo también los oía cuando me iba, me acuerdo como si fuera ayer —dice María con un hilo de voz.

El Rafelín de entonces, convertido en Rafael, acepta el cigarro que le ofrece María y, en cierto modo, se siente importante contándole que aquella treta suya tuvo un efecto nocivo. Por un lado les dio tiempo, por otro enfureció a los guardias en exceso. A uno le dio por disparar al aire dos o tres veces. Y cuando por fin llegaron a la casa hallaron a Zacarías cabizbajo y empezaron a preguntar. La primera hostia le cayó estando sentado y las siguientes fueron para levantarlo y volverlo a tumbar, pues estaban convencidos de que con su silencio encubría a su hijo.

—Todo pasó en la puerta. Canica les ladraba como una fiera —continúa Rafael— de verdad, nunca he visto a un perro ponerse así, te reclamaba, te llamaba, para mí que se estaba enterando de todo. Cuando le preguntaron a tu abuelo dónde estaba la cebada robada, dijo: «He sido yo. Está en el corral». Y uno de ellos fue al corral que teníais al lado, ¿te acuerdas?, y como allí no había nada, aún le zurraron más por mentiroso. Aquellas palizas y amenazas lo dejaron baldado. Ya nunca volvió a ser el mismo. Pero eso no fue todo, antes de que se fueran, uno que no paraba de quejarse del perro le pegó una patada que le hizo aullar aún más, pobre animal, cómo se encogía, y el otro, como se iban con las manos vacías, le disparó a bocajarro cuatro tiros. Tus abuelos delante, contra la pared, sin poder moverse, y aquel hijo de puta de guardia civil todavía le dijo a Canica:

—Ahora sí que te vas a estar callado, cabrón, puto perro de los cojones.

María niega. Deja la mirada en la carretera y recuerda a aquel animal que sostuvo entre las manos el día de su quinto cumpleaños. Había imaginado una larga vida para él. En todas las cartas que escribió a sus abuelos en los años posteriores siguió preguntando por Canica como si estuviera vivo.

—Era tan bueno conmigo, me quería tanto. Se despertó conmigo aquel día, como todos —dice.

—Un perro no se queda dormido cuando se va su amo. Lo enterré yo. Si quieres te digo luego dónde.

—¿Y José Ángel y Esperanza qué hicieron?

—Se ve que él, después de despediros, se escondió en casa de Delfina y Justo, tenía amistad con ellos, y no apareció hasta que se fueron los guardias. Temía que empezaran a preguntarle por vosotros y no te creas que no lo buscaron, les resultó extraño que hubiera estado en la tienda y hubiera desaparecido...

—¿Quién fue entonces el que robó la cebada?

—Nunca se supo. Tu padre no fue, y tu abuelo tampoco —dice Rafael con la tranquilidad que da hablar de una batalla remota—. Para mí que lo orquestó Melchor, pero sabes qué pienso, que eso era lo de menos.

«Eso era lo de menos», en la punta de la lengua deja Rafael colgando una evidencia. Así sigue relatando cómo él vivió los consiguientes años de persecución de Zacarías y de Amparo, porque mientras Teodoro y ella estaban en Barcelona, ellos sobrevivieron en los márgenes de un pueblo que había salido victorioso en su cruzada contra ellos. Y un día su abuelo le vendió por cuatro duros las trece cabras a Tobías, que aún tenía el otro rebaño, y esperó en silencio, desapareciendo lentamente, hasta que llegó Teodoro de Barcelona, por segunda vez, pero sin ella, amargado y lleno de remordimientos, y trató de devolver a Zacarías una existencia nueva, la que recordaba de su juventud de hierro.

Mientras conduce, Rafael reposa la vista en el horizonte, allí donde las olas de trigo situadas a ambos lados de la carretera ondulan la memoria.

—Tu padre me contó muchas veces cómo llegasteis a Barcelona, no sé qué de una monja, y una familia muy rara con la que vivíais. En verdad, tu padre solo hablaba de ello, de cómo salisteis adelante, y de que todo fue bien, hasta que, bueno, te hiciste mayor y pasó lo que pasó, que estaba escrito, «ya estaba escrito», decía él, como si aceptara que tuviera que pasar, me hablaba de una vecina, que lo destapó todo. Pero eso ya lo sabes tú mejor que yo. También decía: «Mejor me hubiera ido si me la hubiera llevado a Rusia». No sé qué tenía con Rusia... Menuda invención.

Ante esa afirmación, que da pie al recuerdo de sus primeros días en Barcelona, María Broto piensa en Vidal, al que ha dejado en la cama y con quien no ha hablado desde que lo viera ayer. Imagina su gesto cuando vea la nota en la cocina. Ha preferido ese método que un *whatsapp*. ¿Por qué no la esperó ayer despierto? Es cierto que estaba cansado, pero ella no se hubiera dormido de ninguna manera. Ha estado a punto de despertarlo para decirle que había decidido ir a Valdecádiar y que le hubiera gustado que le acompañara, a pesar de saber que estaba muy liado y que ya le dijo que no contara con él. Pero cuando lo ha visto roncando tan plácidamente no se ha atrevido. Antes de cerrar la puerta, ha recogido la cazadora que lanzó al suelo el otro día y la ha dejado sobre el respaldo del sofá. También Vidal conoció a Teodoro, y se llevaron muy bien durante un tiempo. Y tal vez por eso le duele que quiera crucificarlo aun estando muerto.

—¿Por qué no te casaste? —pregunta María de súbito, como si hubiera recordado algo que le diera pie a ello.

No esperaba Rafael una cuestión tan directa, pero responde tranquilo.

—No salió bien. Ella no estaba hecha para el matrimonio tradicional. Pero no lo sabía, o no quería saberlo. Pobre... Cuando empezamos a hacer las invitaciones de boda, no pudo más y lo confesó todo. Hoy vive con una mujer, la mejor amiga que tenía, para que me entiendas. Menos mal que me pasó en Barcelona, porque si me llega a pasar en el pueblo, se ríen de mí de por vida.

María trata de imaginar a esa mujer, y así recuerda sus relaciones fallidas, las equivocaciones que hoy engalanan la memoria. Las que hubo después de la primera con Vidal. Nunca logró sostener una relación durante más de un par de años, nunca llegó a ser amiga de ninguno. Se enamoraba compulsivamente y al rato ya estaba queriendo mudarse con ellos. Luego se daba cuenta de que no los conocía, de que la convivencia era una escaramuza aislada de las candorosas teorías del idilio, de que una decisión así requería tiempo. «Nunca más», se decía con cada disgusto, lagrimeando sin reparos en los sofás de las amigas, pero después de unos meses de duelo volvía a las andadas y en una noche de juerga en el Panams o en el Alfa conocía a uno y tropezaba con la misma piedra creyendo que ese no iba a ser como el otro. Y es cierto que no lo era, era peor si cabe. Tenía facilidad para las ilusionarse y un imán para las relaciones complicadas. Aquel profesor de interpretación que vino de Londres alardeando de los métodos de Peter Brook y que hablaba de aunar la cercanía de lo cotidiano con la distancia del mito porque sin proximidad uno es incapaz de conmoverse y sin distancia es imposible maravillarse... ¡Qué empalagoso le parece ahora! Cuando le corregía una postura, se deshacía. Deseaba su proximidad. Y cuando la tuvo descubrió lo tonto que era. Tras dos meses durmiendo juntos cuatro noches por semana, él todavía insistía en que lo suyo siguiera siendo un secreto. Ella, con las hormonas alteradas, se mantenía en silencio por miedo a que se enfadara y la dejara de lado, para su vergüenza, ante el resto de alumnos. Una tarde, agotada, en casa de aquella madrileña tan simpática llamada Lucía, se atrevió a confesar: «Tía, no sé cómo lo he hecho, pero tengo hongos». A lo que Lucía respondió: «No jodas, tronca, yo también»... Durante unos segundos se miraron incrédulas, hasta que Lucía, con media sonrisa y mucho retintín, preguntó: «¿Te estás follando a Terry?». Cuánto se rieron después, pero qué mal lo pasaron entonces.

Y como aquel cantautor uruguayo que escuchaba todo el día discos de Zitarrosa. La primera noche, María le obligó a que se aprendiera *Paula* y hasta que no la sacó en la guitarra y no le hizo la tortilla que le había prometido en el London (ella no perdonaba jamás una promesa de comida antes de la acción), como artimaña para subirla al piso, no permitió que la desnudara. Era tan buen chico que fue ella quien se cansó. «Te quiero, te quiero», le decía él a todas horas. «A lo mejor no quiero que me quieran tanto», le dijo ella el día que lo dejó. Por no hablar del vecino DJ de Marta, adicto a la fiesta y tan generoso con las pastillas, que a los tres días se quería casar con ella y al segundo mes le dio puerta. De todos había aprendido algo, pero de ninguno se quedó con su teléfono ni los felicita por su cumpleaños. Se acuerda cuando pasa por el portal que compartieron o cuando una canción la nubla de nostalgia de improviso y la lleva a cierto bar, a cierta cama. Y nada más. Lo mejor, sin duda, fueron las aventuras de una noche. Qué fácil era liarse con un tío. El año que compartió piso en la calle Floridablanca con Azucena se pusieron las botas. Pero ahora que lo piensa, cuánto tiempo le habían hecho perder los hombres, si el verdadero placer está en los textos que interpreta, opina desde la madurez, cuando vive en permanente estado de indecisión con el que fue su primer amor.

Y es que uno de los peores días de su vida fue cuando, estando con uno de esos amores accidentales, con aquel noruego, «el vikingo», como le decían ella y sus amigas, la llamaron para ponerle sobre aviso del accidente de los padres de Vidal. «Siento ser portadora de malas noticias», esa fue la frase que le dijo Marta por el teléfono. Enseguida recogió sus bártulos y se fue a la calle Provenza, a la que ahora es su casa. Si de algo se siente orgullosa es de haber hecho ese trayecto, de lo cerca que estuvo de él en todo momento. Nunca ha visto a nadie tan conmocionado como aquellos dos hermanos, incapacitados para razonar ante tal descalabro. El piso estaba lleno de amigos y familiares. Pero en cuanto Vidal la vio fue a su encuentro y la abrazó. La estaba esperando, le confesaría más tarde. Tras ese momento en el que no servían las palabras, ella, quizás para no mezclarse con la familia, se ofreció para ayudar a Francisca en la cocina. Los tíos se hicieron cargo de todo. A los dos días fue el entierro —cuánto dolor, cuánto contrasentido—, en aquel mismo cementerio de Les Corts, al que había ido ella tantos años atrás, cuando era una cría enamorada, aún incapacitada para el mal, en busca de un sueño.

Luego sabría María que aquel matrimonio pasaba por un periodo de crisis. Habían decidido retirarse un fin de semana a la casa de Llofriu, solos, sin hijos y sin trabajo, para tratar de arreglarlo. En la carretera de ida se estropeó todo. A menudo, quizás fue desde entonces, cuando María piensa en Vidal lo hace en un hermano, o en un hijo. Tras el entierro se vieron a diario durante un mes y medio. Luego, la inercia, veinte años después de que empezaran a salir por primera vez, les invitó a volver. Nada creyeron más oportuno. María no abandonó su piso, cada uno en su casa estaban mejor, pero no lo dejaba dormir solo. Esas noches, con frecuencia Vidal se levantaba cada tanto sin poder pegar ojo. Una de ellas, lo halló en el sofá, fumando, la cara regada. «Lo envuelve todo, el dolor lo envuelve todo... No puedo dormir.» María no sabía qué decir, cuánto le hubiera gustado poder consolarlo, por lo que se limitaba a escucharle: «Ayer le dije a la psicóloga que si hubieran padecido una enfermedad me hubiera podido despedir, y me dijo que pensar eso era ser egoísta por mi parte, o sea que encima soy egoísta, encima tengo que estar contento porque se han muerto de repente y no han sufrido...». El dolor empequeñecía el estómago de María, que seguía en silencio, ante las emotivas palabras de Vidal: «No he tenido tiempo de demostrarles nada, ni de darles las gracias, ni de recompensarles, he sido un mal hijo, no han podido ver nada de mí..., no he hecho nada bien». Entonces, sin ser consciente de las consecuencias, María habló: «Todos somos malos hijos». Vidal, fiel a su yo, no tardó en responder: «Tú eso no puedes saberlo, tú solo has tenido padres impostados... No lo entiendes», como si en lugar de ayudarle, la presencia de María le estorbara. Esta añadió: «Si pudiera ayudarte. Dime, ¿cómo puedo ayudarte? ¿Qué necesitas?», a lo que él respondió: «Necesito verdad. Eso es lo que necesito, verdad. Lo único de verdad que tenía ya no está, ya no lo tengo». Y esa noche, cuando él por fin halló reposo en el sueño, fue ella la que se quedó pensando en todas aquellas cosas de verdad de las que ella carecía.

Han pasado ya Fraga y Rafael propone que paren en el área de servicio de Alfajarín.

—¿Y después? ¿Ya no tuviste ninguna otra novia?

—No, no, para qué. Ahora tengo una amiga, que conocí en una discoteca, nos vemos los sábados o los domingos, y ya está... Que solo se está muy bien, además, los inviernos, hasta marzo, me traigo a mi madre, que en el pueblo el invierno es muy duro. Es una obligación que tengo y no todas las mujeres la aceptarían. Yo no quiero complicaciones.

El Rafelín del pueblo, el granuja que María conoció de niña, estaba siempre en las alturas, por encima de los problemas cotidianos del resto. En aquel olmo viejo extendía los dominios de su reino. Al Rafael de ahora, al que intenta volver a conocer, se le han ensanchado los hombros, pero se ríe de la misma manera, malandrina y sutil.

—Esto me recuerda a lo que dice Liuba en la obra —añade María—, cuando un personaje muy joven se queja del amor y del dolor y le cuenta lo mal que lo pasa y les dice a los otros: «Lo que ella no puede entender con su mente estrecha es que estamos por encima de las cosas como el amor. Todo nuestro objetivo —todo el sentido de nuestra vida— es evitar pequeñas ilusiones que nos impidan ser libres y felices». Liuba prefiere no caer en la tentación, evitarla por todos los medios. Ya es mayor, como nosotros, pero están hablando de una chica joven, que recién empieza a descubrir el mundo. ¿Cómo va a entender que una cosa así le impedirá la felicidad? Tú lo haces muy bien, estás soltero, satisfecho, pero claro, ¿cómo saberlo de joven? El que escribió esta obra era médico, y decía que si para curar una enfermedad se prescriben muchos remedios, significa que la enfermedad es incurable. Se refiere a la enfermedad del amor, que según él es una piedra que se lleva colgada al cuello, con esta piedra te hundes y te ahogas, pero al fin y al cabo todos la quieren y no podemos vivir sin ella.

—Pues yo no quiero piedras, ni líos, ni teatros, con perdón, yo hago lo mismo que hacía tu padre: solo, que es como mejor se está...

—Sí, y mira que se me hacía raro, hasta que comprendí por qué era...

El pensamiento de ambos vaga por la carretera, la imagen de Teodoro vuelve a ellos. Luego Rafael añade algo que ha olvidado.

—Pero yo con vino. Solo, pero con vino. No como él que no bebía nunca, ¿te acuerdas?

—Sí... La verdad es que en eso yo tampoco lo imité... ¿Y qué te contaba de Barcelona? A ver si vas a saber más que yo.

6
Teodoro Broto

Barcelona, 1986-1990

La estación de Sants, en ese lado sombrío donde aparcan los autobuses, a las doce y media de la noche, era un trinchera de bazofia y un punto de encuentro de seres sin rumbo esperando nada y a nadie. Antes de bajar, Teodoro barrió con la mirada ese exterior con una intención muy clara, pero su objetivo se le antojó demasiado repugnante. No podía dormir con María en esos bancos de cemento donde ya veía a otros hombres estirados, el cuerpo de lado, el codo clavado, el brazo ejerciendo de almohada y las latas de cerveza dispuestas ante sí como ruinas de un feudo de juguete; y donde los cuatro mendas que transitaban a pie lo hacían gibosos y descalzos, pantalones de chandal y camisetas anchas, para ir de un indigente a otro con la mano ahuecada suplicando algo suelto y recibiendo por respuesta el mismo alarido de desprecio.

Cuando por fin abandonaron el autobús, María aún estaba en trance y le costaba caminar: unas extrañas corrientes le recorrían las terminaciones nerviosas de las plantas de los pies y, a cada paso que daba, lo mismo le gustaba el cosquilleo como le asqueaba. Su padre había tenido que despertarla cuando descendían por la calle Numancia. Abotargada, sin saber dónde estaba, transida de letargo y ofuscada por la luz de las farolas, de los coches y de los anuncios, preguntó:

—Qué hacemos ahora, papá —luego bostezó largamente, y se frotó los ojos.

Durante el trayecto Teodoro había tenido tiempo de pensar. Y en sus cavilaciones había pasado por varios estadios, desde la incomprensión a la resignación haciendo un alto en el arrepentimiento. «Yo te explicaré, pequeño», «hoy por ti, mañana por mí», «Debéis huir», «tienes una hija.» Aún estallaban fogonazos en el recuerdo, embruteciéndolo. Pero había que tirar hacia delante. Y ahora solo necesitaba un sitio para dormir esa noche, porque había recordado un lugar donde mañana podrían ayudarle. Así que, ante la imposibilidad de hacerse un hueco en este rincón de argamasa y mugre, con la mejor predisposición posible decidió intentarlo en el interior de la estación. A pesar de la intensa iluminación, y de que la mayor parte del espacio estaba bloqueado al tránsito, encontraron un rincón a la vuelta de un quiosco cerrado. Se situaba frente a las escaleras de la boca del metro, de donde procedía un calor que les vendría muy bien y ese olor a vía caliente que creía haber olvidado y con el que ahora se reencontraba. Rescató unos cartones de la basura más cercana —a la que se asomó de reojo, rastreando sin suerte restos de comida—, alfombró el suelo e invitó a María a que se estirara a su lado.

Pero ahora ella no podía dormir. Tenía frío en las piernas. Estornudó de manera consecutiva dos veces.

Se había desvelado, por lo que aunque siguió las instrucciones de su padre y dejó la cabeza en su pecho dejando que el brazo le pasara por encima, tardó en encontrar una buena postura. La respiración de Teodoro llegaba a su oído nítidamente, vaivén de hojas de plomo, y como siempre, se tuvo que dejar abrigar por ella, convencida de que jamás encontraría mejor cobijo. Y así, bastó el avance de los minutos para que el realce del alumbrado se fuera desvaneciendo y los ojos se le fueran cerrando.

Con la llegada de los pasajeros del primer metro se despertaron y se pusieron en pie. En cuestión de segundos el tumulto se adueñó del suelo. Voces, nuevas luces y ajetreo emergían de cualquier parte como remolinos. Las últimas monedas habían servido para que cenara María un bocadillo en un área de servicio. Por eso lo que más temía Teodoro en estos momentos era que le reclamara comida. Él no recordaba la última vez que había probado bocado, pero no le faltaba ingenio para colarse en el metro ni energía para llegar a donde pretendía. Al bajar en la parada del Paseo de Gracia y subir las escaleras, en el vestíbulo les recibió una corriente de aire que les heló los brazos. Pero seguidamente, en la calle, les hirió en los ojos la claridad que provenía del cielo e iluminaba una ciudad que, osada y farisea, desde sus tuétanos, como un secreto, desembaulaba al oído de María: «Arriba el telón». Y aquello era algo electrizante, ya que en cada esquina un detalle estimulaba su mente y le incitaba a preguntar «qué es esto, papá ; qué es aquello, papá; para qué sirve eso, papá». Gente impetuosa, vestida como solo antes había visto en los días de fiesta mayor y en las procesiones: hombres con corbatas, chaquetas, zapatos, maletines. ¡Caray! Los coches eran como los de Cosme y Damián. No había mulos ni remolques. Y todo eran estridencias y frenazos. En una esquina el bar Madrid-Barcelona, en otra el cine Capsa. Balcones, papeles, palomas, brío ferroviario, sol incipiente. Una madre llevaba de la mano a su hijo, que obedecía a regañadientes, los ojos aún con legañas, una cartera mal puesta en la espalda. Una señora con pantalones, camisa de rayas y gafas de sol se encendía un cigarro al arrimo de una parada de autobús como si tal cosa. Y su padre: «Esto es un semáforo, sirve para regular, en verde pasamos, en rojo pasan ellos. Y esto es un paso de cebra. Y esto es una tienda de ropa, y esto es una caja de ahorros y este hombre limpia los zapatos a los señores que salen de ella». Entonces Teodoro se miró las albarcas, ajenas a esa acera de flores grises y densidad de cemento, y por un momento se sintió fuera de lugar, como quien asiste al resumen simbólico de su existencia, difusa, contradictoria o vete a saber si demasiado coherente.

Pero ese padre tenía otros menesteres en los que ocuparse. Ese padre inquieto buscaba la calle Consejo de Ciento y oteaba las fachadas con la impaciencia de quien teme que no exista lo que busca, porque su visión de las cosas debe más al azar que a la reflexión y algunos flashes de la memoria —nutrida solo de impresiones— traicionan a veces al que menos le gusta bajarse del burro. Pero allí estaba, frente a la panadería Rius y el bar Funicular, el chaflán de ladrillo rojizo que deseaba encontrar.

Sabía que las monjas del López Vicuña habían pertenecido al equipo fundador de la antigua Casa de

Misericordia. Al ver la puerta abierta no dudó en subir las escaleras que desprendían olor a recién fregadas. Tras un par de preguntas y de indicaciones dieron con la monja de asuntos sociales. Se hicieron entender con una facilidad que parecía pasmosa. Quizás era la presencia, la indumentaria y las pintas, la que hablaba por sí sola y les guio hasta ella. La hermana Fermina, con indicios de canas bajo la toca, gafas de alta graduación, comprendió la situación y enseguida dijo a Teodoro que no se esforzara en justificar la ausencia de la madre porque eso a ella no le incumbía, que ella estaba aquí por el hábito, y el hábito implicaba favorecer y sufragar, y buscó una alternativa inmediata. Hablando a cuentagotas, escogiendo las palabras y sosteniendo un lapicero entre los dedos, les puso en conocimiento de los Hogares Mundet. Luego añadió que si la niña tuviera alguna deficiencia sería más fácil acceder, pues aquellos centros de acogida daban prioridad a personas con problemas físicos o mentales. Pero la niña estaba bien, ¿no? A ver, ponte de pie, guapetona, que te miro. Nada, yo la veo bien.

—Casualmente —dijo, y entonces separó los codos de la mesa y abrió el cajón— hemos recibido una baja. Es muy reciente... Yo no sé...

—Nos vendrá bien, seguro —opinó un impulsivo Teodoro, sin saber a qué se refería, mientras María recuperaba su sitio.

—Deje que le explique, por favor, porque se trata de una familia en la que dos miembros adultos se acaban de ir, así que han quedado la señora Margarita, y los dos hijos, el mayor tendrá unos treinta años y un retraso mental importante, el segundo no, es más joven, doce, trece, por ahí. Es duro, a veces en la convivencia se pueden vivir escenas complicadas, no violentas, eso sí que no, digo complicadas. Pero si ellos están de acuerdo y ustedes también, yo les pregunto. A ellos les vendrá bien porque la señora recibe una ayuda, y ustedes se aseguran un lugar donde estar y luego ya veremos. La casa es grande, el lugar es agradable. El marido de la señora era el masovero de los Hogares, la antigua Casa de Caridad, pero falleció y aún disponen de la casa. Eso les beneficiaría, porque en caso de que quiera escolarizar a la niña puede enviarla a un colegio que hay enfrente, pero fuera del recinto, o dejarla en la escuela con los internos que hay allí, de la que se encargan los padres salesianos... Ya le digo, en Mundet son educadores, no vigilantes. Una hermana de aquí va hasta allí a dar clase de clarinete, imagínese. Entonces... Como decía, den una vuelta, vayan al Paseo de San Juan o a la Ciudadela y vuelvan a las cinco, voy a hacer las gestiones y por la tarde les digo.

—Muchas gracias, hermana, muchas gracias...

—Ah —cayó en la cuenta la monja—, supongo que si acaban de llegar del pueblo y no conocen a nadie, también buscará trabajo.

—Lo que sea, hermana, yo hago de todo.

—¿Sabe leer y escribir?

Teodoro tardó en responder. Su hija giró la vista hacia él.

—Me defiendo, me defiendo, sí, sí...

—Lo digo porque a veces nos llegan ofertas para repartir paquetes, y hay que leer direcciones, nada muy complicado, ¿carné de conducir?

—Sí, sí, mire, aquí lo tengo...

La hermana Fermina escuchaba sin mirar porque algo le había venido a la cabeza y se limitaba a anotar una dirección.

—En la Henkel vi que había anuncios para mantenimiento. Usted vaya por aquí, calle Industria, pregunte por Mari Rodríguez en recepción y diga que va de parte de la hermana Fermina, por lo de la oferta de mantenimiento, y a ver si hay suerte. Por otro lado, ¿no tienen ropa?

—No, la verdad es que...

—Vayan abajo, les darán algo las hermanas...

—Gracias, gracias. —Insistía Teodoro guardando el papel en el bolsillo y sin saber cómo decir lo siguiente—: Verá, no hemos comido nada, a mí no me importa, pero...

La hermana Fermina clavó la vista en María.

—Pero, por favor, enseguida lo arreglo. Nosotros no damos de comer, esto no es un comedor social, pero si usted se espera a que coma la congregación, por la tarde le daré unas sobras y para la niña habrá en la cocina ensaimadas y cruasans. ¿Quieres un cruasán, guapetona?

—¿Qué es eso, papá? —quiso saber antes de probarlo, pues el nombre, dicho así, parece que le asustó.

—Sí, sí, sí que quiere... —respondió su padre por ella.

La hermana Fermina se despidió y les hizo pasar a la sala del refectorio. A través de una pared de rejas, una monja de clausura trajo una bandeja con cruasans y ensaimadas y dos cacaolats.

María no llegaba con los pies al suelo, por lo que

saltó de la silla y se abalanzó sobre la bandeja. Hincó los dientes en la botella de plástico rasgando el tapón y se bebió el cacaolat sin respirar. Con un bigote marrón miró a su padre implorante y este no dudó en ofrecerle el suyo para que repitiera. Era la primera vez pero no sería la última en que probara esa bebida de cacao. Tanto fue así que al terminar el segundo y atacar la tercera ensaimada con la boca llena preguntó:

—Esto es jauja, ¿verdad, papá?

Antes de responder le acarició el pelo feliz de verla comer con tanta voracidad.

—Más o menos, sí. Creo que sí. ¿Te gusta Barcelona, entonces?

—Sí, mucho, además no hay moscas, ni tábanos...

Juegos y fábulas alimentaban los sueños de los que aceptaban aquella barriada, una loma húmeda, desconsolada y febril de las afueras, como una resignación. Los chavales se veían necesitados de fuentes, liberaciones, sueños, nuevos horizontes. Y con los brazos llenos de calcomanías y roña incorporada en rodillas y tobillos se disparaban los unos a los otros con balas imaginarias y caían al suelo como pesados sacos de patatas. Lo veían hacer en las películas que ponían los salesianos —fanfarria de galopes y disparos— las tardes de los sábados. Y luego, en la batalla diaria de la hora del patio, lo reproducían tal cual. A la mínima se liaban a collejas y bofetadas. Mandaba el primero que hacía sangre. Y al que se le ocurrió apuntarse a las clases de clarinete, le cayó la del pulpo por rarito y por nenaza. Las niñas, en el otro lado, junto al muro de los lavabos, saltaban entre cuerdas, y en sus aceleradas canciones, entonadas al vertiginoso ritmo de la comba, habitaba una necesidad de pirueta. Luego, cuando se juntaban los más avenidos, niños y niñas, en confianza se inventaban futuros y familias a medida como quien construye un sueño con la seguridad de estar muy despierto.

En las inmediaciones de su nuevo hogar, María se encaramaba a los troncos y saltaba de banco en banco. Compartía su reino, un trozo de bosque, con el resto de niños internos de su edad: huérfanos o enfermos que, al salir de clase, le hablaban de la inmisericordia de los curas y la tortura de las matemáticas.

María y su padre se quedaron a vivir con la familia Jornet. La señora Margarita, kilos de más envueltos en una bata de felpa, la entrecana permanente de la cabellera que elevaba su estatura tres o cuatro centímetros, tiraba del carro con la carga de aquellos dos hijos. Rogelio era el pequeño, del que se decía que era normal, aunque pudiera quedarse ausente durante horas, y al que de vez en cuando, al menor contratiempo, si le quitabas un trasto, si le negabas más comida, le daban ataques de furia. *Rampells*, así los llamaba la señora Margarita, vigila que *«a aquest li donen rampells i mossega»* le dijo al principio a María. Rogelio había llegado a destiempo. Su madre parecía su abuela. Tenía un año más que María pero a su modo de ver era infantil y quisquilloso, y no hubo modo de que conciliaran para algo más que echar un parchís o unas damas. Y el mayor, Ernesto, que arrastraba las zapatillas y su retraso mental, evidente, tristemente visible. Ya era un adulto de barba cerrada y blanquecina y seguía riendo como un niño, la baba a veces escurriéndosele sola de un lado de la boca abierta, la mirada perdida en algún lugar. Tan rechoncho y cheposo, iba a la suya sin más remedio. Todas las mañanas lo llevaban a la fábrica Danone a que metiera leche en unos tarros. Y al volver devoraba sin piedad cuanto hubiera en la mesa, no importaba de qué plato. Cada vez que María veía que la señora Margarita aún lo vestía y le pelaba la fruta y le preparaba el desayuno, se le encogía el corazón.

Las primeras semanas a María se le antojó todo nuevo y los días de descubrimientos fueron excitantes. Porque la verdad, pese a que todo estaba manga por hombro —*campi qui pugui*, decía la señora Margarita, *això és campi qui pugui*—, qué maravilla estrenar una vida con un lavabo, con una cocina, con un televisor y con un sofá. Y aunque echaba de menos la presencia de Canica y de sus abuelos, o las clases de José Ángel, y también las meriendas de la tía Gracia, no se le oyó queja. Sin embargo, más pronto de lo que ella misma podía aventurar, las cosas dejaron de ser novedad, y del mismo modo en que los abuelos y Valdecádiar fueron quedando atrás en la memoria, evocados de ciento en viento como borrosas estampas descuidadas en un cajón, en casa, la temprana fascinación fue adquiriendo la espesura del conformismo. Cuando el grandullón se encerraba en el váter en el instante en que ella necesitaba ir y tenía que reprimir la náusea que le daba al entrar después, rememoraba en colores el corral de Valdecádiar y la estentórea compañía de las gallinas. Cuando a Rogelio le daba por robarle por la fuerza la merienda o, peor aún, tirársela al suelo con inquina, idealizaba el pan con vino y azúcar de su tía y la equívoca compañía de Piedad se volvía agradable. Tal vez empezara a entender entonces que la vida no era una novedad continua y que ciertas ilusiones venían envueltas en el brillo fugaz y efímero del momento.

Peor fue cuando comprendió el motivo de los gritos que la señora Margarita profería contra su hijo mayor y que se repetían de tarde en tarde a las puertas del baño.

—¡Pero por el amor de Dios, quieres hacer el favor de salir! ¡Sal! ¡Sal de ahí! —Se le oía gritar desde la sala de estar. Ella merendando ante la tele, Rogelio al acecho, vigilante de sus quehaceres con el chocolate—. ¡Pero quieres dejar ya de cascártela, guarro, que eres un guarro!

Como no había manera, la señora, cansada y angustiada, con dolor en la muñeca de tanto golpeteo, regresaba a la cocina y de paso por la sala blasfemaba sola contra techo y paredes. «Dios mío, dios mío qué cerdo. En la tele habrá visto a alguna en bikini y yo qué quieres que haga... Una hora lleva ahí metido, es que no me puedo fiar, no me puedo descuidar ni un minuto. ¡Qué castigo!»

A Rogelio aquello le hacía gracia y cuando ella, por fin, un día preguntó qué hace, por qué se encierra tanto rato; él le mostró la mano y agarrando un imaginario falo, la agitó en el aire:

—El muy mongolo se casca siete pajas en una hora, está muy loco...

La señora Margarita empezaba el día vistiendo a

aquel ganso corpulento, del que intentaba no separarse, y lo terminaba en la cocina, sola, mientras el resto dormía. Cuando a Ernesto le daba un ataque y gritaba desde las tripas como una bestia reclamando quién sabe qué, si atención o comida, o nada, porque irremediablemente por algún lado tenía que salir toda aquella rabia contenida, la señora Margarita lloraba mientras se tomaba una manzanilla antes de acostarse.

Teodoro matriculó a María en el San Juan Bosco. El primer día que ella le pidió ir sola al colegio, el padre no supo cómo reaccionar. ¿Qué está pasando? ¿Qué esconde?, se preguntó sin otra opción que verla partir. ¿Era posible que se estuviera haciendo mayor tan pronto? Una mañana no dudó en seguirla. A distancia prudencial observaba sus movimientos por la cuesta. Antes de llegar al campo de fútbol, Teodoro se precipitó en su marcha y María, fatigada, se giró como quien lleva tiempo tratando de encontrar el momento adecuado para hacerlo:

—¿Pero qué haces, papá? Por favor... —se lamentó, visiblemente molesta—. ¿Me puedes dejar en paz? Ya sé ir sola.

Ese colegio público admitía a los chavales de la Teixonera, Horta, Valldaura y de más allá, carne de extrarradio que crecía con la algarabía del tráfico de eso que llamaban cinturón atravesando los días y las noches, y la montaña del Carmelo a un lado y al otro el Turó de la Peira. Fronteras de tierra y obras con andamios que dejaban lejos el mar y sus promesas de ocio. Aquí los profesores eran menos cercanos que José Ángel, unos sosos que solo hacían que hablar entre ellos de política y de las noticias de la televisión. María se vio estrenando asignaturas y deberes para mañana en otra lengua, y entre las niñas, enseguida se erigió como cabecilla. En cuanto instalaron una mesa de ping-pong en la zona cubierta del patio, le dio por jugar todos los días durante la hora del recreo. Se obsesionó tanto que subía la cuesta de la colina moviendo la mano de un lado al otro como si sostuviera una raqueta imaginaria. Al colegio no iba ni contenta ni desganada y, salvo las matemáticas, se fue defendiendo. Con quien hizo más amistad fue con los de arriba, los de los Hogares. De manera que deseaba que terminaran las clases y volver a la montaña para saltar a la cuerda y trepar a los árboles. La monja que impartía clases de clarinete la invitó a que se sumara un día con ellos, solo para escuchar, pero a la salida, cuando le preguntó si le había gustado dijo que ella era más de guitarra.

En aquel universo remoto, la compañía de su padre, por las noches, se convirtió en un bien necesario, en un refugio. Al principio durmieron en la misma cama pero, con el tiempo, la señora Margarita se empeñó en arreglar un cuarto destinado a trastos. Vació un armario lleno de juegos de sábanas de cuando aún era soltera; logró sacarlo de allí, y en su lugar puso un catre y una mesa. Qué feliz le hizo que la señora hallara entre tanta cochambre una vieja raqueta de ping-pong, de madera mala, los bordes raídos, y el plástico descolado, y que, según le dijo, había sido de su marido, el difunto Carlos Jornet, de ahí que en el mango aún se leyera C.J. Ya tenía raqueta y con ella una cita con la satisfacción.

La primera noche en que durmieron cada uno en su cama ninguno de los dos concilió el sueño. No sabían hacerlo. La incipiente timidez que iba cambiando el talante de María no le impedía seguir con sus hábitos y los domingos por la mañana, en cuanto despertaba, corría a la cama de su padre. Sin permiso ninguno descorría las mantas y buscaba la protección, el calor de su cuerpo, como quien precisa sentirse a buen recaudo. Las conversaciones que tenían ambos en la cama no perdían consistencia. Sin darse cuenta pasaron de jugar a las adivinanzas y al veo veo a resumirse la semana como dos adultos. Cuando le contó en voz baja lo sucedido con Ernesto y a qué se debían los gritos de la señora Margarita, Teodoro necesitó un lapso de silencio para recriminarse el hecho de dejarla tanto tiempo sola. Decepcionado consigo mismo dio media vuelta y, desde esa postura, mirando al blanco de la pared, dijo:

—Perdón, es por mi culpa...

María no entendió a qué se debía esa justificación, pero él había iniciado una carrera de improperios contra sí mismo: «Maldita vida de bracero, con lo bien que hubiera estado en el pueblo con un ganado». ¿Estaba descuidando a su hija? A saber los peligros que correría. Hasta ese momento no había sido consciente de las horas que pasaba sola, en el colegio, en casa o en la montaña. Y eso no era Valdecádiar. Y esa tampoco era la María de Valdecádiar. En la ciudad él tenía que trabajar y todo quedaba lejos. En la Henkel cargaba camiones por la mañana y luego se iba a Pueblo Nuevo a hacer lo propio en una empresa de transportes a cambio de la voluntad del patrón. Pero había algo más, algo que lo atormentaba.

Porque en cuanto se instalaron de nuevo en Barcelona, como si una cosa fuera con la otra, empezó a atosigarle el malestar y a sentir un cosquilleo turbio en el estómago. Era el temor a ser descubierto por alguien. Era eso —lo sabía bien, era consciente— lo que lo llevaba a pasar el mayor tiempo posible separado de su hija de puertas para afuera. Evitaba acompañarla más allá de las lindes del barrio. Se sentía un insensible, un obstinado guardián de una verdad que él mismo había transformado en fábula y de la que ya no podía huir. Porque por lo pronto se trataba de eludir la posibilidad de algo que siempre estaba ahí, a la vuelta de la esquina, preparado para disputarle su único bien.

Hasta hacía cuatro días, María no concebía dar un paso sin él, y mal que bien obedecía. «¿Qué es esto, papá?» era la frase que más le había escuchado decir. Ahora no preguntaba nada, iba sola al colegio como si estuviera abandonando lentamente la infancia. A los once años, su figura empezó a cambiar: hasta entonces había sido espigada, pero habían ido apareciendo algunas redondeces. Teodoro sabía a quién se parecía, de dónde procedían la fiereza del pelo negro y los ojos marrones, tan grandes y con largas pestañas, las curvas que vendrían en las caderas. También la edad le cambió el carácter que, de un día para otro, se volvió más apocado. Quizás a raíz de escuchar a compañeros hablar de familias perdidas y muertes fatídicas, o tal vez porque en clase le preguntaban a menudo por su procedencia, quiso saber detalles:

—¿Dónde nací, papá?

—Pues en una clínica.

—Ya, pero en cuál.

—En la Alianza.

El día en que nació, Teodoro no había estado allí, estuvo esperando en casa. Lo que sabía de la clínica se lo contaría Pablo.

—¿Y a qué hora?

—A la hora ciento tres.

—Jo, papá, que te hablo en serio.

Por más que antes le gustara esa respuesta como parte de un juego, ahora ya no se conformaba:

—Y yo también. Eran las tres, por la tarde, llovía a cántaros...

—¿Y cómo era mamá?

—Pues se parecía mucho a ti, os parecéis mucho. Tenéis los mismos ojos, y el mismo pelo...

—¿Era buena?, ¿me quería?

—Sí, muy buena. Te quería mucho, pero...

Se desplazó ligeramente y cambió la postura del brazo, dejando entender que tal vez empezaba a impacientarse, detalle que para María, concentrada como estaba, pasó desapercibido. Qué angustioso momento: ¿qué hacía?, ¿qué podía decir?, ¿que lo primero que le venía a la mente al evocarla era aquella noche en que mientras ella lloraba desconsoladamente (¡un bebé, por el amor de Dios!) propuso que la tiraran por la ventana aludiendo que a ella le daba exactamente lo mismo?, ¿o la disculpaba contando que la pobre muchacha era muy joven y se había visto de manera azarosa e indeseada con un peso que no quería y que quizás no mereciera?, ¿o que ni tuvo tiempo de quererla porque la abandonó en cuanto le vino bien?

Teodoro había iniciado una mentira que precisaba de nuevas y continuas elaboraciones para que siguiera pareciendo verdad. Ah, qué manera tan indigna de jugar con la ingenuidad, qué peligro enfrentarse a ella cuando pierde el significado original y está empezando a despertar a la batalla real de la vida...

—¿Pero qué? —insistió ella...

—Que no tuvo mucho tiempo de demostrártelo...

—¿Y por qué se murió? Y no me digas que se tuvo que ir al cielo con Dios...

Y por qué esto, y por qué aquello, y por qué lo otro. Y luego «por qué no tienes una foto, jo, es que me gustaría al menos tener una foto». En la casa, Ernesto y Rogelio tenían a la vista fotos con su padre muerto, ahí estaba en la sala de estar, con su peto de jardinero y la horquilla, y los dos a su lado, Ernesto tan grande como él, Rogelio un renacuajo en sus brazos. Cada pregunta llevaba a otra y cada respuesta era como una estampida que abría un boquete en ese techo macilento.

—Y a mí también, cariño, a mí también me gustaría tener fotos, pero se perdieron todas. Tuvimos que irnos al pueblo de un día para otro...

—¿Y por qué tan rápido?

—Porque aquí tu padre, solo —cada vez le costaba más terminar las frases— no tenía donde caerse muerto, y en el pueblo no nos faltaría comida...

Al nombrar el pueblo a María le vino a la mente otra duda:

—Piedad decía que tú no eras mi padre, que no nos parecemos y que la abuela tuvo hijos que no eran del abuelo...

Teodoro confundió el techo con los montes de Valdecádiar y se perdió por ellos en busca de tiempo para responder o de una liebre que cazar para su hija como hacía su padre con él cuando era un crío, y recordó algo que decía la tía Gracia cuando mendigaba a las vecinas: «La bondad no necesita perdón», y así dijo:

—¿Pero... cómo no voy a ser tu padre? Mira, se hablaba mucho en el pueblo. A ellos les gusta hacer el mal, a mí me gusta hacer el bien. Y espero que a ti también. Y vamos a desayunar, ¿quieres? Que estos ya han encendido el televisor...

—Me gustaría ir un día a El Corte Inglés. Una niña de la clase va todos los sábados con sus padres. ¿Cuándo me llevarás?

El sábado siguiente tomaron el metro en Montbau en dirección al centro. Durante el trayecto, Teodoro recordó algunas escenas: la plaza atestada de las siempre puñeteras palomas, la fuente de Canaletas, los animales de las paradas de las Ramblas, los vendedores ambulantes de bisutería de baratillo, la jauría humana impaciente por verse o por sentarse a leer la prensa en las sillas de alquiler, las cabinas telefónicas con esa cola de relamidos novios impacientes por comunicarse. Espacios que había conocido cuando la niña en cuya pierna ahora posaba la mano no existía. Entonces empezó a moverse solo por la ciudad, y a acompañar alguna vez a Pablo, con sus delirios de transgresión, a comprar discos a la calle Tallers.

Cuando se asomaron al cruce con Pelayo, donde reinaba un aroma de castañas y boniatos, pronto adivinaron que la tarde no invitaba a paseos. Si bien allí hacía menos frío que en los sombríos Hogares Mundet, la tibieza del sol de noviembre no calentaba lo suficiente como para que fuera agradable pasear.

Dejaron a un lado la terraza cubierta del Café Zurich y cruzaron la Plaza de Catalunya. Todo era auténtico a ojos de María, que se entregaba al carnaval del invierno en la ciudad haciendo creer a cualquiera que su entusiasmo sería hoy y para siempre más poderoso que el frío. Después de sortear el fastidioso aleteo de palomas, llegó hasta sus oídos la cadencia de una guitarra y un melodioso estribillo. Agarró del brazo a su padre para acercarse. Alrededor de un banco, un grupo de hippies fumaban en corro como si no hubiera mañana. Largas melenas, un sombrero rojo, botas altas y chirucas. Vio a un chico con casaca verde y deseó tener una igual. El muchacho le sonrió como si con su sonrisa trajera noticias de un esplendor colectivo, y como si tuviera previsto que ella iba a pasar por ahí para observar su mirada difusa, la melena rizada, la barba corta, y el cigarrito. Lo rodeaban otras chicas vestidas con camisas bordadas y chaquetas de cuello de borrego, que María acarició mentalmente como si fueran los corderos del pueblo, que repartían octavillas y pegatinas al tiempo que bailaban, o más bien se bamboleaban en un pogo a cámara lenta y pasado por marihuana (*la gallina ha dit que no, visca la revolucióóóó*, kikirikí!) y así se acercaban a todo el mundo, e iban transmitiendo su mensaje a quien quisiera escucharles: «*que aquí es parli català... depén de vosté*», ponía en el adhesivo que agarró María.

—*¡En català si us plau!* —decía una al entregar los papeles.

—*¡Avancem amb el català!* —insistían juntas.

La contestación popular que tan armónicamente casaba con esta curva de la plaza invitaba a mezclarse y, por primera vez, María se proyectó en el futuro y se imaginó disfrutando de actitudes semejantes, haciendo el indio con la solemnidad que precisa toda rebeldía.

El panorama cambiaba de tercio al cruzar el semáforo, allí estaban los grandes almacenes que quería conocer María. Todos aquellos escaparates formaban un espectáculo opuesto al de su barrio. Una señora mayor llevaba en brazos a un perrito al que hablaba mientras acariciaba, como si tuviera fiebre, y María pensó en Canica. Un joven solitario cargaba una guitarra en una funda con mucha prisa. En el cruce con la Ronda de San Pedro se concentraban en torno al quiosco varios hombres de pie, con la mano pegada a la oreja.

—Qué hacen esos, papá...

—Escuchan la radio, debe de haber partido. Es por la quiniela.

Antes de traspasar el umbral resplandeciente del centro comercial aún tuvo tiempo de fijarse en una niña de su edad acompañada por su madre, que cargaba con bolsas del Sepu y que le repetía «eso ya te lo traerán los Reyes». Repasó de arriba abajo su vestimenta y tuvo la impresión de que ahí las niñas se vestían diferente. Teodoro se mostraba feliz de verla así, contenta, despierta. Entraron en el El Corte Inglés cuando ella quiso. Y como fue directa a las escaleras mecánicas, él la siguió dejándose llevar por su entusiasmo. Al poner un pie en la primera planta, una señora con traje y acreditación de la casa, que sujetaba un portafolios, se dirigió a Teodoro y preguntó sonriente:

—¿Conoce usted la tarjeta de compra de El Corte Inglés?

—¿Qué tarjeta?

—¿Tiene usted nómina?

—No, no, yo, es que...

—No pasa nada, caballero, no importa, gracias —añadió igual de sonriente, invitándoles a no detenerse.

En la juguetería, María quiso subir a una bici y probarla. Luego, en la planta de electrónica, de repente, se vio reflejada en una pantalla. Al instante apareció su padre detrás y se pegó a ella, que reprimió el impulso de decirle que quería salir sola. Porque al verse allí con él, su chándal de los sábados, su semblante insulso, sintió vergüenza. En la planta de deportes fue mirando las zapatillas.

—¿Me puedes comprar algo? —dijo con un tono raro, entre la súplica y la exigencia.

Teodoro se llevó las manos al bolsillo y contando monedas rescató 245 pesetas.

—Todo lo que tengo, para ti.

Las zapatillas valían de 1.000 pesetas para arriba y quedaron descartadas. Pero había más cosas. Siguió mirando; se le metió en la cabeza comprarse algo. Ya no contemplaba irse de vacío. Buscaba el precio a todo lo que veía, pero luego lo volvía a dejar en su sitio. Aquello se convirtió en un rompecabezas. Nada tenía el precio adecuado. Los ojos, antes asombrados, ahora se tornaron imprecisos. Por fin dio con algo que llamó su atención y que supo que estaría a su alcance: una funda roja para su raqueta de ping-pong, una simple funda de tela similar al hule con una cremallera. La necesitaba para su raqueta. La giró nerviosa y leyó el precio : 275.

—Quiero esto —dijo, seria, como si diera una orden.

Teodoro agarró la funda y vio el precio y acto seguido volvió a contar las monedas. De nuevo no encontró más forma que el silencio para demostrar su impotencia. Pero María no aceptaba el silencio por respuesta.

—Quiero esto, papá, lo necesito...

—Cariño, nos faltan treinta pesetas.

—Ya, pero jo, es que yo lo quiero...

—Qué quieres que haga. Venga, vamos, que te compro un cacaolat...

—Yo no quiero cacaolat...

La niña cogió la funda y caminó unos pasos con ella. Teodoro se quedó allí, frente al resto de fundas, y fue agarrando una tras otra, todas las que estaban expuestas. La mirada de desprecio que le lanzó su hija lo hundió. Por treinta malditas pesetas estaba quitando a su hija de un capricho que no era un capricho porque todos los padres, maldita sea, compraban cosas.

—Si venimos aquí es para algo, digo yo —añadió ella.

Cada intervención de María lo hería aún más que la anterior y le hacía sentirse más ridículo. Mírate, se decía, vaya padre vulgar, qué penoso, un paleto, menudo pelagatos que trae a la niña hasta aquí para qué. Tenía razón ella, claro que tenía razón, pero qué podía hacer. Buscó alrededor otras fundas, de otras marcas que fueran más baratas, pero no halló más modelos.

Se acercó con una de aquellas a la dependienta y le dijo:

—Señora... ¿Es este el precio?

María, al ver que su padre estaba hablando con la vendedora, se acercó esperanzada. La señora dio con el precinto y añadió:

—Sí, señor: 275 pesetas, lo que marca.

—¿No hay rebajas?

—No, señor, eso es en enero...

María chasqueó los dientes de tal modo que fue lo único que oyó su padre en metros a la redonda. Entonces fue tras ella, le pasó el brazo por el hombro no se supo si pidiendo indulto o perdón, pero ella se zafó de inmediato, despreciando su consuelo.

—Espera, María —la perseguía—, espera. Mira, si quieres date una vuelta y nos vemos en la puerta. Cuando nos veamos abajo tendrás la funda.

—No, no me apetece dar ninguna vuelta.

Al volver a mirar la estantería de las fundas Teodoro dio de lleno con los ojos vigilantes de la dependienta y leyó en ellos el barrunto de una sospecha que decía cuidado con este pelele que nos la lía.

—Vamos a ver otra cosa, anda, vamos a la planta de abajo, que hay colores y libretas.

—Que yo no quiero colores, jo...

Trató de distraerla con otras opciones, pero fue en vano. Acabaron los dos dando vueltas por la planta de deportes bajo la intensa luz de los fluorescentes, uno detrás del otro. Teodoro no encontró más salida:

—¿Quieres la funda?

—Sí, sí, sí..., ya te lo he dicho.

Volvió a contar las monedas, ¿por quinta vez?,

¿sexta?, para vergüenza de su hija, que buscó desentenderse de aquel ridículo, apartándose de él:

—Lo siento, cariño, si yo pudiera... —le iba diciendo desde atrás, disculpándose—. Si tuviera el dinero nada me gustaría más que comprártela, a ver qué hacemos. Venga, déjala allí en su sitio, y ahora lo arreglamos.

Bajaron la escaleras mecánicas sin mediar palabra. La cara de María hablaba por sí sola. Imperturbable en la decepción, era evidente que se quedaba sin funda y que su padre la estaba obligando a buscar la salida. Así fueron a parar a la puerta de Ronda de San Pedro, la menos concurrida. Bajo esa luz quirúrgica, Teodoro agarró a María de las muñecas y le dijo:

—Espérame aquí, no te muevas, que vengo enseguida.

La niña seguía en sus trece. Dejándose coger pero apartándole la vista. Los ojos enfocando la acera, la lasitud como respuesta.

—Tú no te muevas, esta vez el juego es al revés, consiste en que no tienes que caminar. Solo quédate quieta aquí, yo me voy un momento a la puerta principal y enseguida estoy aquí y nos iremos a casa con la funda, cariño, no te preocupes que la tendrás. En cinco minutos estoy aquí.

Teodoro se alejó por la estrecha acera de la Ronda de San Pedro, rozando con el hombro los grandes plafones de los escaparates, dejando a María junto a un árbol, iluminada por la claridad que procedía del interior de El Corte Inglés.

De pequeña, María obedecía. Cuando su padre le ordenaba que caminara hasta el lavadero por el camino de los huertos lo hacía temerosa de que pasara algo pero al mismo tiempo contenta de cumplir con su cometido. Sin embargo, la María de ahora pensaba de otro modo. No estaba acostumbrada a verse sola entre tanta gente y en un ambiente desconocido. Empezó a inquietarse. La impaciencia la llevó a morderse las uñas. Temió entonces por su padre y la embargó un sentimiento similar al arrepentimiento. Se preguntó dónde se habría metido, él, que siempre volvía.

Como no llegaba, decidió avanzar y contradecir la orden. De camino hasta el vértice de esa calle, donde el chaflán se convierte en parque de luces y anhelos, tuvo tiempo de olvidar la dichosa funda de la raqueta y de reflexionar; y entonces, cuando alguien la pisó sin querer, se sintió minúscula, una pieza anónima de una marabunta humana, y se apoderó de ella una incipiente necesidad de ser perdonada. Al doblar la esquina reconoció con pavor a su padre y el corazón redobló la intensidad de los latidos. Arrodillado, Teodoro ocupaba un ángulo de la puerta principal. Vio sus cejas arqueadas, la frente alzada —arrugada, como un campo labrado— y las manos implorantes al aire trazando la forma de un cuenco. Incapaz de actuar, estuvo tentada de huir, de esconderse y deseó que alguien, quien fuera, le dijera: «No, María, no es verdad lo que ves». Su padre: ese hombre tan vulgar, con perfil de seminarista y ropa de chándal heredada que le venía grande. Sintió las miradas misericordiosas que se detenían en él con pena. De pronto, una señora con abrigo de paño en cuya solapa descollaba un broche dorado lo miró largo rato a los ojos y se sobresaltó, estando a punto de detener su paso ante las escaleras. María se fijó en ella y le dolió aquella presencia que parecía examinarlo con desprecio. Así que en cuanto vio que alguien le dejaba una moneda no lo soportó más y, a toda prisa, se dirigió a él sonrojada:

—No quiero la funda, papá. Vámonos, vámonos. Perdóname que no la quiero, no la quiero.

Se echó a llorar mientras Teodoro, apoyando las manos en el suelo, retomaba la postura y, a la vista del mundo, se ponía en pie y se frotaba las rodillas. Para quien no estuviera al caso, aquella escena podía parecer contradictoria, porque aún aturdido, Teodoro se dejaba arrastrar por la acera como ese perro obediente con el que sueñan todos los niños y que María tuvo en el pueblo y llamó Canica.

Ese domingo no, pero al siguiente, María dejó de ir a la cama de su padre nada más despertarse. Llevaba un buen rato con un fuerte dolor en la barriga. Pese a ser las siete de la mañana, se preparó el colacao, agarró las galletas y encendió la tele. En la pantalla no aparecía nada que le interesara, pero el rumor de un programa que hablaba de regatas de velas y de la copa América, la distraía. Cuando terminó de desayunar cambió de canal y se resignó a dejar el programa infantil de la televisión autonómica.

Antes, cuando llegó a esa casa, le gustaban los dibujos animados. Con cualquier cosa se quedaba embobada viendo lo que en su infancia en Valdecádiar le había sido negado. Sin embargo, de un tiempo a esta parte ya no estaba para ositos que hablaran, abejas que reían o perros mosqueteros. El sonido de fondo de una guitarra la acompañaba. Apartó los trastos y hundió las rodillas en el sofá dando la espalda al televisor. Por la enorme ventana que daba al patio de entrada de la casa, observaba el cielo gris. El runrún de la pantalla le hizo girarse: cuatro saltimbanquis cantaban la triste historia de un dragón que salía del mar para vivir aventuras y atravesar océanos con un niño que lo esperaba para jugar. Volvió a mirar por la ventana, se fijó en las herramientas del antiguo masovero que resistían el paso del tiempo en el patio. Conocía bien los enseres del campo y recordó las tardes en que se subía al trillo tirado por el burro en la era de Justo y Delfina. Cómo le gustaba aquello. Por más que hiciera un sol de mil demonios, era feliz dando vueltas sobre aquel mar de paja, en aquella barca de madera, sentada en las faldas de Justo o de la propia Delfina. Una vuelta y otra más, arre, arre, dale, le gritaban al macho. Y luego *soooo*, descansaban un rato y se sentaba a la sombra, delante de aquella tranquera, y bebían agua fresca del botijo de barro y venga, otra vez al ruedo, al trillo, y ella la primera, siempre impaciente. ¿Dónde estaba ahora aquel sol? ¿Y su entusiasmo?, ¿sería capaz de divertirse de aquella manera de nuevo? ¿volvería algún día a estar tan bien consigo misma? ¿Por qué ya no era aquella niña?, ¿por qué no vivía el presente con aquella misma disposición?, ¿por qué estaba mirando el cielo con esa cara de espanto y de no interesarle nada?

En el patio había también una motocicleta que debió de usar aquel hombre, el masovero de los Hogares Mundet. ¿Funcionaría semejante armatoste?, ¿quién sería ese Carlos Jornet? Se imaginó al hombre de las fotos en la moto, acelerando para remontar la cuesta que ella subía a pie, yendo de aquí para allá, podando, regando, cuidando jardines y llegando a casa a última hora. Así lo imaginó, quitándose las botas en ese mismo patio, entrando por esa puerta, besando a su familia, cenando en esa mesa las croquetas que preparaba la señora Margarita, mirando con condescendencia a Ernesto, roncando luego en la cama, y en un día cualquiera, muriéndose, postrado en la cama, enfermo, para luego ser enterrado. La vida misma, que terminaba igual para todos. Como se murió su madre, como moriría ella. También la vida era el dolor de barriga que no se iba y que la llevó a encerrarse en el baño. Al salir, sus ojos aún abultados denotaban falta de sueño y cansancio. Para su suerte, la señora Margarita ya se había levantado:

—¿Y tú?, ¿qué haces despierta tan temprano? —preguntó sin mirarla, recogiendo unas cosas, rescatando otras ya secas del fregadero—. Que me levante yo que tengo a estos dos zánganos, vale... ¿Pero tú, alma de cántaro, un domingo?

—Señora Margarita —empezó ella, muy seria, las mejillas encarnadas, el labio inferior tembloroso.

—¿Qué, hija, qué pasa?— preguntó.

—Mire...

Antes de hacer cualquier movimiento, María echó un vistazo atrás y se aseguró de que no había nadie. Luego se bajó el pantalón del pijama a la vez que las bragas y flexionó levemente las piernas para enseñarle a la señora una mancha de sangre.

—¡Ay!... Es el periodo, no llores, cielo...

—¿Qué me pasa? —al volver a ver la mancha, le dio por llorar.

—No pasa nada, súbete eso, que te voy a explicar y te voy a dar una cosa. Ya eres una mujer...

La señora Margarita le pasó la mano por la frente y la abrazó. Como tenía la cara empapada, al separarse de su eterna bata de felpa, se le quedó pelusilla en los mofletes. La llevó al lavabo y, cuando volvieron a la cocina, María, dando vueltas a otro vaso de leche con colacao, preguntó:

—¿Se lo tengo que decir a mi padre?

—No hace falta, ya se lo explicaré yo si quieres...

—Gracias, señora Margarita...

Nunca supo si fue consciente de lo que dijo, ni de si en realidad quería afirmar eso que le salió así:

—Yo no quiero crecer, señora Margarita. Crecer es sufrir, ¿verdad?

La señora estaba poniendo en remojo unas lentejas, y antes de responder se secó las manos con un trapo. Como si ya no se dirigiera a una niña, la miró con otros ojos:

—Yo he sufrido mucho en esta vida, ya lo puedes ver, cada día, lo que me ha caído con Ernesto, y sin Carlos, y sin que los hijos mayores se acuerden. Sola, sola con una paga de viuda de 500 pesetas. Pero tú eres aún muy pequeña para sufrir, seguramente sufrirás, pero más tarde, muuucho más tarde... Así que puedes estar tranquila.

—Es que a veces pienso que si estuviera mi madre sería diferente.

—Es duro quedarse sin madre y, en momentos así, tal vez más... ¿Sabes? Yo hacía ballet, mi padre me obligaba... A ti, ahora te toca bailar, y soñar, que luego todo se pasa volando... Yo quería ser Maria Taglioni, y mírame. Pero a veces, en la cama, cuando me acuesto rendida, aún sueño que soy esa Maria Taglioni.

—No sé quién es...

—Fue la primera bailarina que bailó sobre la punta de los pies. El milagro de la danza, una sílfide era, como tú ahora, como yo cuando era joven y bailaba... Mira, mira, te voy a enseñar, para que veas que el que tuvo, retuvo.

La señora Margarita, con todo su sobrepeso, se atrevió a dar unos pasos hacia atrás y desde la ventana encaró la mesa donde estaba María convencida de poder aún romper la fuerza de la gravedad de un salto, pero por muy poco no acabó a ras de suelo.

—Lo ves —dijo exhausta, con el torso torcido y la respiración acelerada—, se me ha ido la forma, pero te juro que todavía sueño que me aplauden...

Entonces apareció Teodoro, el pelo revuelto, el cinturón sin abrochar, extrañado de que su hija no hubiera ido al despertarse a su habitación, pero incapaz de echarle nada en cara. Desde el quicio de la puerta observó a María partiéndose de la risa, y a la señora Margarita recuperando el equilibrio. Estuvo a punto de dar media vuelta y regresar a la cama dudando de lo que estaban viendo sus ojos. Pero detrás de él apareció Rogelio, andando como un sonámbulo hasta la mesa donde, siguiendo su costumbre, se apoltronó y esperó a que su madre le pusiera delante el desayuno.

—Y tu hermano, ¿qué hace?

—En la cama, que vayas a vestirlo, dice...

María observó a su padre con aprobación. Le había venido bien confiarse a la señora Margarita. Tenía otra cara. Horas después, cuando había vuelto de estar con sus amigas y trataba de hacer los deberes, Teodoro irrumpió en su habitación y habló desde la puerta:

—Ya me ha contado la señora Margarita lo de esta mañana.

Ella se limitó a asentir. Ni le salían las palabras, ni contemplaba la opción de compartir con él ese percance. Él echó la vista atrás en el tiempo, queriendo resguardar la imagen del bebé que fue aquella niña. Porque al observarla así, hecha y derecha, sentada frente a sus libros y libretas, sana, con su propio carácter y sus gestos, entendió la suerte que había tenido de contar con Amparo y Gracia en su crianza y en su educación. A buen seguro con ellas habría compartido intimidades. Con razón estaba tan contenta en aquella casa, protegida y a salvo, incluso del porvenir.

Su padre no había entrado en la habitación solo para contarle lo que ya sabía. Por lo que seguía allí, de pie, como un pasmarote. ¿Qué hacía sin decir nada, embobado? En realidad, no sabía cómo seguir con su discurso, y, empujado por los recuerdos, pensaba que antes temía por si su niña perdía la estabilidad al caminar por los ribazos, o caía contra las piedras del río, o se le escapaba de las manos. Ahora temía por que se le fuera, sin más.

—Nos vamos de aquí —finalmente se atrevió a hablar, convencido de que hacía el bien de nuevo. En su opinión, su hija no merecía compartir casa de esta manera—. He conseguido un piso de alquiler en el centro. Creo que te va a gustar. Poco a poco lo iremos arreglando.

María dejó vagar su mirada a lo largo y ancho de la mesa y permitió que su ilusión se elevara por encima de los mapas y las líneas divisorias que veía en el libro de Ciencias Sociales de séptimo de EGB. Aquella noticia le dio una sensación de perdón con respecto a él, y también de cierto heroísmo. Volvió a asentir.

Ella también llevaba todo el día queriendo decir algo. Así que creyó que había llegado el momento. Quizás había pensado mucho en el pueblo durante las primeras horas de aquella mañana.

—Papá, ya lo he entendido todo.

—¿El qué, cariño?, ¿qué has entendido?

—Ya sé lo que hacías en los huertos cuando me decías que siguiera caminando sin mirar a ninguna parte...

—¿Ah, sí?

Desde la silla, recordando lo que había en los platos que le daba su abuela, lo abrazó con la mirada y le dijo:

—Robabas, robabas para que comiera, ¿verdad?

Teodoro no halló más respuesta que un leve movimiento de cabeza y de hombros, con el que pareció pedir un indulto. La voz de la tía Gracia le susurró al oído: «La bondad no necesita perdón».

—¿Me perdonas? —La imagen de la funda de una raqueta de ping-pong detuvo un segundo su intervención—. Soy una imbécil...

Ahora sí, con una velocidad instantánea, los ojos de Teodoro se humedecieron y asintió:

—No, no, perdóname tú a mí. Por favor, yo, si hubiera podido...

Y así, una semana después, se despidieron de aquellos tres individuos con los que habían compartido un tiempo, sin aspavientos ni dramas, asegurando que ya se verían cuando sabían perfectamente que no lo harían. Y en una furgoneta DKW que le dejó el jefe de la empresa de transportes hicieron el traslado con la impaciencia de quien desea una nueva vida y con la tranquilidad de llevar cuatro cosas.

En el coche, María preguntó:

—¿Adónde vamos entonces?

—A Rusia, que allí no hay pobres ni ricos.

—¿En serio? Y me haces ir a mí sola primero y luego tú apareces por allí.

—Así es, yo ahora te dejó en la Plaza Lesseps, y la semana que viene, cuando llegues a la Plaza Roja de Moscú, allí estaré yo.

María asentía, la cabeza apoyada en la ventana, la vida en ámbar.

—Pero yo no sé ruso, papá...

—Ya lo aprenderás, ¿no has aprendido el catalán?

—Sí...

—Pues ya está, si es lo mismo, es muy parecido... El que no lo aprenderá seré yo, de eso puedes estar segura, con lo zoquete que es tu padre...

Y se echó a reír él solo, mientras entraban en la espesura mecánica y motorizada de la Ronda que tantas veces había contemplado María desde lo alto de ese puente que jamás volvería a cruzar.

Por el momento no fueron a Rusia, se quedaron cerca del Arco del Triunfo. En la plaza de San Agustín bajaron de la furgoneta y abrieron las puertas traseras, de donde sacaron dos grandes bolsas con ropa y otras tres más pequeñas con algunos bártulos.

Teodoro y María buscaron la calle Montanyans, una costanilla angosta y rociada. Era difícil, ciertamente, dar con una callejuela con menos separación entre muros y más concentración de humedad por metro cuadrado. Subieron a trancas y barrancas las escaleras y cada cual se fue organizando en su habitación. María recordaría bien el momento en que empezó a disponer en los cajones de aquel remoto armario toda su ropa intentando que quedara lo más lisa posible, cómo se sentó en el colchón y oyó el rechinar de los muelles y cómo, ya estirada, al mirar en redondo, las manos tras la nuca, las piernas flexionadas, pensó en que algún día no muy lejano debería desaparecer aquel mustio paisaje de flores descoloridas e irreconocibles que empapelaba el cuarto porque no tenía nada que ver con ella.

Teodoro había encontrado un cuarto piso sin ascensor con un diminuto salón que pronto llamarían salita, con un balcón que daba a la calle y cuyo tendedero casi se juntaba con el tendedero del balcón de enfrente, en el que también lucían descuidados y sedientos geranios. Tenía una cocina equipada con butano, un hornillo con tres fogones. El agua que salía en un hilo aturdido del grifo venía racionada desde un depósito que se encontraba en el terrado y salía caliente cuando le daba la gana. Nunca supo María cómo había que colocar la válvula para conseguir la combustión de ese cachivache que su padre llamaba calentador y que encendía acercando una cerilla que siempre se apagaba. Entre las dos habitaciones había un minúsculo cuarto de baño con un inodoro y al final del pasillo un lavadero en el que, al principio, tuvieron que apañarse con una palangana de plástico. El piso lo habían dejado por fuerza mayor los padres de un trabajador de la empresa de transportes de Pueblo Nuevo. Habían muerto de viejos, por lo que los nuevos inquilinos se quedaron con muebles y hasta con el televisor, encima del cual había una minúscula torre Eiffel de chapa (*souvenir* de Paris, se leía abajo) que a lo mejor, pensaron, podía ejercer de antena.

El barrio era un misterio. Y es que allí donde la necesidad pregunta por la reserva, es normal que el vicio se sienta a sus anchas. En aquel arrabal incrustado entre el tumultuoso centro, el oculto Borne y el refinado Eixample, anárquico y curvilíneo, sin inspiración pero con reserva, se fumaba despacio y se actuaba deprisa. Por las mañanas, la vida transcurría en las casas. Las radios y el sonido de los televisores se superponían los unos a los otros y se hacía difícil seguir la propia. A partir de cierta hora, el enigma se oficiaba en la calle. La Ronda Baja de San Pedro era una aglomeración de tiendas de ropa de saldo y en el mercado de Santa Catalina, hogar de olores y colores sin orden ni concierto, pescados, verduras, pollo... Al final de la jornada, por sus márgenes de adoquines, desfilaban chavales y gitanas a rebañar del suelo lo que podían, navaja en mano, para quitar las partes peores, bolsa a un lado para ir cargando.

Pronto entendió María que las vecinas de la calle se comunicaban por gritos y todo el mundo conocía lo mejor y lo peor de cada casa. Algunas se empeñaban en cantar mientras cocinaban, y el mediodía se convertía en un mejunje de jotas, coplas y seguiriyas que provocaba más risa que arte.

Desde que Teodoro había abandonado el centro de Barcelona trece años atrás, las cosas habían cambiado. Durante su estancia en Valdecádiar, más allá de los dudosos titulares que aportaba Melchor, vivió ajeno a las noticias de los periódicos y televisiones. En los últimos años, en los Hogares Mundet dispuso igualmente de poco tiempo y, por más que a veces se interesara, eran más apremiantes las obligaciones. En aquel nuevo barrio se enteraban de todo. Aquel año 1989 fue movido. Un incidente en la central nuclear de Vandellós provocó una concentración sonada en el centro. También las elecciones trajeron manifestaciones que acabaron desperdigándose por esas calles llenas de proclamas y pintadas en las paredes. Y en la televisión, Teodoro y María volvieron a escuchar hablar de Rusia tras la caída del muro de Berlín.

Una tarde, ya instalados y familiarizados con el bloque de vecinos, Teodoro echó en falta una limpieza a fondo y bajó a comprar lejía, naftalina, cubo, mocho, escoba y recogedor, y con la ayuda de María, fueron sacando tanto brillo como pudieron. Teodoro se había pedido la tarde libre, pero no disponía de mucho tiempo ya que tenía una cita en el parque de la Ciudadela. Aprovechando el trabajo en la empresa de reparto, una tarde en que se quedó de los últimos, pidió ayuda a un compañero para localizar en una de las numerosas guías telefónicas que poblaban el despacho un nombre y un apellido: Mercedes Xancó. Hacía años que no la veía, pero necesitaba hacerle una pregunta. Desde que habían vuelto a Barcelona lo iba postergando, cosa que atribuía a la falta de tiempo en lugar de al desasosiego que le provocaba la idea. Ahora que había encontrado un trabajo en un taller en la Zona Franca y que seguía haciendo horas extras en Pueblo Nuevo, ahora que podía pagar un piso para él y para su hija, el miedo no había remitido. En la guía había trece personas apellidadas Xancó, pero de las nueve que atendieron su llamada, solo una había sido íntima amiga de un tal Pablo Peñalver.

Mercedes Xancó. Durante muchas noches antes de dormirse, en su imaginación, Teodoro le había pedido el carrete de fotos que sacó con su cámara en la calle Bailén, con María casi recién nacida, estando los tres (Pablo, Mercedes, él) sobre la alfombra, pasándose a la pequeña de mano en mano como si fuera un peluche y, en varias ocasiones, había relatado mentalmente a Mercedes sus fugas y desmanes, sus vivencias en Valdecádiar, su accidentado regreso a Barcelona, así como el agradecimiento por todo lo que hizo por ellos: los papeles, el cambio de apellido, los riesgos que corrió junto a su padre, el notario al que no conoció, los silencios pagados por Pablo.

Teodoro terminó de pasar la fregona y pidió a María que se quedara en la habitación, que no pisara el suelo. Un intenso aroma a cítrico inundaba el espacio. Al abrir el balcón reparó en la cantidad de mugre que aun recataban los finos barrotes de hierro. Soltando una cuerda logró desenrollar la persiana. No podía librarse de los recuerdos, de aquellas conversaciones que tuvieron ambos, Mercedes y él, en aquellas largas esperas que resultaron ser antesala de la muerte de Pablo, y en las visitas que hacía a la casa de la calle Bailén, cargada con regalos para María y con botellas de ginebra, whisky y ron para su amigo —tanta generosidad y tanta paciencia— y aquel modo de andar, la espalda recta y su innato porte elevado por el uso de los tacones.

Era junio, y el bochorno, al final del mediodía, bosquejaba lenguas de luz a través de las rendijas. Teodoro se despidió de su hija. Al poner un pie en las escaleras, empezó a aceptar que estaba nervioso porque tenía miedo. Entumecido, se apoyó en la barandilla, y salió a la calle indefenso, para que sus pasos dirigieran lo que hasta ese momento era una convicción. Tenía miedo de que la presencia de Mercedes, por ser el único vínculo real que le unía al pasado, desatara nuevas dudas. ¿O era más bien el miedo a que le dijera lo que no quería oír?

Desde la calle Carders la imaginó en el Paseo Lluís Companys, tal vez acompañada ya por hijos mayores, o quizás sola, la piel gastada, las gafas de sol, esa tos de siempre, fumadora como antaño, velada por un inevitable resplandor de nostalgia. ¿Pero a qué iba, a mendigar otra vez? A confesar que le podía la desazón, a confesar que en la gran ciudad vivía atemorizado porque su idea de Barcelona estaría siempre ligada al recuerdo de Pablo y a la promesa que le hizo. Cada vez le amedrentaba más que alguien lo reconociera, cuando María le preguntaba por la muerte de su madre se ahogaba en un mar sin orillas, insondable, por eso se entregaba a la rutina: para no pensar en otras cosas. Vivía atormentado por el ridículo de no saber complacer a María, si por él fuera, hubiera querido abandonar la ciudad, pero la curiosidad y los estudios de su hija lo retenían. Iba pensando todas estas cosas mientras bajaba por la calle Tiradors y, al llegar a la esquina con Comercio, detuvo el paso y dio la vuelta. El sentido que le había dado a la cita se desvaneció al recordar a la propia Mercedes ordenándole trece años atrás que, sobre todo, no volvieran nunca a Barcelona, y pidiéndole que, en la medida de lo posible le fuera contando cómo se desenvolvían en el pueblo, detalle que había incumplido.

Desde el día en que la encontró en la cocina hablando de sus cosas con la señora Margarita (o ¿era desde el día en que no pudo comprarle aquella funda en El Corte Inglés?), la confianza entre padre e hija se había resentido. Teodoro pensaba que con la mudanza reconducirían su relación, que ella se animaría, que regresarían la complicidad y las confidencias. Sin embargo, María se mostraba cada vez más retraída, incluso reticente a mantener conversaciones insulsas. Ahora, con trece años, se encerraba en la habitación y leía cuentos y tebeos que le prestaba la vecina o se quedaba mirando a la nada embobada. «¿Qué ocurre? Nada. ¿Qué te pasa? Nada.» Sin duda, el desarrollo hormonal había coincidido con un cambio en su actitud. ¿Dónde estaba esa niña parlanchina del pueblo, esa que le seguía a todas partes reclamando con avidez su mano?, ¿dónde estaba la niña que corría feliz por la plaza y hablaba a borbotones, con la ingenuidad en las palabras, pidiendo de todo a sus abuelos?

Entonces, un mediodía de aquel verano en que la ciudad estaba detenida viendo un partido del Mundial de fútbol en los bares y su padre trabajando, María se animó a dejar la cama y a subir al terrado y desde allí, en soledad, divisó otra ciudad. Nada tenía que ver aquello con los Hogares Mundet. Le dio por pensar que cada vez se encontraba más cerca del mar y, haciendo equilibrios sobre una tapia, llegó a verlo. Respiró profundamente y ese aire, aunque tórrido y denso, le otorgó una sensación de privilegio respecto a todo aquello que había conocido en los Hogares y en Valdecádiar, lugar este al que cada vez miraba con menor nostalgia y constatando que el deseo de volver remitía, y se sintió bien en esta cotidianidad nueva, independiente de su padre. Gol de Italia, cantaron desde una galería vecina. En el terrado, alguien había olvidado una guitarra cochambrosa, probable reliquia de una juerga. En el mástil habría caído cerveza porque al cogerla comprobó que la madera estaba pegajosa. La agarró y empezó a tocar al tuntún. Sentada en una repisa quiso imitar a los hippies que vio una vez en la Plaza de Catalunya y raspando las cuerdas gritó «kikirikí, kikirikí...», y más tarde, imitó aquella serie de televisión: *«Puff era un drac magic que vivia al fons del mar...»*. Gol de Argentina, volvieron a gritar a lo lejos. Hacía tanto calor que hubiera agradecido una manguera para remojarse los brazos y las piernas. Se recogió el pelo en una coleta y se giró al oír que se abría la puerta.

Apareció Montse Mundó, la vecina del segundo, profesora de parvulario, soltera, que los fines de semana daba masajes según anunciaba el cartel que colgaba de su puerta y que siempre que lo leía llamaba la atención de María («Maestra Yogui M. M., Masaje ayurvédico, Sábados y domingos»). Iba con un pañuelo en el pelo y una toalla envolviéndole el cuerpo, chanclas, llavero y tabaco.

—Ah, eras tú, no, es que he oído ruido y digo ¿ya

están estos otra vez con la guitarra? Se ve que el hijo de Cristina y sus colegas la liaron en San Juan...

—Es que la he visto ahí... —dijo María, un tanto avergonzada por si la hubieran visto cantar sola.

—¿Te gusta la guitarra?

—Sí.

—Pues yo te enseñaré un día los acordes, si quieres...

—Vale, me encantaría aprender —respondió María sonriente, feliz de haber encontrado esa complicidad—, ya he terminado los libros que me dejaste...

Montse se desprendió de la toalla y se quedó en bikini. María tuvo tiempo de intuir que la conexión con esta joven que le hablaba de tú a tú y en un idioma que entendía de maravilla se prolongaría más allá de la terraza.

—Voy a tomar el sol ahora que están todos viendo fútbol, así me puedo quedar en tetas tranquilamente. Porque si me lo quito y hay tíos delante, se ponen como motos, ya sabes... Por cierto, ¿cuántos años tienes?

—Trece.

—Ah, pues no he dicho nada. Lo retiro.

María rio y observó los pechos de Montse, tersos y grandes. También a ella le estaban creciendo de manera patente. Repasó mentalmente los cambios que estaba experimentando su cuerpo, los pechos, los pelos que asomaban por ahí y por allá, las caderas que se le ensanchaban. Tal vez un día, si por fin se le iban los malditos granos, sería guapa como Montse. La observó estirarse sobre la toalla, con la agilidad de quien está habituado a hacerlo. Los pechos se le separaron y a la altura del ombligo, junto a un suave brote de vello, se le formó una breve mancha de agua apenas perceptible. Para hablar y poder mirarla, Montse se llevaba la mano a la frente:

—Me ha dicho Cristina que vendrás al cole con nosotras, ¿verdad?

Cristina, la vecina del primero, trabajaba en el comedor del colegio en el que impartía clases Montse Mundó. Vivía con uno que decía que era su marido pero que aparecía de higos a brevas, y sus tres hijos.

—Sí.

—Te lo vas a pasar pipa. Yo soy la de párvulos, pero conozco a los que serán tus profes, son muy simpáticos, ya verás. ¿Te gusta vivir aquí?

—Sí, está bien...

Otro gol. Jolgorio momentáneo y el eco de un petardo distante.

—Me dijo tu padre que vivíais en los Hogares Mundet, conozco bien el sitio porque los sábados estoy de prácticas en Aldeas Infantiles, en Sant Feliu de Codines, y algunos educadores vienen de allí.

—Sí, vivimos con una familia. La madre era muy buena...

—¿Y antes de los Hogares?

—En un pueblo, en Valdecádiar...

—Qué coñazo, ¿no? A mí me dicen que me vaya a vivir a un pueblo y me da algo, quita, quita... ¿Cómo era?

—A mí me gustaba mucho —aseguró María, avergonzada en parte por llevar la contraria, pero con carrerilla suficiente—. Tenía un perro que se llamaba Canica y que estaba siempre conmigo. Había una presa enorme, tan llena de agua que daba miedo, donde nos escapábamos a espiar a los mayores, y también huertos, y eras donde iba a trillar, y corrales y campos... Bueno, y también mis abuelos, que me querían mucho, yo me lo pasaba muy bien con ellos, allí sí que era libre y me dejaban hacer de todo.

—¿Y no vais nunca a verlos?

—No, no vamos nunca. Es que salimos de repente, huyendo, yo creo que mi padre se había metido en un lío, y él no quiere volver, creo que no se atreve, siempre tiene miedo de todo.

Durante unos instantes, mientras observaba la resignación de María, Montse Mundó pareció apenada. Se incorporó, se bambolearon sus pechos, apoyó los brazos contra el suelo:

—¿Y tu madre? ¿No estaba allí con vosotros?

—No, qué va, está muerta, ni la conocí. Bueno, sí que la conocí, pero como tenía un año ni me acuerdo.

Montse intuyó que aquel era un terreno pantanoso, y para evitar adentrarse en él, cambió de tema:

—Oye, una cosa, como hoy no tengo a nadie, si quieres luego te hago un masaje relajante guay y escuchamos discos, ¿te hace?

A María se le dibujó una sonrisa y asintió.

—Vale... —respondió María, encantada de estrenar camaradería.

—Me fumo un porro y te lo hago, ¿va? Que así me concentro más. — Y con un guiño añadió—. Ya me lo pagarás algún día...

María empezó octavo de EGB en el Purísima Concepción del Pasaje Rector Oliveras. El primer día hizo una amiga, Ruth Casas, de la que no se separó ni en el aula ni en el comedor. Como allí tenía enchufe de la señora Cristina, en la cocina la dejaban repetir a discreción. Más que de materias, los profesores hablaban de política, y sobre todo de la revolución cubana, pues unos cuantos habían visitado Cuba y cada tanto encontraban un motivo para pasar las quinientas diapositivas que habían hecho. En ese colegio familiar fue dichosa hasta que tuvo que empezar el bachillerato. Entonces, como Ruth se matriculó en el Instituto Balmes, ella hizo lo mismo, y dado que su padre no opuso resistencia, ni siquiera se atrevió a plantear otra alternativa. En el mes de septiembre de 1991 apareció por ese centro de enseñanza con el miedo que impone toda novedad. Ruth y María buscaron en las listas de la recepción a qué clase debían ir: Ruth primero A, María primero D. En la segunda planta se separaron. María buscó la puerta correspondiente y entró en la clase arrastrando los pies, las John Smith blancas con su nombre escrito a boli en la suela junto a una estrella, unos tejanos negros, una camiseta roja y un colgante que le llegaba hasta el ombligo que imitaba un planeta.

Pidió perdón por el retraso y la tutora, desde la mesa, le preguntó cuál era su apellido.

—Broto.

—¿Broto qué más?

—Broto Madueño. —Ay, ese segundo apellido que le punzaba el estómago, del que cada vez que lo pronunciaba se sentía tan lejos.

La señora Margalef, la tutora del curso, señaló la única mesa que quedaba vacía, a la que María se acercó. Antes de llegar, el chico que se sentaba al lado apartó la silla y ese detalle anodino tal vez fuera un indicio de la relación que siguió.

—Hola...
—Hola.
—Gracias...
—De nada.

Así conoció María a su primer amigo del instituto y empezó una época de descubrimientos y fundaciones. Vidal Morante era repetidor, y pertenecía al núcleo gamberro de la clase, aunque ese curso se había propuesto empezar concentrado y sin distracciones. No centrarse en nada que no fueran los estudios. Tenía que responder a la confianza de sus padres. Pero aún no había empezado la primera clase de matemáticas y ya se había topado con un problema irresoluble sentado en la silla de al lado.

7
María Broto

Trayecto Barcelona-Valdecádiar, 2016

María Broto observa la monotonía de campos dorados, idénticos a los que atravesó de niña, que se despliegan a ambos lados de la carretera. Sabe que este recorrido lo hizo con Teodoro hace treinta y ocho años. Ella era un bebé ajena a todas las triquiñuelas de quien la transportaba. Aunque sea consciente de lo que ha sucedido no le es fácil entender que viaja para despedir definitivamente a quien la crio y la protegió hasta los dieciséis años y también para encontrarse con unos orígenes que no le corresponden, pero que por más que se haya esforzado en borrarlos, tampoco puede obviar. ¿Fue demasiado castigo para sus abuelos, fue desleal con su procedencia? No se trata de una función de teatro, es la realidad. Este papel secundario sí que le viene grande. Este miedo escénico sí que es real. Ahora, cuando apenas faltan veinte kilómetros, sabe que en breve empezará a reconocer el entorno.

—Me asusta llegar —anuncia María a la altura de Horcajada del Palancar—. No sé si estoy preparada, creo que me he precipitado. ¿Y si me dejas aquí y me recoges a la vuelta? Yo lo preferiría...

María pronto se arrepiente de haberlo dicho. ¿Cómo no va a ir? Desde que es una cría se ha acostumbrado a decir lo primero que le viene a la cabeza. No mide las palabras. Primero hiere y después pide perdón, o no.

—¿Por qué no diste noticias? —pregunta un ávido Rafael.

María enciende otro cigarro. Necesita esa ayuda para responder.

—Pensaba que me sobraría tiempo para hacerlo. Iba por dentro. Me acostumbré a vivir con ello, luego pasaron los años y me daba apuro, temía que me recibieran mal, o peor aún, con indiferencia. Tiene que ser eso, me ha pasado otras veces. Yo no sé manejar bien algunas relaciones... He perdido muchas amistades por eso. También es cierto que me dejé llevar, he sido muy influenciable. «¿Cómo vas a perdonarle?», me decían Vidal y Montse. Lo pienso ahora y creo que si no hubiera sido por ella, lo habría hecho... ¿Sabes lo que más envidio en este mundo? A la gente con las ideas claras, a la gente que sabe decir no, a la que siempre está serena y ve los problemas muy lejos y se controla. La gente segura de sí misma, ¿entiendes? A mí, cuando me dan la libertad, no sé decidir.

Rafael asiente y mira de reojo, con las manos al volante, a la mujer que tiene al lado, a la que intuye llena de contrastes, desvaríos y rarezas.

—En los últimos años, el mejor amigo que tuve fue tu padre. Los dos estábamos solos y solteros. Al principio le costaba mucho abrirse, luego no.

María, al evocar la amistad, no puede evitar pensar

en su amiga Ruth, y revivir el desencuentro. En octavo fueron uña y carne. Por seguirla se matriculó en el mismo instituto. Y qué bien la recibió cuando regresó de Málaga. Luego, la vida llevó a cada una por su lado, sus obligaciones, sus oficios y sus gustos. María se decantó por la interpretación y la otra por el diseño gráfico. Una encadenó trabajos precarios para cumplir un sueño, la otra venía de buena familia y nunca necesitó invertir tiempo en ese tipo de quehaceres. Una coleccionaba descalabros emocionales y la otra se casó de primeras. Pero encontraban tiempo para verse y el cariño seguía vivo. Era una de sus confidentes. Ruth siempre estaba al otro lado del teléfono dispuesta a hacerle favores. Tan pronto la llevaba en coche al aeropuerto como le imprimía y encuadernaba los guiones en su trabajo. Es más, no solo la quería, la admiraba, fardaba de tener una amiga artista. María Broto frecuentaba mucho más a amistades de su gremio, pero cuando necesitaba a alguien de verdad, y de la que podía fiarse a ciegas, Ruth respondía. Y así fue hasta los treinta y dos años. En la época en que salía con Edgardo, el cantautor uruguayo, María le confesó varias de sus infidelidades, las que calificaba como «deslices sin importancia» y Ruth asistía perpleja a los relatos de aquellas locuras tan alejadas de su mundo más convencional. Ruth reía diciendo «cómo puedes estar tan loca», pero también, luego, tras analizar el contexto, añadía «no está bien lo que estás haciendo. Si no estás enamorada, déjalo y ya está... No ya por él, sino por ti». Pero María no tenía tiempo para hacer caso, en realidad, le era cómodo saber que alguien la estaría esperando en casa. Una vez, Edgardo regresó de una minigira de conciertos y le preguntó si esos días había estado con alguien. María, mientras repasaba mentalmente lo que había hecho con los condones de la noche anterior, negó categóricamente, y añadió que cómo se le ocurría pensar eso, que de ninguna manera, que jamás le había sido infiel y que si así fuera se lo diría. La respuesta de Edgardo fue generosa, «es que te quiero tanto que no sé, si alguna vez lo hicieras, y solo fuera eso, una vez... lo entendería». Se expresó de tal manera que María leyó en su rostro la aceptación de cualquier humillación. Fue entonces cuando ella, con su precipitación habitual, tratando de aprovechar la oportunidad que se le ponía en bandeja, anunció que tenían que dejarlo, que ella lo quería más como un amigo y no sabía si podría darle lo que él necesitaba. «No, no, por favor, tampoco necesito tanto, y yo te quiero mucho» empezó él antes de escuchar: «Ya, pero es que a lo mejor no quiero que me quieran tanto».

Cuando María Broto se fue del piso que compartían, regresó con Montse Mundó. (¡Otra que siempre le abría la puerta, otra que ha vivido por y para ella!) Tras un inicial sentimiento de liberación, bastaron unos días de dudas, un par de fiestas excesivamente tóxicas, una discusión tonta con Montse y una mala noticia laboral, para que de pronto, sin que viniera a cuento, un bajón físico y mental la dejara noqueada. El arrepentimiento y la soledad se mezclaron con la culpa. No había sido buena persona. De un día para otro, la vida pesaba. Se sentía vacía.

No tardó en llamar a Ruth, que le contestó enseguida. María, con su frecuente tendencia al drama y a la exigencia, incapaz de ponerse en el lugar de los otros, insistió en que tenían que verse esa tarde, sin falta. Y Ruth, aunque puso reparos evidentes, pues hacía un par de meses que había dado a luz por primera vez, accedió. Era a mediados de diciembre. Mientras esperaba al raso en la esquina del bar Bauma, María Broto apagó un cigarro y encendió otro. Por la acera lateral de la Diagonal vio a Ruth acercarse lentamente, arrastrando el carrito en el que dormitaba su hijo. Se abrazó a su amiga con cierto laconismo. Cuando propuso entrar en el bar, Ruth señaló con el mentón el carrito y añadió que prefería pasear porque así seguro que seguiría dormido y además, había tenido fiebre la noche anterior y entrar en un bar con humo no sería bueno para él. Entonces María se asomó al cochecito y vio al bebé, hacia el que mostró total indiferencia.

—Estoy fatal. Soy lo peor. Me quiero morir...

Ruth estaba acostumbrada a los desequilibrios de María, a ese tipo de discursos desorbitados. Intentó calmarla y animarla, pero tampoco encontraba las palabras. ¿Qué podía decirle?

—Además, me lo merezco. Me he pasado con él, y se ha enterado de un montón de cosas. Antes de que me fuera me miró el móvil, el muy cabrón...

—Bueno...

—Que tenía derecho a saber, me dijo...

—Eso tampoco está bien, pero se entiende, estaba herido.

—Sí, pero ahora la que lo pasa mal soy yo. He engañado a una buena persona. He mentido, he traicionado al único que de verdad me quería. ¿Qué soy? Una hija de puta, un desastre, ¿no lo ves?, mira, mi vida es un puto desastre...

—Está bien que te des cuenta. A lo mejor te sirve para la próxima vez.

En ese instante sonó el móvil de Ruth, que se llevó la mano al bolsillo y respondió. Después de colgar, dijo:

—Lo siento, María, tengo que irme, me espera Pedro en casa. No quiere que esté fuera con el niño con el frío que hace, ayer estaba a 38 y...

—¿Te vas ya?

—Me tengo que ir... —sentenció Ruth, encogiéndose de hombros, dejando claro con su gesto que lo hacía contra su voluntad.

María se despidió fríamente de su amiga, a quien vio alejarse. Se quedó pensativa, ofendida y con el ego lastimado. Tras deambular por varias calles del Eixample entró en el Bauma y se pidió una copa. Desde allí contactó con otra amiga y logró que quedara con ella en Gracia.

Dos días después la llamó Ruth. Al ver su nombre en la pantalla, María sintió desprecio. No contestó. Ruth insistió, y ella continuó sin responder. Ruth le escribió mensajes, «¿cómo estás?, ¿cómo va todo?», mensajes que no obtuvieron respuesta.

La semana siguiente, la víspera de Navidad, volvió a ver el nombre de Ruth en la pantalla y esta vez sí, descolgó:

—Me tenías preocupada, María, ¿qué tal?

—Ya.

—¿Estás bien?

—Sí.

—¿Has sabido algo más de él?

—No.

Tras alargar la lista de monosílabos, Ruth, adoptando un tono de voz serio, le preguntó si le ocurría algo. Pero María insistió en que no, que no le pasaba nada, que tenía cosas que hacer y que ya hablarían.

La noche de fin de año, uno de los primeros mensajes de felicitación que recibió fue el de Ruth. Evidentemente, respondió con un escueto «Gracias». Y cuando la tarde de Reyes Ruth volvió a escribir para proponerle salir a merendar chocolate con melindros a La Pallaresa con el niño, ni tan siquiera se tomó el esfuerzo de contestar.

María Broto no perdonó que Ruth se fuera aquel día. Lo sintió como un desplante. Y, sin dudar, tomó la decisión de borrarla. Estaba convencida de que no había estado a la altura y de que la había dejado de lado en el momento en que más necesitaba su apoyo. Ruth se cansó de llamar y no obtener respuesta. Y María siguió en sus trece, terca y confiada, diciéndose que no la necesitaba y que no existe nadie imprescindible. Pero un año después recibió por email una larga carta en la que Ruth exponía abiertamente su punto de vista de la relación, la incomprensión ante su frialdad y el ruego de una respuesta a la pregunta de si creía que no había hecho suficiente por ella en aquel bajón causado por Edgardo. Tan cobarde fue María, y tan cínica, que respondió: «Todo bien. Gracias».

«¿Por qué llegó a ese punto?», se preguntaba a menudo. Es más, «¿cómo pudo alcanzar ese grado de desprecio hacia alguien que solo una vez tuvo un percance y no pudo estar con ella?». No podía permitirse ser tan exigente, ni darse el lujo de humillar a los que tenía más cerca. Aunque quizás era envidia de no pertenecer a su clase, envidia de esas vidas que parecían perfectas. ¿Ansiaba para ella la vida de Ruth? Llevaba tiempo haciéndose todas esas preguntas. Ruth dejó de perseguirla y no habían vuelto a verse. Sin embargo, a veces siente un vacío, y un dolor que le habla de la cobardía, de no saber pedir perdón. Claro que sabe que el orgullo la traicionó y es lo que le impide retomar el contacto. Y claro que sabe que su absurdo berrinche infantil y egoísta fue desmesurado, y que Ruth tenía aquel día todo el derecho a irse con su hijo y su marido. Y claro que le gustaría revivir el cariño y que todo fuera como antes. Seguir teniendo a alguien en quien confiar y en quien apoyarse y con quien compartir sus éxitos y sus delirios. Y por supuesto, pedirle perdón. ¿Pero cómo dar marcha atrás? Uno no puede volver siete años después y decir, «eh, que aquí no ha pasado nada, que se me fue la olla». De adultos, el perdón no es un cromo que se intercambia en la puerta de un colegio. El perdón no se pide como una copa en una fiesta con barra libre.

Muchos años atrás, le había sucedido lo mismo con Teodoro, a quien ahora cree que infligió un castigo inmerecido y demasiado largo.

—Empecé varias cartas, pero no hubo manera de que me atreviera a terminarlas —dice a Rafael, que no puede más que asentir—. Ahora me doy cuenta. No se merecía esto por mi parte...

—Qué curioso que hables de cartas. ¿No recibiste ninguna de él?

¿Una carta...? María Broto hace memoria y le asalta un recuerdo. Tiene dieciséis años. Apenas lleva dos semanas en Málaga, desconcertada todavía por el cambio tan repentino que ha sufrido su vida y preguntándose aún si ha sido buena idea aceptar esta mudanza. Su madre la sigue por las habitaciones. Es una presencia incómoda. Se siente observada en todo momento por ella. ¿Quién es esta señora? ¡Pero si no la conoce de nada! Tanto la ha buscado, tanto ha preguntado por ella y ahora que ha descubierto la verdad, preferiría que todo siguiera como antes. Una persistente frustración la delata. ¿Cómo es posible que Teodoro le haya engañado de este modo y le haya escondido tanta información? Su vida estaba en un cuchitril del Borne de Barcelona, con su padre, yendo cada mañana al Instituto Balmes, junto a Vidal, con su vecina y referente vital Montse, con Ruth, con sus sueños de viajar aquí y allá, con sus ansias de tocar en un grupo de música, con su voluntad de hacer teatro. Y ahora está en una urbanización de Málaga, en una casa enorme pero que le es ajena y en la que no encuentra nada que no sea rencor, rodeada de escapularios, candelabros, cuadros rancios, muebles que son reliquias, sirvientas, primas que vienen los domingos, un hermanastro de quince meses.

Es un viernes por la tarde. Su madre la ha esperado en la puerta del colegio. Suben al coche que conduce el marido, ese hombre al que nunca aludirá como padre, ese hombre llamado Ángel Asensio. Antes de entrar en casa, su madre le dice que ha llegado algo para ella. En el salón, María se sorprende de recibir un sobre enviado por Montse Mundó con otro dentro, que contiene una carta desde Valdecádiar. Al leer el nombre de Teodoro se pierde por un pasillo y al instante no lo piensa, rompe todo, como siempre hace, guiada por el arrebato. Ella es así, primero actúa y luego piensa. Días después intenta recuperarla y recomponerla, pero todo se ha perdido en la basura. Ahora que entra en Valdecádiar Rafael hace que reviva esos instantes...

—No puede ser —dice.

—Qué —pregunta Rafael.

—Que sí, que recibí una carta.

—¿Y no la leíste?

—Me deshice de ella en cuanto vi su nombre.

—Se la escribí yo —dice Rafael, incapaz de abandonar el coche sin antes explicarse—. Me vino a buscar diciendo que me necesitaba, que ahora que había muerto la tía Gracia no tenía a nadie a quien acudir para que le escribiera la carta. Fue así como lo supe todo, y fue así como nos hicimos amigos.

—¿Qué decía esa carta?

—Lo difícil que era en aquella época todo, que él no sabía explicarse, que te quería, lo arrepentido que estaba de haberte mentido, y los motivos por los que lo hizo. Te pedía perdón infinidad de veces y también te daba las gracias por los años en que habías estado con él, lo feliz que le habías hecho con tu amor de niña, que viviría siempre con ese recuerdo, que lo había intentado hacer lo mejor que pudo cumpliendo la promesa que le hizo a Pablo y que sentía el daño que te había causado, que no era esa su intención, que no le correspondía la felicidad que le diste ni la vida que le había brindado Pablo, y que entendía, a fin de cuentas, que no pudieras perdonarle. —Rafael arruga la frente, como si buscara más datos, detalles que se desordenan en un discurso tembloroso—. Y que decidía quedarse con sus padres, que era su obligación, pues los había abandonado pensando solo en él, y no sé, que eras lo más importante de su vida, pero que su vergüenza era tan grande que prefería que lo odiaras... Esas cosas, y que si pudieras dieras noticias de tu paradero porque aquí todos te querían y vivían esperándote, que tus abuelos no dejaban de preguntar por ti, que lo hicieras por ellos, pero que si no lo hacías te perdonaba, porque te entendía.

María Broto no quiere oír más, solo añade una pregunta:

—¿Tú sabes lo que es enterarte de todo de esta manera?

Rafael nunca se ha visto en esas. No sabe qué decir. Teme herirla. Hay un silencio que pesa, como el que precede a los problemas, a los descubrimientos peores.

—Tampoco vino a por mí él...

—Sí que lo hizo —interviene Rafael, asintiendo—, te llamó varias veces. Incluso fue a Barcelona cuando estabas en Málaga. Pero esa Montse de la que hablas le amenazó. Le dijo que si movía algo más le denunciaba, que sabía muy bien cómo meterlo en la cárcel por todo lo que había hecho, ya ves tú, lo que había hecho...

—¿Qué?

—Lo que oyes...

—Nunca me dijo nada de eso Montse.

Ya entran en Valdecádiar, ya descienden la cuesta que les llevará hasta el borde del río.

—Bueno, ha llovido mucho... Ahora no tengas miedo... Para el dolor de tus abuelos no hay remedio, y estoy seguro de que tu presencia algo les va a calmar, lo único que te pediría es que, aunque nos vayamos luego a Barcelona a toda prisa, no les abandones otra vez. Ya me entiendes.

María respira hondo.

—¿Cómo están? De salud, quiero decir...

—Mayores. La cabeza la tienen en su sitio, pero la edad no perdona.

—¿Cómo han pasado estos años?

—Han salido adelante, como han podido. El estigma se arrastra, y no les ha ayudado, pero los servicios sociales que hay ahora sí. No vas a conocer la casa. Hicieron baño y cocina. Eso fue gracias al alcalde nuevo, que se movió para pedir subvenciones.

María regresa mentalmente al hogar en el que creció, el corral, Canica, la hoguera.

—Y ¿cómo me localizaron?

—¿Aún no te lo he dicho? —Rafael se sorprende de que aún no hayan hablado de ello—. Alguien te vio en la tele y corrió la voz. Me llegó por el hijo del Pelegrín, que también vive en Barcelona, así que me aficioné a la serie. Aunque solo podía ver los quince últimos minutos, en el bar, me acuerdo de que ponía el nombre bien clarito al final de cada capítulo: María Broto. Gracias a ti empecé a relacionarme con el catalán, no lo hablo, pero lo entiendo, me gustaba tu personaje: siempre estabas apagando fuegos.

—En casa del herrero, cuchillo de palo —afirma María, que por primera vez en mucho rato esboza media sonrisa.

Rafael apaga el contacto, pero antes de abrir la puerta, lleva las manos al volante y sobre ellas apoya la cabeza. Aunque alejado, se oye el eco de las campanas. Ya tocan a misa de muerto.

—Esta mañana me he despertado y aún no me lo creía —repite tras resoplar, como si el peso del cansancio del viaje hiciera mella de pronto y repercutiera en su organismo y en su mente—. Él me animó a que me fuera. El rebaño se lo vendí a él, y también le dejé los campos. Me enfrenté a mi padre, que no quería —de pronto le tiembla la voz. El hombre fuerte que hasta ese momento había hecho gala de entereza amenaza con venirse abajo—, y ahora no están ni el uno ni el otro. Tanta pelea para nada. Cuando venía, en agosto, tu padre me daba el dinero que le habían rentado las cosechas. En cuanto aparecía y aparcaba, ya lo tenía aquí, aquí, en la puerta, con el sobre en la mano...

María traga saliva. Aguarda a que Rafael siga hablando:

—Estuvo muy solo, siempre con el miedo al qué dirán...

—¿Tampoco aquí tuvo ninguna historia con nadie? —pregunta María.

—¿Qué quieres que tenga? Era imposible, en un lugar como este. Él tuvo la historia que tuvo, la de Barcelona, la del ingeniero Pablo, y fue la única.

La lucha de María, a partir de ahora, se centra en averiguar si queda algo de la niña que pasó su infancia en esta plaza, la manera en que miraba el mundo. Segundos antes de desprenderse del cinturón siente el estómago anudado. Qué difícil mantener el equilibrio por las calles, ahora de cemento. Qué complicado enfrentarse a las miradas y a las ausencias. Le tiemblan las piernas. Las campanas siguen repicando. Sería capaz de llegar a la iglesia con los ojos cerrados. Repasa las huellas que el tiempo ha dejado en los muros. Ya no está el viejo olmo al que se subía Rafelín. En su lugar hay unos columpios y un tobogán. Un padre que sujeta el teléfono en la mano columpia a su hijo con la otra. No le suena de nada esa cara, pero sí la de la madre que desciende del Cantón entera de negro, con unos zapatos de tacón que no está acostumbrada a llevar, y se dirige a ellos. Claro que la conoce, se llama Piedad y tiene el mismo pelo rizado de cuando era una niña. Se miran y María sabe que no será ella quien dé el paso.

—Pero bueno... —dice quien no teme al pasado—. ¿Eres tú?, ¿eres María?

María asiente y le cuenta Piedad que tiene dos niños:

—Este es el pequeño, el mayor ya va a la suya, debe de andar por ahí haciendo trastadas. Y este es el padre, de Montalbán, allí vivimos ahora. Marcial, ven aquí a saludar, anda.

María contiene la emoción. Recibe besos, pésames, achuchones, y confía en sus tablas para no venirse abajo. Para protegerse, se disfraza de Liuba, y le vienen a la mente frases que declamó ayer y que volverá a repetir esa misma noche en el escenario, entre todas, una especialmente, «al menos una vez en la vida hay que mirar a la verdad cara a cara». Mientras, en su fuero interno, atiende a una lucha entre las ganas de irse y el deber de quedarse.

8
Teodoro Broto

Barcelona, 1992

Desde que se conocieron, María y Vidal se habían hecho inseparables. Su vínculo se había fortalecido superando la cautela natural de los inicios para seguir un flujo de confianza y complicidad. Lo sabían todo el uno del otro, ni siquiera hacía falta que hablaran, con la mirada se entendían. Tiempo atrás Vidal había empezado a tocar en un grupo y consiguió integrar a María. Según Santi, el vocalista y líder que alquilaba la sala, hacían punk y *garage*, nada de heavy metal pasteloso o rock radical. Se llamaban Komando Barcelona, pero en castellano solo cantaban una de Kortatu y una de La Polla. Lo demás: New York Dolls, Sex Pistols, The Clash, Johnny Thunders and the Heartbreakers y, sobre todo, Stooges, *I'm Gonna Be Your Dog*, la favorita: esa era su brújula. Guitarras distorsionadas, melodía estridente y desaliñada, y mucha energía.

Luego, a esa música, se habían ido sumando otras más templadas y poéticas. Porque el hermano de Vidal propagaba en casa su mundo cumbayá de los campos de trabajo y después de un verano en Nicaragua volvió escuchando cintas de ese tipo que ponía a todas horas. Y porque Montse Mundó, tal y como prometió, había empezado a enseñar a tocar la guitarra a María con su música de bulevar. Les reconfortaban esas letras combativas y melódicas. Les hablaban de lo que les pasaba. Estaban aprendiendo a vivir a través de las canciones. Creían que ponían palabras al futuro, que contaban la vida que les esperaba con el pasar de los años.

Pueblo Nuevo era un reducto de fábricas en desuso y chimeneas que ornamentaban lo que años atrás había sido un emplazamiento industrial pujante, un mundo deshabitado, híbrido de oeste americano y extrarradio belicoso. De vez en cuando un chucho perdido lamiendo alcantarillas, luego una churrería y más allá algún coche funerario que se arrastraba por Sancho de Ávila. El metro los dejaba en Pere IV. Por esas avenidas anchas y fantasmales caminaban María y Vidal un sábado más de camino al búnker, el local de ensayo. Dos adolescentes con guitarras, arrastrando un cansancio visible en pasos cortos y pesados. En la camiseta de María se leía «*punk's not dead*». La espalda encorvada hacia adelante, el pelo negro y graso con la raya al medio. En la colorida mochila de paño que le colgaba en la espalda se había cosido un parche con la cara de Sid Vicious.

—Ah —dijo de pronto María, levantando la vista al pasar una puerta metálica y bajo un gran letrero que en letras verdes anunciaba Transportes La Guipuzcoana— es aquí, es aquí donde trabaja mi padre por las tardes.

—*A Working Class Hero is something to be* —tarareó Vidal a modo de respuesta—. Si quieres ser un héroe solo tienes que seguirme. Cómo mola esa canción, eh...

—Ya te digo.

—Tu padre curra un huevo, ¿no?

—Tiene dos curros. Uno por las mañanas fijo y este por las tardes. Es lo que hay.

—¿Sigue sin novia? —preguntó una vez más con sus intenciones rebuscadas de siempre.

—Pues claro... Ya sabes que es raro para eso. Nunca cuenta nada. Yo creo que se ha obsesionado tanto conmigo, con que no me pase nada y con que estudie, que pasa de todo lo demás.

—A mí me cae bien. Es muy enrollado. Siempre te deja hacer lo que quieres. Ya me gustaría a mí... —apuntó Vidal con aire convencido.

—Calla, anda, no te quejes. —Y le dio un golpecito en el hombro, riendo, como siempre—. No me seas llorón, que eres un pijo.

Llevaban las botellas en la mochila. Había poca cordialidad en el paisaje de avenidas desiertas, tapias y bloques en ruinas, y aún menos en el cielo, de un gris plomizo. Cruzaron los semáforos en rojo sin mirar si había tráfico; a su alrededor, casas bajas a ambos lados de las calles rectas, un vacío anodino. Si toda juventud necesita de una poética, la de ellos empezaba con la guitarra, con la música. Y los sábados se mudaban a ese barrio, al búnker, a la sala Garaje, al Ceferino, al Mephisto. Siempre con el instrumento a cuestas, con él se sentían a salvo del aburrimiento.

—Menudo visionario Lennon, anunció lo que hacen ahora los políticos con nosotros. Unos pocos lo controlan todo de muchos. Y nadie mueve ni un dedo... Es la hostia, por eso cantaba que vivir es fácil con los ojos cerrados —decía Vidal.

—Lennon es Dios.

—¿Estás nerviosa?

—Un poco...

—No te preocupes, hoy la más difícil será el *Spanish Bombs*...

—Guay, pero nos hacemos el porro antes. Mira, ayer me dio esto Montse...

La llegada era fundamental porque en la puerta estaban fumando los otros. La llama del mechero decantada, el aroma de la resina. Un pie en la escalera y el otro en la acera, chupa tejana y en la espalda el gran remiendo del London Calling. Como una tropa desvalida se saludaban inexpresivos y luego entraban en esa sala cuadrada, minúscula, insonorizada, que olía a humanidad y en la que abundaban los chinches. Los cinco miembros del grupo parecían dispuestos a quemar el mundo. Por eso, lo primero que encendían eran los cigarros, porque nada molaba más que conectar la guitarra al ampli con el piti en la boca. La gran ilusión, vocación insigne del que gusta de buscar fuera lo que no encuentra por dentro. A partir de ese instante arrebataban al tiempo la inspiración que les debía, la que les había prometido desde que vislumbraron el momento.

La primera vez que María entró en casa de Vidal se perdió, literalmente, en la enormidad, para luego confesar que no sabía que pudieran existir pisos tan grandes. Eran los días previos a la Navidad, habían terminado los exámenes.

La madre de Vidal apareció con su habitual discurso de ordeno y mando:

—¿Tenéis deberes? —preguntó con aire de arquitecta acostumbrada a dirigir.

—Sí, pero no hay casi nada, quedan tres días para las vacaciones.

—Lo primero el trabajo, luego el recreo.

—Joder... —refunfuñaba el muchacho, que apenas se atrevía a mirar a María, con vergüenza de que ella tuviera que aguantar ese espectáculo.

—¿Y las notas? ¿Cómo fue el examen de Lengua? —insistía la madre.

—Notable.

—¿Solo? Qué pasa, ¿que no había sobresalientes?

—Sí.

—¿Y para quién?

—Para ella, mamá, para María...

—Ah, entonces tú eres la famosa María, la que saca sobresalientes.

—Sí, pero solo en Lengua, no se crea... —Esa fue la primera cosa que dijo. Luego la señora le dio dos besos. Se había ganado su respeto, y su admiración.

—¿Te gusta leer?

—Sí, mucho.

—¿Novelas?

—De todo, me gusta todo lo que nos manda la profe. Ahora estamos con el teatro, Valle-Inclán, Lorca, Buero..., es genial... Hemos leído *La casa de Bernarda Alba* y nos han mandando *Yerma* y *Bodas de sangre* para las Navidades, pero yo ya las he terminado.

A veces, María hacía gala de una labia almibarada que contrastaba tanto con su verdadero yo que parecía que estuviera actuando. Impulsada por Montse Mundó se había habituado a leer cuanto cayera en sus manos y a ir al cine y al teatro siempre que tenía ocasión. Los libros y la música eran un buen refugio para ella. Todo lo que le proponía Montse era lo que callaba precisamente cuando estaba con su padre, con quien cada vez compartía menos tiempo y aún menos afinidades. Por las tardes, después de las clases, antes de subir a su piso, paraba en el rellano de Montse, llamaba a la puerta y pasaba un rato con ella. Las separaban quince años, pero nadie lo hubiera dicho. María tenía fijación por ella. No sabía cómo, pero había conseguido ganarse su bendición y sus atenciones. Si cuando la conoció le prestó tebeos y lecturas juveniles, ahora la trataba como adulta e incluso se la llevaba con ella al cine y al teatro. Todo lo que le recomendaba le parecía importante y definitivo, *Danza de agosto*, *La plaça del Diamant, Agenda Oculta*. A menudo, como aquel día con la madre de Vidal, adoptaba una pose tan copiada de Montse que parecía que se hiciera pasar por ella.

—Qué sargento —opinó María cuando la señora decidió ausentarse.

—Es insoportable, no hay quien la aguante.

En la habitación tiraron las carteras sobre la colcha.

—Vaya cama más grande, ¿no? —preguntó embobada.

—Sí —tanto el hermano como Vidal gozaban en sus cuartos de camas amplísimas.

—¿Qué, hacemos los deberes y luego tocamos un rato?

María asintió y se sentaron a la mesa. Vidal encendió la lámpara. Mientras hacían los ejercicios notó que

María estaba ausente. No le dio importancia. Era habitual que desapareciera en múltiples viajes mentales y volviera diciendo cualquier tontería. Formaba parte de su encanto. Aceleró con los ejercicios y dejó que ella los copiara.

—No sé por qué has dicho eso... —dijo ella—. Te has pasado un poco, ¿no?

—¿Qué? —no sabía a qué se refería.

—Lo de tu madre...

—¿Qué he dicho? —Vidal la miró confundido.

—Has dicho: «Es insoportable, no hay quien la aguante».

Vidal, incapaz de responder, levantó los hombros. Si llegó a sentir vergüenza no lo exteriorizó. María, con un año menos, parecía más madura que él.

—¿A ti no te controlan? —protestó él—. ¿No te dan la brasa con las notas?

—Que va, mi padre las firma sin mirar, dice muy bien, muy bien y yo le digo, «pero papá que tengo cuatro sobres, y él, ah, muy bien...».

—¿Pero te llevas bien con él?, ¿nunca te ha metido una bronca?

—No, no se atreve. Una vez en el pueblo le tiré aposta un montón de harina que había conseguido para hacer pan y me escapé corriendo y me persiguió y cuando me agarró, levantó el brazo y me dije «ya está, me parte la cara...». Pero cuando más arriba tenía la mano, no sé qué pasó, que al final no hizo nada, bajó el brazo y se fue. Me quiere demasiado, creo, y eso me agobia mogollón, a veces se pone bastante pesado con que no salga, que no vaya aquí, que no vaya allá...

—Ya ves...

El silencio se interpuso entre ambos. Vidal pasaba una tras otra las hojas del libro mientras María barruntaba una idea.

—¿Has ido alguna vez al cementerio? —preguntó sin levantar la vista.

—Sí, mogollón de veces.

—¿Me podrías acompañar?

—Claro, pero para qué...

—No sé, para dar una vuelta... Mi madre está enterrada allí, pero nunca he visto su tumba.

—¿Y no lleváis flores para el 1 de noviembre? —le preguntó Vidal.

—No, que va... ¿Qué es eso?

—Mi madre nos obliga siempre a ir a ver a la abuela ese día, pero en el pueblo, en Llofriu.

María se imaginó a sí misma traspasando la entrada del cementerio y caminando entre nichos adornados por pomposas esculturas de ángeles caídos, sepulturas y sepulcros inabarcables, deteniéndose en el apellido que buscaba. Aprovechó y se vio con la confianza de contarle a Vidal quiénes eran sus abuelos y de dónde procedía su padre, y que la suya era una familia apartada del orden natural de Valdecádiar.

—¿De qué murió tu madre?

—De cáncer. Se ve que era muy joven.

—¿Cómo se llamaba?

—Gloria Madueño.

—A lo mejor a tu viejo le da corte ir al cementerio. Es normal, si la quería mucho, suele pasar. Cuando se murió mi abuela, mi padre estaba muy triste, de repente le dio por llenar la casa con fotos de ella. No le había hecho caso nunca, pero entonces se puso como una fiera, gritaba, lloraba... Creo que estaba arrepentido de haberla tratado mal y ahora tampoco quiere ir a verla, dice que prefiere hacerlo en las fotos.

—Mi padre dice que me quería mucho, pero a veces me extraña, porque no tenemos ni un álbum como todo el mundo...

—¿No?, ¿no tienes fotos de cuando eras pequeña, ni de la comunión?

—Ni siquiera la he hecho. Buah, perdona nen, menuda paliza te estoy dando... Lo que pasa es que esto no lo he hablado con nadie y ahora, no sé..., se lo tenía que decir a alguien.

—¿Y no te acuerdas de ella?

—Qué va, si tenía un año, o menos, cuando se murió. No me acuerdo... Bueno, a veces, de tanto pensarlo creo que sí, pero son fantasías. Mientras estaba en el pueblo no me acordaba, ni lo pensaba, allí la verdad es que me lo pasaba bien, pero desde que vinimos a Barcelona, no sé... Pienso en ella, y es muy raro, como si echaras de menos a alguien que no conoces, no te ha pasado nunca, ¿verdad?

—No, no sé. Pero creo que es mejor así, ¿no? Que no la hayas conocido, creo que si se muere tu madre cuando la conoces, es peor... Si se muere mi madre te juro que no podría vivir...

Vidal tuvo ganas de abrazar a María, pero no se atrevió. Su vulnerabilidad le hacía ser distinta al resto de compañeras de clase.

Montse Mundó se hizo asidua del Kafé Volter y llenó su salón con carteles de sus exposiciones. No escondía el cariño por María, por lo que ensayar con ella y con Vidal se volvió un ritual. Aquel pequeño apartamento con tantos libros era la biblioteca de María. Había velas por todas partes (qué pesada era con las velas) y cuando venía algún cliente a por uno de esos masajes que anunciaba o tenía que irse con algún ligue, les mandaba recoger los bártulos y les despedía hasta la próxima. Uno de sus amantes era un músico cubano, fornido, con gafas, que se mostraba unas veces chistoso y otras muy serio. En cualquier caso, siempre tenía una botella de ron y la guitarra al lado. Cuando estaba de buenas, su manera de hablar (óyeme asere qué bolá, aquí hace un frío de pinga, esa emisora mijo menos candela) hacía reír a los dos adolescentes; otras veces, más serio, teorizaba ante Montse (yo me debo a la revolución, el paraíso no son cuatro leyes egoístas, ya yo sé quién es el enemigo. No sé si somos independientes o dependientes, pero la dignidad son más de 90 millas, los marielitos pa la pinga) y otras venía con amigos para hacer lo que llamaban «descargas», fiestas que terminaban a altas horas y cuyo eco resonaba en la habitación de María, dos pisos más arriba.

En aquella cocina, junto a varios carteles de Aldeas Infantiles, colgaba un póster humedecido por los bordes que anunciaba un recital: «Gira por la trova: Silvio y Pablo». Montse contaba orgullosa que fue con él a ver el concierto hasta Bilbao. Allí aprendieron María y Vidal los acordes con las canciones que a ella le gustaban y luego ellos, en el piso de María, trataban de acordarse y repetirlas. «*Debiera bastar para inventar tus ojos / debiera bastar para hacerlos vivir / tus ojos abiertos son como tu historia / van solos contando mil cosas de ti»*. Do, Fa, Sol, Do. Y vuelta a empezar en el estribillo: «*Paula, pequeña hermanita / niña sin jardín / por no tener flores / sembraste una en ti*». Do, Fa, Do sostenido, Sol.

Antes de que anocheciera, María acompañaba a Vidal hasta el Arco de Triunfo, donde tomaba el autobús para volver a casa. Una de esas tardes, después de haber dejado atrás la plaza de San Agustín, caminando por Rec Comtal, coincidieron con Teodoro a la altura del Faro Azul. Una leve brisa templaba el pulso de la noche. En los ojos del padre se reflejaban sus ganas de ponerle la mano en el hombro y acompañarla hasta casa, como si esa fuera la recompensa del día. Pero, lejos de celebrar el encuentro, María escuchó el saludo de Vidal —hola— y, sin mirar hacia él, pasó de largo ajena al daño que causó a Teodoro, que se dio la vuelta para verla caminar codo con codo con su amigo. Al retomar el paso se preguntó si aquello realmente había sucedido y cuando tuvo la certeza de que, en efecto, se había avergonzado de él hasta tal punto, se vio herido, y se quedó pensando dónde habrían ido a parar los días en que al verle echaba a correr y se lanzaba a sus brazos. Antes, la niña le consultaba todo, desde las cuestiones más extrañas hasta las más cotidianas, y ahora, ¿es que ya no necesitaba respuestas?, ¿o la respuesta que necesitaba era justo por la que no preguntaba? Qué extraño se le hacía ese nuevo comportamiento, a él que no había tenido tiempo de ser niño, que se hizo hombre sin darse cuenta y por la fuerza. A la edad de María estaba en el campo, en la presa de Pablo, la espalda molida, rosigando huesos y saqueando corrales y huertos.

¿Era culpable, entonces? Él no tenía con quien compartir su temor ni las pesadillas que últimamente lo acosaban. Hasta el momento se había comportado como un ingenuo. Por muy valiente que se creyera, aquella mirada que había sentido fija en él, tiempo atrás, cuando estaba arrodillado en las puertas del centro comercial, lo perseguía, lo desvelaba. En momentos así se acordaba de la tía Gracia. Pero no podía acudir a ella, no sabía si por la distancia o por miedo a que le dijera que se había equivocado. ¿Por qué María ya no era la misma?, ¿en qué momento había empezado a torcerse la relación? Mientras daba vueltas a esas cuestiones, se abrió la puerta y la vio entrar como una sombra de indiferencia.

—Iba a hacer salchichas —dijo Teodoro, evidenciando un ofrecimiento para cenar juntos— de las que te gustan...

Pero María pasó fugazmente por la salita y su respuesta fue el templado portazo que Teodoro oyó a sus espaldas. Sin insistir, como sí había hecho otras veces, se quedó observando el balcón, la oscuridad adueñándose del cielo, sintiendo que la perdonaría esta vez y todas las que hicieran falta.

Dos días después, Vidal y María salieron del Instituto Balmes junto al resto de la clase. En el chaflán de Pau Claris con Consejo de Ciento debatían si, como hacían los otros, entraban en el bar Stop. Cuando vieron que se les haría tarde, optaron por despedirse. Subieron Pau Claris y tomaron la calle Aragón. En el semáforo, Vidal percibió el sutil peso de una mirada en la espalda, y en ese instante, pensó que lo llevaba sintiendo desde la puerta del instituto. Aprovechó que el semáforo estaba en rojo y que María habitaba otros mundos con la vista clavada en el tráfico, para girarse adoptando una pose cercana al desafío. Una señora mayor frenó en seco y lo miró sobresaltada para seguidamente torcer la vista hacia María que, al notar la reacción de Vidal, decidió imitar su movimiento y se volvió , provocando entre ellos un silencio incómodo, mientras bramaban los coches en la calzada.

—¿Y esta loca?—preguntó María.

—Menudas chaladas, las viejas estas... —agregó Vidal, confuso.

En cuanto llegaron a casa tiraron las carteras al suelo y, como tenían por costumbre, se tumbaron sobre la cama, en penumbra. A través del hueco que trazaba la puerta ligeramente abierta, entraba un resquicio de luz proveniente del pasillo. Tenían que ir a comer porque la señora Francisca hacía rato que había cocinado y ya era la tercera vez que los llamaba a gritos, pero estaban cansados y no se movían.

—¿No nos podría traer aquí el pescado? —preguntó María con sorna.

Vidal, riendo mucho —reían a todas horas— respondió:

—Me imagino a mi madre si luego le cuentan el tipo de ideas que tenemos.

Vidal y María observaban la sutil oscuridad del techo y hablaban. Y aunque quizás ya entonces, y desde tiempo atrás, el amor se estuviera gestando, aún no se les pasaba por la cabeza. Estaban demasiado bien así y no era hora de estropear nada.

Lo más importante era el verano siguiente, cuando tenían pensado ir a Cuba. No sabían cómo, pero sí con qué intención. Vidal insistía en que estaba ahorrando. Su hermano había ido allí de campo de trabajo y sabía cómo hacerlo y que les avisaría llegado el momento dónde apuntarse y solicitar las plazas. Habían visto tantas veces las fotografías de Raúl en La Habana, rodeado de pioneros en la Asociación José Martí, recogiendo basuras en las playas de Alamar, aplaudiendo después de una asamblea del barrio de Playa, con el secretario del Centro de Defensa de la Revolución de una calle del Vedado, sonriente en la esquina de 23 y 12, ante la Cinemateca... María y Vidal soñaban despiertos en la cama sin saber el alcance real de lo que decían. Creían con envidiable convencimiento en aquellas fantasías, fértiles y poderosas.

—Me ha dicho mi hermano que el *Playa Girón* era un barco —decía Vidal— y que se llenó de voluntarios...

—Es que eso es la revolución —respondía ella—. Me lo ha contado Montse, allí todo el mundo tiene lo mismo y todos se ayudan. Los profesores hacen campañas para alfabetizar a los pueblos, aquí en cambio a los gitanos los envían a la Mina...

—Lo de aquí es una vergüenza, si hasta ayer había chabolas en la playa, y me dice mi hermano que en la montaña de Montjuïc todavía hay...

—Al poder le encanta quitarse de en medio a los pobres...

La señora Francisca se vio obligada a gritar otra vez. Fueron suspirando a la cocina, ese lugar que tanto le gustaba a María, porque era casi tan grande como su piso. En la mesa esperaban los platos cubiertos por papel Albal. Para comer, como era propio del ritual,

Vidal traía el radio cassette y puso de nuevo una cinta variada, un greatest hits casero que había tenido la cursi ocurrencia de titular The music of my life. Empezaron a comer sin dejar de hablar y de reír. Cuando sonaba una canción que les gustaba la aprobaban con la mirada.

Dejaron el yogur vacío en el plato y, sin esperar a que Francisca recogiera y se apañara con el lavaplatos, regresaron a la habitación. Los pasillos estaban forrados con dibujos que Raúl y Vidal habían ido pintando de pequeños: retratos y estampas familiares de padres e hijos, casa, coche, perro. La madre los había enmarcado, quizás, quién sabe, para que tuvieran siempre a la vista lo que era capaz de pintar un niño. Y María miraba todo aquello como si estuviera contemplando la película de una vida ajena. Tampoco había disfrutado ella de esos dibujos, de la delicadeza de un padre que guardara las cosas para dar posteridad a su infancia. «¡Si no tengo ni una simple foto para recordarme!» No, a ella no le pertenecían esas estampas consanguíneas. Jamás había podido dibujar a su madre, ¿qué dibujaba ella en Valdecádiar? Animales, un castillo, la montaña de la Retuerta, el río, la presa...

Sin encender la luz, volvieron a estirarse en la cama, ahora con el estómago lleno. María bostezó y ronroneó. El silencio pesaba sobre sus cuerpos, que tan de acuerdo se mostraban con la placidez que los recorría. Al rato escucharon el portazo de despedida de Francisca. Estaban solos en la casa, en la habitación, en la cama. Y así se quedaron dormidos.

Todo eso ocurría ese día en el piso de la calle Provenza, y los protagonistas que lo vivían sabían que al siguiente se repetiría en condiciones distintas en el entrañable antro de María, ese piso que tenía extensiones en la cocina de la Mundó y en el terrado, lugares en los que no dejaban de intimar y de contarse recuerdos, huidas e ilusiones, entre guitarras, deberes y planes.

Cuando despertaron eran más de las cinco y en breve llegarían los padres de Vidal. Había que levantarse, pero no lo hacían, como si jugar con el riesgo tuviese su punto. Ninguno se apartaba, quizás por miedo a poner en remojo, o incluso a tocar y desbaratar, la creciente confianza que habitaba entre ambos. No tenían miedo, ya tendrían tiempo de tenerlo, pues el miedo no se deja ver antes de los tropiezos.

Cuando Vidal encendió la lámpara, María se decidió a hablar:

—Me gustan mucho los dibujos que hacías de pequeño.

—Pero si son malísimos, anda, no te rías de mí.

—A mí me parecen graciosos, tan desproporcionados. Tu padre y tu madre son gigantes, más grandes que las casas...

—Es que cuando era pequeño todo me parecía enorme, te juro que mi padre me parecía Superman...

María sonrió y dudó antes de decir:

—A mí también...

—Aquello que me contaste una vez de que tuvisteis que huir y caminaste sola no sé cuántos kilómetros, ¿no tenías miedo?

—¿Miedo?

—Sí, miedo...

—¿Por qué habría de tenerlo? No, qué va. Mi padre siempre estaba donde decía que estaría...

Teodoro afrontaba el presente como quien no puede hacer otra cosa que esperar. Ahora que no abría la boca, María parecía decir más cosas que nunca. Y aunque en el taller algunos compañeros con hijos de la misma edad no hacían más que maldecir la edad del pavo, él, en su casa, sentía que la adolescencia de María era diferente, porque tan pronto se preocupaba por él como le ignoraba.

Creía que aquello sería cuestión de tiempo. Por eso, cuando recibió la llamada de la tutora no auguró nada comprometido, simplemente se mostró conforme en acudir a la cita aunque tuviera que pedir permiso en su trabajo.

El despacho de Neus Margalef era un cerrado habitáculo con una mesa y unas cuantas sillas, unas listas con nombres de alumnos colgaban en el corcho de la derecha y a la izquierda, un cartel con la imagen de un casteller con libros bajo el brazo en el que se leía: *«L' educació en català. Ara i sempre»*. Era la primera vez que Teodoro pisaba el instituto, pues siempre había tenido reparos en conocer ese mundo en el que se sentía un extraño. Era tan prudente que prefería no jugar con la tentación de avergonzar de nuevo a su hija.

Neus Margalef se quitó las gafas y tras elogiar de puntillas la actitud de María el curso anterior pasó a relatar el verdadero motivo de su llamada: María había bajado el nivel de manera preocupante en todas las asignaturas. No era catastrófico, pero sin duda sintomático, y, por supuesto, si seguía con esa dinámica se avecinaba un susto que podría costarle el curso.

Además, le sorprendía que todos los profesores habían coincidido en señalar en los últimos consejos de evaluación que María no hablaba de otra cosa que no fuera de grupos musicales y, extrañamente, de revoluciones, guerrillas, liberaciones.

—¿Le habla a usted también de ello? —preguntó la señora que por primera vez le miró a los ojos.

—No, no, para nada —respondió Teodoro, tenso por lo que estaba escuchando.

—Es una situación extraña para nosotros. Hace cosas antes impensables en ella. Se relaciona muy bien con los compañeros, pero a nivel académico la vemos francamente desnortada, en otra parte...

Seguidamente, la señora Margalef pasó a relatar que la había citado en su despacho dos veces en el último mes con intención de advertirle de la amenaza de repetir, y que no había habido ningún cambio en su actitud, contradiciendo lo que ella misma le había prometido. Todas las preguntas que le hizo la tutora recibieron de María respuestas desconcertantes. Aunque se mostrara tímida al principio de la conversación, María había terminado confesando que estaba desubicada y que desde un tiempo a esta parte se le hacía más patente que nunca la ausencia de su madre. Cuando la tutora preguntó si tenía problemas en casa, María respondió que no, aunque después quiso matizar, y al argumentar la situación desde el punto de vista de los hechos, habló de él, de su padre, quien no le contestaba a las preguntas para las que necesitaba respuestas, cosas de fechas, de cementerios, de fotografías, de pruebas.

Teodoro abandonó el instituto a la deriva. Sus pasos cortos y lentos por Consejo de Ciento evidenciaban tal confusión que se equivocó de dirección. En el Paseo de Gracia dio media vuelta. Pensó entonces, bajando hacia el barrio, en las veces que no había querido imponerse y en las que había visto a su hija como alguien que ya caminaba por su cuenta, madura antes de tiempo, que le decía cosas como «pero papá, no te dejes esto por fregar, hombre»; «pero papá, cómo te comes esto que está caducado»; «papá, quieres que escriba yo a la abuela, venga vamos que hace mucho que no escribimos», y se sentaba a la mesa de la salita a escribir a la tía Gracia tan correctamente que tenía que esforzarse para que no se le notara la veneración. Esa niña que ahora parecía enfadada con él y con el mundo, hasta hacía cuatro días le decía «pero papá, sal un poco, por qué no sales», y ahora se mostraba ensimismada, recluida. En ese punto, a Teodoro se le atragantó la imagen de Montse Mundó y la culpó como mala influencia, y ese amigo suyo, Vidal, con el que tanto tiempo pasaba tocando la guitarra y yéndose a esos famosos ensayos con el grupo, también sería sin duda tóxico. Maldijo frustrado dedicar su vida a su hija y al ahorro. Ahorraba para que nada le faltara a María. Quiso una guitarra, la tuvo. Quiso luego una eléctrica de segunda mano que encontró en un anuncio en el Ruta 66, la tuvo. Y ahora lo culpaba ante los profesores.

Al llegar a casa, los encontró a los dos, María y Vidal, las chaquetas puestas, la prisa por irse. Todo lo que tenía previsto, las prohibiciones, las restricciones, las advertencias, se fue al traste. No supo cómo interrumpir la inercia de los que anunciaban contentos que iban al cine. No era momento de discutir. Estaban junto a la puerta cuando sonó el teléfono. María dudó si coger o no, pero finalmente Teodoro se adelantó, él aún con las llaves en la mano, ella con un pie en el rellano. «Diga, diga» y, como nadie respondía, visiblemente irritado alzó la voz: «¡Dígame!, ¡dígame!... ¡Contesta de una puta vez, como te pille te reviento cacho cabrón, hijo de puta!». Entonces colgó bruscamente y buscó la mirada de María implorando comprensión, y añadió: «Es la tercera vez que hacen lo mismo esta semana». «Se habrán equivocado, papá», le tranquilizó ella. Luego se volvió hacia Vidal para decirle: «Venga, vamos».

Una vez solo, en el cerco que imponía el piso desierto, Teodoro se desprendió de la chaqueta con el corazón aún desbocado. Esa llamada repetida lo inquietaba desde el primer día. Mientras saltaba de una imagen a otra revivió la manera como María le había dicho a su amigo «venga, vamos», acercando la mano a su espalda, con un cariño real, ese que a él no le pertenecía, y por vez primera se preguntó si serían pareja.

Ahora le dolía haberse mostrado así, ese grito instintivo que hacía honor a la fama de huraño que últimamente le atribuían algunos compañeros de trabajo. Y es que Teodoro, aunque mantuviera el rostro de apariencia juvenil, con sus ojos rasgados, y aunque conservara buena salud en la piel y en el cuerpo, todavía desgarbado y atlético, por dentro no gozaba de la misma vitalidad. Toda la fuerza que exhibía en los trabajos era la que le faltaba para enfrentarse a su interior, ese foso al que evitaba asomarse, barahúnda de dilemas y recuerdos.

María y Vidal habían llegado al cine Verdi con la película ya empezada. Mientras una actriz recriminaba a un joven «usted es un niño que no ha tenido que ir a ninguna guerra», María se distrajo y se ausentó de la trama. Más adelante, cuando unos amargados hombres de pueblo velaban un cadáver y un joven médico de camisa blanca sentenciaba apurado «cuando llegué ya estaba muerta», vislumbró a su padre gritando y pensó que nunca lo había visto así de enfurecido. Ese grito, esa forma de comportarse, esa cantidad de insultos, de improperios, ¿contra quién iban dirigidos? Una incómoda tristeza le mordió los labios y buscó con la suya la mano de Vidal, y enlazó los dedos para hallar consuelo. Sin darse cuenta se comportaban como novios, y aunque trataran de evitar empalagosas confesiones, a veces, como ahora, no lo podían evitar, y así se acercó María al oído de Vidal para decirle algo que le hizo sonreír.

Al día siguiente, cuando María salía de casa con la guitarra al hombro dispuesta a ir al ensayo, su padre se acercó.

—Ayer me reuní con tu profesora. Me ha dicho que si no te esfuerzas puedes repetir curso.

En el gesto de María pudo leerse un indicio de vergüenza:

—Bueno, pues repito... —respondió.

Teodoro no sabía cómo plantear el mensaje que pretendía enviar.

—Digo yo que habrá que estudiar, que no sé en qué estás pensando, estás ida...

La afirmación infundió en María una reacción inesperada, porque al momento se creció y se encogió de hombros para dar una respuesta que aún descontentaría más a su padre, haciendo uso al final de una expresión muy usada por Montse Mundó:

—Bueno, pues si repito, repito. Y si no valgo para nada, para algo valdré, digo yo..., ¿no? Joder, ni que tú fueras Einstein.

Y así abrió la puerta y se perdió con la guitarra escaleras abajo, dejando detrás de sí un insultante aire de irreverencia.

La primera persona que supo a ciencia cierta que María y Vidal eran pareja fue Montse Mundó, porque una noche entró en la portería y, en mitad de la oscuridad que brindaba la escalera, se topó con una inesperada profusión de besos y los consiguientes magreos. Al encender la luz entendió el susto que provocó su presencia. María, los labios hinchados y enrojecidos, Vidal, el sofoco en el gesto, la mirada mórbida.

—Vaya festival... —dijo sin mirar, después de carraspear—. ¿Interrumpo algo?

—No, no...

Y tras un lapso de silencio que podía cortarse a cuchillo, propuso:

—¿Subís a tocar un rato?

Y así, dóciles como niños arrepentidos que deben purgar por haber exhibido sus vergüenzas, siguieron la estela de Montse convencidos, por otro lado, de que quedaba inaugurada una nueva vida.

Fue una época de descubrimientos, tan intensa y desbocada que, con el tiempo, serían presos de ella. De pronto, había una obligación mejor que la música.

Y separarse después de pasar el día juntos les parecía una tragedia. Decididos a vivir, se aferraron al presente con una entrega mutua que creían inalterable y sin caducidad. Raúl apareció un día por la habitación en la que los dos leían sobre la cama y les dijo que habían salido las fechas para los campos de trabajo del próximo verano, pero que las plazas de Cuba eran para mayores de dieciocho años. La revolución debería esperar. Tan solo los suspensos de María enturbiaron la adrenalina. Por más que hubiera sacado sobresaliente en lengua y literatura, por primera vez había suspendido siete asignaturas, incluidas gimnasia y ética, lo que evidenciaba, según la tutora, un total pasotismo que la abocaba a esperar un milagro en las recuperaciones de septiembre si quería pasar de curso.

No obstante, y a buen seguro infundada del coraje que traía consigo el despertar del amor, una tarde en que Vidal tenía visita médica con su madre, María decidió disfrutar de su segundo pasatiempo favorito: deambular por la ciudad sin plan preconcebido. Y así, como si la soledad y la primavera accionaran su actividad mental, se decidió a ir, por fin, al cementerio. Tomó el metro en Jaime I y tras los correspondientes transbordos llegó a María Cristina. Sorteó la entrada y buscó los corredores. Sus pasos lentos parecían contradecir la velocidad de sus pensamientos. Un repentino calabobos empezó a empaparle el pelo sin que se inmutara, azuzada por la repetida impresión de caminar al margen de la realidad. En una esquina una joven violinista rasgaba el aire con una hiriente melodía ante una familia que despedía a un ser querido. Qué exigencia vivir con la duda. Si al menos pudiera saber dónde estaba enterrada, si pudiera ver su foto, es probable que dejara de soñar con ella y de hacerse una imagen mental de su rostro impuesta por los preceptos rotatorios de su imaginación.

María leía nombres con la esperanza de hallar el de Gloria Madueño. Más allá, sobre la grava, empezaba a reflejarse la luminaria artificial de las farolas, punzante melancolía dispersa en tréboles de luz que por poco no pertenecían a los muertos. Una vuelta más y luego otra, y después de llegar al final de uno de los últimos pasillos que le quedaban, se dio de bruces con un padre y una hija que tendrían más o menos su edad, pero que, a juzgar por su rostro, padecían un sufrimiento mayor e inmerecido. Pobre niña, se dijo, para seguidamente preguntarse por qué su padre se había negado siempre a acompañarle.

Eligió el metro para regresar. La humedad que los pasajeros traían de la calle cargaba el ambiente del vagón. Sentada entre dos señoras que no sabían qué hacer con sus paraguas, pensó en su padre. Visualizó a Teodoro trabajando en las obras de la Zona Franca, en los talleres de Bellvitge y descargando camiones en Pueblo Nuevo, y evocó así al héroe que reconocía con ojos de niña, y del que a pesar de todo, por fuerza debería resistir cierto arrobo, como el que irradian a veces las ruinas de los castillos y de las iglesias que veía en el libro de historia.

En ese instante, Teodoro llegaba a casa. Le disgustó no encontrar a María estudiando. Miró los pósters que empapelaban su cuarto: New York Dolls, «Hasta la victoria siempre», Iggy and The Stooges, el eslogan de Fidel Castro: «Patria o muerte». Sobre la mesa vio unos libros. Todos tenían el apellidó Mundó en la primera página (*Diario de Bolivia, Eurocomunismo y Estado, Poeta en Nueva York...*). Al lado había unas libretas abiertas, en las que en lugar de raíces cuadradas o frases por analizar solo halló el nombre de Vidal repetido y sentencias delirantes que le remitían a otro mundo. «He preferido hablar de cosas imposibles, porque de lo posible se sabe demasiado»; «El sueño se hace a mano y sin permiso, arando el porvenir con viejos bueyes. Silvio»; «Los únicos hombres imprescindibles son los que luchan toda la vida. Bertold Brecht», «Sangre que no se desborda, juventud que no se atreve... Miguel Hernández», «voy por tu cuerpo como voy por el mundo... Octavio Paz».

Teodoro daba vueltas a lo que leía cuando a través de la ventana le distrajo un alarido:

—¡María! ¡María! —desde abajo llegaba la voz de Montse.

Teodoro se asomó al balcón. Una corriente de aire entibió su garganta. La lluvia empezaba a arreciar.

—¿Qué? ¿Qué pasa?— preguntó al vacío.

—Baja, anda, cariño, que traen no sé qué a tu nombre y tienes que firmar.

—Soy Teodoro. María no está. ¡Ya bajo!

Cerró el balcón sin ajustarlo y descendió al rellano del segundo piso, donde halló a un cartero con un sobre certificado que requería de su documentación para entregárselo. Tras firmar el acuse de recibo, Teodoro leyó el nombre de su hija en el sobre. Luego lo giró impaciente para dar con un remite que echaba por tierra el orden del día.

Ángel Asensio Hevia
Gloria Madueño
Calle San Hermenegildo, 1
Málaga

Málaga, 1 marzo 1987

Querida María,

Mi nombre es Gloria Madueño Alcázar y por medio de la presente, aunque te pueda parecer extraño, y pueda dolerte la noticia, Dios no lo quiera, me considero legitimada para hacer constar que soy tu madre y con estas líneas lo primero que me gustaría es pedirte perdón y que lo aceptes. Es la vergüenza la que me hace escribir estas...

Así empezó a leer Teodoro la amenaza que durante años había escondido conscientemente en un rincón de la memoria. Y así tuvo certeza de lo que había imaginado, y recordó de nuevo aquella muchacha a la que conoció cuando llegó a Barcelona siendo, como quien dice, un niño. Y seguidamente, como un axioma, reapareció la imagen de Pablo Peñalver postrado en la cama, advirtiéndole de que un día volvería. Comprobó además que sus sospechas eran ciertas: la vecina lo reconoció en la puerta de El Corte Inglés. Un desviado sexual pidiendo limosna. ¿Quién merece un padre así?

Doy por sentado que te habrán dicho que estaría muerta o que te abandoné. Eso es la verdad: era una chiquilla cuando te tuve, y las circunstancias no acompañaron. Cargo con ese arrepentimiento y no deseo a nadie un mal semejante. Hace seis meses he vuelto a ser madre, y siento que no puedo dejar pasar más tiempo, porque ahora más que nunca, en cada momento del día, Dios me pone ante un aprieto, y es él quien me pregunta cómo pude hacer una cosa así. Aunque también tengo que reconocer que intenté recuperarte y volví con mi madre a Barcelona, ya no te encontrabas allí.

El ruido de unas llaves apresuradas obligó a Teodoro a arrugar los papeles y guardarlos como pudo en el bolsillo. Empapada, dejando atrás un rastro de agua marrón, María saludó antes de empezar a desvestirse:

—Hola... la que está cayendo.

Hacía años que no se desnudaba ante él, pero esta vez no pareció avergonzarle y siguió hasta quedarse en ropa interior. Ese cuerpo que emanaba humedad y agotamiento era el de una mujer que apenas tenía que ver con la niña que sostuvo en sus brazos y a la que se abrazaba después de robar en los huertos.

—Me pasas una toalla —era una afirmación, no una pregunta.

—¿De dónde vienes? —preguntó con la toalla en la mano.

—De dar una vuelta.

—Llevas unas semanas muy rara...

—Que no es nada, joder...

—¿No te gustaría ir al pueblo este verano?

—No tengo ganas. ¿Me traes el pijama? —le dijo mientras se frotaba la cabeza, la piel de gallina en las caderas.

El silencio de Teodoro estaba lleno de gritos, agitadísimo, pero seguía anestesiado por la humillación de esa carta que abultaba su bolsillo y que le impedía emitir cualquier tipo de juicio contrario a los deseos de María.

—Tengo hambre... —dijo ella al recibir el pijama.

—¿Qué quieres que te haga?

—No sé, lo que quieras, pero comería un toro...

Teodoro se refugió en la cocina, donde, por momentos, se sintió a salvo aunque no supiera exactamente de qué.

Tres semanas después María constató que tenía un retraso y se lo hizo saber a Vidal. El susto los obligó a peregrinar de aquí para allá con la incertidumbre a cuestas, sin atreverse a consultarlo con nadie. Si la duda se convertía en evidencia, de ninguna manera se imaginaba Vidal confesando a su madre una noticia semejante, y María tres cuartos de lo mismo.

Lo primero que hizo Montse Mundó fue tranquilizarlos. Se puso en lo peor y les calmó: fuese cual fuese el resultado, ella estaría allí para lo que hiciera falta, que para estas cosas todavía había quien se iba a Londres, pero que ya no era así. La propia Montse bajó a la calle y compró un Predictor en la farmacia. Al volver, María y ella se encerraron en el baño. Vidal esperó en el salón, la guitarra en la pierna, y un cigarro tras otro en la boca.

—Anda, que me dais unos sustos. —Montse Mundó abandonó el baño sonriente—. Venga, cerveza para todos...

Había salido negativo y esta era su manera de expresar el alivio. Evaporada la incertidumbre, la vida parecía reanudarse.

—¿Sabes qué, Montse? —anunció Vidal—. Este verano seguramente tocaremos en las fiestas de Sant Andreu...

—Qué buena noticia... —se alegró.

—Sí, ojalá... —María sonreía, aún con la mente puesta en el aparato que le había enseñado a utilizar Montse—. Espero que mi padre no se cabree mucho y me deje, porque me van a quedar unas cuantas.

Al oír hablar de Teodoro, Montse dio un trago y pidió la palabra:

—Por cierto, tengo que hablar con él, no sé qué pasa con vuestro teléfono que está todo el día comunicando.

—¿Ah, sí? —preguntó María con extrañeza.

—Es raro, pero pasa desde hace tiempo. El otro día te trajeron una carta y llamé, pero comunicaba, y tuve que ponerme a gritar otra vez por el balcón... como hacíamos antes, ¿te acuerdas?

Lejos de ponerse a recordar tiempos pasados, María se quedó con la otra parte de la frase.

—¿Qué carta?

—Una que recogió tu padre, ¿no te la dio?

—No...

—Bueno —dijo Montse—, igual era una tontería, ya sabes... Por cierto, ¿qué pasó con lo del campo de trabajo en Cuba?

—Al final no podemos —habló Vidal—, es para mayores de dieciocho y hay que pagar veinte mil pelas...

—Ya iréis, si sois unos niños...

—¿Tú vas a ir al final? —insistió Vidal.

—Sí, volvemos este verano a casa de un amigo de Vicente.

El bochorno entraba por el balcón abierto. Vidal y María, ahora uno al lado del otro, en el sofá, se dieron la mano. Corría por sus cuerpos la sensación de bálsamo y aún suspiraban satisfechos de que todo hubiera sido un susto. Bebían dejando a la vista una mezcla de calma y desasosiego. Montse puso un disco y encendió las velas de siempre, esas que no soportaban, pero a las que ya se habían habituado.

—Tengo gazpacho, si os queréis quedar a cenar...

Qué bien se sentía María en aquel salón y cuánto le costaba abandonarlo. Ante el ofrecimiento, Vidal alegó que tenía que ir a casa, que si no su madre se la liaría otra vez. María, contra lo que solía ser habitual, prefirió quedarse. Despidió a Vidal —que supo entender la necesidad de María— con un prolongado beso en el rellano y volvió al sofá, junto a Montse, que se sentó a su lado y le pasó la mano por encima del hombro, antes de acariciarle el rostro y echarle para atrás el pelo.

—Lo has pasado mal, ¿verdad cariño? —dijo Mundó, las piernas dobladas, la cerveza en el regazo.

En la calidez de esa ternura, María sintió que la tensión del día se desvanecía y que su corazón aplaudía con sosegados latidos. Aceptó con agrado el cigarro que le ofreció Montse:

—Mi padre no sabe que fumo —dijo—. Se cree que soy una niña...

—Eso es lo que tú te crees, seguro que lo sabe, pero no dice nada.

—¿Cómo son tus padres? —preguntó María.

La sombra de la duda ralentizó la respuesta de Montse. Su tono desprendía una visión más conservadora de lo habitual.

—Son buenos, aunque les cueste entender mi forma de vida. Les quiero, pero no hablo mucho con ellos. Es un poco raro. Un domingo, si quieres, te vienes conmigo a comer a su casa.

—¿Qué hacen?

—Mi padre trabaja en un despacho de abogados. Es un hombre muy serio, muy autoritario. Mi madre y mi abuela trabajan en la lavandería que montaron cuando llegaron a Barcelona hace muchos años.

—¿De dónde vinieron?

—De Ciudad Rodrigo, un pueblo de Salamanca. No te creas, cuando les dije que me iba a vivir sola no lo entendieron, se llevaron un gran disgusto... Si supieran que hago los masajes para llegar a fin de mes...

—Y con este Vicente qué, ¿te vas a casar?

La pregunta desató en Montse una risa considerable.

—No, cielo, yo no me voy a casar nunca... Qué cosas tienes... A ver, estoy bastante colgada de él, pero lo veo cuando viene de tanto en tanto a dar unos conciertos, ya veremos qué pasa en Cuba.

—¿Te irás a vivir allí?

—No sé, ya se verá... No niego que me gustaría...

—Entonces yo también me iría...

De nuevo una tierna sonrisa se hizo cargo de la expresión de Montse:

—¿Sabes? Me gustaría tener tu edad solo para hablar como tú.

Para María, lo que distinguía a Montse del resto de adultos presentes en su vida era la atención que le brindaba, esa capacidad de hablarle de tú a tú ya fuera de arte, de política o de familia, así como la teatralidad de sus relaciones amorosas, las aspiraciones solidarias y la disposición a la generosidad. Verse comprendida le aliviaba, y compartir un espacio que idolatraba —los discos, los libros, la conversación— la estimulaba más que ningún otro. Estaba a punto de denigrar a su padre, su falta de inquietudes, de ideología, de mundo, pero, tentada por el inconsciente, en última instancia, se le adelantó otra pregunta:

—Y a ti... ¿No te gustaría tener hijos?

—¿A mí? —Montse clavó la cabeza de la botella entre sus pechos—. ¿Hijos?, ¿yo? ¡Pero si soy una bala perdida! Si suelo perder tres juegos de llaves al año... No, no creo que pudiese... Ya tengo bastante con los que cuido en el parvulario y en las Aldeas, ¿no crees?

María había pensado añadir algo que desde hacía tiempo guardaba en su interior, pero fue tan triste la sonrisa que acompañó la respuesta de Montse, que no verbalizó aquello que segundos antes se moría por decir.

Esa noche María encontró a su padre en la cocina, las manos en el fregadero, su perfil envuelto en una algarabía de platos, cubiertos y lavavajillas.

—Creo que nos han cortado el teléfono —dijo antes de alejarse a revisar el aparato, sin dar tiempo a reaccionar a Teodoro—. Está descolgado —afirmó María, sorprendida, con el auricular en la mano.

—¿Qué dices? —preguntó Teodoro acercándose con el trapo en el hombro.

—Que el teléfono lo tenías descolgado.

—No lo sabía.

—Menos mal, yo creía que nos lo habían cortado... —añadió María.

—Tienes aquí la cena, aún está caliente.

Mientras engullía patatas fritas con su habitual avidez, a su cabeza acudió también la carta de la que le había hablado Montse, pero lejos de preguntar por ella prefirió dejarlo para otro día, pues algo le decía que era del instituto. Sí, estaba claro, la tutora se habría puesto en contacto con él para hacerle saber sus malas notas. No era plan de juntar en un mismo día tantas tensiones. Encendió la tele. Confió en que pasara el tiempo y todo volviera a su cauce. Recuperaría en septiembre todas las asignaturas y pasaría a tercero con Vidal. Y al año siguiente harían el COU juntos y luego estudiarían por separado, él haría arquitectura, ¿y ella? ¿Y si se matriculaba en el Institut del Teatre? ¿Y si probaba suerte en la interpretación como a menudo le instaba Montse que hiciera? ¿Había algo que le gustara más? Con la guitarra lo intentaba, pero no le llamaba tanto. En el telediario un arquitecto explicaba la culminación de la apertura al mar llevada a cabo en la Barcelona olímpica. Teodoro le acercó otro plato con más salchichas y más patatas y María comía mientras imaginaba cómo serían las clases en ese centro del que habían hablado los de Ensenyament en la conferencia sobre salidas profesionales a la que les obligaron a asistir. Ser actriz de teatro. ¿Te imaginas? Masticaba y veía la tele como quien oye llover. Con las piernas dobladas en el sofá, se imaginó sobre unas tablas interpretando a la Adela de Lorca, quitándose la vida por Pepe el Romano, o la Encarna de Buero Vallejo, debatida entre dos hermanos, o la bella Mariana a la que quieren casar con Tartufo, el impostor, o mejor aún, a la Marta de *Terra Baixa*, luchando contra la opresión, soñando con la tierra alta, o, ¿por qué no?, la Kate, o la Maggie, o la Rose... Cualquiera de las cinco hermanas solteras pero deseosas de conocer a un hombre con quien casarse de aquella *Danza de agosto* de Friel que le llevó a ver Montse y que tanto la conmovió, o incluso Irina, la hermana pequeña de... De súbito la aparición de un rostro en una esquina de la pantalla detuvo sus pensamientos, abrió más los ojos y apoyó las manos sobre la mesa. ¿Por qué le resultaba familiar? Agarró el mando a distancia y subió el volumen para escuchar a la periodista: «... desarticulada una banda especializada en robos a domicilio... El cabecilla, Melchor Sancho Marcos, más conocido como *el Venezolano*, ha pasado a disposición judicial. Se les considera autores de 19 delitos cometidos en Zaragoza y Casetas».

—¡Papá! —gritó María.

Teodoro llegó a tiempo de ver a Melchor saliendo del calabozo, las manos esposadas tras la espalda, vestido con traje beis y camisa blanca desabrochada y la misma sonrisa, la nuez marcada bajo el mentón, el pelo encanecido, más delgado que nunca, como si le causara risa ir escoltado por policías delante de cámaras y flashes, acompañado por un murmullo de fondo que decía «la operación se inició a raíz de un aumento de robos cometidos en establecimientos hoteleros de la provincia..., mediante la localización de unas huellas en las que se consiguió identificar a un integrante del grupo criminal ahora desarticulado».

Cuando hubo terminado la noticia y ninguno de los dos se atrevía a hablar, Teodoro volvió a sentir la traición de Melchor como una herida que se abría de nuevo para recordarle que aquel dolor permanecería ahí. Entonces, el sonido del teléfono rompió el silencio. Les sorprendió tanto que, antes de hacer cualquier movimiento, necesitaron mirarse. María estaba junto al aparato y nada pudo hacer Teodoro para impedirlo.

—¿Sí? —contestó María, para seguidamente añadir—: ¿Sí?, ¿quién es? Sí, sí, soy yo. Vale, vale... ¿Abuela? Qué sorpresa.

Pero no lo fue tanto porque paulatinamente la primera conferencia que pagaba adquirió otros matices. Hasta Valdecádiar había llegado la noticia de la detención de Melchor, pero eran otras las que traía, y no eran buenas. «La tía Gracia no está bien», dijo. Y María, sin despedirse, le pasó el auricular a su padre.

A través del cristal del coche de línea, pasadas las cuatro de la tarde, los aledaños de Valdecádiar que descollaban entre el cielo y el suelo eran montes de hueso alfombrados de romero y arenisca, a los que un viento sin edad y una luz tornadiza daban forma y color. El torreón sobre la loma de San Jorge y los restos de la ermita que, de milagro, resistían en pie, dotaban de vida a un pueblo extraviado, encajado en la hoz que lo circunvalaba y lo escondía del mundo. En el centro confluían los dos ríos, ahora secos como anchas tiras de cáñamo, cuyos cauces se revelaban repletos de arbustos y guijarros. En la parte alta resistía la iglesia: a la vista quedaban el campanario y el reloj de renqueantes agujas, quebrados tejados y remolinos de broza por las esquinas. Y más allá las eras rodeadas de pajares ajados y achacosas tranqueras sin techo, rastrojos, campos yermos y viñedos sedientos.

Desde que habían construido la carretera se accedía al pueblo por una cuesta asfaltada que desembocaba en la fuente y dejaba atrás el lavadero y ese camino de los huertos en donde María aprendió lo que costaba hacer pan en el molino y otras muchas cosas que forjan luego la manera de ser de cada cual.

Por esa misma cuesta bajaba Teodoro tres días después de la llamada de Amparo. Al parecer, la tía Gracia llevaba tiempo enferma y en cuestión de días la dolencia se había agudizado y corría prisa ir a verla, porque quizás no lo contaba. María no quiso ir, prefirió quedarse con Montse Mundó y él no pudo ni supo obligarla.

Durante el viaje, Teodoro se hizo muchas preguntas. Una vez en Valdecádiar, o puede que incluso mucho antes de llegar, tuvo la certeza de que en su ausencia el teléfono acabaría sonando y ya nada sería igual. Tantas veces se había imaginado volviendo con su hija al pueblo, que ahora, al caminar sentía que arrastraba el peso de una vergüenza.

En sus siete años de ausencia, Valdecádiar se había transformado. Los suelos asfaltados borraban historias de los tiempos de arcilla y polvo. Las fachadas encaladas escondían la piedra de las casas. Las calles tenían nombres escritos en placas verdes. El abrevadero de la plaza se había convertido en un banco. La fuente estaba seca, losa de guijarros y zarzas, enredadas quejas de maleza mustia. La presa de gravedad apenas canalizaba agua, mamotreto de hormigón que más que ayudar, estorbaba.

En casa se concentraban los aromas del condumio, del jabón y de la afección. Ante Teodoro se desplegó un despeñadero de tiempo en el que un desgastado brillo de azufre lo impregnaba todo de dolor diseminado. Zacarías había perdido peso y estatura, pero conservaba nervio, y Amparo, en comparación a la madre que había guardado en el recuerdo, era poca cosa.

—¿Dónde está mi nieta? —preguntó alzando la vista paulatinamente, como aquella primera vez, cuando llegó con María y creyó reconocer en la mirada de su hijo el borroso brillo de un perjurio, y tuvo el presentimiento de que no acabaría bien aquel apaño.

—Eso digo yo. ¿Y mi niña? —añadió Zacarías, voz temblorosa y malos presagios.

Cuando Teodoro entendió que en aquella casa el nombre que más veces se habría repetido en todos esos años era el de María, tuvo que buscar fuerzas por no venirse abajo, y en un segundo imaginó cómo habrían sido los días en que llegaron sus cartas. Y la niña, qué hará la niña; y la niña, qué hará la niña. Las cuatro fotos que habían enviado de ella reinaban en el saliente del armario. Así las vio, dobladas por el tiempo, con polvo, pero a la vista como los bienes más preciados que se podían mostrar: María junto a su amiga Ruth en las convivencias de Llavaneras y Montse Mundó y un pelotón de niños al fondo; María con su primera guitarra una mañana de Reyes; María y él en el Tibidabo; y María en la nieve con ropa de esquí, junto a ese Vidal, como una sombra constante. María era todo lo que había en aquel lugar.

—No ha podido venir, son los estudios, los exámenes, tienen mucho que hacer ahora los chicos... Lo siento, lo siento. —Y ahí, cuando fue consciente de que no sería capaz de seguir con la frase y de añadir «y seguramente yo tampoco la vuelva a ver», no pudo esconder la pena y hasta los labios le llegó un regusto amargo.

Zacarías fue a su encuentro y le puso la mano en el hombro.

—Es nuestra nieta, entiéndenos, creíamos que vendría contigo...

—Ya me hubiera gustado, padre...

—Bueno, ya habrá ocasión.

—¿Por qué está usted tan débil? Lo veo muy frágil...

—Peor está tu tía, esa sí que está mal...

—¿Qué le pasa?

—No lo sabemos —intervino Amparo—. El médico dice que de cabeza está bien, pero que es el corazón...

Cuando Teodoro salió de casa para ir a visitar a su tía, sabía bien que su presencia daba pie a que por lo bajo proliferaran chanzas y filfas. Uno de los primeros en saludar fue un chaval desgarbado que le detuvo el paso:

—¿Dónde vas tú, forastero?

Era Rafelín. Había cambiado tanto que se apresuró a corregir su apodo:

—Que soy Rafa. —Sería que con más de veinte años le avergonzaba el diminutivo—. ¿No te acuerdas, o qué?

—Claro, claro que me acuerdo, ¿qué tal te va?

—Bien. Vengo de recoger fruta en Lérida. ¿Y María? Debe de ser una moza...

—Sí, si la ves no la conoces...

—Habrás venido a ver a Gracia, ¿no? Parece que no mejora.

—A eso voy...

—Pues luego hablamos... Tira, tira...

La tía Gracia le saludó con tan poca efusividad que a punto estuvo de sentir que su visita no era bien recibida. No pudo evitar cierta desazón, pero era más por la timidez que le generaba que la vieran así, desaseada y postrada, con lo presumida que había sido ella, que por otra cosa. Teodoro se acercó a la silla en la que estaba sentada temiendo que al tocarla se descompusiera. Sin duda, estaba mejor conservada en el recuerdo.

—Siéntate hijo mío, siéntate.

—No sabía que estaba así...

La tía Gracia empezó a reseñar sus dolencias y a resumir las visitas al médico, los fármacos, los síntomas. La de veces que había notado que le dolía el vientre, donde el apéndice, pero que pensaba ya se le pasaría, y al final un día fue al médico y ya no había nada que hacer. Por eso aprovechó que lo tenía allí, en persona, para decirle la verdad, una verdad que prefería esconder a Amparo...

—Hijo mío, yo no quiero que tu madre lo sepa.

—No le diré nada.

—No sé lo que hará tu madre sin mí. Yo la verdad es que lo tenía todo preparado para morirme después, porque cuando me vaya no lo podrá soportar, no ha sabido nunca dar un paso sin mí...

—Bueno, tía, no adelante los acontecimientos, que a lo mejor no pasa nada...

—No, hijo, no, sí que pasa. Por eso yo no quiero que hagas sufrir a tus padres, que ya han sufrido bastante, con la niña, sobre todo… —Hizo una pausa para luego precisar—: se les fue la única alegría que tenían… La de veces que me repitió tu madre el castigo que era aceptar que ya no tendría que ocuparse de ella. ¿Y sabes qué era lo peor? La ropa… siempre me venía con lo mismo: lavar, secar y doblar su ropa, esa era su mayor felicidad… Toda la ropa de la niña la tiene aún en el armario, ¿cuántas horas habrá pasado mirándola?

—Tía, yo…

—No, no, si yo no te echo nada en cara, pero a veces uno se da cuenta de lo que tiene cuando lo pierde, y hay abuelos que quieren más a los nietos que a los propios hijos, eso es así. Quedarse sin ella les hizo mucho daño.

Cuando Teodoro era pequeño, y las perspectivas de vida eran tan amplias que parecía que nunca se terminarían, aquella mujer y su hermana Milagros le habían ayudado a dar sus primeros pasos en el pueblo. Viéndola así, la recordó muy joven y descarada, guapa, alegre, lenguaraz y tan astuta que era capaz de meterse a cualquiera en el bolsillo con tal de engañarlo para conseguir miel o leche. Y es que en aquella casa nunca les faltó merienda ni a él, ni a María. El sabor del pan con vino y azúcar seguía intacto en el paladar de su memoria.

—Tía, yo la verdad es que tengo que contarle algo…

Quizás Teodoro ignoraba la importancia que algunas personas tienen en otras porque, de haberlo sabido, quizás no hubiera dicho nada de eso y no hubiera obligado a su tía a decirle:

—Pero sí ya lo sé todo, hijo mío, qué me vas a contar. Desde que te vi volver aquel día con ella, desde que pusisteis un pie en esta casa, lo supe..., y sabía que no iba a acabar bien.

—No he sido sincero, tía, y tengo algo aquí, en el corazón, que me va a matar... —Teodoro era un manojo de nervios.

—Tenías que haber dicho la verdad.

Durante unos instantes pareció tan vulnerable que le temblaron los labios. Con la idea de verdad aparecían Pablo y Gloria, la misteriosa complejidad del amor y su contrario, y María recién nacida, en sus brazos, y la María adolescente, escapándose de ellos. Aunque fuera con ánimo de ayudarle, con esa frase la tía había conseguido amedrentarlo y que mirase de frente a las cosas que no tienen arreglo. ¿Qué contenían sus palabras? ¿Desdén? ¿Censura?

—No he podido. Tú siempre nos decías que la bondad no necesita excusas. Solo quería lo mejor para ella.

—Ya lo sé. Pero ahora sufrimos todos... ¿Te das cuenta?

—¿Y qué hago, tía?

—¿Sabes una cosa? No es necesario parir para sentirse madre. ¿Te acuerdas de cuando se le caían los dientes?

Teodoro vislumbró a María con un diente en la palma de la mano. Y se vio animándola a venir a casa de la tía Gracia, donde por cada diente le daría un regalo.

—Aún los tengo, están allí, en un vaso, el otro día estaba limpiando la recocina y allí los vi, ¿te lo puedes creer?

—¿Me los puedo llevar?

—Tuyos son, para eso los guardé. No se puede elegir a los padres. Por eso mismo, si un día se fuera, volvería, formas parte de ella... ya lo verás. Así que no te avergüences, ni te escondas. Y ahora vete para estar con tus padres que lo han pasado muy mal estos años.

Consciente de que su paso por allí con María lo había llenado y vaciado todo, con los dientes en el bolsillo trató de acordarse en qué momento exacto (¿fue en los Hogares Mundet? ¿O ya en el Borne?) María dejó de darle un beso por las mañanas y antes de acostarse.

Días después, tras enterrar a la tía Gracia, en la Replaceta, Teodoro se acercó a los telégrafos y llamó a Barcelona. Nadie respondió. Luego telefoneó a Montse Mundó, que no dudó en darle la noticia que acabaría con él: María había huido. Ambos sabían a dónde y con quién.

Al salir, la mirada perdida y el gesto contrariado, pareció convencerse de que de un hombre con su aspecto no podía esperarse gran cosa. Había tratado de retrasar la llamada por miedo a enfrentarse a la verdad. A modo de inevitable presagio, Teodoro había proyectado por activa y por pasiva el momento de la capitulación, pero no por ello el desconsuelo dejaba de ser punzante. Le resultaba evidente, pues, su fracaso, el absurdo de la espera, la ingenua esperanza a la que se había abrazado pensando que no iba a pasar. Junto a la iglesia coincidió con aquel tirillas que se encaramaba a lo alto del olmo, que ya era un hombre más alto y fuerte que él. Apareció con el remolque lleno, y Teodoro se ofreció a ayudarle a descargar sacos de trigo y cebada. Terminada la faena, Rafa le propuso tomar una cerveza. Sentados en la Replaceta, junto al olmo, empezaron a hablar.

—Mejor un Kas, eso le gustaba a mi María...

—Ay, María, María. No sabes cuánto me gustaría verla. Ya debe de tener hasta novio... que estudie, que estudie, es lo que tiene que hacer.

—Eso le digo yo, que si no quiere ser como su padre, más le vale estudiar, pero últimamente está muy distraída, me trae por la calle de la amargura. —Si en ese momento hubiera sabido que ya no volvería a verla, a buen seguro se hubiera expresado diferente—. Los chavales de hoy lo tienen todo hecho, no saben el esfuerzo que...

—Va, hombre, es normal. Están en la edad...

—Vete a saber si será eso...

—Me tienes que contar cómo fue por Barcelona. Siempre les preguntaba a tus padres, me enseñaban las fotos... Están tan orgullosos de su nieta.

Antes de relatar sus desventuras, Teodoro necesitaba indagar en otro aspecto:

—Aquel día en que escapamos, José Ángel acudió a sacarnos de la cama a toda prisa, pero yo no me explico cómo tuvimos tanto tiempo, cómo la Guardia Civil no nos cogió, los disparos se oían tan cerca...

—Pues no lo sé —Rafa dio un trago—, alguien les entorpecería el paso, digo yo...

—Tú eras un renacuajo, qué tendrías, ¿once, doce, o trece...?

—Por ahí andaría, sí, me acuerdo de aquel día como si fuera hoy.

Teodoro imaginó la escena en la que un niño, sabedor de que su padre no está en casa, se siente libre para actuar y baja a la cuadra y atolondradamente desata a dos mulos de los barrotes y los ajusta a las riendas de un remolque y obstruye con ellos la calle. Es un niño delgado y fibroso que no teme, que obedece la inercia de su valentía, y que juiciosamente se hace el despistado.

—Al que nos ayudó aquel día siempre lo he tenido presente... —dijo Teodoro, para seguidamente cambiar de tema—: Por cierto ¿qué fue de los maestros?

—Se fueron hace dos años, destinaron a José Ángel a Calatayud. De vez en cuando vienen.

—Cómo ha cambiado todo, eh, casi no quedan mozos, los de tu edad están en la capital... ¿Y tú?

—¿Yo? Para qué... aquí tengo de todo, tengo que ayudar en el campo y en la tienda, y yo no sirvo para otra cosa. Además, ¿dónde voy a estar mejor?

El sofocante calor del mediodía había dado paso a una brisa templada. Rafael sintió confianza para cambiar de tema:

—Supongo que ya te habrás enterado de lo de aquel Melchor...

Al oír ese nombre, Teodoro levantó la cabeza y volvió la vista a Rafael.

—Lo vimos en televisión, detenido, menudo cabrón. Nadie me ha hecho tanto daño como él, todo fue por su culpa, lo tendría que haber matado...

Fue entonces, durante el tiempo que se tomó Rafa para responder, auspiciado tal vez por la repentina ira que le había hecho expresarse así, cuando recordó la fiereza de las palabras de Montse Mundó en la llamada —¿qué compuertas se habían abierto en aquella mente rabiosa?—, la excesiva carga de rencor que había en ellas, como si también a ella le hubiera robado algo.

—Pues ya está muerto, veo que no sabes que se colgó en la celda... el primer día de entrar preso...

El silencio se hizo extrañamente palpable, como si se separase del dolor. Rafael tardó lo suyo en procesar la noticia y cuando habló no fue para aludir a ella.

—Él me decía que me tendría que haber ido con María a Rusia...

—¿A Rusia? Anda, con Barcelona es más que suficiente, si un día voy me tendrás que dar instrucciones para no perderme. ¿Qué hicisteis cuando llegasteis?

—Si supieras dónde dormimos esa noche... Oye, tú me puedes ayudar a escribir una carta, ¿verdad?

9
María Broto

Valdecádiar, 2016

Antes de poner un pie en la calle del Horno, María Broto mira el teléfono para cerciorarse de que Vidal no le ha escrito. Cuando devuelve el aparato al bolso, piensa en una llamada. Aquella vez en que descolgó y escuchó decir: «Por fin te encuentro».

María sigue a Rafael en esa calle de Valdecádiar que tan bien conoce, pero mentalmente se ve en Barcelona, tantos años atrás, entrando en casa con Vidal. Están solos. Es casi verano, final de curso. Buscan y encuentran lo que conocen, aquello por lo que vale la pena retrasar el estudio. El deseo como una galera a la deriva que por fin halla una orilla. Nadie va a importunarlos en su cita diaria con el placer del sexo, entonces fuente de descubrimientos, campo en el que poner en práctica lo soñado y lo desconocido. El deleite de magrearse con prisa y sin miramientos, y de desnudar la entrega y cambiarla de postura. La vida todavía no es una obra de teatro y por tanto aún no es desgraciado el amor. Ya lo será, también este, como todos, amores incompletos que no coinciden en el momento.

Desde que su padre se ha ido a Valdecádiar para ver a su tía Gracia ya ha pasado una semana y ahora no tienen que esconder las cajas de condones y Vidal ha aprendido, por fin, a hacer rodar el látex. Después del susto del mes pasado no queda otro remedio que usarlo. Del balcón de Montse Mundó suben canciones que reconocen... «En estos días, no sale el sol, sino tu rostro, y en silencio sordo del tiempo, gritan tus ojos...» y que luego, con el tiempo, harán suyas al evocarlas.

Así la acaricia Vidal en el recuerdo, incluso después de correrse. Ella busca oxígeno tumbada de lado y abandona el pensamiento mientras le deja hacer. Tras unos minutos de respiro vuelve a buscar sus nalgas compactas, sus tetas firmes. Se podría pasar de unas a otras toda la tarde, le dice. Y ese interés va a durar, según él, toda la vida, jamás va a cansarse de hacerlo, se lo jura. Se le quedaría tan grabada esa perseverancia que años después, cuando volvieron a ser pareja, y sus cuerpos no tenían en absoluto la consistencia de entonces, y la emoción inicial por el reencuentro fue dando paso a una manera rutinaria de encarar el sexo, una vez en que hicieron el amor, ella, después de que él terminara, con una mueca más cercana al chasco que a la satisfacción, no pudo contenerse y le dijo: «Si supieras cómo me tocabas al principio, qué diferencia». Él ni siquiera levantó la vista mientras se limpiaba con papel higiénico.

La vida es un recuerdo, decía el profesor Augusto, el mejor que tuvo en el Institut del Teatre, y el recuerdo es un relámpago que no se puede atrapar, y es verdad, piensa ahora, cuando se ve una vez más complaciendo el deseo de Vidal, que recorre su piel con los dedos y le hace cosquillas en el costado y en la parte interna de los muslos y así le obliga a volverse y a admitir que otra vez no habrá dos polvos sin tres en la misma tarde, ajena al devenir y a la importancia que tendrán luego estos momentos previos a la llamada que importunó el interés y los avances de Vidal. María descolgó y una voz áspera preguntó si había recibido una carta y ella respondió «señora, se ha equivocado». Pero la mujer en cuestión insistió, dijo que había llamado muchas veces, y entonces María recordó a Teodoro gritando con el teléfono en la mano unas semanas atrás. Luego añadió «por fin te encuentro».

En aquel instante, María Broto no pensaría en obras de teatro para explicar su comportamiento con Teodoro, pero ahora, cuando recuerda cómo se sintió, acude a Edipo, y se pone en su piel al descubrir que el hombre al que ha matado es su padre y la mujer con la que se acuesta es su madre. Edipo reaccionó cegándose, como reaccionaría ella luego, cuando dio la espalda a Teodoro y a sus abuelos.

María Broto entró en la habitación para ver a Vidal desnudo sobre la cama.

—Joder, tía, qué cara —consciente de la gravedad, se incorporó:

—Acabo de hablar con una que dice que es mi madre.

—¿Qué?

—Espera un momento...

María fue a la habitación vecina. Rebuscó en el armario de su padre, abrió un cajón y entre camisetas y ropa interior vio una carta. Vidal apareció por detrás. Mientras sostenía el sobre notó que le envolvía el calor de su abrazo desnudo. Unos años atrás encontró esa misma carta por sorpresa en mitad de un Macbeth, donde había resistido las mudanzas.

Desde el principio intuyó que aquello no le iba a gustar, pero tenía que ir a conocerla, ¿cómo no iba a ir? ¡Era su madre! Vidal quiso acompañarla, pero le dijo que no, Montse no se ofreció, aunque le dejó la puerta abierta.

Recordar es un ejercicio enrevesado, piensa María, como si de pronto le acomplejara el haber evocado ese episodio en mitad de su llegada a Valdecádiar, en el trayecto que va de la Replaceta a la casa de sus abuelos. ¿Por qué en un segundo la memoria ha volcado este sucio montón de pasado? Acaso la reminiscencia, tan selectiva, buscara entre la basura los peores momentos para equipararlos con el presente, como si le estuviera diciendo al oído tranquila, Broto, se avecina un mal trago, pero no lo vas a pasar peor que en aquel trance. Quizás la memoria de María necesite apoyo, y busque en situaciones peores para asegurarle que si entonces, con todo lo que sufrió, logró salir a flote, también saldrá de esta. Pero la memoria también debería saber sonreír, estar al acecho con buenos propósitos y encontrar el camino de una redención, no solo mostrar el peso de las decisiones equivocadas, piensa María mientras suspira, a punto de traspasar el umbral que atravesó con catorce meses, treinta y ocho años después.

Se están terminando de vestir con las mejores mudas que tienen. Son mayores, muy mayores para ella y para la mujer que les ayuda. «Venga, Amparo, póngase el abrigo, tenga Zacarías, el pañuelo, que se le cae.»

Zacarías es un anciano achaparrado y giboso que apenas se sostiene con una gayata. Amparo una octogenaria menuda y de apariencia frágil, las piernas arqueadas, una mata de pelo blanquecino destaca por encima del rostro arrugado y escuálido. Quizás esa falda y esa blusa las heredara de Gracia, rumia María. Alrededor de la caja hay apenas cinco sillas. Todas ocupadas por señoras con mantillas negras que siguen rezando. María reconoce a Encarna, y a la madre de Rafael.

—¡Zacarías! —grita Rafael, que sabe mejor que ella que aunque estén a menos de un metro lo necesitan por estar medio sordos—. ¡Amparo!

Ambos se dan por aludidos y levantan la mirada. Pero quien responde y se pone en pie es Lorenza:

—Hijo mío...

Él se acerca y los abraza lo más fuerte que la fragilidad de sus figuras le permite. Dice que les acompaña en el sentimiento y los tres dejan escapar unas lágrimas. Luego besa a su madre. Un murmullo de rezo y un mejunje de olores enturbia el ambiente. María aguarda a un lado, junto a la puerta. No se ve capaz de avanzar. No la esperan. No la recuerdan. Observa el suelo embaldosado, tan distinto al terrazo donde transcurrió su infancia. Busca debajo del banco de la cocina la mirada de Canica —que se estiraba ahí, a expensas del calor del hogar, y que en cuanto intuía su presencia se ponía en pie, iba a por ella y la lamía de arriba abajo—, pero no encuentra más que un capazo de esparto con los bordes doblados. Hay más luz que entonces, piensa, y mira la puerta abierta del fondo donde se entrevé el baño nuevo del que le hablaba

Rafael. Qué diferencia. En las estanterías del armario resisten cachivaches y fotografías cuyos habitantes aún no puede atinar a reconocer.

—He venido con María —dice Rafael. Y todos los ojos la buscan.

Los abuelos alzan la vista, la escrutan como quien espera desentrañar un acertijo. María, mirada temblorosa, manos pegadas al bolso, una mujer madura, vestida con colores impropios de un entierro, desprovista por completo de la inocencia del rostro de cuando era niña y brincaba por los ribazos y las eras del pueblo, las facciones endurecidas, sesgo afligido, que no se atreve a dar un paso, acorralada quizás por el remordimiento, a la espera de una aprobación. No dejarse ver hubiera sido lo mejor para ella, pero ya no iba a ser posible:

—¿Tú?, ¿eres tú? —pregunta Amparo arrugando los párpados. No ve como antes. Necesita acercarse, confía más en el tacto que en la vista.

Ella, aunque la congoja le obstruya la garganta, logra dar un paso y se ve diciendo abuela, abuelo, antes de echarse a llorar al apretar las frías manos de su abuela, cuatro tiras de cáñamo, y notar el tacto de Zacarías en el hombro, las manos que antes eran de acero, las pupilas vidriosas, la cara afeitada, marcada de breves pespuntes de sangre. Quisiera pedir perdón, quisiera decir que no sabe por qué los dejó sin noticias durante tantos años, que todo lo ha hecho mal, que la oprime el sentimiento de culpa, que lo siente, que siente mucho la muerte de Teodoro. La han recibido mejor en otros lugares, estimará luego. Más que mirarla, los abuelos la contemplan. El dolor contenido en sus gestos es un eco amplificado de su propio malestar. Por fuera, María sostiene la farsa de la normalidad, por dentro van y vienen los reproches. Había sido muy injusta al mostrarse tan esquiva, pero no puede ante ellos acudir a lamentaciones ni escenificar otro de sus numeritos victimistas.

Hay cierto rencor en esos cuerpos y en esas mentes, el suficiente para que, sin haberla olvidado, les impida sonreír y les cueste abrazarla o dedicarle cariños. Quizás habían esperado ese instante durante demasiado tiempo y, de tanto esperar, el deseo se volvió ceniza. Bastante tienen que soportar.

—¿Aquí estás tú? —insiste Amparo, que aún no cree que pueda ser ella. Recuerda que antes de ayer le dijo a Lorenza que avisara a su hijo, pero no podía imaginar que Rafael habría movido cielo y tierra hasta encontrarla.

La última vez que María habló con su abuela fue para pasarle el teléfono a Teodoro y desentenderse de ella. Ahora le duele ese gesto de desprecio. Si pudiera dar marcha atrás le dedicaría más tiempo. No fue premeditado, tal vez esa actitud dejaba ya entrever la distancia que la adolescencia marca con la infancia a los quince años. La última tarde que vio a su padre le hizo patatas fritas. Mientras veía la televisión ella imaginaba en su mente personajes a su medida a los que dedicaría su voluntad. Ya no volvió a verlo.

Y no lo verá más, la caja está cerrada. Entran los hombres dispuestos a portearla. Hay una parte de ella que agradece ese detalle. No ha visto nunca a un muerto. El eco de las campanas le recuerda la resonancia de los disparos de aquel día en que tuvo que irse de aquí, como si la vida fuera un chisme que cabe en una huida, adiós mi pequeño jardín. Evoca a Teodoro, escopetado, angustiado, poniendo en sus manos unas zanahorias. «¿Te acuerdas de cuando me escondo en los huertos y luego aparezco? Pues lo mismo, tú recto, recto, todo recto... Que sí papá, que sí. Y cuando llegues, allí estaré yo, en la iglesia...» Y allí estaba, y aquí está, camino de otra iglesia, eliminado del juego. Alguien agarra del brazo a Zacarías, y Lorenza y Rafael se encargan de Amparo. Ella, empujada por la imperativa fuerza del deber, camina a su lado, tras el féretro y la comitiva de mujeres.

María Broto tardó más de quince años en conocer su verdadera procedencia, y cuando lo hizo, huyó de la vida que hasta entonces había creído como propia. Su orgullo le impidió regresar a sus orígenes. No fue entonces capaz de perdonar a quien tanto quiso y ha arrastrado ese dolor hasta llegar aquí. Es tarde, acepta, para el perdón. ¿De qué serviría pedir disculpas a sus abuelos? Acaban de perder a un hijo. Ella no tiene hijos, pero cree que entiende (que entendió hace tiempo) qué significan, así como la imposibilidad de romper con ciertos vínculos. Esa misma tarde en que creyó estar embarazada y Montse Mundó compró un Predictor que los sacó de dudas, fue la misma tarde en que llamó su abuela para decir que la tía Gracia se estaba muriendo. La misma tarde en que pudo haberse quedado embarazada fue la última en que vio a Teodoro. A menudo pensaría en ello, y aún a veces, hoy, con Vidal, cuando rescatan la escena, se preguntan qué hubieran hecho con un bebé unos críos como ellos. Años después, María abortó de verdad. Qué imprudencia, con aquel ruso, Levan. ¿Cómo iba a tenerlo? Luego, la pulsión de la maternidad se fue, se evaporó, y aunque vive rodeada de gente con hijos ella no se ve capaz de tenerlos con Vidal. Se lo dice continuamente: «Para niño ya te tengo a ti».

Remontan la curva de la plaza al mismo tiempo que su memoria remonta la curva del pasado, despeñado horizonte de zarzas y supersticiones. Suben las escaleras de la iglesia, a las que se enfrenta, ahora sí, tomando del brazo a Amparo, ayudándola como le ayudó ella a dar sus primeros pasos cuando era una niña. Sí, María, sí, fue ella, Amparo, y él, Zacarías, y su hijo, Teodoro —le dice la memoria—. Ellos te enseñaron a andar y a hablar y a lavarte y a vestirte y a usar cuchillo y tenedor, ¿pero qué te has creído? Si te has criado aquí, si este es tu pueblo, si esta gente no ha tenido nunca otra ilusión que no fueras tú. ¿Pero tú te has visto? insiste en increparle el vacío.

Sentada en la tercera fila, junto al pasillo izquierdo, nota la punta de la nariz helada. Los pies tres cuartos de lo mismo. La tensión, el sueño, la fatiga le comprimen las sienes. Nota la vista cansada. Ese espacio contiene todo el frío que tuvo de niña. Respira hondo —la bendición extiende su gama de aromas cerrados entre borrones de incienso— y recapacita: no consigue obligar a la memoria a seguir una cronología, el suyo es un orden azaroso. Debe hacer frente a sus embestidas, pero el coraje que precisa para ello se lo ha arrebatado la edad. De niña era más valiente. Superada por los vaivenes de su madurez incierta, en su cabeza confluyen la emancipación de los siervos de *El jardín de los cerezos* y la suya propia para unificar una misma ruina. En unas horas, en el escenario, ante ella el joven Petia le dirá a la inexperta Anie que «estamos aquí para borrar lo mezquino y lo falso», como si fueran cosas que se borran con solo nombrarlas.

No había para María un lugar más hermoso que este pueblo porque no conocía otro. Por eso puede acusar a la memoria de traidora e idealista. Tal vez para reconciliarse con el pasado tenga que pagar un precio y lo esté haciendo. Le gustaría ser capaz de abstraerse de la realidad con fantasiosas elucubraciones. Pero no puede. Igual que cuando se atasca en algún párrafo farragoso de una novela y tiene que leerlo una y otra vez para avanzar, vuelve a preguntarse qué ha hecho en todo este tiempo.

Debe de haber unas treinta personas. El cura habla de Teodoro como si lo hubiera conocido y desempolva su vinculación con estas calles, su infancia, su amor por el paisaje y por su oficio de pastor y labrador. Repite que fue un buen hombre, que no hizo daño a nadie, que ayudó a sus padres hasta el último momento, cuando en un descuido, solo podía ser eso, los designios del destino lo abrazaron porque el señor no tiene reloj ni agenda. María quisiera saber a quién están enterrando. Lo desconoce casi todo de él. Si fuera mística y creyera en el más allá diría adiós muy buenas, está salvado. Si notara que el orgullo, a su edad, sirviera de algo, seguiría en sus trece y se iría de allí con la satisfacción del deber cumplido y a otra cosa. Sin embargo, algo retiene su pensamiento entre esas paredes y vidrieras y santos, y aún más allá, entre las cuatro líneas divisorias en las que creció, un río, unos huertos, un cielo y una montaña con un torreón, y lo que hasta hace dos días era desprecio ahora siente que le incumbe.

Han comulgado. Amparo y Zacarías mantienen la cabeza gacha. Cuando el cura despide el alma de Teodoro, reciben con mansedumbre los besos y abrazos de María antes de que les abra paso entre la banqueta y el pasillo. Rafael y Lorenza, como buenos vecinos, los buscan. Ella es de las últimas en bajar las escaleras. Se le acerca gente con intención de comprobar que es cierto, que es María, la del Teodoro —dicen—, y al instante apartarse para cotillear. Ya han emprendido el camino al cementerio. Al final de la calle del Trinquete, antes de bordear la entrada de la plaza, alguien toca su hombro. Se gira. Es una pareja. Visten de modo distinto al resto. Dos jubilados con aire campechano.

—Nos enteramos ayer —dice él, como si no hiciera falta decir nombres, dando por sentado que María los ha reconocido. Y lo hace, claro.

—Sí, ayer mismo nos llamó Lorenza —añade ella.

Son José Ángel y Esperanza. Se besan.

—Has cambiado —dice él, aludiendo a su anatomía—, pero tienes la misma cara.

—Yo te he reconocido nada más verte. —Ella siempre habla después. Ya no es tan pizpireta como entonces, cuando María le daba la mano y le acompañaba a esta misma plaza a comprar fruta.

—Este verano lo vimos —habla de Teodoro— y estaba muy bien..., yo la verdad es que no me lo explico...

—Y tan joven, y tan sano... —añade Esperanza,

mientras pasa un pañuelo de papel arrugado por los ojos—. No ha bebido ni fumado en su vida, yo no lo entiendo...

Piedad ha dejado a su marido y a sus hijos más adelante y les espera para sumarse. Aunque a marchas forzadas haya salido el sol, un viento seco insinúa la amenaza de extender el frío. En la puerta del bar, postrado en una silla, cubierto con una manta y con la cabeza recostada en una almohada, está Elías, que mira el cortejo fúnebre sin saber a ciencia cierta qué ve. Una considerable papada le cae a un lado de la cara. Tiene a su lado a la hija, que ahora, tal vez para evitar el saludo, se agacha a coger un caldero. Ni Amparo ni Zacarías miran hacia ellos.

—Le dio una embolia y se ha quedado tonto, menuda cruz para Juanita —dice en voz baja Piedad a Esperanza—. Y nada, lo saca a mediodía para que le dé el aire...

—Madre mía, con lo que ha sido ese hombre...

Es inevitable que María recuerde correrías en esta plaza. Está a punto de decir a Piedad algo así como «te acuerdas de cuando...», pero José Ángel, como si el intervalo entre la iglesia y el cementerio le diera vía libre para hablar, se le adelanta:

—Ya nos han dicho que haces teatro. Nos alegramos mucho por tus éxitos. A ver si un día vienes a Calatayud...

Cuánto le había gustado a ese hombre el teatro, piensa María.

—¿Vivís allí? —pregunta, como si prefiriese evitar hablar de ella.

—Allí nos quedamos, sí, allí nos hemos jubilado.

Pero venimos mucho al pueblo. Fueron muchos años, fuimos muy felices aquí, ¿verdad?

Es José Ángel quien habla, y Esperanza asiente con un resignado gesto de aprobación. De pronto, Piedad coge del brazo a María, y ese gesto, esa manera de hablar con la piel, le otorga una agradable sensación de pertenencia. Sin atreverse a expresarlo, agradece el detalle y piensa que todavía hay alguien que le tiene aprecio. ¿Es posible? ¿Se puede mantener el afecto por alguien a quien no has visto en veintitantos años?

Pasan por la fuente. Hasta allí bajó José Ángel a despedirlos el día en que partieron. María desentierra aquel instante, así lo ve sacándose la cartera y diciendo a Teodoro, «toma, coge este dinero, es todo lo que tengo, tú tienes una hija, yo no la tengo, ojalá la tuviera, que no le falte de nada». Y está a punto de llorar, y quizás para no hacerlo habla de otra cosa:

—Me acuerdo de vuestra casa, de los discos y los libros que había arriba, en el granero...

María entendió mucho después aquellas palabras, «*Power to the people*», que había escrito ese hombre achaparrado y casi calvo, que entonces gozaba de un pelo largo y rizado, que sujetaba con una cinta, y que soñaba con cambiar el mundo desde un pueblo perdido.

—Ay, hija mía —se queja Esperanza—, yo no sé qué voy a hacer con tantos discos, toda la casa llena, para qué le digo yo, para qué...

—Es el único vicio que tengo —protesta él, encogiéndose de hombros—. No he tenido otro en toda mi vida... La lectura, la música, el teatro. Nada más...

Aún tengo todos los discos, si vienes un día te enseñaré la colección.

Cuando era pequeña el cementerio le parecía una extensión apartada, a la sombra de la ermita de San Jorge, en la que habitaba encerrado el miedo, porque el miedo era un juguete que usaban los niños las noches en que les venía en gana y para su disfrute. Ahora le resulta una llanura inerte, pequeño camposanto con cuatro tumbas entre rastrojos, en el que María, que había quedado conscientemente rezagada, se enfrenta al encuentro de gente que, recelosa, le besa y dice su nombre sin que ella la llegue a reconocer. A buen seguro habrá quien la haga culpable, pero también quien la quiera bien. De niña se acercaba con Piedad, se ponían de puntillas, leían nombres de muertos y observaban acobardadas las fotografías, rostros blanquecinos entre algodones que les ensombrecían el ánimo.

Rafael, con la mirada, se preocupa por ella. El albañil tiene el cemento a punto e indica a los mozos que levanten la caja y la introduzcan. María se acerca a sus abuelos. En una lápida vecina lee el nombre de Gracia y recuerda a aquella tía que tiene otros apellidos. Las meriendas y el buen humor. ¿Por qué no llora? Se increpa por dentro, mientras se acusa de insensible. Zacarías y Amparo lo hacen, al igual que Rafael y alguna que otra de las mujeres que repiten lo inesperado de la muerte de Teodoro. Toma del brazo a Amparo. ¿Cómo han podido encogerse tanto? Los abuelos que conservaba su memoria eran gigantes y se hablaban a gritos. No es una manera falsa de estar aquí, pero sí resulta espinoso lidiar con un tiempo tan lejano desde tan cerca. No hay más ceremonia. El crujido de los pasos que se arrastran sobre la tierra apenas levanta polvo.

Dejan atrás el camposanto y avanzan de nuevo hasta la plaza. Ahí donde había un abrevadero y donde sigue estando Elías, una parte del cortejo se disgrega y empiezan las despedidas. En ese momento, María quiere mirar el reloj y el móvil, quiere saber qué hora es y si tiene mensajes del director, de Vidal, de sus compañeros de reparto. Pero se contiene. ¿Cómo va sacar el teléfono? Se ve en el deber de acompañar a casa a sus abuelos, quizás para constatar que sí, que sigue habiendo un lugar en el mundo en el que ella, a su pesar, es el centro. Por más que la vida haya puesto mucha tierra por medio, una tierra que se ha calcinado, entre la niña que fue y el personaje público que es ahora, asume el compromiso y sube la cuesta haciendo las mismas pausas que precisan sus abuelos para remontar hasta lo alto del pueblo.

En casa le invitan a sentarse. Una vecina ha traído vino rancio y torta. Le piden que coma, y a pesar de un titubeo inicial, sabe leer en ese gesto una súplica. Acude al encuentro del sabor de entonces, la masa recia y ablandada y el azúcar ligeramente tostado. La memoria se inunda de ese resabio y, como quien comprende la ecuación más sencilla *a posteriori*, vislumbra a Amparo acudiendo presta con lo poco que tenía a la tienda de Encarna a por este capricho que tanto le gustaba a su nieta, y que nadie más en aquella casa probaba. Solo para ella, proclamaba, para ella reservaba este lujo, y a veces lo hacía incluso a escondidas («que no lo vea tu padre», decía, «que ese no come, traga»). No se había dado cuenta, y ahora entiende María por qué racionaba tanto la torta y la guardaba enseguida y borraba su rastro de migas sobre la mesa. «Esta torta para mi niña, y para nadie más —decía feliz Amparo, con la convicción de que la dicha está en dar a quien se ama—, y ahora la escondemos, para que te quede para mañana. Esto es para mi niña.» Para mi niña, para mi niña. Mientras la niña nota el regusto del dulce pasado por agua en la boca, por encima de la perspectiva de los años, oye una pregunta de su abuela que suena a aseveración:

—¿No has tenido hijos?

Rafael y Lorenza danzan por la casa. Ellos saben dónde está todo. Zacarías se sienta, bebe vino y también se acerca un pedazo de torta con la mano.

—No, abuela, no tuve...

María se empeña en hablar en pasado. Como si ya no pudiera tenerlos. No dice más, recibe en su cuerpo la mirada de la abuela, el peso esponjoso del cariño que mengua forzado, la gravedad de la comprensión intuitiva de quien sufrió, sufre y seguirá sufriendo.

Rafael rellena el vaso a Zacarías. El hombre respira con desgana.

—Ya no lo tenemos. —Así nombra a su hijo, y Rafael le pasa la mano por el hombro como quien no sabe qué decir, sustituyendo un gesto por las palabras que ahora mismo no encuentra.

—¿Quién nos va a cuidar ahora? —pregunta al vacío Amparo, la mirada perdida—. Cuando era pequeño, le decía que estaba hecho para cuidar a los niños, y el pobre acabó cuidándonos a nosotros... ¿Por qué Dios no se me ha llevado a mí, por qué...?

Sobre el hule gastado la luz de la bombilla esparce

una ocre gavilla de ausencia, a expensas de la liturgia sin piedad de las plegarias, a las que sin remedio deberán abrazarse esos dos padres en cuanto el duelo sea la única compañía que quede.

—No tardaremos en irnos —afirma Rafael, con el temor de quien lleva tiempo queriendo decirlo.

—Andar, andar, si os tenéis que ir... —dice Zacarías, la resignación como estado de ánimo.

—Mira —dice Amparo—, ahí estás —y señala con la cabeza el mueble en cuyas estanterías aparecen sus fotos—, ahí te tenemos... ¿Lo ves?, ¿lo ves? —atina a decir como si pretendiera retrasar la partida, o tal vez aclarar que no se han olvidado de ella, que ha estado presente todos y cada uno de los días.

María no ha querido mirar esas escenas de su vida lejos de aquí, sin embargo ahora no puede escaquearse. A ellas dirige la vista, pero en lugar de evocarlas, rescata los momentos en los que, sin tener ni idea de lo importantes que serían para ellos, las introdujo en los sobres. Cuando revelaban un carrete, Teodoro siempre reservaba alguna para el pueblo. Cuando en el colegio vendían fotos de las excursiones, siempre advertía «dile a la señorita que tú quieres dos, dos, que una se la daremos a los abuelos». Tal vez antes había elegido no verlas por si le recordaban a dónde pertenecía. Quién sabe. Se ha pasado media vida buscando asirse a algo perdurable —un padre, una relación, una amistad, una profesión—, y todo lo que ha encontrado ha sido perecedero, de ahí su escasa costumbre a los afectos fieles y ciertos.

Ahora están aquí, la niña de las fotos y la persona en la que se ha convertido, y no se atreve a seguir avistando el mueble tal vez por miedo a no reconocerse, a constatar lo lejos que ha quedado el tiempo de la inocencia y de las ilusiones, la mirada tan limpia de los inicios: los inicios de la guitarra, los de la relación con Vidal, la primera vez que fue a esquiar, las edades de la plenitud manchadas de polvo. Desde que ha llegado al pueblo no se ha quitado la chaqueta. El mismo frío con el que salió de Barcelona no se le ha ido en ningún momento. Necesita fumar.

—Tenemos que irnos. Son más de las dos... —insiste Rafael.

—Venga, venga, no hagáis tarde —dice Amparo.

—No se levante, abuela —habla María.

—Considera —replica la abuela—, cómo no me voy a levantar.

Todos están en pie ante las prisas y el vértigo del adiós. El invisible hilo que une el pasado y el presente está lidiando con la irreversibilidad del tiempo. Y María Broto, de pronto, imitando aquel aspaviento de José Ángel que le permitió comer y viajar en autobús hasta Barcelona treinta años atrás, hurga en el bolso, agarra el monedero, lo abre y extiende sobre el hule todo lo que encuentra en él: billetes doblados, monedas que ruedan. Doscientos y pico euros...

Zacarías y Amparo se mantienen mudos, y así la ven, desvalida, como si fuera ese sueño quebradizo que en menos de nada se romperá.

—Volveré pronto, volveré pronto a verles —balbucea entre sollozos y lágrimas—. Les enviaré más, se lo juro... —Y entonces sí, entonces, sin que se la llegue a entender por culpa del estremecimiento, no puede contenerse y abrazando torpemente a los dos, añade—: Perdón, perdón, lo siento, de verdad que lo siento... —Como si el perdón fuera otro juguete, el juguete que entretiene a los mayores cuando entienden que por muchos años que cumplan jamás podrán caminar solos.

Segunda parte

La vuelta

Una jaula fue en busca de un pájaro.

Franz Kafka

Son tres libras de amor
un rial de espera
una jornada
amigo
en que clavar la cruz
de tanto abrazo
con su casi amargura
de la paga
camiseta sudada
y mil remiendos
boca a boca
la paz

la fuente hambrienta
boca a boca
la paz
la fuente
y arre

José Miguel Ullán

SingSong

Cuando era joven la luna hablaba en acertijos
y las estrellas rimaban.
Yo era un juguete nuevo a la espera de que mi
    dueño me alzara.
Cuando era joven ponía al día de rodillas.
Había árboles en los que columpiarse, y grillos
    que capturar.
Yo era estrechamente dulce, infinitamente
    cruel
con una lengua de miel y mimada con leche
y con la piel tostada por el sol y plateada
y llena de costras como si fuera un potro.
Y el mundo ya era viejo
Y yo más vieja de lo que ahora soy

Rita Dove

10

María Broto

Trayecto Valdecádiar-Barcelona, 2016

Nada más acomodarse, María repara en que trae las suelas de los zapatos embarradas. Le molesta arrastrar suciedad y, por un segundo, valora sacudir las fundas y el calzado, pero no hay tiempo que perder.

—Cuando paremos en una gasolinera recuérdame que te limpie esto —dice.

—Tranquila, mujer, qué más da, ya lo haré yo mañana, que trabajo en un *parking*...

Rafael arranca. Desciende la calle del Trinquete y, una vez en la plaza, aumenta ligeramente la velocidad.

—Vaya dos perlas...

—¿Quiénes?

—Estos dos eran el terror del pueblo cuando éramos unos niños, ¿te acuerdas? —Ladeando la cabeza señala hacia las puertas del bar, donde aún está Elías, sesteando, como si suplicara al escaso sol un arañazo de brillo. A su lado tiene a Paco que, ante el ruido del motor, arruga los ojos con el fin de inspeccionar. María Broto lo reconoce por la indolencia de su postura, ese aire chulesco que por más que envejezca nunca se corregirá—. Ni siquiera han venido al entierro, tendrán valor...

—Todos cometemos errores —dice María, que aún tiene los ojos hinchados.

—Es que tú no sabes de la misa la mitad...

—Pues no, la verdad...

Una vez superado el lavadero, entran en la carretera y acelera. María Broto se ajusta el cinturón y mira por fin el móvil. Ve un mensaje de Vidal: «Me lo podías haber dicho y te hubiera acompañado». Es muy de Vidal ese comportamiento, piensa, esa manera de correr detrás de las personas cuando se hace tarde.

—Creo que si nos damos prisa, llegamos —dice Rafael, sospechando que María está preocupada por eso.

—Así lo espero. En verdad te dije que tengo que estar a las siete, pero si llegamos a las siete y media tampoco pasa nada...

—Ah, claro, ya decía yo, para qué tanta prisa... Si el papel ya te lo sabes... Te pones el vestido, te maquillas y ya está, ¿no?

—Me lo sé, pero después de todo esto, ahora mismo necesito aterrizar, aún no estamos rodados, el estreno ha ido bien, pero el miedo siempre está en la segunda y la tercera función, por eso nunca queremos que los dires de casting vengan esos días. —Piensa en el vestuario de Liuba, y en su manera de lidiar con el infortunio, con el paso del tiempo, con la frustración, y ese empeño en conjeturar erróneamente mundos a medida.

—¿A veces no te olvidas de lo que tienes que decir? Yo es que no me explico cómo puedes memorizar todo eso...

—Esa es mi mayor pesadilla, no acordarme del texto, a veces sueño que no encuentro la ropa, que empieza la obra y estoy en un atasco, que me olvido del personaje..., pero de momento no me ha pasado y esperemos que hoy no sea la primera vez...

Tras la ermita de Santa Ana, María tuerce la mirada hacia los campos que se extienden a su derecha. Entre ellos, por un sendero que ahora escapa a sus dominios visuales, huyó aquella vez con tres zanahorias y una promesa como única compañía. La infancia, ese estado de dichosa ignorancia, se le antoja ahora un fantasma que golpea a tientas unas puertas de cristal. Ella oye el ruido, y la ve al otro lado, pero no sabe cómo abrirlas.

Las últimas lágrimas de ayer de Liuba, antes de declamar: «Adiós mi pequeño jardín, mi juventud, mi vida, mi felicidad, adiós» son agua pasada, como lo es ya el entierro de Teodoro. Un visto y no visto. «Aquí se ahogó mi hijo. Sin el jardín de los cerezos no entiendo la vida, y si hay que venderlo que me vendan a mí con él», le repite una voz interior mientras deja que su mirada se deslice por los colores del paisaje.

Ese paisaje que ahora siente tan suyo, le trae a la memoria las clases con Augusto, aquel sabio que al hablar de la estética de sus autores favoritos les recordaba que en teatro la naturaleza era una parte de la expresión emocional. Y les repetía que en Chéjov, cuando el paisaje era hermoso, los personajes lloraban, a diferencia de Shakespeare, para quien el paisaje reflejaba las emociones del protagonista. Ah, sí, aún lo ve repitiendo que con la ira del rey Lear se desata una tormenta, y sin embargo, con las lágrimas de Liuba se evoca un jardín floreciente.

Rafael conduce con precaución y la deja a solas con sus pensamientos. María reconoce que ha llevado esos años con ella y que aquellas vivencias de Valdecádiar tal vez hayan esculpido su carácter. Los alaridos de su abuelo, la alegría de la tía Gracia, la resignación de su abuela, el odio silencioso de Teodoro se habían quedado en ella, permanecían en su persona. ¿Y la predisposición a la juerga? De joven era muy temida en las fiestas. De todas sus amigas, fue pionera en liar porros y probar otras drogas. En aquellas noches ejercía de organizadora oficial en la defensa de una alegría que luego, con la soledad y el bajón del día siguiente, se transformaba en tristeza. Esa incapacidad de encontrarse, esa forma que tenía de callar antes que de decir la verdad, piensa ahora, era una actitud propia de Teodoro. Tantas veces ha evitado la verdad, tantas veces ha dado mil rodeos con tal de esquivar los problemas, de dejar que pasaran, como si fueran a evaporarse solos por arte de magia, que ahora acepta, conscientemente, que le viene de aquel padre impostado, pero a fin de cuentas compasivo. ¿Cuántas cosas se quedan de las personas con las que crecemos? Se interroga María, cuando quedan atrás porciones de campos que pasan de largo, como ciertas ocurrencias que su discernimiento toma por buenas.

—Cuando te fuiste la primera vez eras una niña, ahora eres una actriz importante. ¿Cuándo supiste que lo serías?

—En Barcelona, con las primeras lecturas. Una vez

nos llevaron con el colegio a ver *El principito* y aquello del teatro me gustó, y luego fue Montse Mundó, que me llevó a ver un *Tartufo, Fuenteovejuna, Danza de agosto, Las tres hermanas*... pero la primera vez que me sentí actriz fue con Titania, ahí me comía el mundo...

A María se le aparece el recuerdo de la representación de final de curso en el Institut. Augusto le dio el papel de Titania en *Sueño de una noche de verano*. ¡Protagonista de una comedia de Shakespeare! El profesor usaba también esa obra para contraponer la estética de Chéjov y la de Shakespeare, para quien la voluntad del cosmos sí iba con el sentir del personaje. Aún recuerda aquella estrofa: «La luna nos mira con ojos de llanto, y lloran las flores cuando llora ella». Habían venido a ver la muestra los alumnos de la Resad de Madrid como broche del intercambio entre ambas escuelas. Aquel detalle aumentó los nervios y los murmullos previos a salir a escena. Pero todo fue bien, su interpretación, el texto y las copas de después, cuando conoció a un actor del que se hizo amigo, aquel Torrijos, al que ahora ve en tantas películas. Porque entonces María Broto era Titania en el escenario, pero también fuera de él. Titania contra Oberón, la sensualidad, los divertimentos, un juego de poderes, y en paralelo el goce de los descubrimientos de los veinte años. ¿Dónde está ahora aquella explosión de vida, de desenfreno?, ¿dónde está aquella aspirante a actriz profesional tan guerrera, y tan encantadora con los compañeros?

Desde el asiento del copiloto, María Broto observa el cauce fértil de su juventud embarrado por el tiempo, como sus zapatos, invadido de hierba, como laberínticos senderos sin tránsito. Añora tantos gozos que ningún recuerdo, por bonito que sea, bendice su noche en mitad de esta claridad. Qué altiva y rebelde era Titania, qué tonta se ha vuelto ella. Qué generoso aquel verano, qué infeliz este entierro al final del invierno.

—Tu padre ya descansa al lado de su tía Gracia... —Rafael se atreve a intervenir, importunando la memoria de María—. ¿Te das cuenta de que la llamaba tía y ni siquiera era familia?

—¿No? ¿No era una hermana de mi abuela? ¿Por eso tenía otros apellidos?

—Eran amigas, pero se hacían pasar por hermanas...

—Me voy sin entender nada.

—Ahora les viene lo más duro —a Rafael se le ve necesitado de conversación.

—No me imaginaba que vivieran así. Cuando he visto mis fotos ahí se me ha revuelto todo...

—Ni siquiera te ha preguntado si tienes novio, solo si tenías hijos... Cómo son los mayores. A mi madre la mató que no tuviera hijos. Cuando me iba a casar era la más feliz, el disgusto que le di fue tremendo.

—¿Cómo reaccionó?

—No dijo nada. Qué va a decir, yo lo sentí más por ella, que siempre me pedía un nieto..., y al final, nada. Y ahora la veo mayor, desgastada, pobre, antes siempre estaba en la carnicería, trajinando de arriba abajo, era capaz de sacrificar un cordero ella sola, y ahora, ya ves. Mientras pueda valerse por sí misma aún, pero sé que tarde o temprano me la tendré que llevar conmigo todo el año. Además, me da miedo que pase algo y no tener cerca un hospital, mira lo de tu padre, un infarto, si le pasa en Barcelona viene la ambulancia y lo evita. El alcalde lleva años reclamando una uvi móvil, y nadie le hace caso. Cada vez que me despido de mi madre me pregunto si será la última.

A María le enternece escuchar a Rafael hablando de esta manera.

—No digas eso. Aún estás a tiempo de darle un nieto, quién sabe, vosotros lo tenéis más fácil...

—Ya no me veo con un niño, es tarde para encontrar a alguien...

Quizás por el hecho de hablar de niños, María piensa en qué estará haciendo Vidal y le sobreviene la imagen de la chaqueta que ha recogido esta mañana de los pies del sofá. Está convencida de que al regresar después de la función seguirá ahí. No hay manera de corregir esa dejadez. Desde que lo conoce es así.

Ante su apatía, María se subía por las paredes. Por eso, lo primero que hizo en cuanto reafirmaron su compromiso y, tras un año en casas separadas, decidieron vivir juntos, fue pagar una asistenta. No quiso discutir más. Ahora recuerda aquella vez, ella pasaba el aspirador y él leía el periódico en el sofá. Visiblemente molesta detuvo el retumbante ruido de la maquina, le miró y le dijo: «Oye, tengo una pregunta que hacerte. ¿Tú crees que esto de limpiar es una cosa de mujeres?»; «¿qué dices?» repuso él, como si no fuera con él la pregunta. «Es que alucino —prosiguió ella, añorando los tiempos del principio, cuando nada de aquello le molestaba—. Puedes estar sentado y ver cómo lo hago y ni siquiera te inmutas, claro, al niño su mamá se lo hacía todo.» O aquella otra tarde, cuando al llegar a casa vio que seguía la lavadora por tender y ya no pudo más, y mientras se quitaba los zapatos, sentada en la cama, arremetió contra él: «¿Sabes qué me pasa contigo? Que tengo la sensación de dar, de dar, de dar y de nada más que dar...». Y ante su mutismo, siguió, aun sabiendo que se arrepentiría: «Y sabes qué te digo, que si tú querías tener una novia como tu madre, yo no lo soy. No soy tu madre... ¿Lo entiendes? No - Soy - Tu - Ma - Dre». Sí, otra vez se le había escapado esa palabra que llevó a Vidal a la cocina, donde abrió la lavadora y se puso a tender en silencio, hasta que ella apareció y él dio rienda suelta a su rabia: «No nombres a mi madre, lo que mi madre hiciera por mí a ti te tiene que traer sin cuidado, aunque a lo mejor es que te jode, porque por ti no han hecho nada, claro, debe ser eso, ese trauma que tienes ahí, si hubieras tenido una madre no serías así, pero en fin... Estás como una cabra, qué le vamos a hacer. Me imagino, y eso que no soy psicólogo, que a ti lo que te pasa es que buscas a un padre, y como no lo has tenido o te abandonó, vete a saber, pues claro, el trauma está ahí... —Y seguía, pinzas en una mano y ropa en la otra—. No eres la única, eh, no te creas, hay un montón de tías como tú, con el rollo ese del padre..., menuda loca...», ¿Por qué he vuelto con él? ¿Porque me da pena verlo solo, sin padres y sin hablarse con el hermano?, pensó María, ya en la calle, fumando después de haberse ido dando un portazo, en mitad de la calle Provenza. Bastaba una simple alusión a su madre para que se desencadenara el terremoto.

La madre. María creía que su vida había vuelto a empezar cuando descubrió la carta de su madre. Entonces decidió que Valdecádiar era un tiempo enterrado. Pero ahora, ese mundo había vuelto a aparecer. Y se iba de allí rumbo al escenario del teatro, tal vez el único hogar que siente suyo, por eso quiere saber quiénes eran en verdad aquellos abuelos, quiénes fueron antes incluso de que nacieran ella y Teodoro. Mientras se aleja de Valdecádiar siente la necesidad de acercarse a los orígenes a los que con tanto empeño dio la espalda a los quince años.

—No había mucha gente en el entierro...

—Viene de lejos —dice Rafael—. Siempre ha sido así...

—¿Por qué?

—Pensaba que lo sabrías, que tu padre te había contado algo.

—A mí nunca me dijo nada, lo único que hizo fue esconderme cosas... —Se le nota irritada, incómoda de hablar así.

—¿Y qué querías que hiciera? Lo hizo por ti, no me jodas, con lo que te quería. Un santo... Lo que hizo tu padre...

—Pues le salió mal.

—Bueno, yo creo que no tan mal. Mira hasta dónde has llegado...

—¿Adónde he llegado? A que me llamen loca en casa, a que me digan que arrastro un trauma...

—No sería tan malo tu padre, digo yo, porque también podría haberte dejado allí, ¿o no?

—¿Allí, dónde?

—Pues allí, donde naciste. Él cumplió su promesa. Y nada es mejor que vivir con la conciencia tranquila. En aquella carta lo explicaba muy bien... Siempre me decía que te perdonaba y te perdonaría todo, que Pablo le enseñó que cuando no se perdona, el rencor acaba haciendo luego más daño a uno.

—Oh, sí, el perdón es muy cómodo... Bendice al que lo da y al que lo recibe, la teoría es tan fácil... Empieza, venga..., por el principio —dice María mientras enciende otro cigarro y siente que se evapora la guerra entre el alivio por irse y la prisa por llegar que la atenazaba hace unos minutos.

11
Zacarías Broto

Valdecádiar, 1955

Valdecádiar era un arrabal entre valles, un milagro acontecido por la gracia de Dios en los bajos de dos pedregosas cañadas, fruto de un desfiladero abierto a la fuerza, como si un hachazo hubiera partido ese macizo que llamaban de San Cristóbal; un pueblo recóndito y fértil en cuyo centro confluían dos ríos caudalosos. Los valles reverdecían gracias a esa agua y el monte brillaba en cada una de sus armónicas estaciones. La escarpada cima que se levantaba a su izquierda, conocida como la Retuerta, lucía sus faldas alfombradas de romero, bardas y arenilla. Al torcer la vista a la derecha se veía el perfil elevado de la loma de San Jorge, donde aguantaba en pie un torreón desahuciado y, algo más allá, los restos de una ermita marchita, prácticamente deshecha, nada, una ruina, trece piedras mal sostenidas que en días de cierzo parecían temblar. El lavadero que resistía en el camino de los huertos solía estar muy concurrido. La abundante agua de los ríos daba de beber a niños y animales. En el pueblo había médico, cura, maestro y horno para hacer pan. Y se preparaban procesiones en las fiestas de San Pedro Mártir, y romerías hasta el pueblo vecino para la Virgen de la Aliaga. Desde primera hora cantaban los gallos en los corrales y arrullaban tórtolas perdidas en árboles. Aquí y allá se oía el canturreo de bandadas de gorriones, y también furiosos rebuznos de mulos hambrientos, ladridos de perros pastores y también el paso alborotado de los rebaños de reses, desde el más numeroso, el que tenía Guillermo, al más escaso del hijo del difunto tamborilero.

La de Zacarías nunca fue una familia bien vista. A él no le gustaba trabajar. Su padre, en cambio, siendo como era muy pobre, era respetado y se le tenía por persona honrada. Como buen chatarrero, arreglaba cachivaches, trillos, arados, azadas. También hacía escobas para barrer las eras. Eran escobas de mijo. Se había casado con una mujer llamada Patrocinio y tuvieron dos hijos: Crescencio y Zacarías. Crescencio era malo de naturaleza. Tenía mucha picardía y mentía más que hablaba. Zacarías era de otra pasta, pero se empeñaba en imitar al hermano. Vagos, golfos, zánganos. Se llevaban dos años. Mientras vivieron sus padres aún hicieron algo más que sobrevivir del pillaje. Cuando alguien del pueblo los denunciaba ante el secretario de la Hermandad de los labradores y ganaderos, armaban la de Dios es Cristo negando cualquier implicación en el hurto, y sabiendo que al final los salvaría un tío segundo por parte de madre que tenían en el ejército, un militar que venía al pueblo y se reunía con el alcalde y el secretario y el juez y quien hiciera falta y aquí paz y después miseria.

Tenía veinte años Crescencio y dieciocho Zacarías

cuando se fueron a trabajar a las minas de Ariño. No eran los únicos jóvenes que probaban esa suerte. La mayoría aguantaba poco tiempo y luego regresaban a casa a labrar el campo y a sacar los ganados, pues en los pueblos, ya se sabe, quien más quien menos tiene donde caerse muerto. Ellos no, el padre no tenía más que penas y chatarra. El caso es que estuvieron tres meses en las minas de carbón extrayendo lignitos y tosiendo polvo, hasta que, no por cansancio, sino por convencimiento, pidieron la paga y se marcharon. Siguiendo el consejo de uno de la mina que había hecho lo propio, Zacarías y Crescencio fueron a pulirse el jornal a donde tenían previsto. Como la alimaña que sabe donde acude la presa carente de custodia, fueron a parar a la calle Robador de Barcelona en busca de dos cuerpos donde desfogar la fuerza animal de la juventud. Crescencio localizó el antro, subieron las escaleras y les recibió la señora que esperaban. Se ve que les propuso un benjamín de Codorniu, pero dijeron que no, que querían ir a lo que habían venido y que tenían dinero de sobra y que las esperas no iban con ellos. Se agenciaron a las dos fulanas que estaban libres en ese momento. Y así, cada cual en su cuarto hizo lo que tenía previsto.

—¿Cómo me has dicho que te llamabas? —preguntó Zacarías, aliviado.

—Amparo —dijo la joven, aún cohibida.

—Pues vamos a ver, tú...

—Qué...

—¿Cuánto ganas al cabo de un día?

—Pues no sé, depende, ayer trescientas pesetas.

Sofocando un eructo, Zacarías se ajustó la cremallera y acabó de abrocharse el botón. Se llevó la mano al bolsillo y contó seiscientas pesetas.

—Toma.

—¿Qué significa esto? —preguntó la chica, asombrada.

—Significa que esto es lo que te espera si te vienes conmigo. Mi hermano y yo tenemos muchas tierras en el pueblo. Somos ricos. Pero no tenemos mujer, no te voy a engañar. Es lo único que nos queda, casarnos bien. No te faltará de nada. Tendrás sirvienta, comida a espuertas, tiempo libre y una familia, ¿qué más quieres?

—No te conozco, no sé ni cómo te llamas. ¿Pero qué estás diciendo?

—Me has gustado mucho, eres la moza más grande que ha parido madre, no hay más que verte. —Hablaba como un sacamuelas, alegre y lenguaraz, la sucia sonrisa a la vista—. Confía en mí, serás feliz. Te juro que serás una señora. Vivirás muy bien. Mucho mejor que aquí.

—¿Dónde está ese pueblo?

—Nada, aquí cerca, dos o tres horas...

—¿Y qué tipo de campos dices que tenéis?

—Trigo, cebada, centeno y animales, el dinero nos entra por castigo, allí: jauja, ya te lo he dicho. ¿Quieres más? Mira. —Volvió a llevarse la mano al bolsillo y aún contó Zacarías doscientas pesetas. Los billetes cayeron dibujando una parábola que terminó amortiguada sobre el colchón junto a una suave promesa de dicha.

—Jauja... —añadió ella a modo de susurro—, jauja... —barriendo con la mano los billetes.

Y así, con la lengua muy suelta para proferir juramentos de porvenir, engatusaron a aquellas dos niñas. Llegaron a un buen acuerdo con el chulo y salieron a celebrarlo. Se quedaron en Barcelona un par de días, o igual serían tres, hasta que una mañana, cuando el dinero de la mina amenazaba con fundirse, Crescencio y Zacarías fueron con ellas al apeadero de autobuses de la plaza Universidad y compraron los billetes. Después de cinco horas de trayecto llegaron a Zaragoza. Ahí aún reían los cuatro y tuvieron tiempo de tomarse una horchata frente a la puerta del Carmen y el convento de las Carmelitas. Hubo que cambiar de estación. Allí subieron a otro coche de línea e hicieron tres horas más de camino. Cuando aparecieron por el empalme de Maicas y bajaron del autobús, las muchachas, echando un vistazo al vacío que las rodeaba, preguntaron con la nariz arrugada:

—¿Es aquí?

—No, es por allí —respondieron los hombres, señalando el abismo.

La ingenuidad que desprendían sus rostros era la misma que impedía a sus pensamientos entender de buenas a primeras que aún había que caminar siete kilómetros para llegar a Valdecádiar, pues en esa época no llegaba el coche de línea. Tanto empezó a reírse Crescencio que incluso olvidaron cargar con los bultos de las dos zagalas.

—Venga, tira palante, cordera —insistía en carcajearse el uno, ya en la carretera, unos pasos más atrás que ellas, feliz de tratarlas como mulas.

—Ya ha cazado la perrica, ya..., jajaja —se mofaba el otro.

Acosada por una realidad que contaba poco con ella, Amparo entendía que aquello no era jauja. Maldita la hora en que oyó la expresión empleada por Zacarías después del polvo en el cuarto del *meublé*. Quién pudiera deshacer el camino y estar sentada en aquel colchón para decir no, no quiero este dinero, no quiero nada, vete por donde has venido, botarate. Había bastado el viaje para darse cuenta de que en todas aquellas promesas había gato encerrado, pero qué podía hacer ahora, si ni siquiera sabía dónde estaba. Tenía diecinueve años y áun poca experiencia de la vida, pero un aluvión de recelos le comprimía la memoria. Empezó a entender menos cuando rebrotó la certeza de la noche anterior. ¿Qué había pasado? Las imágenes reaparecían en cuentagotas, como si se esclarecieran con la tímida luz que empezaba a arañar el fino cristal de la ventana del fondo y a despertar su conciencia.

—Madre mía, qué asco... —Y no se supo si lo dijo por las manchas que aún desde lejos se distinguían en el vidrio o por algún recuerdo del día anterior.

Sí, amanecía y con la claridad llegó la constatación de un hecho relevante e irremediable. El hombre que roncaba a su lado no había sido el último que se había acostado sobre ella. Por instinto frotó el dorso de la mano contra la boca, como si quisiera borrar un ingrávido remanente de baba. Porque aún podía notar el resuello de vino agrio que flotaba en el aire y que apelmazaba el ambiente opresivo sobre aquel catre, herencia de Crescencio, que la penetró (ah, qué bien lo recuerda ahora) ante las risas de Zacarías. Y con su amiga acostada al otro lado de la sábana que hacía las veces de tabique, a buen seguro dolorida por los golpes, no sabe si ajena a todo o a nada.

Cuando a regañadientes se agachó para recoger una piltrafa de lana que echarse por los hombros y volvió a recuperar la postura, sintió un débil mareo. Gracia había venido a verla, a resguardarse de la soledad y del frío. Como sobraba leña en la hoguera avivaron el fuego. Era ya tarde cuando ellos aparecieron tambaleantes, ebrios. Sí, desempolva el recuerdo como quien escupe una flema. Y traían ganas de sexo y de gresca dando voces a diestro y siniestro y mirando a las cosas sin mirarlas del todo. Enseguida hubo gritos y varios sopapos que aderezaron la previa con las carcajadas. Luego los ofrecimientos.

—Jódetela, jódetela... —oyó entre alaridos. La bebida alteraba a su Zacarías hasta tales puntos.

Y todo fue rodado: Crescencio, impetuoso, apartó de un empujón a Gracia y luego la agarró a ella, tan grácil, y la forzó a ocupar la cama, levantándole el camisón, herencia del ajuar de la que hubiera sido su difunta suegra (la P de Patrocinio bordada en cursiva a la altura de los pechos), y se abrió paso a la fuerza, entre berridos, como quien busca el deleite para satisfacer a otro, o por solventar la urgencia de una apuesta.

No había ahora nadie más tras la sábana. Amparo levantó la vista para ver en una esquina, entre los maderos atravesados en el techo, las telarañas y la mugre. Quién tuviera leche para hervirla siete veces y calentarse, preguntó al vacío como de costumbre, mientras evitaba deducir cómo había llegado a su estado actual, pues no quería recordar el final ni cómo llegó a quedarse dormida.

Se acercaba el invierno, marcado por el azote del viento y también, dada la disposición de la casa, por elevados grados de humedad, en esas sombras heladoras del interior. Simuló indiferencia cuando horas más tarde se lanzó a la calle en busca de compasión y distinguió en el rostro de Gracia restos de mocos secos, reliquias que solían dejar las corrientes. De nuevo las dos en un mismo enredo, «quién nos mandaría hacer caso», se preguntaban. No dijeron ni una palabra de lo que había ocurrido la noche anterior. Se acompañaron mutuamente al lavadero como quien se acompaña en el sentimiento, mientras ellos dormían la mona para luego salir a cazar lo que pudieran y preguntándose una vez más dónde estaba la abundancia, dónde la seguridad. La vida en Valdecádiar sería una continua transición de los deseos ocultos del corazón a las certidumbres inmutables del mundo real. Allí no había nada que comer, nada que acercar a la chimenea. Había que esperar a la clemencia y que alguien que saliera del horno acercara medio kilo de pan. Tampoco había señoras de distinguida letra picuda como en Barcelona, ni caballeros de perfumada caligrafía como los que se sentaban en la terraza del Cosmos a escribir postales a sus parientas. Dónde quedaba ahora la capital, cómo revivir aquella época sonriente de vida tan difícil, pero al mismo tiempo tan manejable. Pese a todo, esas preguntas que al principio les ocupaban todo el día, regresaban ya con menor intensidad. Dolían menos, aunque se trataba de un dolor duradero.

En Valdecádiar todo el mundo sabía que Sempronio, el primer hijo que criaron Zacarías y Amparo, era de Crescencio.

Nada cambió con la llegada del bebé. Retorcido por condena, Zacarías siguió erre que erre, como si no tuviera más remedio. Pocos meses después de que naciera Sempronio, el día de San Antón, cuando la hoguera ya se había consumido en la plaza, apareció Zacarías por el bar con ganas de seguir la juerga y apurar los postreros estertores que disponía la noche. Enseguida notó el bolsillo hueco, nada había que rascar que no fuera borra, y alzó la vista, como quien suplica una limosna. Qué bien sabía Elías leer esa mirada. Y cuánto le gustaba verla cuando se quedaban solo cuatro o cinco hombres de su confianza, porque esa expresión, ese vacilante gesto de cabeza, prometía jarana. Paco, que leía las jugadas maestras, desde un lado de la barra se echó a reír y ordenó:

—Ponle otro vino a Zacarías, que es San Antón y no quiero que pase frío...

Zacarías mostró una amplia sonrisa. Elías obedeció a su compinche, acarreando consigo el hilo de humo de la faria que solía llevar pegada a los labios. Ni rastro de perplejidad en las miradas vecinas, como si anticiparan lo que iba a acontecer a continuación. De un trago vació el primer vaso y cuando Elías le rellenó el segundo, Zacarías aprovechó para agarrarle del brazo. Dos segundos tiritó la botella en el aire, antes de volver a apuntar al cuenco vacío. Volcó Zacarías la segunda copa sobre su boca y se aseguró de que se la rellenaran por tercera vez.

Cuando bebía con ellos sin pagar, alumbrado por

la euforia del alcohol, Zacarías se sentía uno más en la cuadrilla y dichoso por tener amistades que le agasajaran. Atribuía las faltas de respeto, los atrevimientos que tenían con él y los insultos jocosos, a la camaradería, esa confianza difícil de mesurar y en verdad fluctuante. Porque al fin y al cabo esos eran los mismos a los que luego temía encontrarse en el camino de los huertos, o a los que les robaba lo que podía, y ellos eran los mismos que le negaban avergonzados el saludo si lo encontraban hecho un adefesio por las calles al salir de misa o al ir con la mujer a la tienda. Y ahora reían con él las gracias, necesidades mutuas de borrachos que necesitan el aplauso de la compañía. No faltaba mucho para que empezara a invitar a todo quisqui a ir a su casa.

—Vas fuerte, Zacarías —gritó Zurdeta mientras reía.

—Cállate, cantamañanas —le increpó tras pasarse el antebrazo por la boca.

Entonces vieron que no se tenía en pie.

—El único cantamañanas que se conoce en el pueblo eres tú, chorizo y putero... —dijo el otro desde su feliz postura, los brazos sobre el respaldo de la silla—, que esas dos lumis que os trajisteis ya sabemos en qué escuela estudiaron...

—En el barrio chino de Barcelona —decía otro sin poder contener la risa.

—A ver si os voy a partir la cara, cabrones...

Tal vez con intención de ir a por alguno de ellos, Zacarías dio cuatro pasos al frente pero enseguida se vio obligado a frenar. Se recostó contra la pared, antes de dejarse caer babeando, como si la inercia de los otros le dijera toma asiento bandarra que vas a ver lo que es bueno. Las piernas fofas, abiertas, y las albarcas tan llenas de barro. No faltaron las consiguientes mofas, murmullos que celebraban con entusiasmo lo que podría ser otra rendición. Todas las miradas convergieron en los ojos de Zacarías que, como dos débiles membranas de cartón, empezaban a cerrarse. Entonces se le acercó Paco, con su natural chulería; lentamente se plantó delante de él, se bajó la cremallera, se sacó la chorra y se le meó encima riendo como un bárbaro. No era la primera vez, por eso los aplausos del resto no eran por sorpresa sino por aceptación. Cuando un rato después aún duraba el regocijo y pudo ponerse en pie, Zacarías requirió más vino. Y no se sabe si no quiso darse cuenta, o si prefirió obviar la evidencia para que no hurgasen en la deshonra, pero lo cierto es que desatendió por completo la humedad visible de su ropa y nadie osó hacer ningún comentario al respecto. Es probable que le atemorizara emitir alguna queja. Y como si aún les debiera algo, empezó a articular la ronda de invitaciones. Esa noche le acompañaron a casa Paco y Elías, que tantas veces se beneficiaron esos años a Amparo, ante el obsceno beneplácito de Zacarías, que la ofrecía a mansalva como un trofeo en desuso con el que sufragar el vino al que su bolsillo no llegaba.

El segundo hijo fue hembra y se llamó Conchita, el tercero varón, Lolo, que llegó antes de Milagros. Todos se acostumbraron a ver llorar a su madre cada vez que se quedaba embarazada, pues era lo primero que hacía. Luego, asediada por la culpa y los mandatos redentores, se arrepentía. Pero no podía evitarlo. Otra boca más que alimentar, al menos que sea niña, pensaba en cuanto notaba el retraso, pero no siempre tenía esa suerte. Había parido ya seis, de los que vivían cuatro, Sempronio, Conchita, Milagros y Lolo. Y a ver qué vendría ahora, rumiaba en silencio, los cachetes rosados y húmedos, la bata por encima, sin abrochar, si estamos en octubre vendrá para julio, calor y agonía. A ver qué dice el médico. Otra vez un embarazo, otra vez un parto, otra vez el esfuerzo para ella sola. No quería, claro que no quería, pero venía así, así lo quería Dios, y lo que no era Dios.

Cuando escuchaba hablar de mujeres como Delfina, que no podían tener hijos y tuvieron que acudir a la capital a suplicar y pagar a los curas para que le consiguieran uno, como pasó con Santiago, se le dibujaba en el rostro una mueca de incomprensión. Con qué agrado ella le hubiera dado a Lolo o a Sempronio, pero de ellos en el pueblo no querían ni eso.

Cuesta abajo por la calle del Trinquete caminaba ausente con el pálido cielo como único punto de fuga. Acostumbrada al saludo negado de muchas, no solía girar la cabeza para ver quién había en los corros que se formaban en las esquinas. Las sillas bajas con mujeres sentadas haciendo punto, limpiando garbanzos y cuchicheando a ratos sobre esta y aquella.

El médico le recetó el mismo jarabe de hoja de fresno que la última vez, le habló del peligro de las pulmonías y le sugirió que pidiera miel. Los dos últimos hijos que había parido habían muerto, como tantos otros niños en Valdecádiar, por ser prematuros, sin disposición por la vida más allá de la primera semana. Teodoro, pese a nacer con siete meses y pesando poco más de un kilo, sobrevivió contra pronóstico e incluso en su primer año resistió la meningitis. Cuando su padre lo sujetó en sus brazos con la vida pendiente de un hilo y jadeando como una bestia —el pecho como una caja de resonancia—, salió aturdido en busca de auxilio y de recursos.

Según el médico, lo único que podía salvar al pequeño era penicilina de manera inmediata, pero había que ir a por ella a Horcajada del Palancar, a quince kilómetros. Alguien debía prestarle burro y remolque. Pero Zacarías no era de pedir, así que contra las advertencias del médico y ante la pasividad de Amparo y los callados gritos de los otros que se quejaban hacinados en el mismo colchón de cutí entre el suelo y la pared, se entregó a la noche con lo puesto a pesar del mal tiempo que asomaba. Más allá de Santa Quiteria ya no había rastro de luz y los cerros no eran más que sombras. Otro paisaje y el mismo dolor. La incertidumbre era un sótano ancho como el silencio y crecía de los despojos de su propio temperamento chanchullero y avispado. ¿Merecía tanta condena?, ¿era castigo divino? Temblando como hace un papel en el fuego, atravesaba el frío para llegar como fuera a mañana. Y cuando llegó al pueblo con el alba ya había corrido la voz de que Zacarías, el vago que nunca pega un palo al agua, había pasado la noche a pie por salvar a su hijo, que no se sabe si por lo que sufrió o por ser el último, fue al que más quisieron sus padres, y el único de la familia que, cuando llegó el momento, admitió el maestro en la escuela.

Correteaban Lolo y Teodoro por la casa: dos renacuajos pálidos y raquíticos, la barbilla embadurnada de saliva, las legañas estorbando la visión mientras, alrededor, ahora agachada, ahora resoplando, con furiosa convicción, su madre buscaba con qué abrigarlos. Conchita aún estaba sobre el catre, le ardía la frente, sería fiebre. Sempronio habría salido a cazar con el padre. Había un puñado de zarrios desperdigados por el suelo pero predominaban ramas de leña y aliagas con las que luego prendían el fuego.

Daba cosa verlos descalzos aquel invierno. Afuera caían leves briznas de granizo, y dentro, el frío y la humedad se habían adueñado de la casa. Era mejor dar vueltas, no estar quieta, mientras iba de una idea a otra: que si dónde habrá más mantas, que si a quién le pido yo ahora. Bien pronto se habituaron los zagales a los ropajes de otras tallas, a abrigarse con chambergos heredados y a la ausencia de calzado y de comida. Zarrapastrosos niños con las rodillas magulladas y roña en los tobillos se arrebataban latas con las que jugaban o fingían hacerlo como buenos hermanos que también para llorar a veces se ponían de acuerdo. Eran de poca estatura y cuando la madre los cogía en brazos notaba en el tacto unas costillas tan marcadas que podían contarse. Y si estornudaban, o los mocos les llegaban al ombligo, qué se le iba a hacer. No era alegría lo que se leía en el rostro de Amparo, pero tampoco impasibilidad. Parir había sido una particularidad más de las que ofrecía el destino, ni una suerte ni una traba. De tarde en tarde venía Gracia a echar una mano. Si era junto a ella, Amparo se atrevía a salir de casa. Era su principal apoyo. Cuando se quejaba por algo, siempre le decía lo mismo:

—Anda, calla y no te quejes, que ¡el pasado no tiene tiempo!

Si Gracia le confiaba algún rumor, si le pedía algo o, simplemente, si se aferraba a sus manos para no caerse por el topetón de camino al lavadero, Amparo se sentía útil y todo aquello había merecido la pena. No estaban tan mal allí, pensaban con la aceptación y el conformismo de quien no puede aspirar a otra cosa. El tiempo iba pasando y Valdecádiar era un refugio desde el que salir adelante y cuando se imaginaban cómo sería la vida a largo plazo, callaban, como si supieran que ya no irían a ningún lado y que no volverían a separarse. Desde que llegaron, Gracia se hizo más a la vida de Valdecádiar. Nueve años después se movía como pez en el agua, conocía chismorreos de estos y aquellos y sabía mariposear de casa en casa pidiendo limosna sin llegar a pedir. Cada vez que Crescencio le marcaba la cara, no trataba de disimular la herida, al contrario, se personaba aquí y allí, dejando que la pena diera sus frutos. La plaza de la iglesia se llenaba de gente que venía a comprar a la tienda de Lorenza y siempre alguna espontánea se apiadaba y hacía la buena labor del día regalando sin que nadie la viera huevos o harina e incluso hígados o sesos. También a veces caía alguna pieza de cobre inservible con la que acudir a la plaza de abajo cuando venía a vender el de Obón y emplearlo como moneda de cambio. Era época de canje y había quien se arrastraba hasta el tendero cargado de metales y artilugios inútiles.

A veces Zacarías acudía al anochecer al terraplén donde se tiraban las basuras, siempre muy escasas, pues lo que sobraba en las viviendas de aquel pueblo se lo repartían los animales en los corrales. Pero de ciento en viento rapiñaba arrendajos que servían: grasientos cartones, restos de cortezas de jabones o cáscaras de frutos o madejas que al día siguiente, con el sol, extendía en el corral. Sabía que algún buitre acudiría a la llamada de la carroña, ese olor a podredumbre. Y así era, bien pronto revoloteaba paciente el alimoche, dando pausadas vueltas, como quien se prepara para asaltar el reino de su presa, al tiempo que Zacarías, en silencio, contra la pared, aguardaba el momento. En cuanto el buitre rebuscaba entre la grasa de vertedero, confiado en llevarse un manjar, lo vapuleaba a palazos hasta rematarlo para luego meterlo a la cazuela. La primera vez que Amparo probó el nervio de un buitre creyó que iba a vomitar, pero a la tercera le pareció un buen sustento porque era preferible comer que pensar en lo que se comía. «Alá come come quiá», se mofaba Zacarías royendo un hueso que al cabo masticaría, mostrando los dientes bañados de sangre y residuos de mondongo. «Ya como, ya como, qué remedio, cabrón», le espetaba ella, y a veces los dos acababan riendo. En momentos así lo miraba con condescendencia e incluso con una pizca de alegría, como si estuviera convencida de que en el fondo era un buen hombre y que el engaño que inventó para traerla hasta aquí había sido por necesidad, una triquiñuela para salvarse. Aquel hombre de bigotes largos y ojos achinados y mentón fuerte insistía siempre en protegerla. Si traía comida le ofrecía a ella antes que a nadie, si tenía que cederle ropa para combatir su frío era el primero en quedarse en mangas de camisa. No estaba acostumbrada a atenciones, y aunque aquellos detalles distaran mucho de ser una galantería, a menudo servían para reposar el carácter y dar por buena la resignación. Con los hijos, Zacarías se mostraba distante, esquivo, impaciente por verlos crecer, como quien espera una ayuda más que una satisfacción.

Las noches en que Zacarías se iba de casa con el ánimo veleta, Amparo sabía que podía pasar cualquier cosa. A la mañana siguiente no podía evitar mirarlo con pena, ahí estaba Zacarías danzando, los pantalones roídos y las albarcas maltrechas, calcetines agujereados y un chaleco de piel de cordero robado, el morral y el garrote, listo para ir a soltar el rebaño de cabras que mal que bien le apañaba.

Por aquel entonces, con algo que le dio Crescencio de la chatarra que había dejado su padre, Zacarías logró hacerse con un pequeño rebaño de cabras. Se reconocía su presencia por los esquilones, que se oían desde cualquier parte y que despertaban en la gente comentarios «hoy ha soltado el Zacarías... Qué raro», «Hoy sí, mañana no, pasado ya veremos... Este es un vago de campeonato».

Sempronio, Conchita, Milagros y Lolo no fueron a la escuela, por lo que Zacarías tuvo a los zagales a su disposición en sus salidas de pastor o en las que realizaba para arramplar y mercar. Las niñas se quedaban en casa, trajinando desde mucho antes de que tuvieran uso de razón. Sin embargo, con Teodoro fue distinto. Cuando supo que don Tomás lo había admitido en la escuela y que el zagal iba de buena gana, no lo forzó a salir sino que hasta se mostró complaciente con la idea.

Entre el hijo pequeño y la madre hubo complicidad inmediata. Quizás, y eso lo asegurarían después las malas lenguas, el hecho de que fuera clavado al Zacarías aseguraba a Amparo que era suyo de veras. El caso es que lo protegía más que a ninguno y se esforzaba incluso en asearlo. Le hubiera gustado tener a mano un espejo para que el chaval se viera cuando lo peinaba. Nunca le había importado esa carencia hasta entonces. Con él a su lado, Amparo tenía esperanza, y hasta se sorprendía de verse mimándole mucho más de lo que había hecho con las niñas. Aun cuando sabía que estaba exhausta, Amparo se negaba a verse derrotada. Tantos años después de haber llegado al pueblo, sentía que por fin tenía algo a lo que asirse. Antes, cuando era un bebé esmirriado, en el momento en que un tropel de tordos sobrevolaba el cielo, el crío lo señalaba embobado y se le ensanchaba la boca como si los picotazos con los que horadaban el aire estuvieran dedicados a hacerle reír. Y ese gesto bastaba para diluirle la razón. Ahora, cuando Teodoro iba camino de los siete años, lo miraba trajinar de aquí para allá, anunciando a los cuatro vientos su convicción de ser cura —¡qué gracia le hacía verlo oficiar misa en casa, con dos vasos y hostias inventadas de papel!— y su empeño en ir al colegio y enseñarle a ella y a las niñas el abecedario y hasta las reglas de ortografía.

Las escuelas estaban en la calle del Trinquete y en la clase había dieciséis niños entre los cinco y los catorce años, que era cuando los que valían se iban a estudiar la formación profesional, o el bachillerato en algunos casos, a la capital. El maestro comprobaba los hábitos de higiene de los chavales y al que veía con roña le daba, por gracia divina, una soberana somanta de palos, y de propina catorce reglazos en los dedos de cada mano, pero jamás se atrevió a poner una mano encima a Teodoro. No solo explicaba lecciones, también pesaba y medía a todos los niños año a año. Igualmente se preocupaba de la manutención que tuvieran en casa y de su salud. Fue precisamente don Tomás quien una tarde en que se encontraron en la calle del Horno puso sobre aviso a Zacarías de que el niño hacía cuentas y dominaba la caligrafía como los demás, y de que sorprendentemente tenía mano para cuidar a los más pequeños. Dijo, además, como si fuera anecdótico, que Teodoro solía ser el último en irse, pues no solo prefería quedarse a abrigar a los menores, sino que también ayudaba a recoger, imitando así lo que a buen seguro veía hacer a sus hermanas en casa, o quizás retrasando la hora de llegar a ella.

Pero más allá de eso, don Tomás certificó con visible preocupación que de un año para otro había menguado en estatura. Jamás había visto una cosa igual. Si el año pasado medía metro cuarenta y seis, este curso medía metro cuarenta y tres, y que podía mostrarle la libreta con las cifras y medirlo ante él si quería pruebas. El padre, ante aquella confesión, le lanzó una mirada desafiante y se encogió de hombros. Luego se echó a reír como si le hubieran contado un chiste. ¿Qué podía responder a eso?, ¿qué quería decir? Repiquetearon las campanas entre el mutismo de ambos. Las seis y media de la tarde.

—Tenemos cabras —dijo Zacarías—. Leche no les falta.

—A lo mejor —inició un tembloroso discurso don Tomás, sabedor de que en aquella casa no abundaba la carne como en otras con ganado—, qué sé yo, come poco, o no come lo suficiente, quizás le vendría bien la proteína.

Zacarías se toqueteó la pernera, igual que si aventara polvo, y como no había entendido a qué se refería, reemprendió el camino antes de hablar con el garbo que requería la despedida:

—Usted preocúpese de la letra, que el avío es cosa mía.

Sin duda, la ofuscación de don Tomás era mayor que la de Zacarías. Había medido a Teodoro hasta cuatro veces y llevaba dos días sin dejar de darle vueltas a aquella anomalía, que para él era de vital importancia. Por su parte, Zacarías debió achacar el detalle a la falta de compromiso del chico con sus quehaceres. Claro, se pasaba el día en la escuela en lugar de cazar como los demás hijos varones. A lo mejor debería curtirse conmigo en el monte y que el cierzo le arañe la cara y masticar de vez en cuando carne cruda, meditó mientras andaba de vuelta.

Así que desde ese día, cuando no había escuela, empezó a llevárselo al campo junto a Lolo y Sempronio con el mandato de aprender. «Mira a tus hermanos, mira cómo se las saben todas.» Si algo gustaba a Sempronio era hacer sufrir a los animales. Solían encontrárselo saltando la tapia del algún corral, no solo para robar huevos o lo que hubiera, sino para darse el gusto de torturar a una gallina. Desde su corta edad, Teodoro no le daba importancia, más bien reía aquellos desaguisados e imitaba a Lolo en los aspavientos, pero cuando lo vio celebrando el sufrimiento de un gato recién capado empezó a preocuparse. Sempronio les ataba hilo de pescar en los cojones y de la otra punta les enganchaba cuatro latas descascarilladas.

—El gato siempre tiene miedo del ruido que hace y sale corriendo, y al colarse por el primer agujero que encuentra las latas quedan a fuera y zas, capado. Mira...

Así lo vio Teodoro, un gato huyendo, muerto de miedo y amedrentado por el estrépito. Y luego, tras la herida, más allá del hueco que dibujada la puerta del corral, maullando como una acémila, observando con espasmo sus criadillas atadas al cordón. Cuando el animal, aún acobardado, huyó de nuevo transportando su dolor y dejando un rastro de sangre en la tierra, mientras Sempronio se partía de risa, a Teodoro lo atravesó un escalofrío. Y cuando el sábado siguiente Sempronio les enseñó a prender fuego a un zorro, y vieron escapar al animal completamente abrasado, supo que aquella imagen le perseguiría y que tal vez debiera apartarse de aquellos hermanos que celebraban la injuria como si hubieran ganado una batalla.

El innato instinto de supervivencia de Zacarías le hacía salir muchas noches acompañado por los hijos mayores. Teodoro los miraba con una mezcla de estupor y aturdimiento. Armados con escopetas sin dueño y cuchillos, se tiraban al monte. A veces volvían con un jabalí, otras con liebres. Al llegar tiraban los animales al suelo y se acostaban agotados.

Una mañana Zacarías entró en casa cuando todos aún dormitaban y se acercó al camastro donde yacían Lolo y Teodoro y agarró a este último del pescuezo: «Ven al corral conmigo que te voy a enseñar a despellejar a un conejo. Así me aseguro de que nunca pasarás hambre». El padre sostenía en la mano al animal boca abajo (¿de qué redil lo habría robado?). Ató las temblorosas patas de atrás y las colgó de un barrote que sobresalía de entre las piedras de la pared del corral. Aún mayaba el animal, como si adivinara lo que le aguardaba. Un golpe seco en la nuca, entre las dos orejas, con la mano derecha muy firme, detuvo el pulso del conejo y lo dejó tieso mientras se le abría la boca, por la que fue supurando toda la sangre. Sin decir ni mu esperó Zacarías a que cayera la última gota y solo entonces empezó a despellejarlo empezando por las patas.

—Así se hace, ¿lo ves?...

Poco a poco iba estirando la piel, hasta que salía entera.

—Pa jorearlo lo colgamos en el granero, que allí entra el aire como quiere... ¿Te das cuenta?

Teodoro asentía, aun con miedo a bostezar, la vista clavada en la mancha de sangre que coloreaba el suelo, sobre las piedras y la arenisca. A decir verdad, por mucho que oyera burlas y desprecios sobre él, nunca vio a su padre desmoralizado, y en momentos como este, en que le explicaba a su manera cosas de la vida, le transmitía ternura y sentía admiración por él. Y sí, lo quería. Y le hubiera gustado imitarlo, atesorar esa fuerza y esa decisión. Tener el valor de cazar un jabalí y traérselo a hombros desde lo más profundo del monte.

—Y ahora desplumarás un gallo. Le vas a retorcer el cuello con este dedo, a ver, enséñame la mano —y Teodoro obedeció: tendió la mano al aire y se dejó coger el pulgar al tiempo que escuchaba—, porque un día cuando tengas hijos a lo mejor necesitas explicarles esto, ¿lo entiendes?

—Sí —añadió el pequeño por no decir otra cosa.

Teodoro siguió compaginando la escuela y el campo. Descubrió la vida a golpe de aspereza y pequeñas conquistas cotidianas, compartiendo lo que hubiera en la mesa y entre las cuatro paredes de ese espacio en el que tenían que caber todos como fuera. Vivía las incomodidades que ocasionaba la aglomeración como algo lógico e inevitable. Y veía a sus hermanas atender a los hombres y hacer sus cosas en silencio, como avergonzadas por el pudor que irradiaban en según qué circunstancias propias de mujeres que pasaban de puntillas por la pubertad y que soñaban con ir a servir algún día. Más cerca de ellas que de ellos, Teodoro se hizo un hueco recogiendo, felizmente resignado, los restos de una escasez que para él no era tal, porque en aquella casa nadie se quejaba y porque pasó mucho tiempo hasta que entendió que la necesidad podía ser más ancha que el hogar, y que el dolor de los hombres podía calcularse con palabras y achicar el estómago.

Algo debió de ver en él su madre, pues el mismo gusto que celebraban los otros por el sufrimiento de los animales, se transformaba en candor en Teodoro cuando había que proteger o llevar la batuta de los niños más pequeños de la escuela. En qué estaría pensando Amparo la tarde en que estando los dos en el corral, sentados en las enclenques sillas de enea, mientras remendaba calcetines, sin venir a cuento le dijo:

—A mí me da que te he traído al mundo para cuidar y ayudar a los niños.

Algo trastocó el raciocinio de aquel chaval porque al instante preguntó:

—¿Y de ti, madre, quién cuidó cuando eras pequeña?

—¿De mí? —No tardó en encontrar un nombre—. De mí siempre ha cuidado tu tía Gracia, que además sufrió más que yo, si ella te contara, pobre...

—¿Y antes de la tía Gracia?

—Antes nadie. Tuve la suerte de encontrarla. Tarde, pero llegó. Mi madre murió en el parto, y a mi padre no lo conocí... —No le vino en gana recordar que aquel padre, al culpabilizarla de la desgracia, la entregó como un zarrio para que se la rifaran familias de un pueblo vecino. Y menos aún que entró a servir a los once años y que tres años después se la llevó un fanfarrón a limpiar un bar de Barcelona y que allí se vio obligada a hacer lo que hacían otras. Aunque aquello, a fin de cuentas, fue su salvación, pues allí conoció a Gracia.

—Entonces, madre. Todo el mundo necesita que alguien le cuide...

—Así es —sostuvo Amparo, poco habituada a este tipo de conversaciones—. Todo el mundo, hasta nosotros —dijo cuando estaba a punto de añadir «hasta tú».

—Y el que no tiene a nadie, ¿cómo lo hace?, ¿quién le enseña?

—Ya te digo que el que no lo tiene, lo acaba encontrando, es ley de vida. Y tú también lo encontrarás, pero de momento tienes a tus padres y a tu tía Gracia. No necesitas a nadie más...

Teodoro, tímido, puso a buen recaudo el consejo

de su madre y lo dio por válido como si eso bastara para dar respuesta a la complejidad de los afectos en las familias. Quizás se avergonzó de su corta memoria, su inevitable ignorancia. Y para no mirar atrás, aguardó la noche y el sueño con la vista puesta más allá de la resignación de su madre y de la palabra jauja que tanto repetía su padre.

12
María Broto

Trayecto Valdecádiar-Barcelona, 2016

—Mi abuelo siempre hablaba de jauja, y mi padre también... —A Rafael le extraña oír la palabra «padre», pero sigue escuchando—. Siempre decían eso, identificaban esa jauja con el dinero, con la abundancia de la que gozaban los otros... Pero yo no, yo pienso diferente, para mí jauja es lo contrario, jauja es la vida antes de conocer el dinero, antes de que te fascine y de que lo necesites, ¿me entiendes?

Rafael arruga la frente y asiente. Cuando se aproximan a la rotonda de la entrada de Belchite, reduce la velocidad y, tan pronto encara la recta, añade:

—Para tus abuelos y para mis padres todo lo que no tuvieran era jauja, porque no tenían nada. Llamaban jauja a aquello con lo que soñaban o se imaginaban que existiría más allá del pueblo...

María Broto escucha una queja que brota de las tripas. Tiene hambre. Siente que Rafael no nombra la comida por ella. Y ese detalle, el hecho de que esté dispuesto a no comer para que ella llegue a tiempo al teatro, le honra.

—Creo que si hubiera tenido un hijo se lo seguiría diciendo... —asegura María—. Yo todavía utilizo esa palabra a veces, se me ha quedado incorporada sin que me dé cuenta, como más cosas, supongo.

—Yo todavía hablo igual que mi padre. Mi ex me decía que ni me entendía...

—A veces, aun hablando el mismo idioma, cuesta compenetrarse.

—Es que entenderse no es tan fácil.

—A mí me pasó una cosa parecida.

María Broto verbaliza un pensamiento que la transporta a una tienda de campaña en la Plaza de Catalunya. Relata a Rafael un episodio fugaz, pero importante, de una vez en que conoció a alguien con quien, pese a los esfuerzos por hablar el mismo idioma, no hubo forma de entenderse, y que asociaría con la palabra «hijo».

María Broto tiene veintiséis años. Se ha comprometido con los del Setem, la federación por el comercio justo con la que colabora algunos fines de semana en tareas de animación y armando espectáculos de marionetas que llaman pulcinellis, para participar en las acampadas populares en favor del 0,7 por ciento. Ni el puente del 6 de diciembre, ni la proximidad de la Navidad han podido detener la avalancha de este movimiento inconformista que reclama a los gobiernos elevar el dinero destinado a ayudar a los países del tercer mundo. La movida se ha desplazado de la Diagonal a la Plaza de Catalunya, donde llega María Broto con el saco de dormir, la esterilla y una pequeña mochila. Busca a su amiga Yolanda. Enseguida recibe un panfleto: «El 0,7 por ciento y mucho

MÁS de Ayuda al desarrollo. Pulso colectivo por la solidaridad». Le llega un apelmazado y dulce olor a hachís recién tostado. Yolanda lleva un peto amarillo reflectante. Trabaja en la asociación Sodepau y es de la organización. Sujeta un *walkie talkie* y, sin dejar de hablar, la besa. «Vale vale, ya no cabemos», responde al teléfono.

—Hola cariño, qué guay que estés ya aquí —le dice pasándole la mano, con guante de lana, por la mejilla. Hace un frío que pela. Yolanda le invita a entrar en la tienda.

—¿Cómo ha ido el ensayo? —pregunta.

—De puta madre... —María se sienta doblando las piernas—. Durante las Navidades tenemos representación todos los días. Me voy a sacar una pasta, me vendrá genial para Guatemala.

—Qué guay... Ves como el teatro es lo tuyo.

—También me gustaría ser cooperante, pero tuve mala suerte en la entrevista.

—Bueno, paso a paso. Aquí vamos a estar calentitas, ya verás. Tenemos birras y porros para parar un tren.

—¿Y carne fresca? ¿Tenemos algo?

—Joder, tía, qué salida estás...

—Mucho, perra, cómo me conoces.

Las dos se ríen abiertamente. Yolanda está en cuclillas y apoya las manos en el suelo cubierto por una manta.

—El único nuevo que tengo es un georgiano, está de prácticas en Acción Contra el Hambre... —dice.

—¿Está bueno?

—Qué va, es un tonelete.

—Lástima...

María Broto está exultante. Hace un tiempo se encontró con Raúl, hermano de Vidal, uno de los que más controlan en Manos Unidas. Fue él quien, al enterarse de que buscaba cualquier cosa de animadora, le habló de Sodepau y del Setem y la introdujo en el circuito saltimbanqui de festivales y talleres. No se pagaba gran cosa, pero se amenizaban jornadas de comercio justo y se hacía reír a niños. La puso en contacto con Yolanda. Se hicieron amigas. En esa época María enseguida entablaba amistad con todo el mundo. La llamaron de inmediato y, con tres alumnas de su promoción del Institut, crearon un espectáculo de sombras chinescas que encandiló a niños y no tan niños. Durante un año recorrieron los Días Mundiales de Comercio Justo.

Entre semana, algunas tardes, María, con la emoción de estrenar una amistad, se dejaba caer por el local de Sodepau, en la calle Avinyó, en el Barrio Gótico, y esperaba a que Yolanda terminara el trabajo para ir a tomar algo con ella. Al ver los proyectos que coordinaban y todos los viajes que hacían (recolectar café en Colombia, cursos de formación en Honduras), se quedó fascinada con el espíritu de la cooperación y se ofreció para hacer algo más. Yolanda le habló entonces de un puesto como precooperante en Guatemala, cerca del lago de Atitlán, en un lugar llamado Chichicastenango, que, según ella, era absolutamente mágico. Una colaboración de tres meses para impedir la demolición de una escuela a la que solo iban indígenas. De enero a marzo. A María la idea le encandiló. ¡Un invierno a treinta grados! Esa misma tarde, cuando entró en casa, le pidió a Montse Mundó el atlas y lo abrió hasta dar con ese punto que su imaginación desplegó a la medida de sus necesidades. Me voy a Chichicastenango, cómo mola. ¿Era lo suyo? Puede, ¿por qué no?, ella quería conocer el mundo y, por supuesto, ampliar su vocación pedagógica, si no, ¿de qué estaría todo el año provocando carcajadas a los niños con sus marionetas y sus disfraces? Además, no tenía responsabilidades, vivía como una titiritera, porque su casa era el camino.

La entrevista fue en los bajos de un edificio de la calle Valencia. Llegó puntual, con el CV recién impreso. A juzgar por las pintas (coleta, jersey descolorido, botas safari), el otro chico esperaba por lo mismo. Fue la primera en entrar. Dos hombres de traje se sentaban tras una larga mesa de nogal. Se presentaron. Inspeccionaron su currículum y le pidieron que hablara. María, que esperaba preguntas, dio inicio a un discurso dispar sobre su paso fugaz por Málaga, sus estudios de arte dramático, sus quehaceres como animadora, su estancia en el grupo de música como guitarrista, su espíritu libertario, su participación en manifestaciones, su militancia, o sea, «que soy muy de izquierdas», sus aptitudes docentes porque, claro, «me flipan los niños», sus ganas de poner en marcha con ellos talleres de teatro, «ese espejo del mundo», y de transmitir sus conocimientos en la interpretación. Uno de los responsables pasaba hojas de un dossier y el otro, el que leía el CV mientras escuchaba, creyó que ya tenía bastante y la cortó:

—Muy bien, muy bien... María, María Broto, todo esto que me cuentas está bien, pero, a ver, cómo te lo explico, ejem. ¿Tú sabes lo que me decía mi abuela?

—María, de pronto confundida, negó con la cabeza—. Mira, mi abuela, cuando yo era pequeño, a menudo me llamaba, y me hacía una pregunta: «Niño, ven aquí, a ver, tú, ¿qué quieres ser de mayor?».

A María, por el tono farolero con que se emitió la pregunta, aquello le dio mala espina y la confundió todavía más. Una punzada le enfrió el pecho. Parpadeando más de la cuenta, alzando los hombros y mostrando nulas capacidades para la mentira, respondió:

—¿Cuando sea mayor? Bueno, pues no sé, actriz, supongo...

—Muy bien, muy bien, María, pues hemos terminado, ya te diremos algo. Este es el número, ¿verdad?

De todo aquello hacía una semana. Aún estaba esperando respuesta. Por eso, ahora, tras salir de la tienda y abrir la primera cerveza, vuelve a sacar el tema:

—Yo creo que me van a llamar, porque si solo éramos dos a lo mejor al otro ni le interesa...

—Ya veremos...

—Jo, es que tengo unas ganas... Ya me veo allí, enseñando canciones de Silvio y ensayando escenas de Strindberg y de Tennessee Williams, de hecho he pensado que podría montar *El zoo de cristal*, que tiene un personaje maravilloso de una niña con impedimentos físicos que te rompe el corazón, colecciona animalitos de cristal tan frágiles como ella, no me digas que no mola. Buah, sería flipante, ¿a que sí?

Yolanda agarra el *walkie talkie* y lo mira, como si le suplicara que sonara, y cambia de tema:

—Bueno, entonces en el teatro bien, ¿no? Las Navidades las tienes cubiertas, ya me pasarás una invitación. ¿De qué haces?

—Hago de Becky Thatcher, la niña rubita mona a la que Tom intenta conquistar todos los días...

—Oh, qué tierno, y te haces la dura, ¿no?...

—Sí, un poco, un par de días —María adopta una voz infantil— hasta que descubro cuánto me gusta lo duro...

Y las dos vuelven a reír abiertamente, en mitad del fervor de una plaza arrebatada, en la que empiezan a sonar los primeros cánticos a favor del 0,7 por ciento y contra el gobierno, contra Pujol y contra la policía que, según parece, empieza a acordonar la zona. La cerveza sienta de maravilla a María, que nota los labios ligeramente magullados. En el reloj del BBVA son las ocho y diez de la tarde. Yolanda es requerida por el *walkie* y le dice que ahora vuelve, que no se mueva. María apoya la lata en el suelo para poder liar un porro en condiciones. Mientras quema la piedra piensa en la casualidad de haberse encontrado con Ruth al salir del teatro, en la misma puerta de la librería Roquer, y la cara que ha puesto cuando le ha dicho que se iba a dormir a la Plaza Catalunya para manifestarse. «¿Que vas a dormir en una tienda de campaña en la Plaza Catalunya? Qué loca estás, cada vez eres más hippy, y con este frío.» María ha respondido besándola, con alegría, e ilusionada con la idea. Claro, ella no entiende de estas cosas. «Que lo pases bien. Ya me contarás», y ahora piensa que, efectivamente, que ya le contará la semana que viene cuando se vaya tres meses a Chichicastenango.

Está rodeada de gente y de gritos. La presión atmosférica y el calor humano son buenos antídotos contra las bajas temperaturas. El cielo, ya completamente oscuro, parece vibrar, y a ojos de María en cualquier momento podría deshojarse en copos de humo. Entre tanto ajetreo, María reconoce a Raúl y lo llama. «¡Ey, Raúl!» Él se acerca, también lleva un chaleco. Va acompañado de otro chico que a María le suena de algo. «¿Qué tal? —dice Raúl—. Mira, te presento a Santi, un amigo del Setem.» Cuando se ven, apenas nombran a Vidal, que está en Oporto estudiando un máster de arquitectura en una escuela prestigiosa, pero hoy, quizás por romper el hielo, María sí lo hace. «¿Qué tal tu hermano?» «Se ve que bien, el otro día llegó una carta suya, le pedía dinero a mi madre, porque se iba a Chicago con los del curso, movidas de arquitectos, ya sabes.» «Joder, qué suerte», dice ella. Por un momento siente envidia, pero piensa, bueno, yo me iré a Chichicastenango. «A ti te vi el otro día, ¿no?», pregunta ese tal Santi. Es guapo, piensa antes de responder «¿Dónde? No me acuerdo...». Claro que se acuerda, pero no ha querido decirlo. «En lo de Sodepau, creo que entraste a la entrevista antes que yo...» Hoy no lleva coleta, el pelo le cae a ambos lados de la cara y le roza los hombros. «Es verdad, sí, sí, ahora caigo...» No sabe qué más decir. Resulta incómodo preguntar. En su mente se abren paso el miedo y la duda. Se da prisa entonces en dar la primera calada. «¿Has visto a Yolanda?», pregunta Raúl. «Ahora viene, no sé dónde ha ido», dice ella. El suelo se vuelve oscilante y la cabeza se da una vuelta por un lugar sin equilibrio. Este polen es como meter el cerebro en una lavadora al final del centrifugado. «Vaya rasca que hace, ¿no?», dice Santi, por decir algo. Un helicóptero de la Guardia Civil sobrevuela la plaza. Tras ellos unos cuantos gritan «¡Luego diréis que somos cinco o seis!, ¡Luego diréis que somos cinco o seis!». María pasa el porro a Raúl que, tras darle una generosa calada, al tiempo que expulsa el humo le da un codazo al colega y comenta con voz ronca «no te quejes, capullo, que ya vas a pasar calor en Guatemala... —luego mira a María—. Es que lo enviamos allí en enero. Se va a poner de marihuana hasta el culo, allí le llaman mota, y lo fuman sin mezclar, te pega un viaje que no veas». María ve al otro reír ante la chanza de Raúl, contento como un niño que abre un regalo. Y de pronto se siente confundida, traicionada, sola en mitad de la muchedumbre. Un haz de luz proveniente del helicóptero le hiere en los ojos. El tal Santi le devuelve el porro. «Bueno, María —dice Raúl—, vamos a dar un voltio, luego os venimos a ver, ¿vale?» María nota en su hombro la mano de ese tal Santi, hacia el que de pronto siente un profundo desprecio. Fuma como si buscara escapar de este momento, como si quisiera rebobinar y no haberse encontrado con ellos. Quiere marearse más, flotar, adentrarse en un estado de ánimo que la aparte de aquí no solamente en sentido figurado. Se muerde los labios, recupera del suelo la lata de cerveza. Y, cuando levanta la vista, y está a punto de llorar, recuerda que una vez atravesó esta plaza siendo niña de la mano de su padre, y en esos mismos bancos vio a un grupo de hippies y a un chico bastante guapo que fumaba algo extraño como hace ella ahora. Entonces la conciencia política era una quimera, como su mirada, y no podía defraudar.

Como si el destino le debiera una, Yolanda reaparece acompañada.

—Mira, te presento a Levan...

—Hola... —dice ella sin mirar a ninguno, avergonzada de que se la encuentren en ese estado medio lloroso. Tarda en reaccionar.

—Eh, María, mira... Levan viene de Acción Contra el Hambre —le dice a ella, y acto seguido se vuelve a él—: Es que va un poco fumada, no se lo tengas en cuenta. ¿En Georgia se fuma?

—En Tbilisi no fumar mucho jóvenes —dice, para que María regrese a la realidad, atraída por un acento caucásico.

Por un momento, María quiere confesar a Yolanda que ya se ha enterado de que no irá a Chichicastenango, pero se calla, y no sabría decir si lo hace porque aún no se lo cree o por miedo al ridículo.

No entiende del todo a Levan, pero valora su esfuerzo en construir frases.

—¿No tienes frío? —le pregunta al percatarse de que va en manga corta.

—Esto no frío. En mi país más frío —se excusa cuando le ofrecen una manta.

—¿Dónde vives? —María se interesa por él.

—Se queda con nosotras —interviene Yolanda, que comparte piso con su hermana Joana, en el mismo Barrio Gótico—. Oye, María, no hemos pensado en la comida, no tenemos nada...

—Es verdad, qué hacemos, empiezo a tener hambre... ¿A ti qué te gusta? —mira a Levan, y mientras habla se lleva tres dedos a la boca.

—Tortilla —responde como quien sabe bien de lo que está hablando.

—¿Hacemos un bote y voy a por comida?

María saca del bolsillo todo lo que tiene y se lo entrega a Yolanda.

—Pues voy ya que si no luego estará imposible.

Levan es robusto, bajito, moreno. La verdad es que su amiga la ha clavado al definirle como tonelete. A trancas y barrancas le cuenta que es ingeniero agrónomo y que participa en un programa de seguridad alimentaria. Se dedica a la distribución de alimentos en campos de refugiados y proyectos de postemergencia y desarrollo, como el reparto de semillas para producción agraria y de *livestock*.

—¿Qué? —pregunta María—. ¿Qué es eso?

—*Livestock*... —afirma él mientras busca una traducción imposible—. ¿ganado, tal vez?

—Ah, vale..., ganado. —Entonces María, nuevamente jovial, añade—: Mi abuelo era pastor. Yo de pequeña en un pueblo también ir a pastor... yo conocer ganado mucho.

—Aaaahhh, ¿qué pueblo?

—Se llama Valdecádiar.

—¿Está cerca?

—No, no, lejos, lejos —y mueve la mano como si expulsara de ahí ese nombre.

No será la primera palabra en inglés que utilice Levan para explicar su trabajo. Enseguida nombra «*livehood*», y le explica que es sustento familiar. Poco a poco María se interesa a un mismo tiempo por la jerga inglesa como por él.

Un radiocasete cercano sube el volumen de una canción que hace que María se contonee: «*Busco una llum, busco un color, camino sense direcció...*».

—Esta canción me encanta —dice.

Complacido, asiente como si entendiera; y visto así, con ese gesto de querer conocer todo, de atender sus gustos, le resulta atractivo a María.

—Espera, voy a por más birra —y se agacha para entrar en la tienda.

Un rato después, en el interior, tras devorar con las manos una tortilla de patatas, un fuet y una barra de pan y agotar las cervezas, cuando Yolanda sale a atender la lectura de un manifiesto, María escucha a Levan contarle que le contrataron de Acción Contra el Hambre para un proyecto de emergencia como *staff* local para ayudar a desplazados por la guerra civil de Georgia, hace dos años. Luego lo ascendieron a jefe de departamento para terminar de formarse y poder ir a una misión a Mindanao.

—¿Dónde?

—Mindanao, Filipinas.

—¿Has estado en Filipinas?

—De allí vengo. Y allí voy en tres meses.

María, que desde que empezó con las marionetas y se hizo amiga de Yolanda, se siente altamente comprometida con el cambio social, ve a Levan en sí mismo como un proyecto de cooperación. Así que, mientras lo escucha, piensa que encarna toda una realidad a escala de un cuerpo humano. Es una víctima de una guerra, es un refugiado. Es un superviviente.

—Yol —dice más tarde, ya envuelta en el saco de dormir, cuando la noche ha mandado a todos a cobijo. A través del techo de nylon apenas se perciben minúsculas puntadas de luz artificial; se oyen pasos, borrosos ecos de conversaciones de otras tiendas, el relente de la protesta.

—Qué... —dice la otra, tal vez molesta, tal vez ya de entrada en la duermevela.

—Que me encanta.

—El qué...

—Levan...

—¿En serio?

—No sé, pobre, es un desplazado...

—Ya, se ve que sufrió la guerra en Georgia. Dice mi hermana que es muy bueno trabajando, que entiende muy bien la realidad en las misiones, que empatiza con las víctimas...

—Claro, él es una de ellas... Además noto que tenemos mucho en común.

—¿Ah, sí?

—Sí...

—¿Y qué tienes tú en común con un refugiado si se puede saber?

Deja pasar un tiempo antes de responder.

—Bueno, tampoco tanto, déjalo. —Se arrepiente de haber dicho eso, Yolanda en verdad no la conoce. No sabe nada de ella. Por eso tal vez cambia de tercio—. ¿Sabes qué?

—Qué...

—No me han dado lo de Chichicastenango. Se lo han dado a un amigo de Raúl. ¿Tú lo sabías, ¿no?

Antes de dar una respuesta, Yolanda duda. Entre ellas hay algo que se está rompiendo justo en estos momentos y quizás las dos lo sepan.

—Una pregunta... —Empieza Yol, finalmente—. En la entrevista, ¿dijiste en algún momento que tu única ilusión en la vida era ser cooperante?

María trata de recordar con desgana. Vislumbra a

Ruth, durmiendo caliente en casa de sus padres. Y, sabiendo que no le sale la brusquedad cuando más la necesita, tarda en ofrecer su punto de vista:

—Déjalo. Buenas noches...

Diez días después sale del teatro Regina y en la acera de la estrecha calle Séneca le espera Levan. Vestido de manera convencional, casi anticuada (en contraste con sus pintas cumbayás), le parece salido de la foto de un libro de geografía política de segundo de BUP. Le enternece imaginar que se ha arreglado para ella. Está leyendo el póster de la obra: *Las aventuras de Tom Sawyer*. Ante los nervios, o más bien tratando de disimular las ganas que tiene de verlo, y de saber de él y de su trabajo y de su vida, se confía a su habitual naturalidad y le aborda por la espalda:

—Qué, ¿has entendido algo? —en cuanto le dijo que le dejaba una invitación cayó en la cuenta de que la obra era en catalán.

—Sí, alguna cosa...

Se dan dos besos.

—No te ha gustado...

—Sí, pero había muchos niños... ¡No paraban de gritar!

—Es una obra para ellos. Se expresan en voz alta todo el rato... Nos cuesta concentrarnos, pero es buena señal, quiere decir que les gusta, solo los niños y los locos dicen la verdad, ¿no?

—Y los borrachos, al menos en mi país. ¿Dónde vamos?

—A mi bar, el María —anuncia con insobornable seguridad.

Suben por Mayor de Gracia. Es un domingo por la noche previo a la Navidad. La avenida, deshabitada, mantiene la iluminación festiva. El aire entibia su marcha, pero no muestran prisa. La barra, como una página en blanco, parece dispuesta para que den sus primeros pasos.

—Siempre vengo aquí. Hoy está vacío pero normalmente no se cabe. —Habla ella, que le invita con un gesto a que vea la decoración: pósteres y entradas de conciertos, el poder transformador de la música...

Hablan de su periodo de formación en la sede de Barcelona, de la suerte que tiene ella de vivir en un lugar sin conflictos, de cómo imagina que será su vida en Filipinas tratando de gestionar el departamento de seguridad alimentaria en un lugar de tantas diferencias. Levan habla en futuro y María piensa en presente. Todo lo que él menciona le resulta lejano. Le gusta escucharlo en ese español forzado y admirable, aunque de vez en cuando se le escapen palabras en inglés cuyo significado María desconoce pero que ni siquiera pregunta. Empieza a sonar la intro del *Sweet Jane*, pero hoy María no presta atención a la música. Si tuviera tiempo para reflexionar podría separar las emociones del compromiso político, pero ahora mismo, en sus pensamientos gobierna una creciente euforia, ese estado de ánimo del que intuye que está a punto de pasar algo, y quiere provocarlo, aunque la experiencia le diga que tiempo después deseará haberlo prolongado un poco más. La sensación de provisionalidad que emana de la presencia de Levan, azarosa e involucrada con la realidad, aumenta las ganas de María. De pronto le parece que estar liada con Levan sería como estar comprometida con mejorar el mundo. Cuando empiezan a hablar de Georgia, Levan menciona la guerra, los disparos, las bombas, una madre a la que él forzosamente ayuda, empobrecida en Zugdidi, un pueblo, nada que ver con Tbilisi, la capital. Levan rechaza entonces la cerveza y dice:

—Vodka. Te voy a enseñar beber vodka, como en Georgia.

A María le sonroja ver a Levan ante una camarera que conoce pedir seis chupitos de vodka. La chica los sirve con recelo.

—Nunca he bebido vodka solo...

—Hoy sí.

—¿Pero así sin hielo ni nada? ¿Y seis?

—Sí, esto es solo para empezar. Tres para cada uno. Luego más. Yo explicar cómo se hace en mi país. Hay que brindar, y cada brindis va establecido.

Pese a que a ella se le ocurran otras maneras de darle cobijo, intuye que la bebida es la forma más inmediata que este chico encuentra para volver a su país, y a su vez constata la evidencia de que tendrá que ser ella la que tome la iniciativa, algo a lo que no está muy habituada. Por un momento teme que el chaval se emborrache demasiado y se sienta más tentado por la nostalgia que por ella.

—El primer brindis es siempre por la madre.

Levan le entrega su vaso, lo choca con el suyo y se bebe el licor de un trago. María se ve en el brete de imitarle, pero le sabe tan fuerte que no puede terminarlo.

—Venga, que es por tu madre —dice él, ahora sonriente...

—Es que no estoy acostumbrada, perdona...

Por nada del mundo quiere decepcionarlo, así que, mientras Levan acerca la segunda ronda, acaba con el vodka. Le hierve la garganta.

—Ahora, el segundo. ¡Por el padre!

Levan choca su vaso y vuelve a beber feliz de recordar, y de mostrar a María parte de su cultura. Ella lo imita forzada, mientras evoca figuras que no encuentra en su recuerdo. ¿Madre?, ¿padre? Para ella son fantasmas sin rostro, ideas abstractas que no sabe muy bien si le pertenecen o no.

—¿Cuántos brindis hacéis así?

—Todos los que se pueden, yo normalmente nueve o diez, pero lo más importante son los tres primeros, son sagrados, y el orden también. Ahora tercer brindis, toma... ¡Por la familia!

Se beben el chupito. Levan está radiante y María tan mareada que baja los pies del taburete. Necesita pisar tierra firme. Sonríe y se lleva una mano al pecho, allí donde nota que su organismo arde. El alcohol no solo la ha aturdido sino que ha contribuido a desubicarla, invitándole a recordar sin orden ni concierto insidias, un perro, Málaga, abuelos, huidas.

—¿Qué te pasa? —Es entonces cuando Levan reacciona, tal vez se culpa de haberla obligado a beber de este modo. Le acaricia el brazo y luego el cuello.

—Te acuerdas de tu familia, ¿verdad? —dice.

Ahora es ella la que comete la imprudencia de exponer sus taras.

—No, no es eso. Sí yo no tengo familia... No como tú, quiero decir.

Levan da un paso hacia ella y obliga así a que la

inercia pose la cabeza de María en su hombro. La flojera ralentiza sus actos. Empieza otra canción: «*Louie Louie, oh baby, me gotta go…*». La vulnerabilidad colabora con la causa social de María, que de manera natural levanta como puede la cabeza para dar con una boca sin necesidad de buscarla, igual que la verdad se encuentra con el borracho.

Dos meses después, Yolanda ya no disimula el hartazgo de verla en casa todas las mañanas. A veces, cuando desafortunadamente no han logrado evitarse, ni siquiera la saluda. Pero eso, en comparación con el amor que aturde a María, es muy poca cosa. Superadas siete semanas de intensidad y sexo, el choque cultural se ha hecho evidente. Lo que fluía con naturalidad se complica en situaciones inesperadas. A menudo le da la sensación de que Levan tiene un bloqueo. Él mismo se considera en segunda línea respecto a ella.

Una tarde, guiada por un desafortunado arrebato, como si necesitara ejercer el poder en la batalla carnal que inventaba, el deseo llevó a María a querer demostrar a Levan (y por consiguiente también a ella) hasta donde era capaz de llegar para satisfacerlo. Cuando terminó, rebañando con un cleenex su barbilla, le miró a los ojos y advirtió en ellos una evidente incomodidad. Ni rastro del deleite esperado. Mientras se acusaba a sí misma con voluntad de resarcirse, él tomó la palabra:

—Esto en mi país no lo hacen todas las mujeres, —explicó desde la cama—. Esto en mi país es pecado. Las mujeres en Georgia son princesas… Te quiero, pero haces cosas de rusas, y para nosotros rusas son guarras.

Levan alargó la mano para cogerle del brazo, pero ella se zafó. No fue capaz de dar una respuesta. Hacía mucho tiempo que no se sentía tan agraviada. Aquella noche durmieron separados. Venían de mundos distintos, aunque todo podía cambiar, pensaba ella sin poder conciliar el sueño.

Al día siguiente, Levan la espera en la puerta del teatro.

—Quiero que vengas a Georgia. He hablado a mi madre de ti.

—Pero te vas a ir a Filipinas en un mes.

—No importa. Tú venir conmigo.

—¿Adónde?

—A donde yo ir. Es mejor así. Tu ser princesa.

¿Qué era exactamente lo que ella quería? Era evidente que le atraía su talante emprendedor, su competencia para los conflictos. Y sí, claro, lo reconocía, le atraía mucho más mental que físicamente, pero aun así, se compenetraban bien en la cama y cuando estaba de buenas no había tío más encantador que Levan. No obstante, toda esa actitud comprometida, su gran capacidad para gestionar emociones de víctimas, su gran labor solidaria, contrastaban con ese punto de vista tradicional de ver la vida.

Levan se empeñó en invitarla a cenar, insistía en que quería hablar, reconducir la situación, que habría que encontrar la manera de coincidir.

Hoy, en el coche, con Rafael a su lado y fumando con avidez, María Broto recuerda esa noche con un dolor que le hace sonreír porque atenta directamente a su ingenuidad de entonces, tan proclive a empecinarse en quimeras, y podría refrendar que aquella fue, a la postre, una de las peores cenas de su vida. Que Levan no aceptase un espíritu libre le parecía de otra época. En la mesa del fondo del Quimet, entre pan con tomate, jamón y tortilla que ella no fue capaz de probar, Levan se sinceró y dijo que quería casarse, formar una familia, y que veía muy mal que llevara una vida tan desordenada, que eso del teatro debería acabarse, y le suplicó que se fuera con él, primero a conocer a su madre y luego a Filipinas porque, después de la misión, podrían instalarse en Tbilisi. María Broto estaba encantada con el compromiso, pero una cosa era cambiar el mundo y otra entregar su vida de esta manera y dilapidar sus sueños. No se despidió de Levan la última noche, pero al día siguiente recibió un mensaje que recordaría. «Felicidades por tu victoria. Me has destrozado la vida.»

Ella no respondió (es más, el hecho de que no hubiera faltas de ortografía siempre le haría dudar de si fue Yolanda quien lo escribió), pero aun así no se pudo olvidar de Levan, porque al mes siguiente tuvo un retraso en el periodo y compró un Predictor y dio positivo. Y esta vez sí, tuvo que abortar. No dijo nada en casa, no quiso entrometer a Montse. Fue Ruth quien pidió permiso en su trabajo y la acompañó. Aún la ve apretándole la mano en la sala de espera, sin saber que no podrá quitarse de la cabeza, y que reincidirá a diario, la imagen del bebé durante los próximos seis meses.

—¿Te has arrepentido? —pregunta Rafael, consciente de su atrevimiento.

—Al principio luché para evitar ese sentimiento,

era muy joven. Tenía tiempo, veía el futuro lejos... Pero luego, y en vistas de cómo ha ido todo, sí...

—¿No volviste a saber nada más de él?

—Ni de él, ni de Yolanda, ni de aquel mundo de los cooperantes. Es curioso, ¿no? A veces una está tan perdida, tan emocionalmente necesitada, que se obsesiona con empeños absurdos. Una vez me la crucé a ella en la calle, pero fingimos no reconocernos. He dado muchos bandazos, supongo que la falta de oportunidades en teatro y en tele hacía que me agarrara a cualquier cosa... Y luego es verdad que, al comprometerme tanto con el teatro, dejé de hacerlo con la política. Supongo que estaba comprometida con algo que no sabía lo que significaba. Pero me vino bien para centrarme en la interpretación.

Era habitual en aquella época que María se aferrara a relaciones muy intensas de inicio, pero endebles y pasajeras. Piensa ahora en cómo le costó enderezar la vocación, cómo se alargaron los años de indefinición, cuán mudables eran los intereses, siempre en función de la supervivencia.

—Es el peaje de crecer. Todo tiene un precio y unas consecuencias —sostiene María, que nota presión en las lumbares y se recoloca en el asiento.

—Ahora que lo dices, tu padre también tuvo algún episodio así, fue en la época en que vino don Pablo. Yo era muy niño cuando llegó, pero no tanto cuando se fueron. Siempre me lo contaba...

—¿Qué le pasó?

13
Teodoro Broto

Valdecádiar, 1966

Al poco de que Milagros empezara a festejar con Aurelio, recogieron cuatro bártulos y se marcharon a la capital. Fue la primera vez que Teodoro vio a su madre con el ceño arrugado y algo similar a la tristeza en el semblante, tan adusto y curvado donde los labios. También él experimentó por primera vez la pena. A fin de cuentas, Conchita y Milagros eran sus hermanas y sus mejores aliadas, pero Milagros era la mayor. Le había enseñado muchas cosas de las que no se aprendían en la escuela. Habían compartido intimidades de las que mejor no hablar, y torpezas en harapos, en el corral y en el Vadiello, en esos pozos donde lo bañó por primera vez. Además, fue ella, junto a su madre, quien le fue revelando el nombre de cuanto había a su alrededor: zarzas, aliagas, alberges, picasarnas, albardas, esparto, cebada, avena, trigo, morcacho, picha, pesetilla, chirla —y cómo se reían con eso— y mira que le costó que se atara solo los cordones.

Ahora se iba con un hombre, como tantas otras chicas del pueblo. Pero en Milagros era diferente, porque la suya no era una familia corriente, de eso ya se había dado cuenta Teodoro. A saber qué iba a hacer en la ciudad, de qué iba a trabajar. Pues de criada, de qué va a ser, oía decir. Ella no podía aportar nada al bien común de la pareja. ¿Qué le iba a dar Zacarías si un día se casaban? ¿Qué le depararía a Milagros la vida en la capital? Muchas preguntas se agolparon en la cabeza de Teodoro el día en que la despidió. Por vergüenza no se atrevió a ir hasta el empalme de Maicas en el remolque del padre de Aurelio, solo la familia de él lo hizo. Adiós, Mila, ya me escribirás. Adiós, malandrín, acuérdate de tu hermana, no te vayas a olvidar de ella, y ayuda en casa.

Con la llegada de la primavera, el pueblo se transformaba. Los seis meses de frío daban paso a una tregua antes del sofoco estival. Estallaban los colores de los sembrados, que en cada cambio de estación brindaban nuevas enseñanzas. El romero, el espliego y la hierba pintaban muchos de los campos de amarillo y verde. El paisaje devenía buen refugio para el ánimo. Viendo el comportamiento de sus hermanos y de su madre, que de por sí se excluían de participar en actividades comunales del pueblo como las cenas de hermandad en las fiestas de San Pedro Mártir o los bailes del domingo, Teodoro se sorprendía a veces de ser admitido entre los de su edad. Animado por José y Carlos se acercó un día al bar para escuchar en la radio el anuncio y la correspondiente jota que había grabado Santiago, el de Delfina, que cantaba por toda la comarca y había grabado anuncios. Reunidos en torno al aparato, con evidente impresión, escucharon su voz en las ondas: «labrador era mi padreee / y labrador fue mi abuelooo; / y yo, como labradooor, / a una labradora quierooo». Luego todos volvieron la vista hacia el protagonista, que recibió los elogios con la timidez que le caracterizaba.

Para Teodoro, aquel fue el verano de otros descubrimientos. Acompañar al alba a su padre y a sus hermanos a soltar el rebaño de cabras, cuando el rocío aún alumbraba los rastrojos, se volvió una rutina. Y volver a mediodía, con gotas de sudor en la frente, para llevarse a la boca lo que hubiera en la mesa, era algo cercano al alivio. Si el itinerario les llevaba hasta campos que su padre calificaba con nombres extraños —el Rondeña, el Cañuclar, la Cañada—, aprovechaban para internarse en zonas de regadío donde sabían de la existencia de huertos y sonsacaban tomates, pepinos, calabacines. Pero lo que más gustaba a Teodoro eran las fresas, de la familia de Santos, el guarda. Si había vía libre, se adentraba en el terreno con tanto ímpetu que más que comer se amorraba a las hojas dispuesto a tragar sin miramientos las frutas que escondían, importándole muy poco que se le pusiera la ropa perdida de jugo. Cuando paraban para dar cuenta de la comida que el padre sacaba del morral y repartía, mientras las cabras pastoreaban acotadas, Teodoro se dedicaba a escuchar, esperando que le cayera otro trozo de ternilla, manteca o pernil. Escarbaba en el barbecho con las manos para encontrar raíces y piedras con las que entretenerse y despistar el hambre. Luego se ponía en pie y, si era necesario, aventaba alguna cabra rebelde, maldiciendo y jurando cuando los cardos que forraban los bordes de los ramales rozaban sus rodillas.

Los hijos de los que trillaban, cosechaban y labraban tierras iban a la escuela con Teodoro y habían empezado a tener bicicletas y ropas de domingo. También hablaban en un idioma propio, que era el mismo que usaba Teodoro, pero distinto en pretensiones. Los hijos de Salustiano, Francisco y Alba, no cabían en sí de gozo con el camión que se había agenciado su padre, y ella, después del verano, se iría a estudiar a la capital con las hermanas mayores de José y de Carlos. Ese era el idioma que nunca hablaría el Teodoro. Y conforme asumía las diferencias se volvía más apocado. En las casas de los ricos no pasaban las mismas fatigas ni esperaban la limosna como en la suya. Los de Zacarías iban por un lado, el pueblo por otro. Compartían el polvo y el viento seco, pero ellos no habían acompañado nunca, como había hecho muchas veces Teodoro, a sus madres al final de las ventas ambulantes que tenían lugar en la plaza, para intentar intercambiar disimuladamente (y que solo el tendero lo supiese) trapos por comida. Cuando era niño no entendía esas cosas que poco a poco revelaban detalles y divergencias en su concepción de la realidad.

José, Carlos y Francisco, con sus respectivos padres y hermanas, se fueron en el nuevo camión de Salustiano a la capital un fin de semana para llevar a las chicas. Un montón de gente se agolpó hasta el lavadero, pero no para despedirlos, sino para observar en funcionamiento aquel trasto que nadie nunca había visto con anterioridad.

Tanto y tan deprisa estaba cambiando todo que un día la pregonera echó un bando que no dejó indiferente a nadie. Por más esquinas de las habituales fue tocando la corneta y anunciando que la empresa Entel iba a construir una presa e instalar una torre de telecomunicaciones en la montaña de San Jorge y que serían necesarios peones para trabajar en el proyecto. Los interesados podían pasar por el ayuntamiento.

Enseguida corrió el rumor por el pueblo y, aunque con retraso, también llegó a casa de Zacarías: ¿ingenieros?, ¿torre de televisión?, ¿un embalse? Cada cual decía la suya. Cuando se comentaba que aquella antena permitiría ver la tele a todo el país, los chavales reían porque todo el país tenía televisor menos ellos, pues tan solo Elías había traído una de la capital y en torno a ella se reunían los domingos los mozos a ver las noticias en el bar.

Teodoro supo de inmediato que se postularía para trabajar con los ingenieros. Pero antes de que estos llegaran dispuestos a arreglar el mundo, el mundo se desarregló para él sin aviso. José y Carlos echaron por tierra las ilusiones que fabrica la imaginación y pusieron de rodillas los humildes reinos que Teodoro se inventaba.

Se habían reunido unos cuantos para fumar a escondidas en la fuente, atraídos por quienes habían viajado a la capital, deseosos como estaban de contar al resto el fin de semana. Y así hablaron de cines, de tiendas, de colegios mayores y de estadios de fútbol.

Luego, uno añadió:

—Pues fuimos de la Romareda andando hasta el Tubo, cómo nos hartamos de caminar, acabamos como puta por rastrojo, y luego...

Al instante, José recibió el impacto de un codo vecino que le impidió acabar la frase. Era Carlos, que no dudó en señalar con un golpe de cabeza a Teodoro, sentado dos escalones más abajo, que estaba allí por estar, incapaz una vez más de empatizar con ese idioma en el que se expresaban sus vecinos.

—No digas «puta», haz el favor —le rogó en voz baja.

—Jajaja, es verdad —dijo el otro.

—¿Por qué ?, ¿por qué? —preguntó un avispado desde más arriba...

En ese instante, la inercia instó a Teodoro a girar la vista para ver a varios de ellos aguantando la carcajada.

—Ah, sí —dijo el avispado, con la vanidad de quien acaba de desentrañar el significado de las risas—, ya sé, ya sé...

—Dilo, dilo, José, si este ya lo debe saber... Lo sabe todo el pueblo...

—¿Qué pasó? —preguntó Armando.

—Pues nada, que luego por la noche los padres salieron y vieron a la hermana de este haciendo la calle, Milagros, allí estaba en un portal de El Caballo, con un fulano al lado, de puta.

—Claro, qué esperabais. —Más voces para culminar la afrenta—. Entonces ha salido como la madre...

—Calla, anda, calla...

Avergonzado, cargando el dolor añadido de sentirse extrañamente culpable, Teodoro quiso tardar en entender quién era esa Milagros, y por unos segundos suplicó a alguna deidad oculta que fuera otra persona que la que se dibujaba en su mente. Mientras los otros se partían de risa y alguno quizás se arrepentía, «bueno, parad ya, pobre chaval», «eh, eh, tú, no te enfades, que eso pasa en muchas familias», supo que huir de ahí era lo único que podía hacer. Y así lo hizo, sin atender a los reclamos y aún con el alborozo de todos ellos horadando sus oídos. De camino, advirtió que algo se había roto para siempre en su temperamento, en su manera de vislumbrar el mundo y de darle forma más allá de sus aspiraciones. Así intuyó que, en adelante, tal vez sería mejor aferrarse a cosas no reales, porque a la realidad que vivía lo que él pensase o desease le importaba más bien poco.

14
María Broto

Trayecto Valdecádiar-Barcelona, 2016

María no puede evitar recordar que una vez se sintió así. Tal vez fue ese el momento en que comprendió la imposibilidad de un mundo sin complicaciones, sin traiciones, sin decepciones, sin dilemas. De nuevo, todo empezó con una llamada. Desde entonces María entiende las buenas noticias como armas de doble filo. No se fía de ellas, como le ocurría a su profesor, Augusto, cuando desembrollaba las tragedias griegas de Sófocles o Eurípides y matizaba que en ellas, cuando los dioses quieren castigar a un héroe, le dan lo que pide. Siempre recordaría el día en que le concedieron un papel protagonista en *Tram Baix*. Meses atrás, su agente le había conseguido unas pruebas que preparó concienzudamente y salió contenta de los dos ensayos. Luego le confirmaron que estaba en las quinielas. Pasó aquellos días tan nerviosa que a ratos apagaba el móvil para no verse una y otra vez mirándolo.

Estaba aparcando la bicicleta en la Barceloneta cuando sonó el teléfono y vio el número de la agencia en la pantalla. Le dio un vuelco el corazón. «¿Estás sentada, María?», preguntó su agente. «No, estoy atando la bici», «pues más vale que te sientes, porque te han dado el papel». María, bajo un cielo plomizo, gritó de alegría y preguntó varias veces si iba en serio. «No conviene anunciarlo a bombo y platillo, porque aún no hemos firmado el contrato, pero ya está cerrado, tres temporadas, con las cifras que hablamos.» Y entonces, ambas se pusieron a llorar. Era la primera vez que se enfrentaban a un protagonista de este calibre. Vaya subidón. La sensación de alivio frente a la incertidumbre económica que la perseguía se extendía por su cuerpo junto al miedo que da enfrentarse a la responsabilidad. Se acabó el ir suplicando castings para anuncios en la tele, se acabaron papeles secundarios en obras de teatro amateurs en salas de extrarradio y sin cobrar, se acabó mendigar para hacer de extra en series menores de canales de barrio. No hizo caso a la agente, y al rato empezó a llamar a sus amigos, entonces muchos, y organizó una quedada en el Canigó para celebrarlo.

Así fue el primer salto cualitativo de su carrera. Por fin, el esfuerzo veía su recompensa. Dejó de compartir piso con Azucena y se instaló en un estudio en el Eixample. En septiembre, tras los cuatro primeros capítulos, empezó a ser requerida por la calle y en los comercios. Se habituó a ir en taxi a todas partes, y a que los masajes del ego vinieran impuestos y fueran gratis. «Necesitamos salir en prensa, páginas en suplementos—le dijo su agente—, es el momento.» Y ella tiró de contactos entre colegas periodistas para lograr mayor repercusión y apuntalar la imagen de una actriz en la cumbre. Uno movió hilos para convencer a un amigo redactor jefe de que le dedicaran un reportaje de ocho páginas, con un gran despliegue gráfico. Era una importante cabecera de tirada nacional, más comercial (y casi chabacana) que culta, pero eso no importaba, importaba llegar a un gran número de público y que su rostro se convirtiera en atractivo para cuantos más productores mejor, y más allá del ámbito catalán. La llamaron para decirle la hora y advertirle de que la molestarían más de la cuenta porque el equipo de estilistas era muy perfeccionista. La sesión era en la otra punta de la ciudad. Antes de colgar, como nadie sacaba el tema, ella preguntó: «¿Pero cómo voy hasta allí?». «No sé, espera que pregunto», respondió el otro, dando paso a que ella se adelantara: «¿Cómo? ¿Que preguntas qué? Oye, si no me mandáis un taxi y lo pagáis vosotros, yo no me muevo, eso lo sabes, ¿no?», y al colgar se sintió poderosa, una estrella.

Ese día, o quizás fue otro, pero por las mismas fechas, desde el interior de un taxi sintió una punzada al distinguir a Ruth remontando Pau Claris. Qué convencional, pensó, con bolsas de ropa para los niños, oh, qué bonito, qué vida familiar tan ordenada, qué estupenda consumidora, contribuyente, ciudadana sin sobresaltos ni riesgos.

La serie se emitía cada día, por lo que María Broto, interpretando a Sofía —joven modosita, extremadamente sensible y muy formal, siempre predispuesta a ayudar a los demás y a la que herían con una facilidad pasmosa—, aparecía en pantalla de tres y media a cuatro. Al principio veía los capítulos y maldecía ciertos errores, ay, esa pronunciación fallida, ese gesto absurdo. Pero eran tantas las felicitaciones y tan constantes, que enseguida dejó de reparar en tropiezos e incluso de verse en pantalla.

Tras un primer estallido de felicidad colectiva, muchos amigos dejaron de llamar y su vida social disminuyó. Lo achacó a las exigencias del guion. Cada día se levantaba a las cinco y media, a las seis la recogía un coche de producción y la llevaban al rodaje, y al regresar a casa, entre las tres y las cuatro, todavía le quedaba por delante aprender el libreto del día siguiente. El dinero fue engrosando la cuenta. Qué satisfacción generaba el aumento de cifras. De un día para otro, María pasó de ver en la pantalla del cajero un saldo de 3.650 a otro de 65.650. Y eso no había hecho más que empezar. Además, ahora la invitaban permanentemente a los estrenos de cine y teatro. Su nombre estaba en todas las listas de todas las agencias de comunicación y de prensa. Y era doloroso a veces tener que rechazar la invitación entre semana porque siempre era reconfortante pisar un *photocall* y que se gritara su nombre ante los flashes y que al día siguiente alguien de maquillaje le pasara *La Vanguardia* y le dijera, «mira, mira, pero si estabas aquí». Eso sí, una vez llegaba el fin de semana, se sentía liberada y empezaba el desmadre. Los viernes por la tarde, al despertar de la siesta, buscaba con quien quedar. Era fácil, cualquiera cambiaba de plan por estar con ella. Una noche, en la entrada del Heliogàbal, tres chicos la piropearon abiertamente llamándole por el nombre de su personaje en la serie y ella, gustosamente ofendida, se dio el placer de soltarles: «Va, por favor, dejarme ser normal». Iba acompañada por su amiga Marta, y a la vuelta de la esquina esta se obligó a decirle: «Tía, relaja un poco... ¿tú te has visto?». Marta había realizado muchas pruebas con ella. Habían coincidido en varios anuncios de alimentos mientras fantaseaban con dar el salto. Fue la primera en acudir al Canigó el día en que celebraron su elección. Pero algo se rompió en ese instante. A María se le atragantó. De qué iba. Cómo tenía el valor de decirle eso. Ay, pensaba, lo que hace la envidia. Mientras ella rodaba cada día, Marta seguía de prueba en prueba. Eso debía ser el éxito: el desprecio y los celos de los demás.

Lo que resultaba más curioso era que cuanto más famosa era menos ligaba. Claro que tenía chicos rondando, pero era tanto lo que de pronto se quería a sí misma que todos le parecían poca cosa. De frecuentar la farándula, al año de empezar en la serie, una noche interminable acabó enrollándose con un maduro y reputado actor, un rostro más conocido que ella, involucrado además políticamente con la derecha nacionalista y al que invitaban cada dos por tres a mítines. Era tan atractivo Pol... y se reía tanto con él. Solo le molestaba una cosa. Siempre llevaba coca. No salía sin ella. Y no es que a ella no le gustase, al contrario, el problema era que después de un par de meses de relación María fue consciente de que cada viernes y cada sábado hacían lo mismo, salían de fiesta, volvían a casa, terminaban con todo y luego no había cómo levantar la libido de Pol. Imposible. Al principio tenía su gracia, porque el sábado a mediodía la cosa se reconducía, pero luego dejó de tenerla, ni siquiera el sábado, y aún menos el domingo. Hablaban mucho por la noche, qué pelma, siempre repitiendo lo mismo: «¿Sabes lo que decía Bernard Shaw? Que la virtud no consiste en abstenerse del vicio, sino en desearlo, jajaja». Pero durante el día cada vez se comunicaban peor. Y sin embargo, cuanto menos caso le hacía, más enamorada estaba. ¿Cómo era posible? ¿Cómo no lo veía? Aquella relación tormentosa enturbiaba las mieles del éxito. Ya tenía el dinero. Ya tenía el reconocimiento, pero algo fallaba. ¿Ese actor la quería para algo más que para salir de vez en cuando? ¿Estaba orgullosa de sí misma? ¿Podía defender el papel protagonista de la serie? ¿Con qué tipo de gente conectaba y con quién se relacionaba? ¿Qué dignidad había en su poética? ¿Podía gritar a los cuatro vientos que sus personajes mejoraban el mundo? Tanto había deseado frecuentar el *glamour* y la élite que ahora lo que encontraba en ellos le parecía decepcionante: qué desencanto de gente, pensaba a ratos, por las mañanas, en el coche de producción, de camino al rodaje. Ella, que gracias a Montse Mundó se matriculó en el Institut del Teatre con enorme disposición, soñando con interpretar personajes de Lorca, Guimerà, Pinter, Camus, Chéjov y Shakespeare, que creció en el oficio escuchando a sus profesores decir que en teatro puede haber artistas sin importancia, pero no papeles sin importancia, se veía ahora como actriz de una serie de sobremesa, puro entretenimiento, y encima enganchada a un actor tremendamente seductor pero de conversación vacía, que carecía por completo de eso que entre sus amigas llamaban nivel intelectual.

Para ese hombre, la interpretación era un pasatiempo y un negocio, tanto le daba grabar un anuncio de aceite como presentar las campanadas de Nochevieja. Sin embargo, para ella la interpretación era una forma de vida, era un arma intelectual, era una manera de pensar el mundo. ¿Pertenecía ella a esa clase?, ¿por qué su mirada, en la época más boyante, de pronto era tan triste?

Una noche, en una fiesta improvisada en casa de su ligue, en plena confusión emocional de María, cuando las dudas y la frustración la atosigaban, apareció un periodista al que todos recibieron con los brazos abiertos. Aunque era la primera vez que María lo veía, entendió enseguida por qué. En un plis plas sacó del bolsillo tres bolsitas y recolectó 180 euros. Todos, de pronto, felices, alborotados y encantadores. Todos desperdigados por el salón en grupos de dos y tres. «Tu cara me suena», le dijo el periodista en un rincón tras meterse una considerable raya. «No sé —dijo ella—, soy amiga de Pol.» «Ah, vale, pero no serás la novia, ¿no?» Entonces, a ella le dio vergüenza decirle que sí, que ella creía que era la novia, y con la mosca detrás de la oreja llevó la conversación a otro terreno: «No, no, soy una amiga». María se encendió un cigarro, le ofreció y el otro aceptó. Iba lanzado. Hablaba por los codos. «Entonces no eres actriz.» María sopesó su respuesta más de la cuenta, aprovechó para ventilarse su raya. «Sí, bueno... —aspiró fuerte, tragó saliva—, soy actriz, de teatro», como si fuera preciso matizar. «Aaaah —exclamó el otro—, eso es otra cosa, como Pol entonces, menos mal. Es que se ve que Pol hasta hace nada salía con una de una serie de esas chunguísimas, para viejos, esa del *Tram Baix* que yo no he visto en mi vida.» María tuvo curiosidad por ver cómo avanzaba el despiste del otro y colaboró añadiendo: «No sé, no me suena, la verdad». «Pues es que, por lo que se dice por ahí, la pava hace un ridículo espantoso, pronuncia el catalán como una charnega... es malísima, parece que es un poco de vergüenza ajena... ¿Sabes, no? Pero en fin, ¿qué esperas de una serie así? No estará por aquí, ¿no?» El periodista miró en redondo sin ver nada más que tíos hablando a borbotones. «No creo, qué va», dijo María, única chica de la fiesta, impaciente por seguir escuchando a ese periodista, que se mostraba desatado. «Además, me han dicho un montón de colegas que la tía va llamando a los medios en plan diva, exigiendo que le paguen taxis, como si fuera una *prima donna* y nosotros sus súbditos, dando la nota de mala manera... Supongo que le habrá dado el finiquito, con lo que es Pol. ¿Hacemos otra? ¿Cómo te llamabas, por cierto?»

15
Teodoro Broto

Valdecádiar, 1966

Teodoro no dijo en casa ni una palabra de los comentarios despectivos sobre Milagros, ni siquiera cuando Conchita anunció que ella no se apuntaría para trabajar con los ingenieros porque había decidido que se iba a servir a Calamocha. Para Amparo, que se fueran sus hijos no era síntoma de entristecimiento sino más bien un alivio, con las hijas era otra cosa. El aroma de un puchero que supuraba sebo sobre las brasas disolvió toda intención de opinar al respecto, pues el hambre arañaba en el estómago y nadie estaba dispuesto a renunciar a una ración por enzarzarse en una discusión que no llevaría a buen puerto.

Finalmente se abrió el proceso para recibir operarios en la construcción de la torre y del embalse. Un par de hombres llegados desde Barcelona descendieron de un coche a las puertas del ayuntamiento y, mientras subían las escaleras, pasaron revista a la fila de voluntarios que llevaban horas esperando su llegada. Una vez instalados en el salón donde se llevarían a cabo las entrevistas, se presentaron al alcalde como miembros del departamento de contratación de la empresa Entel. Ante todo, avisaron desde el primer minuto, no querían vejestorios como alguna que otra antigualla humana que habían detectado en la hilera que se extendía en la plaza, por lo que antes de que empezara a subir la gente, tuvo que salir el alguacil y enviar a casa a todos aquellos de edad avanzada que se hubieran personado haciendo caso omiso de los requisitos. Así vio Teodoro retirarse a Zacarías, a Crescencio y a otros que imitaron sus pasos y se perdieron por la calle del Horno. Aquel día no comunicaron el nombre de los elegidos. Se haría más adelante.

En la fiesta de la Santa Cruz, el 3 de mayo, era común que el cura reuniera en torno a él a mucha prole en la era larga, lugar que solía elegir para oficiar una eucaristía y bendecir los términos. Allí sacaba el pater noster y, señalando con él los cuatro puntos cardinales, daba por concluido un acto que era la previa del jolgorio. Ese día, Teodoro presenció una escena que tardaría en olvidar. Por la noche se encontró que en la esquina del Cantón estaba su hermano Sempronio con sus amigos. Iban a asar unas costillas en una parrilla que habían pedido prestada. Unos prendían fuego a unas zarzas y otros se pasaban la bota de vino. Invitaron al chaval a quedarse un rato y se encaramó a la morera que había enfrente. Allí, viendo trajinar a los mayores, esperó sentado. De buenas a primeras uno se percató de que se les acababan las cerillas. En estas apreció Zacarías, tambaleante, cosiendo la calle, lo que dibujó una mueca de fastidio y desazón en el ánimo de Teodoro. Siempre pensaría que si Sempronio no le llega hablar, su padre hubiera sido incapaz de reconocerlo. Pero no fue así la cosa:

—Padre, padre. ¿Tiene fuego, por casualidad?

Zacarías, bastante ido, y aunque le pesaran los ojos, se quedó mirando lo más fijamente que pudo a su hijo. Luego, antes de balbucear, echó un vistazo alrededor, como si rastreara el entorno:

—Pero tú qué haces aquí a estas horas, por qué cojones no estás en casa, qué fuego ni qué hostias, ya te estás yendo, venga, tira pa casa que te enfilo...

Tardó poco Sempronio en entender la cogorza que traía su padre, y se puso chulo:

—Mejor que se vaya usted que buena falta le hace.

—Que te he dicho que te vayas a casa, cabrón —repitió el otro, vacilante.

—Que no me voy, que me quedo a cenar con mi cuadrilla.

—¡Que te digo que te vayas!

—¡Que le digo que se vaya usted!

Tanto Teodoro, desde el árbol, como los otros, que se habían arrimado a la tapia acobardados, asistieron a un desenlace que se veía venir. Porque, aunque estuviera borracho, Zacarías sabía lo que hacía y, de primeras, le soltó un mamporro que por poco lo tira al suelo. Pero Sempronio, que evitó caer sobre la incipiente hoguera como buenamente pudo, herido en su orgullo, devolvió un guantazo a su propio padre. Entonces Zacarías agarró una de las sillas bajas que había junto a las brasas y, asiéndola del respaldo, se abalanzó sobre su hijo como si le fuera a clavar las patas. Y Sempronio, claro, al detenerla, quedó con las dos manos ocupadas, detalle que aprovechó Zacarías para arrearle un puñetazo que le dejó el ojo morado más de una semana. Pero aun así, el chaval se levantó, y cuando iba a por el padre con una furia desatada, este sacó la navaja y empezó a gritar que los iba a matar a todos, a todos, y así, con la punta de la navaja, trazó medio círculo señalando en redondo, segundos antes de encorrerlos calle abajo fuera de sí y gritando como un demente «¡cabrones!».

Sin moverse del árbol, sufriendo en silencio aquella ignominia, Teodoro deseó más que nunca que vinieran los ingenieros, y al momento pensó en Milagros, y se dijo que aunque fuera lo que fuera, había hecho bien en irse. Allí se quedó un rato, dando vueltas a los pensamientos, vislumbrando un futuro distinto para él. ¿Se pegaría él también un día con su padre?, ¿era esta la vida que le esperaba? Antes de que se decidiera a bajar y dirigirse a casa vio una sombra que remontaba la calle. Por los andares curvados dedujo que era su padre. Lo vio farfullando reproches, profiriendo insultos al vacío, ahí estaba: un hombre desmadejado, que en cuanto llegó ante las zarzas y las aliagas que habían quedado esparcidas por el suelo buscó desesperado lo que tenía entre ceja y ceja y que evidentemente era el motivo de la pelea provocada. Sin dejar de reír, imantado por la fuerza de una endeble supremacía, se hizo con toda la carne que restaba envuelta en papel de estraza y que no había podido asarse. Ahora entendía Teodoro el porqué de las carreras, las amenazas y todo ese circo del cuchillo surcando el aire, qué listo era su padre, más listo que el hambre. Como quien mira un ser desconocido, lo vio irse a casa, dando mordiscos a costillas, chuletas, hígados crudos; arrastrando los pies bajo las estrellas y la humedad.

Cuatro meses después, impecablemente vestido, con camisa y pantalón blancos y zapatos y cinturón azul marino, como si aterrizara de una galaxia inaudita, llegó al pueblo don Pablo Peñalver, el director del proyecto, al que se esperaba como agua de mayo. Ya desde mucho antes de que compareciera unos lo llamaban jefe de aprovisionamiento, otros jefe de obras, y otros ingeniero mayor. Era un hombre de talla considerable, fuerte y con una barriga ligeramente incipiente que en absoluto se preocupaba en disimular. Se expresó de manera abierta y coloquial con todos a los que fue saludando en cuanto salió del coche. Lucía el porte de quien se cree el prestigio del que goza. A simple vista parecía de todo menos insignificante. Llamaba tanto la atención que enseguida tuvo a chavales alrededor observándolo, esperando quizás que se acercara a ellos y les tocara la frente o les estrechara la mano, como hacía a veces el cura, quién sabe si para que les diera buena suerte o para ver si así se le reblandecía el ánimo y soltaba una propina con la que comprar pipas.

Por las formas en que se movía y confraternizaba estaba claro que no era la primera vez que don Pablo Peñalver ponía un pie en un pueblo recóndito ni se enfrentaba a la magnitud de un programa semejante. En el ayuntamiento abrió un maletín del que sacó escuadras y cartabones y mapas de la zona como un auténtico topógrafo. Ante el alcalde desplegó unos papeles con dibujos y explicó el proyecto. Había también bocetos, cuartillas llenas de números y referencias. Añadió que tendría para tres o cuatro años y que su manera de trabajar era sin prisa pero sin pausa. Al parecer quiso explicarse con palabras corrientes porque aseguró que lo que el Caudillo deseaba eran pantanos para combatir la sequía y llevar agua potable a las casas y que se dejara de una vez de beber de los pozos y de los ríos. Así, cada presa tendría su red de distribución para abastecer a los hogares. Por eso se harían también depósitos que servirían de almacenamiento del agua del embalse. Asimismo el sistema de regadío tenía que consolidarse para diversificar cultivos y aumentar la productividad, que ya está bien de pasar hambre. Añadió que él, como jefe de obra, no estaba muy bien visto en el sector y que si de un día para otro lo veían desaparecer no sería la primera vez que se daba el caso, así que quedaban avisados, porque para él primero estaba el ser humano y después las presas de gravedad. Ese posicionamiento le había generado muchas enemistades. No estaba por la labor de hacer desaparecer pueblos enteros para construir presas como estaba sucediendo en muchos puntos del país. Y esa era su responsabilidad: anteponer la gente al desarrollo.

Lo primero que hizo fue solicitar una reunión con los elegidos para el trabajo porque convenía empezar a limpiar el terreno cuanto antes. Media hora después, frente a la iglesia se agolpaba un grupo en el que se encontraba Teodoro. Así empezó el chaval a trabajar para los ingenieros, con sus catorce años recién cumplidos, cuando bullían las contradicciones en su cabeza, creía saber todas las certezas y las trampas de la vida y temía que su instinto un día se desmadrara. Entre él y otros quince mozos recogieron parva y desbrozaron arbustos hasta liberar una gran explanada de tierra en las afueras del pueblo, con vistas de la Retuerta. Teodoro atendía las indicaciones de los técnicos de don

Pablo con la mejor predisposición. Incluso se interesaba cuando explicaban en voz alta detalles sobre la presa, proyecto que constaba de tres grandes fases. La de ahora era la de diseño y despliegue de una red entre las capitales de la provincia. Embobado por la sonoridad verbal que irradiaban, escuchaba cosas como «protección civil», «presa de gravedad, red troncal, o un importante apoyo en las infraestructuras básicas de las telecomunicaciones, ya sean casetas, antenas o canalizaciones, existentes o de nueva construcción, como es el caso».

Don Pablo se instaló en la fonda que para tal efecto improvisó María Manuela. Había sido una buena idea, porque era ella quien gestionaba el teléfono y a buen seguro el ingeniero precisaría de este servicio para sus conferencias. Enseguida se metió al pueblo en el bolsillo. ¿De dónde salía ese señor erudito, refinado, elegante, dicharachero? Desde muy pronto fue habitual verlo en el bar después del trabajo. Allí, en la barra, entre Paco y Elías, siempre con una sonrisa y con dos o tres refranes en la punta de la lengua, decía las palabras justas para conversar de circunstancias y referencias que los otros ignoraban. Y ese fue un problema, pues en ese ambiente sus peroratas sonaban a chino: si le daba por decir «yo soy del POUM, y brigadista, como George Orwell», o «lo que más me gustan son el vino, la música, la poesía y los pájaros» o «lo que mueve el mundo es el dinero, pero lo que lo conmueve es el arte» o «para avanzar precisamos de ideas» o «Progreso y patria. Lo primero importa y lo otro no» o «la diferencia entre los de izquierdas y los de derechas está en el control, los primeros se desentienden de él y los segundos lo reclaman, incluso para su propio cuerpo», le era imposible encontrar un interlocutor, por lo que enseguida aprendió las reglas del guiñote y se habituó a las cartas.

Aunque no se dio por vencido. Todo lo contrario. La lejanía existente entre sus propias vivencias y las de los humildes habitantes del pueblo lo estimuló. Cuando una tarde, tras la partida, supo que allí no había cineclub se llevó las manos a la cabeza y con veinte minutos de discurso ante el alcalde clamó al cielo para que desde el ayuntamiento se pusiera fin a semejante infortunio. Sin arrogancia, con una carcajada cautivadora, añadió:

—Los políticos en España se creen que todo consiste en ir tirando y el que venga detrás que arree, pero hay que hacer cosas por uno mismo.

Don Pablo siempre llevaba consigo unas tarjetas de visita con su nombre y el emblema de la empresa Entel. A veces, cuando el buen sentido que tenía requería que sacara una del bolsillo de la camisa, lo hacía sin rastro de ostentación, como si no le quedara más remedio o le avergonzara. Seguidamente recuperaba su bolígrafo y reescribía en la tarjeta la nueva dirección. Eso hizo con el presidente de la diputación el día que vino a supervisar las obras.

—Este gobierno central deja a los pueblos de la mano de Dios. Solo importan las capitales... —sostuvo ante aquel hombre triste, que estaba allí por compromiso, antes de pedir una mesa de ping-pong y una pantalla para el cineclub—. Pero, en fin, siempre son otros los que tienen la sartén por el mango.

La llegada de don Pablo también animó a don Tomás, y entre los dos pusieron en marcha una tradición que se prolongó mientras hubo escuela y que consistía en que los alumnos representaran una obra de teatro cada fin de curso, cosa que hacían coincidir con San Juan. En cuanto pudo, también acudió a la herrería y pidió a José María que le arreglara una bicicleta que le había dado el albardero, de quien se hizo amigo muy pronto. Conforme pasó el tiempo y aumentó la confianza, todo el mundo le ofrecía algo: unos huevos, otros tomates y algunos, los más ricos, incluso carne. Todos querían llevarse bien con don Pablo, el hombre que, caído del cielo, daba forma a otro pueblo. Un domingo se le ocurrió ir a misa y al salir fue a buscar urgentemente al alcalde y le dijo:

—Esta iglesia no tiene brillo.

A la semana siguiente puso en marcha una comisión encargada de recaudar fondos para restaurar parte de la fachada de la iglesia y devolver el resplandor a los frescos de la cúpula. Elaboró la lista de donantes para que su nombre se viera en las puerta del ayuntamiento, a ojos del pueblo y bajo el rótulo: Padrinos y Favorecedores, en honor a San Pascual Bailón.

La figura de don Pablo había levantado el ánimo y, por un momento, pareció Valdecádiar un lugar próspero y de convivencia feliz. Sus dotes como jugador de fútbol calaron en los zagales más pequeños y era común verlos dividirse en equipos y jugar en la era larga, allí donde, por insistencia de don Pablo, y sufragado por él, el Herrero instaló unas porterías cilíndricas de hierro que provocaron que, por un verano, todos se olvidaran del trinquete.

Para Teodoro, desde la llegada de don Pablo, el pueblo era otro. No solo por la implantación de la torre y de la presa sino por el dinamismo que aquel hombre imprimía en la colectividad. A Teodoro le fascinaba escucharlo. Y así se acostumbró a seguirlo a todas partes. Hacía más horas que el resto. Tanta voluntad laboral despertó en don Pablo curiosidad, y vio en él a alguien proclive incluso a mandar a los demás. Tal vez adivinara cualidades en su humanidad. Tenía ángel y con el tiempo podría tener carisma. Por eso se le acercó un día a la hora de la comida, después de que un capataz repartiera pan con longaniza:

—Oye, ¿tú sabes leer y escribir? —le preguntó mientras masticaba.

—Claro —aseguró orgulloso, sabedor de que era el único de su familia que podía dar una respuesta semejante.

—¿Cuántos años tienes?

—En dos semanas hago quince.

A don Pablo le sorprendió la edad. Si parecía un renacuajo, tan poca cosa. Ahora entendía la fuerza que demostraba.

—Si me ve muy bajito es porque tengo un problema con el crecimiento. Pero el maestro me obligó a ir al médico y este le dijo que se ha retrasado el estirón. Pero que vendrá en breve. Es cuestión de tiempo.

—Todo en la vida es cuestión de tiempo —certificó el otro por darle al trance un aura filosofal.

La miseria que desprendían sus ropas, la voracidad con la que ventilaba los chuscos de pan y las sardinas, pero más aún el modo que tenía de repartirlas a los demás, hicieron que don Pablo lo mirara con otros ojos y de alguna manera avivaron en él las ganas de hacer el bien.

—¿Por qué nunca vas al cineclub como los demás?

—Yo no estoy integrado.

—¿Y eso?

—Por mi familia.

—¿Qué pasa con tu familia?

—Pues nada, que somos los más pobres, supongo.

—No tienes amigos.

—Bueno, tengo a mi tía Gracia...

—Digo de tu edad.

—No, alguno, pero son diferentes, ellos tienen la vida resuelta, como dice mi padre.

—La vida no está nunca resuelta. Y a veces, tenerla resuelta es la tumba.

Aquellas conversaciones se repitieron y generaron una inquietud en don Pablo, que extendió al crío su innata voluntad de ayudar. Le tentó aquella personalidad tan humilde, carente de vanidad alguna. Se interesó por él y por su procedencia. Supo quiénes eran Amparo y Zacarías. Cómo se vivía en aquella casa. Cómo se las apañaban para dormir en un único espacio. De dónde salía la comida que allí se devoraba. Los rumores sobre el origen de la madre y sobre los quehaceres de la hija que se había ido a la capital.

Cuanto más supo, más afable se fue haciendo su trato con él. Y bien pronto se percató de que el chaval lo imitaba. Cualquiera con dos dedos de frente se hubiera dado cuenta de ello. A ojos de don Pablo, Teodoro era un zagal espabilado y solícito con quien además podía hablar de cualquier cosa, sobre todo porque era quien más y mejor le escuchaba. Así le contó que antes de estar destinado a Valdecádiar había trabajado en

Montoro, Córdoba, donde había pasado unos meses como ayudante del jefe de obra, un ingeniero de caminos, canales y puertos que fue su profesor en la universidad, con quien había puesto en marcha la construcción de la infraestructura de pantanos en la zona. Teodoro asentía, con una pizca de miedo, incrédulo a la vez que embelesado con la idea de que ese que le estaba hablando a él era el mismísimo don Pablo, el hombre más famoso del pueblo.

—¿Y cómo es aquello? —se atrevió a preguntar.

Supo don Pablo que se refería a Córdoba.

—Mucho caló, quillo —dijo imitando un ancestral acento andaluz, que hizo reír a Teodoro, feliz de sentirse cómplice.

Toda la mundología de la que disfrutaba don Pablo era de la que carecía aquel muchacho. Él había tenido la suerte de estudiar desde una posición ventajosa y, recién licenciado, ya trabajaba en proyectos de envergadura. Sin embargo, a pesar de toda esa palabrería, a menudo su mirada se descubría eclipsada, como si se le embotaran los sentidos y su mente estuviera en otra parte. Cuando volvía al mundo real lo hacía tarareando alguna canción y hablando a Teodoro de música o de maquinarias y cadenas de montaje y puentes necesarios para propulsar la industria de la ingeniería.

Cuando Teodoro llegó a casa aquella tarde les contó a su madre y a Gracia que los ingenieros habían elegido Valdecádiar para implantar esta torre de comunicaciones porque la sierra era muy alta, pero que en verdad la torre era cosa de otros ingenieros, que él dirigía las construcción de la presa, una presa que iba a cambiar la vida del pueblo, porque tendría una capacidad de almacenamiento de 22 hectómetros cúbicos, lo que según don Pablo era mucho, muchísimo, una barbaridad de agua, puntualizó. Además iba a servir para el abastecimiento de todos los municipios de alrededor y para poner en marcha el regadío. Y añadió que don Pablo era una persona normal y corriente con la que él se despachaba de tú a tú. Las dos mujeres, escépticas ante lo que estaban oyendo, siguieron cada cual a lo suyo, la una bordando, la otra secando un cazo, y así respondieron, con silencio.

La primera vez que Teodoro puso un pie en la pensión fue un viernes cercano a la Semana Santa en que el ingeniero requirió de su ayuda para transportar cajas a otra estancia. Era una tarde de finales de invierno que concluía sin niebla y sin viento, solo con la habitual humedad y una oscuridad en el cielo cada vez menos acentuada. La primavera podía palparse. Era una promesa que en breve se haría realidad. A don Pablo se le acumulaba el trabajo hecho y, como era de talante estructurado, muy devoto del orden, todo lo que ya no servía lo iba separando. Detestaba acumular enseres inservibles.

En su habitación le gustaba tener únicamente la cama, la mesa, el armario con la ropa, los libros, las revistas y un tocadiscos junto al cenicero. Para entonces, a los tres años de su llegada, ya era oficial la amistad entre ellos. No es que molestase a nadie del pueblo, más bien sorprendía. Teodoro había terminado la educación básica y se había volcado en el trabajo de la instalación de la torre y de la presa que en unos meses tocaría a su fin. Habían sellado una camaradería real. Y si en un principio intervino la voluntad de don Pablo por enderezar la retorcida senda que tomaba la inercia familiar del muchacho, con el tiempo la relación había devenido en un apoyo por partida doble, laboral y emocional. Si don Pablo le hablaba de viajes y pantanos y películas, Teodoro, con una gracia inaudita, que solo se atrevía a poner en práctica con él, le mostraba singularidades de la peculiar geografía lingüística del pueblo: una cestera no tenía nada que ver con las cestas, una cestera era un huerto; los alberges eran albaricoques; los prescos eran melocotones y los conejos se despellejaban con las manos en medio minuto y las viñas había que cuidarlas obedeciendo a la luna e implorando clemencia a Dios porque recataban el bien más preciado, que era el vino. También a don Pablo le gustaba el vino, y escuchar historias de vecinos lunáticos que pasaban las cuatro estaciones a merced del campo, pendientes de los ciclos lunares, llenos de miedos y rencores atávicos, creyentes, supersticiosos, a ratos rezando para que lloviera y más tarde para que no granizara y se echaran por tierra las cosechas, temiendo la sequía igual que las tormentas devastadoras, buscando la comida a salto de mata para engullirla con la misma voracidad con la que se solventaba el sexo cuando asaltaban sus ganas. Entre el maestro y el alumno se habían achicado distancias y, si bien es cierto que a veces parecían padre e hijo, también es cierto que otras veces parecían compañeros de la misma edad.

Habitualmente don Pablo se ausentaba la mayoría de los fines de semana. Según los rumores que llegaban al bar y a la tienda, era para encontrarse con la mujer, pues, ¿cómo no iba a tener mujer un hombre como él? Sin embargo, en eso era muy reservado. Incluso con Teodoro. No bastaba con que María Manuela afinara el oído cada vez que don Pablo le pedía una conferencia. Ni que se le hicieran bromas al respecto cada vez que la partida del bar o alguna cena de hermandad lo llevaba a alguna bodega con otros lugareños.

Cuando se iba, Teodoro volvía a sus faenas del campo con su padre, frecuentaba el bar y el teleclub. Ya no sentía necesidad de esconderse. El hecho de haber sido uno de los protegidos por don Pablo le había dotado de un nuevo estatus. José y Carlos le saludaban con afecto cuando se lo encontraban en el monte y le decían que fuera con ellos a cenar algunas veces dando por hecho que las injurias que contra él habían proferido erróneamente en otro tiempo eran agua pasada. Los dos se habían quedado en el pueblo, cada cual tenía su rebaño de ovejas.

Sempronio y Lolo terminaron por irse a las minas, y contra lo que *a priori* se pensaba, según las noticias que llegaban, se daban vida en Calanda. Teodoro entregaba el jornal a su madre, que muy orgullosa intentaba estirarlo al máximo.

Al terminar de ordenar todas las cajas y depositarlas en la trastienda que para ello dispuso María Manuela en la parte baja de la casa, don Pablo invitó a su amigo a entrar al cuarto a escuchar música y fumar. Era un espacio limpio y amplio. Qué distinto de su casa. Ningún chisme fuera de sitio. El paquete de Kent estaba lleno y, al ir a coger uno, a Teodoro se le cayeron unos cuantos al suelo. Un tanto avergonzado, se apresuró a recogerlos y, al hacerlo, nervioso, sintió un hormigueo que subió de la mano al codo. Mientras tanto, don Pablo ponía en marcha el tocadiscos. Muy voluntarioso, al verlo aún de pie le mandó ocupar una de las sillas que había contra la pared y le pidió que la acercara. A ojos de Teodoro, aquella habitación con humo y con música por fuerza tendría que asemejarse a un club de los que don Pablo decía que había en las capitales, extraños universos de bruma y duermevela donde los hombres y las mujeres a buen seguro se desganarían en sofás de terciopelo al ritmo de las músicas y a la espera de vete tú a saber qué prodigios. Parecía mentira estar viviendo este momento. No sabía Teodoro lo que era el entretenimiento, ni el asueto, ni que hubiera personas que se sentaban a escuchar música mientras fumaban con el convencimiento de que merecían el descanso. Normalmente, las reuniones de los hombres del pueblo eran diferentes, siempre en bodegas ante las cubas de vino, con cuatro gritos y unas jotas, o en el bar, sin rastro de reserva.

—Vamos a escuchar uno de mis cantantes de tango preferidos: el Polaco Goyeneche, junto con Gardel y Corsini, el que más me gusta, atento a la canción: *Vuelvo al sur.*

La grieta de oscuridad que se percibía más allá del cristal entre la persiana y la linde de la ventana era cada vez más oscura. Don Pablo ejercía de maestro de ceremonias con placer. Y no dejaba de ser curioso para Teodoro que, con una simple canción, con unos simples acordes, la atmósfera de la habitación se convirtiera en otra. ¡Si hasta parecía que estuvieran en otro país!

—Ese instrumento es un bandoneón, una especie de acordeón.

Teodoro asentía, interesándose por la música.

—La música es de las mejores compañías. Me da la paz interior que necesito cuando voy a estallar —confesó resoplando, como si estuviera en desacuerdo con algo que ninguno sabía nombrar.

—¿Estallar?

—¿Estallar? ¿He dicho estallar?... —A juzgar por sus aspavientos, y su manera de desplazarse, y de fumar, don Pablo estaba nervioso, sin duda—. Hay veces en que los problemas ahogan a uno. Conforme se cumplen años crecen los problemas. Qué maldita prisa tenéis los niños por crecer...

—No soy un niño.

—Pero lo pareces, y ese es tu...

Teodoro detuvo su frase con una pregunta.

—¿Qué quiere decir ese sur de la canción? ¿Se refiere al sitio ese, Córdoba?

La apreciación desató una carcajada en don Pablo. Aquellas opiniones, fruto de la inexperiencia, le enternecían.

—Se refiere al cono sur, a Sudamérica. Y significa que la vida se divide entre los ricos del norte y los pobres del sur, donde está la dignidad. Dicen que es mejor la gente del sur que la del norte. Al sur se vuelve, al norte se va de paso. Y también habla de la identidad. Esa gran pregunta. ¿Quiénes somos en realidad?

Teodoro se encogió de hombros. Empezaba a acostumbrarse a este tipo de monsergas. La ondulante melodía descendió por la enredadera que presidía la fachada y siguió más allá de la plaza, tal vez hasta el lavadero y los huertos, como si fuera la voz de una huida. Don Pablo sonrió levemente y dejó que la cadencia musical se hiciera cargo de todo. Teodoro escuchó «Siento el sur como tu cuerpo en la intimidad...», y tuvo un presentimiento, igual que todos, angustioso, y se mordió los labios antes de hablar:

—Yo sé quién soy...

—De momento eres muy joven..., no tienes pasado. Yo, en cambio, tengo un pasado, y es oscuro, no me lo tengas en cuenta, no soy más que un polizón, pero es en la oscuridad de donde surgen los descubrimientos más luminosos.

—Pero tú no eres pobre...

—Un pobre con billetes, a lo sumo... Aún no puedes entenderlo.

Un cuarto de hora más tarde, María Manuela interrumpió la audición golpeando la puerta y anunciando:

—Usted perdone, pero le llaman al aparato...

Antes de ponerse en pie, don Pablo Peñalver miró la hora en su reloj de pulsera. Luego aplastó el cigarro contra el cenicero y se ausentó de la habitación dejando en el aire una confusión de humo mezclado con el áspero olor de su ropa limpia.

Mientras aguardaba el regreso, a Teodoro le dio por elucubrar. ¿Qué habrá pensado María Manuela al verme aquí? ¿Le dirá a alguien que me han visto fumando, cosa que él no hacía jamás, y escuchando el tocadiscos? Inquieto, se levantó hasta la mesa. Allí había otros discos, leyó por encima María Callas, Bellini: *Il pirata*, Duke Wellington & John Coltrane, Billie Holiday, George Gershwin, Ravel, Satie, Debussy... y se preguntó ¿cómo sonaría eso? Sin querer, sobre un libro descubrió la presencia de una postal. En blanco y negro visualizó una calle oscura, un edificio con un arco y dos portalones sobre los que destacaban marqueterías y contraventanas. No supo poner freno a la curiosidad. Agarró la tarjeta dejando al descubierto el título del libro, *Bajo el volcán*, y seguidamente la giró para leer el nombre de don Pablo y la dirección de la fonda a la izquierda, debajo de un sello con el rostro del Generalísimo y la cifra de 10 cts. A la derecha, en la esquina, unas palabras con letra de imprenta: «Palma de Mallorca, Calle Típica», y abajo, con letra firme y redondeada, un texto:

Querido Pablo,

quisiera comprendieras que los recuerdos y los afectos no dependen de la asiduidad en el trato. También yo he quedado sorprendida, pero mi cariño continúa a pesar de todo. Quisiera convencerte de ello, y aunque tarde, va mi felicitación por tu matrimonio y mi obsequio que envío por paquete asegurado.
Mercedes Xancó

—¿Qué? ¿Chafardeando?

La voz de don Pablo agarrotó el cuello de Teodoro, que habló sin llegar a volverse:

—No sabía que estabas casado.

—El que fisgonea lo que no debe, se entera de lo que no quiere, decía mi madre.

Como si buscara su sitio en su propia habitación, don Pablo Peñalver se tomó su tiempo en dar explicaciones. Visto así, ataviado con la ropa blanca que traía el primer día y que en absoluto casaba con su talante, parecía un seminarista con ínfulas de indiano. Prendió un nuevo cigarro y agarró otro disco que dejó a la vista.

—La gente se piensa que voy a ver partidos de fútbol, pero en realidad me voy a otras cosas. Tengo muchos compromisos —y, fiel a su pasión por los refranes, añadió—: no es oro todo lo que reluce. Dicen que cuando te haces mayor el amor es lo único que nos acerca al niño que fuimos, pero es mentira, menuda tontería, es más, creo que a mí me hace envejecer más deprisa.

—Se han terminado las obras... —Teodoro cambió de tema, como si no quisiera saber.

—Sí, ya no queda nada.

—Y te vas a ir, ¿verdad? Las cajas que me has hecho hacer esta tarde no son para almacenarlas, sino porque te vas a ir y por eso está todo vacío.

—Hay que ver qué listo eres, contigo no se puede ni planificar una sorpresa. Desde que te vi supe que eras un lince. La verdad es que prefieren que me vaya y sustituirme por otro. Incordio demasiado. Cuando terminen la presa se darán de hostias por venir a inaugurarla y ponerse las medallas. Pero no dirán que querían demoler corrales y que me opuse..., y mucho menos que me he opuesto a que tiren el cementerio, que es lo que quieren...

—¿Qué ha pasado?

—Mira, como sigamos así se van a inundar muchas zonas de labranza y eso a los jefes les trae sin cuidado. Pero aquí vivís la mayoría de eso... He alertado del gran riesgo de inundaciones y he pedido que, en caso de que eso ocurra exista una cláusula de recompensa. ¿Sabes cuál ha sido la respuesta?

—No...

—Que me vuelva a Barcelona y me dedique al saneamiento de la vía pública. Con los ricos y los poderosos no conviene hacer negocios, pero a mí no me ha quedado otra que trabajar para el enemigo. ¿Tú crees que a alguno de mis jefes le puede importar este pueblo, esta presa? Todos nacemos desnudos, pero estos se creen que ellos no, que ya nacieron mandando. Por eso disfrutan humillando. Solo importa su ego y su bolsillo. Son torturadores profesionales. Y lo peor es que son y serán inextinguibles.

—¿Ya te vas mañana?

—No, mañana no, pasado. Pero tú te vienes conmigo. Acabo de recibir la conformidad del director de Entel. Todo está previsto. Le he proporcionado un buen informe. Eres muy joven, y creo que te vendría bien salir de aquí. Te podría ayudar, al principio...

—¿Por qué yo? —Se atrevió a preguntar el joven, aún embebido por la noticia, tal vez considerándose indigno de ella.

—Porque tú y yo somos iguales.

Teodoro se repitió la frase mentalmente y, en lugar de asumirla como proverbial, visionaria o profética, la apreció como una excentricidad de aquel hombre de música.

—Dicen que en la capital todo es jauja.

—Es diferente. Te haremos un carné de identidad porque imagino que no tienes —zanjó don Pablo, con la firmeza de quien está habituado a tomar decisiones.

Teodoro perseguía el punto incierto en el que su pensamiento situaba Barcelona y se preguntaba si sería posible irse así, de un día para otro, mientras don Pablo regresaba al suyo, ese lugar que en absoluto se le antojaba confortable. Y entre contradicciones y preguntas, terminó una canción y empezó otra.

Pero don Pablo no se llevó únicamente a Teodoro. Asimismo anunció que incorporaba a su lista de peones a Cosme, hijo del albardero, y Damián, hijo de María Manuela, quien tras casi cuatro años de convivencia diaria y, sobre todo, tras la muerte de su esposo, se había convertido en un familiar.

Cuando don Pablo ofrecía trabajos en obras y en ferias para los chicos, ya que él conocía a muchos constructores que necesitaban mano de obra, los padres se mostraban encantados y no preguntaban nada más allá de lo convencional. Encajaban la propuesta como un triunfo, convencidos de que era un privilegio que desde tan jóvenes pudieran abandonar el campo y ganarse un jornal mayor del que obtendrían si se quedaran. ¿Por qué don Pablo se mostraba tan benévolo con ellos? Era su manera de ser, quería echar una mano. Empezaba los encuentros con la misma frase: «Si les parece bien...», antes de dar rienda suelta a ese innato apego por la beneficencia.

Las partidas provocaron envidias en muchos casos. La más amarga fue la de Teodoro. Desde que se supo que partiría como mano derecha del ingeniero, muchas miradas se posaron en él sin disimular encono y dejaron de saludarle. Primero encontró a José en el bar. En cuanto Teodoro sobrepasó el umbral, lo observó con desdén, apuró su sol y sombra y pasó por su lado rozándole el codo, perdiéndose tras la cortina sin decirle nada. Y luego, qué casualidad, cuando iba camino de casa de la tía Gracia, se encontró a Carlos en la fuente, donde abrevaba al mulo.

—Anda, que ya te vale. —Pronunciaba las palabras sin mirarle de frente—. A la capital con el señorito, a ver si acabas como tu hermana, que por lo que parece tú te haces a pelo y a lana.

Por más que aquella opinión le doliera y mereciera, según su callada rabia, una respuesta, no se vio con fuerzas. Al reconocerse cobarde, un estremecimiento le entibió el pescuezo.

Cuando se lo comentó a la tía Gracia, esta le dijo:

—Ni caso, haces bien en irte, eres joven, y a tu edad nada hay mejor que la ciudad. Cuando seas un zarrio como yo, podrás volver al pueblo. Aprovecha y vuela, pichón.

—Tía, una vez mi madre me contó que tú conocías Barcelona...

—Hace muchos años de eso. Lo menos veinte. Lo único que puedo darte, si te vas allí y tienes algún problema, es la dirección de una patrona que tenía pensión donde la Boquería, que es un mercado. Yo conocía mucho a uno que vivía allí. Se llamaba Tino Testor, un estudiante, no sé qué habrá sido de él, pero apuntaba que iba a llegar lejos.

—También me dijo mi madre que habíais estado siempre juntas, allí...

—Sí, así es.

Es probable que Gracia recordara con pelos y señales a la patrona de la pensión y madame de aquel meublé de la calle Robador del que salieron con una ingenuidad que, a juzgar por el oficio que desempeñaban, quizás no les correspondiera.

—Y también me dijo que uno siempre encuentra a alguien, y que ella tuvo la suerte de encontrarte a ti...

—A dónde quieres llegar, pájaro...

—Quiero que me cuentes por qué vinisteis aquí y si es verdad lo que se dice...

—No tienes que avergonzarte de nada...

Teodoro se encogió de hombros a modo de respuesta.

—Tienes madre —prosiguió ella, arrugando un trapo con las manos—. Cuando no la tengas, entenderás muchas cosas. Mientras esté, tendrás donde caerte muerto. Así que vete tranquilo y respirando desde abajo.

Siempre le decía lo mismo. Desde que era pequeño que se lo repetía. Aún podía visualizar la primera vez que se lo explicó y recordarla al pie de la letra:

—Lo importante es que respires desde abajo, desde aquí. —Gracia se señalaba la tripa—. Los bebés cuando nacen solo respiran desde aquí, se les infla la barriga que da gusto verlos. ¿Sabes por qué? Porque no tienen problemas, no hay ansiedad. Cuando te vas haciendo mayor respiras más arriba porque aumentan las obligaciones. Y cuando respiras desde aquí —ahí se tocaba el pecho— es que algo va mal, y va a ir a peor, y si te descuidas te da un jamacuco y te vas al otro mundo... Así que ya sabes...

—Es que la gente habla mucho en el pueblo... —decía Teodoro, la mirada tan lánguida como el tono de voz— Que mis hermanos no son mis hermanos y que por eso se van a las primeras de cambio, y yo soy el único que queda...

Gracia atrajo la cara de su sobrino a su hombro.

—¿Por qué me dice mi madre que eres mi tía si no sois hermanas?

—¿A qué viene eso ahora? —Gracia no estaba hecha para nostalgias.

—Según don Pablo, la identidad es lo más importante. No me puedo ir así, quiero saber de vuestros orígenes, y a mi madre no me atrevo a preguntarle.

—Por mucho que te cuente no lo vas a entender. Tú no has conocido la necesidad, y ojalá no la conozcas nunca, tu madre te quiere, y a lo mejor, si sigue viva, es gracias a ti. Así que date con un canto en los dientes...

Pese a sus reticencias, Gracia relató cómo con cinco años vio a su padre, un estraperlista de tres al cuarto, jugador y bandarra, vaciando armarios y baúles, huyendo de un día para otro de casa, abandonándolas a ella y a su madre. Decían en el barrio que se veía con otra. Al no tener con qué pagar, madre e hija se echaron a la calle arrastrando una maleta y bolsas en las que tintineaban cuatro cacharros de cocina. Tapadas con cartones durmieron dos noches en el banco de un parque y en el rellano de un comercio, hasta que la señora, por medio de unas monjas, halló una portería. En aquel cuchitril subterráneo apañado como vivienda pasó la infancia Gracia viendo a su madre fregar arrodillada escaleras y lustrando barandillas, y atendiendo a los señoritos que, conforme la niña iba creciendo, transformaban los piropos que le dedicaban. Qué monada, qué princesa, qué guapa, cómo está cambiando la niña, esta la saca de pobre porque es de anuncio.

Empezó a ser más coqueta. La ropa que sobraba a las vecinas era recibida con entusiasmo y su madre remendaba tallas y desperfectos. Fue una época bonita, recordaría. Entonces, doce años después volvió el padre alegando que se había equivocado, pidiendo perdón. No le dejes entrar, madre, le advirtió ella; pero la mujer no le hizo caso, o no supo.

El padre se instaló y volvió a las andadas. Trastocó horarios, hábitos, temple y economía. Tan pronto llenaba a la madre de cortesías como exigía dinero a grito pelado. Gracia temía salir y dejar a la madre sola. Hacía los mandados de la pollería en la que había empezado a trabajar y una tarde, al regresar, encontró al padre con la tez encarnada y estrangulando a su madre, que se resistía contra la pared. Al instante desapareció golpeando muebles y todo lo que encontró a su paso, como si recelara más de la hija que respiraba entrecortadamente que de la madre que expiraba tendida. No la mató, pero fue peor. A raíz de ese episodio, la mente de su madre quedó maltrecha. Jamás le volvió a llegar riego sanguíneo al cerebro y no volvió a pronunciar una palabra inteligible. Mientras esperaba a que se la llevara Dios, Gracia se hizo cargo de la portería —ah, el dinero, la comida, los medicamentos, la madre postrada, límpiale, lávala, vístela...—, hasta que uno de los señoritos de la escalera, uno con pintas de golfo, tan simpático, la invitó a que fuera a uno de sus negocios para ganar algo extra y, después de engatusarla y desvirgarla, la fue atontando. Allí conoció a Amparo, que cuando le recordaba la historia se echaba a llorar como una tonta. Muerta la madre quedaba lidiar contra el recuerdo. Cuántas veces en mitad de la calle creyó ver al padre siguiéndola. Cuántas noches despertó presa de una pesadilla en la que era ella la ahogada.

—Lo mejor que nos ha pasado fue quedarnos aquí —afirmó Gracia secándose una lágrima—, así que, hijo mío, lo que diga la gente te tiene que traer sin cuidado. Venga, que se te hará tarde —hablaba Gracia sin solemnidad, la mirada vidriosa— y recuerda lo que siempre te dice la tía: el pasado no tiene tiempo. Así que adelante.

Cuando al día siguiente don Pablo arrancó el coche, bien sabía Teodoro que ninguno de los que se acercaron a la plaza a despedirlos levantaba la mano por él.

Cerca de la salida del pueblo, allí donde la tierra se volvía grumosa y convenía reducir la marcha, junto a uno de los robustos chopos que daban sombra al camino y de la nueva señal que anunciaba «Presa de gravedad», Teodoro distinguió una presencia conocida. No se había despedido de sus padres, pero allí estaban ellos. Zacarías y Amparo dieron unos pasos hasta al lavadero, donde frenó el coche.

Teodoro bajó deprisa la ventanilla y al verlos avanzar por el retrovisor pensó que arrastraban los pies más despacio de lo que creía. Él apoyó el garrote en el suelo y recostó su peso, ella se desató el pañuelo que llevaba en la cabeza, como si quisiera que su hijo le viera la cara entera, la tristeza que le cercaba los ojos.

—Te acuerdas de cuando te enseñé a escoriar y jorear al conejo —preguntó Zacarías; los bigotes afilados, la inconfundible anchura de mandíbula.

Pese a su incapacidad para responder, Teodoro comprendió a la primera y no pudo más que asentir. Eran las tres de la tarde, el sol caía de lleno sobre ellos, doraba las tejas del lavadero y daba brillo a las faldas de la Retuerta, con su estrenada torre de comunicaciones, por las que se despeñaban años y recuerdos.

—Pues bien, yo lo que no quiero es que pases hambre, entiendes. Vete, y si te va mal, aquí están tus padres, que lo sepas.

—Eso, y si puedes trabaja sentado, hijo —dejó caer la madre, apartando el cuello de la bata de la mandíbula.

El coche enfiló la recta que llevaba al empalme de Maicas. Así se fue Teodoro de Valdecádiar, junto a ese amigo nuevo de aura filantrópica que no dejaba de ser un misterio, ajeno por completo a todas las curvas que vendrían después y que retorcerían su propensión a la bondad y a la indiferencia con que aceptaba algunas verdades. Ahí estaba Teodoro, contemplando el cementerio a la izquierda, bajo la loma de San Jorge, la ermita desconchada y una bandada de tordos, y a la derecha ese camino de huertos que sabía de memoria. Así se marchó, los ojos a medio cerrar, el nudo en la garganta, por esa pista de tierra cuyos guijarros salpicaban las ventanas al acelerar, ese telúrico tramo que antecedía a un pueblo recóndito cuya frugalidad sería un día barbecho.

16
María Broto

Trayecto Valdecádiar-Barcelona, 2016

Cuando se incorporan a la autopista, María Broto contempla la puesta de sol. Un apaisado lunar naranja se diluye en el horizonte y entra en el abrazo tibio de la distancia. Algo se le remueve dentro al evocar la figura de Pablo Peñalver. Parece un personaje, se dice. Han hecho ya la mitad del trayecto. En tres horas, en el escenario empezará el pase técnico. Ahora teme no ser capaz de estar a la altura en su trabajo, que la verdad la traicione y la delate. No es función para subirse demasiado. Hoy deberá acordarse de Augusto, que tantas veces repetía «cuidado, cuidado: el énfasis es enemigo de la profundidad». María Broto es consciente de que hoy deberá crear para creer, confiar en ella cuando menos confía. Mirando un jardín de cerezos a través de una ventana volverá a llorar lo que no ha llorado en Valdecádiar. Otra vez se pondrá en la piel de la sentimental Liuba y transmitirá las impresiones de un personaje en el que, como en ella hoy (desde que ha montado en el coche esta mañana) es más importante lo que le pasa que lo que dice (¡porque en verdad Liuba y ella solo dicen tonterías! ¡Si están hablando todo el tiempo de cosas intrascendentes y a la vez llorando!).

Le gusta escuchar a Rafael. Su manera de expresarse sencilla y sin pedanterías, defendiendo a su amigo Teodoro. Piensa en ese cementerio en el que lo han enterrado. Cuánto le gustaría que todo fuera más sencillo. No haber tenido que dar vueltas por otro cementerio en busca de su madre con aquella torpe ingenuidad y haber podido hablar abiertamente. Nota que le envuelve la duda. Si pudiera volver atrás plantaría cara a su madre y pondría en tela de juicio sus justificaciones sobre ese tal Pablo Peñalver. Pero María, pese a sus habituales impulsos fieros, siempre ha sido cobarde y, antes de enfrentarse, prefiere huir. Cobarde hasta para pedir, como le dice Vidal. Así le ocurre con todo, salvo con el teatro.

¿Qué hubiera sido de ella sin la interpretación?, ¿si hubiera abandonado todo por irse con Levan o por hacer de cooperante o, simplemente, si hubiera seguido en la tele? Piensa en ello a menudo, con la convicción de que no hubiera hecho nada, porque en todo, salvo en lo suyo, es inconstante, vaga, lunática —por usar una palabra típica de Montse—, irascible, impulsiva, orgullosa. Y es que el tiempo y la profesión, en lo que respecta a su relación con los otros, han hecho que creciera en ella un temperamento celoso del que antes, en la juventud temprana, carecía, cuando el dinero era lo de menos y vivía en un estado de jauja permanente y se alegraba por los amigos que brotaban de debajo de las piedras.

—La versión que yo tenía es otra... —dice María.

—Tú tienes la de tu madre...

—Claro.

—A saber lo que te contaría. Yo tengo la de tu padre. Fue muy importante don Pablo. Él sí que está enterrado en ese cementerio de Les Corts.

No era a su madre a la que no encontró entonces, sino a su padre, piensa María, antes de hablar:

—Todo cambió de repente. Yo no me lo esperaba. ¿Cómo no iba a sentirme herida?

—¿Cómo te enteraste? —pregunta Rafael, volviendo la vista hacia ella—. Bueno, ya estamos en la autopista, en la próxima área de servicio paramos a comprar una Coca-Cola, ¿te parece?

Mientras piensa en la respuesta, para la que necesita tiempo, acude mentalmente a Augusto, que cuando explicaba a Chéjov, muy serio, decía: «La felicidad no existe, existe un sueño de la felicidad». María no quiere hablar en términos rimbombantes a Rafael, no quiere dárselas de nada, pero igualmente se ve escuchando las palabras del profesor como si no las hubiera entendido hasta ahora: «En Chéjov la belleza es belleza porque desaparece, si se quedase no sería bello». En su vida ha pasado lo mismo, no existió la felicidad, apenas empezó a creer que la tocaba y se esfumó. ¿Qué hay entre la niña que correteaba por Valdecádiar y la que se acaba de ir? Ambas se movían intrépidas por un escenario, agitadas por el sueño de una felicidad escurridiza, de una felicidad imposible.

17
Teodoro Broto
Pablo Peñalver
Gloria Madueño

Barcelona, 1972

Por más que Barcelona supusiera una escuela y simbolizara progreso, Teodoro Broto todavía no concebía que el porvenir pudiera ser tan azaroso, y a la vez tan poco condescendiente con el olvido, y ni mucho menos que guardara para cada cual —incluido él— una misión en el mundo.

Después de que don Pablo aparcara junto a las escaleras del apeadero de la calle Aragón, y leyera «Cine Capsa» en lo alto de un edificio racionalista, en lo primero que pensó Teodoro fue en su hermana Milagros y en su incierto paradero. ¿Dónde habría ido a parar?, ¿seguiría ejerciendo de fulana en la capital? Caminó junto a los demás detrás de don Pablo que, con andares quizás más desaliñados de los que exhibía en el pueblo, guiaba a los tres zagales hacia un bar de la calle Consejo de Ciento.

Como sucedería con tantas otras cosas, Teodoro entendió el hambre que había pasado cuando dejó de tenerla. Ay, las cosas perdidas, si hasta parecen dulces cuando están lejos, pensó al rebañar la salsa del estofado con aquel pan tan distinto al que se hacía en Valdecádiar.

Camareros con camisas que tiempo atrás fueron blancas cuyos lamparones delataban la falta de lavado, suelos acorazados de servilletas de papel que se arrugaban sobre las colillas y el serrín, un televisor encendido, y ese horizonte de botellas tras el mostrador bastaban para que los chicos observaran con ojos muy abiertos la realidad que les daba la bienvenida a un nuevo mundo en el que se mezclaban trabajadores y señoritos.

—Vosotros —empezó a decir don Pablo señalando a Cosme y a Damián— vais a instalaros en una pensión que está aquí arriba, Hostal Continental. Y tú —señaló a Teodoro con un golpe de mentón— vendrás conmigo. Mañana a las ocho de la mañana os recogeremos.

En cuanto se abrió la puerta, una presencia femenina se hizo cargo del recibidor:

—Te presento a mi mujer, Gloria.

—Hola —pronunció asustada la muchacha mientras le tendía la mano.

—Este es mi amigo Teodoro —respondió Pablo como si le debiera la explicación— del que tanto te he hablado. Se va a quedar a vivir con nosotros. Supongo que le has preparado su habitación.

La mujer asintió y empezó a andar por el pasillo, dando a entender a Teodoro que debía seguirla. Era una joven de piel muy morena y pelo negro. En su rostro destacaban los ojos marrones, unos cachetes saltones y rollizos y una nariz menuda. Vista de frente, llamaba la atención la rotundidad con la que se cuadraba la mandíbula. Era bajita y lucía un cuerpo curvado y de anchas caderas que contrastaban con unos andares ágiles. La siguió hasta el cuarto y atravesó el umbral. Antes de dejar la maleta en el suelo, se fijó en la pequeña ventana que ofrecía la pared del fondo, sobre la cama, y se preguntó si para abrirla tendría que subirse en ella. A la derecha vio un armario y una estantería en la que sobresalían lomos de libros y varios botes de perfumes a medias. Cuando iba a dar las gracias, la chica había desaparecido; sería la vergüenza, la poca costumbre a recibir a gente. El hecho de sentarse en la cama le dio una mezcla de miedo y de orgullo, el orgullo de ser el elegido, pero el miedo de estar en un mundo que no sabía si le pertenecía.

Al poco, escuchó el ruido de los pasos de don Pablo, que en cuanto entraba en casa se calzaba unos zuecos. Qué curioso, se dijo antes de verlo en el quicio, ya lo conocía por su forma de andar.

—¿Te gusta tu habitación? —Y sin tiempo a que respondiera, don Pablo añadió—: Te dejo que te instales. En un rato te esperamos para cenar.

—Un momento —se atrevió a decir Teodoro, y al instante se arrepintió de haberlo dicho...

—¿Qué? —preguntó el otro sin dejar de fumar—. Dime...

Teodoro vio a don Pablo utilizar la mano como cenicero en un acto reflejo.

—Es raro...

—El qué...

—Nada, esto, que estés casado y que esta sea tu casa. No me la imaginaba así.

—¿Te refieres a la casa o a mi mujer?

—A las dos.

—Ya hablaremos de eso... Por cierto, esta habitación de aquí al lado es la de la música, tú mismo, aquí no hay normas.

La sonrisa habitual de don Pablo se había diluido. Su natural predisposición a las relaciones remitía en el piso. Aquel parecía un matrimonio de desconocidos. A Teodoro lo embargaban las dudas: según le había explicado, su amigo se pasaba la vida viajando, obras aquí y allá, y así ¿qué connivencia podría haber en un matrimonio que apenas convive? ¿qué lenguaje común pretendían hablar?

Tras un recibidor presidido por una cómoda de madera cuyo barniz llevaba tiempo perdiendo consistencia, se obligaba a girar a la derecha, donde un pasillo ondulante conducía al punto medio de otro pasillo, este sí, mucho más largo, con habitaciones a ambos lados. Nunca había visto Teodoro un corredor tan extenso. Al fondo del ala derecha estaba el salón. Y al otro lado, en un primer tramo se hallaba la cocina, y más adelante otras habitaciones, todas a mano derecha, salvo el lavadero y la galería que quedaba a la izquierda, la última de las cuales, la que tocaba casi a la despensa, era la suya.

Teodoro acomodó las cuatro ropas que traía y se apresuró a ir al comedor, donde ya estaba puesta la mesa. Por la ventana abierta se colaba el ruido del tráfico de la calle Aragón, y ese barullo fue de las primeras cosas que le hizo añorar su casa de Valdecádiar. Había caldo para cenar. Don Pablo se sirvió vino y después ofreció a su amigo, que no quiso. Ni se le pasó por la cabeza servir a su esposa, que sorbía cucharadas sin levantar la vista. Ante tanto mutismo, don Pablo se obligó a romper el hielo:

—En este piso vivía mi madre, que en paz descanse, y yo me quedé con su alquiler.

Teodoro echó un vistazo en redondo. En una pared había una gran librería con tres cristaleras tras las que se distinguía vajilla amontonada y juegos de café. En los estantes, algunos retratos enmarcados —aunque ninguno de los recién casados— de los que se desprendía una vida familiar de templados afanes: un padre, una madre, un hijo único vestido con la extrema pulcritud del que lo hace por encima de sus posibilidades.

—¿Y tu padre? —preguntó Teodoro.

—También murió, antes que ella. En esta familia todos nos morimos temprano, no molestamos mucho. ¡Tenemos esa costumbre!... —Y él solo prorrumpió en una carcajada que ni Teodoro ni Gloria correspondieron—. Mi madre nos dejó hace un año, aún es muy reciente. Un día de estos cambiaremos toda la disposición de la casa, aun hay demasiadas cosas suyas.

Sabedor de que cualquier otra apreciación hubiera sido en vano, Pablo prefirió callar y encendió un cigarro. El envolvente humo regresó al centro de la mesa. La muchacha se levantó a retirar la vajilla como si su preocupación fuera dejarlos solos. Entonces don Pablo invitó a Teodoro a ocupar uno de los sillones y caminó hasta la librería. Abrió uno de los armarios y sacó una botella de coñac y dos copas minúsculas. No ocupó su sillón hasta que no se aseguró de tener a mano el cenicero. Al sentarse, cruzó las piernas en uno de sus más reconocibles gestos. Por llenar el tiempo, Teodoro agarró una revista vieja y la abrió a bote pronto. Con su espera, reclamaba una explicación. Y Pablo, sin dejar de fumar, como si no hubiera otro remedio, o tal vez por la necesidad de confesión dada la conchabanza generada entre ambos, o por sacarse un peso de encima, poseído por una repentina urgencia de revelación, se aventuró a decir algo que recordaría bien Teodoro:

—Quizás eres aún joven, no has vivido suficiente, cuando tengas mi edad, o mis vivencias, y mires atrás verás que no hay nada más impredecible que el pasado... —ahí se incorporó brevemente para aplastar una colilla y sacar otro cigarrillo—, porque el pasado, y ahora no sé si lo he leído o me lo invento yo, es una mina de sorpresas, cada cual lo adorna como quiere, salvo cuando no hay cómo hacerlo, porque todo él ha sido un error.

De esta manera supo Teodoro que dos años antes de caer por su pueblo, su amigo tuvo que ir a Montoro, Córdoba, como meritorio de unas obras de saneamiento. Lo que prometía ser una peripecia vital se convirtió en un constante fastidio. El calor del primer verano se solapó a un trabajo con continuos retrasos, desencuentros, fugas de peones, desvaríos presupuestarios. Además, los días en que libraba, como no tenía coche, no encontraba nada que hacer. Un aprendiz a la buena de Dios, a solas con su intimidad y sus dudas. A veces buscaba un bar donde divertirse y escuchar música decente, pero allí no había lugares para él. Allí no había tiendas de discos, ni amigos universitarios con los que beber y reír. En la pensión La Paloma se dejaba caer en la cama, y su pensamiento no encontraba nada más excitante que el recuerdo de los albañiles imberbes en los andamios, dejando al sol sus sudorosos cuerpos que sí, que le atraían, no podía negarlo, esas rudimentarias maneras de comunicarse, ese lenguaje corporal llamaban su atención y su deseo de promiscuidad. Tal vez para quitárselos de la cabeza, Pablo, hasta entonces devoto de la poesía de Celaya, Léon Felipe y Blas de Otero, se aficionó a las novelas y, en las aventuras que vivía leyendo, habitaba mundos más apasionantes que el suyo. Una tarde, en el instante en que Zalacaín salía airoso de una batalla de la Tercera Guerra Carlista, el estruendoso pitido del teléfono de la pensión le interrumpió la epopeya. Quien llamaba era su madre y lo hacía para anunciar la muerte de su padre, «un resfriado mal curado», especificó.

En ese momento de confusión en que la noticia, por boca de la patrona, corrió de casa en casa por una localidad que se desperezaba de la siesta, el señor Madueño, uno de los capataces del proyecto y quizás el hombre más campechano de todos los que había conocido en la obra, se acercó a buscar al chaval para que merendara con ellos. Era domingo, no había un alma en la calle. Al poner un pie en la acera los mosquitos del atardecer revolotearon alrededor de sus lágrimas. No tenía hambre, pero Pablo aceptó igualmente la invitación, ¿adónde iba a ir? Era una casa señorial, palaciega, con patio con limoneros y anchas escaleras. El señor Madueño se volcó con él haciendo gala de generosidad y empatía. Le llenó de primeras un vaso con vino dulce y le apremió a que lo bebiera de un trago como hacen los hombres ante la indignidad de la muerte del padre. Y en ese momento, con los recuerdos a flor de piel, sintió frío. Había un olor dulzón, que provenía de las almendras garrapiñadas que alguien había dispuesto sobre la mesa. Una creciente sensación de angustia le anegaba el estómago, y se apoderaba de él cada vez que imaginaba a su padre fallecido a tantos kilómetros de distancia. ¿Lo habrían amortajado, quién lo vestiría? Entonces, aquel buen hombre que lo custodiaba, le puso una mano en el hombro y tomó una decisión que cambiaría el punto de vista de las cosas:

—Perder a un padre y no despedirse no es de recibo, eso sí es pecado. ¿Cuándo dices que es el entierro?

—Dice mi madre que mañana a mediodía, que no hay modo de llegar. No hay combinación.

—Pues allí estaremos. Acábate eso que voy a preparar el coche. No ir al entierro de un padre. ¿Pero dónde se ha visto? Te arrepentirías toda la vida... Cuando seas padre lo entenderás.

—Es mucha paliza, señor Madueño.

—Nada me gusta más que conducir.

Mientras una criada preparaba a toda prisa una maleta, el señor Madueño le fue presentando a su familia, su mujer y sus hijos, el mayor, aquí lo tienes, Alvarito, que ya estudiaba en Sevilla y que yo creo que va para ingeniero; y aquí la pequeña, Gloria, que a ver si la casamos bien porque si no se nos quedará para vestir santos.

Desde el primer momento notó Pablo que el señor Madueño estaría encantado de tener un yerno como él. Aunque él no se hubiera dado cuenta, en el pueblo su presencia había generado habladurías y entre las jóvenes levantaba pasiones. La chica, al tener tan cerca a aquel joven desamparado del que tanto se hablaba en los corrillos del mercado, lejos de apreciar una atracción física, debió sentir el deseo de cuidarlo, el instinto casi maternal de protegerlo del abandono al que le sometía la fatalidad. Él se puso en pie para estrecharle la mano primero y seguidamente besársela, y se arrepintió de no haber borrado de su cara los restos de humedad de los sollozos. El alcohol que le ofrecía el señor Madueño lo tranquilizaba y al mismo tiempo le hacía perder la vergüenza. Agradeció el pésame y le habló de lo serena que se había mostrado su madre por teléfono. Mientras la confusión tutelaba sus palabras, su inercia buscaba por su cuenta un consuelo que hallaba en Gloria, pura comprensión, bálsamo contra el duelo.

Nunca olvidaría Pablo aquel trayecto acelerado y fúnebre en el que el señor Madueño se mantuvo despierto a golpe de tabaco y anís, sin ni siquiera pedirle conversación. Después de cenar en una fonda a la altura de Tomelloso, a la primera de cambio, Pablo cayó rendido preso de un agotamiento físico y mental. Así entró en el sueño que lo libraba de la realidad por unas horas. Con las primeras luces del alba despertó para ver cómo temblaba la vida en la aguja del cuentakilómetros que tenía a su izquierda, y recordó dónde se hallaba y por qué. Y todo a su alrededor, pese al brillo de la luz que despuntaba a lo lejos como si fuera levantada por la mano de un niño, adquirió la forma de una caída.

Entraron en Barcelona a las diez y media de la mañana. Cuando su madre lo vio llegar a la calle Bailén, rompió a llorar antes de abrazarse a él en busca de comprensión. Tras la liturgia en la iglesia de la Concepción, acompañados por una breve comitiva, trasladaron el cuerpo al tanatorio de las Corts y, una vez sepultado, tras los correspondientes pésames y despedidas, la madre de don Pablo imploró que invitara a comer a aquel hombre tan dadivoso cuya generosidad, a sus ojos, no parecía de este mundo. Para entonces, el cansancio se había apropiado de las piernas del señor Madueño, que ya no sabía si habitaba en la noche o en el día. Por eso, cuando Pablo le ofreció comer con ellos, lo que pidió fue una cama para echarse un rato antes de emprender el regreso. Así que mientras el capataz se echaba una siesta, madre e hijo comieron en El Jabalí con el corazón estragado, sin apenas hablarse. No fue hasta los postres cuando la madre, como si le hubiera dado vergüenza hacerlo antes, a regañadientes dijo:

—Ahora sin tu padre no va a ser lo mismo.

Bastó esa frase para que Pablo entendiera que las deudas que dejan los muertos perduran más que las propias y son menos ajenas de lo que parecen, y que en las próximas horas, de regreso a Montoro, no solo se llevaría el dolor por la muerte de su padre, sino también el peso de la responsabilidad de mantener económicamente a una madre que lo último que quería era ser un problema para él.

Cuando al día siguiente se acercaban a Montoro, Pablo Peñalver observó el verde llano que se extendía desde las alturas como si ya no fuera un misterio y le diera la bienvenida. Al entrar por la plaza unos niños mezclaban canciones de guerra y rezos de capilla.

—Muchas gracias, señor Madueño, lo que ha hecho no tiene precio —dijo al bajar del coche.

—Nada, hijo, nada. Vivir es amar, ya sabes, vivir es amar...

A partir de entonces, las visitas a la casa del señor Madueño se hicieron diarias. La poca conversación que tenía Gloria no fue impedimento para que empezaran a salir juntos por las tardes. Para él fue una distracción, un apoyo firme. Para ella, el vértigo de lo desconocido y la posibilidad del afecto, aunque en realidad callara la evidencia de que aquello, más que amor, revelaba la verdadera índole de la obligación paterna, lo que los demás esperaban de ella. Porque pronto empezó a sospechar que lo que le pasaba por la cabeza, y por el estómago, distaba mucho de esa cosa extraña y extraordinaria de la que hablaban las muchachas mayores cuando mencionaban a los hombres de quienes estaban enamoradas. Ellas eran capaces de morirse literalmente de pena sin ellos. Ella no, aunque cómo negarle la suerte al destino. Bien tendría que estar lo que todas admiraban. Y así, el padre muerto, la madre sola en Barcelona con la única compañía de los vecinos, la vida de pensión en Montoro, se vieron sustituidos por una compañía constante. Fue la constancia lo que desencadenó el error: porque él se acostumbró a ella y ella se acostumbró a él. El pueblo lo hizo a verlos juntos y el padre de Gloria se habituó a tratarlos como pareja. Y ellos terminaron viéndose en el papel que interpretaban, cuyas pruebas superaban, la verdad sea dicha, con escasa pericia cuando asaltaba el débito de besarse. ¿O no era eso lo que hacían las parejas, tocarse, buscarse para luego casarse y tener hijos? Oh, endemoniado compromiso inventado por la idea del amor de los libros y de las habladurías. ¿Era un cariño espontáneo o mandado?

Cada tarde, el señor Madueño se llevaba a Pablo a casa. Si terminaban pronto, comían en familia. Si habían comido en la obra, las mujeres esperaban con la merienda a punto. Se acabaron las viandas a deshoras y desordenadas en la pensión. Se acabó la ropa arrebujada en el armario, las sábanas acartonadas, las toallas sucias. Pablo encontraba siempre la ropa limpia y planchada y un plato en la mesa.

Gloria se alegraba de verlo y en cuanto ponían un pie fuera de casa se daban la mano por esa imposición a la que se sentían sujetos. Pero, más allá de eso, ¿se contaban algo?, ¿qué conocían uno del otro? De poco servía que él le hablara de su carrera y de sus trabajos, porque ella dejaba vagar sus pensamientos en otra parte. Una de esas tardes, en las que el sol provocaba estridentes conciertos de cigarras en la ribera del Guadalquivir, Pablo le soltó la mano antes de decir:

—Me han llamado. Hay una obra nueva que hacer en un pueblo de Teruel.

—¿Te vas a ir?

—Es un proyecto considerable. Una presa. Mi especialidad —dijo con la vista clavada en esa zona de paseo que llamaban La Mar Alegre.

Si para ella el tiempo pareció estrecharse no lo dijo. Si para él la huida era una puerta abierta, lo calló. Así eran sus conversaciones. Ella siempre tendría la sensación de que se quedaban a medias sin que ninguno de los dos diera el paso por terminarlas. Se decían cosas que no tenían importancia y callaban lo realmente decisivo.

Había algo muy vivo en el Pablo que apareció en Valdecádiar. Era la cara opuesta al Pablo de Montoro. Aquella predisposición a la actividad, tan cercana a la euforia, se debía a la falta de liberación que había sido su vida anterior en Montoro.

Si al señor Madueño no le agradó el anuncio de la oferta de trabajo que había recibido Pablo, lo disimuló bien porque con una sonrisa dijo que era lo mejor que podía pasar: «Asegurar el futuro, prosperar en el trabajo, progresar en la escala social», pero le recordó que ante tales maniobras de la fortuna, lo primero era casarse. Tal vez entendiera entonces Pablo que, sin ser consciente, se contraen deudas morales, misteriosos impagos que se van acumulando sin que nadie se percate y a los que tarde o temprano se deberá hacer frente. Entonces su conciencia se puso en guardia. ¿Qué le debía?, ¿podía o no podía negarle a ese hombre sus deseos?, ¿pero cómo podían otros tomar determinaciones por él? Si bien es cierto que le habían abierto las puertas de su casa, él debía poder decidir por su cuenta en esta vida. Porque también él tenía dudas. A solas, en la cama de la pensión, daba vueltas al complicado dilema, su mente conectaba imágenes y se debatía entre cumplir los deseos de su madre, verlo casado, qué mejor recompensa podía darle después de todo, o empezar una nueva vida solo, a su aire, sin cortapisas, por otro. Era una guerra: aquí su mente veía claramente un precipicio, allá su corazón no quería ver nada. Porque además, ¿qué mejor chica que aquella podría encontrar?

Las circunstancias otorgan significados diferentes a los hechos y cada cual interpretó la propuesta laboral de manera distinta. A veces, Pablo maldecía haber conocido a Gloria y otras agradecía haber tenido esa suerte.

—Uno de los fines de semana que me fui de Valdecádiar fue para casarme. Tan pronto la vi bajar del tren, se me cayó el mundo encima —dijo don Pablo, antes de encenderse otro cigarro y de mirar el reloj.

Se les había hecho tarde y mañana era día de trabajo. Las doce y media de la noche. Más allá del salón todas las luces del piso estaban apagadas. El silencio de Teodoro era una invitación a que siguiera:

—Yo me preguntaba... ¿Qué estoy haciendo? ¿Cómo he podido meterme en esto? Pero al mismo tiempo, si no lo hacía pensaba ¿cómo iba a mirar a sus padres de nuevo?

Fue una boda oficiada en el despacho de un notario a la que acudieron los novios y la madre de Pablo como testigo. El regalo de bodas del señor Madueño fue un viaje por Madrid, Toledo, Chinchón, Almagro, Guadalajara y Ciudad Real. Habían programado diez días y estuvieron cuatro. En el hotel de la calle Alcalá en el que Pablo fingió sentirse enfermo para no salir a pasear, se forzaron a hacer el amor por primera vez, fogonazo de necesidad física a la que no debían resistirse.

—¿Por qué no la llevaste nunca al pueblo?

—Vamos, es hora de ir a dormir, mañana será otro día. Y por favor, no me llames más don Pablo, ya no hace falta.

Las obras en las que iban a trabajar se encontraban en los barrios de Sants, Hospitalet y Bellvitge y tenían que ver con nuevas paradas de metro, obras de canalización de agua y con la instalación de paneles y postes eléctricos. Una creciente industralización modelaba una ciudad en la que la emigración ejercía de mano de obra. Desorbitados bloques de pisos de cartón piedra comparecían ante la vista con toda su rotundidad, instalados no se sabe si por desesperación o clemencia en medio de la intemperie, allí donde muchos encontraban progreso y escolarización para esos hijos que atravesaban las calles sin señales ni pasos de cebra rumbo a un colegio donde sortear por unas horas la uralita y el cemento. Por allí proliferaban plazas de arenisca y avenidas anchas que se llenaban de tráfico durante las horas punta. Y también deshabitados solares que aparecían de improviso al doblar ciertas calles, donde el calor se hacía aún más sofocante a partir del mediodía. A menudo, sobre esa tierra ardiente en la que comían el bocadillo crecían hierbajos y zarzas entre despojos de plástico y tostados retazos de papel de plata.

La mirada de Teodoro descubría sin tiempo para asimilar todo lo que ante él se revelaba. Desgarbado y atlético, jamás ponía reparo en subir a las alturas a empalmar unos cables por muy peligroso que fuera. Ajeno al miedo, era observado por los otros con cierta envidia y por Pablo con admiración. «Mirad, capataces, este es mi protegido, a ver quién supera este fichaje, menudo chispas os he traído, cabrones», parecía querer decir con el gesto cada vez que acertaba a conectar unos cables o sacaba de un apuro a la cuadrilla. Ese vigor del que carecían los demás lo exhibía Teodoro sin rastro de suntuosidad. Con ganas de aprender, o más bien de obedecer, tan pronto se le veía en cuclillas rebuscando tornillos, azulejos o tochos como encaramado a una tapia.

Esos primeros días de contacto y conocimiento del mundo laboral se mostró reservado ante el resto. Tan solo hablaba con los de su pueblo de las cosas más pueriles —la novedad de los semáforos, los coches, las comidas— y, por supuesto, con Pablo, a quien trataba con la misma reverencia y devoción de unos años antes, aunque él se mostrase aquí más serio, incluso menos resolutivo. Ajetreado, iba de aquí para allá, apremiado por no se sabe qué celeridades. En Valdecádiar era el único, aquí era uno más. Ese hombre que meses atrás parecía incapaz de dudar, ahora respondía con evasivas, súplicas o disculpas. En uno de aquellos lances, al verlo discutir con un superior que, según se apresuraron a conjeturar en los corrillos, había venido por sorpresa de la empresa constructora, Inmobiliaria Ciudad Condal, entendió Teodoro que aquí don Pablo también tenía un jefe y que no hacía y deshacía como en el pueblo. Rendía cuentas, y de su lenguaje se desprendía que ya no disponía a su antojo de presupuesto y plazos.

—Estamos transformando un territorio de regadío y huerta en un barrio... —opinaba uno de los capataces—. Hace unos años esto era lodo, un desbarrancadero, mira el río Llobregat, qué inmundicia...

—Ese río solo traía infecciones —decía el otro, el enviado, vestido con traje y corbata—. Vamos a dar a los pobres que vienen de las chabolas un techo. Para que luego se quejen. Todos vienen aquí a por trabajo y a por casas decentes. Pues toma, trabajo y casas decentes.

—Dicen los periódicos que solo en un año ha venido una marabunta. Es una plaga —intervino.

—Vienen pueblos enteros, reproducen en un bloque la misma vida. Todo el pueblo cabe en un bloque, te das cuenta...

Pese a que enseguida se ganó la aceptación de los que mandaban, Teodoro procuraba no destacar. Tanto en horas de trabajo como en los descansos se mostraba servicial, como si en el fondo tuviera conciencia de que en cualquier momento, igual que había venido, podía irse.

El trabajo del que a menudo algunos con pinta de gandules se quejaban, resultaba para él pan comido. Habituado a bregar en el campo sin horarios, jamás preguntaba por la hora. Y cuando llegaba el momento de partir, esperaba a Pablo para regresar juntos mientras los otros buscaban la parada del metro más cercana y se alejaban cuchicheando sobre lo que se traerían entre manos aquellos dos. ¡Claro que Teodoro lo imaginaba! Por supuesto que tenía la certeza de las habladurías que despertarían en Cosme y en Damián el hecho de que ellos vivieran en una pensión y él hubiera encontrado cobijo en la casa del jefe. Ya se había habituado a ello en el pueblo. Y ahora los rumores aumentarían, ¿pero qué podía hacer, despreciar la ayuda, retirar la mano a quien intenta dártela? Y qué pensarían, cómo reaccionarían si él les dijera la verdad: «Pero de qué vais tontos del haba, si don Pablo está casado y compartimos el piso los tres, mira que sois cortos... Lo hace porque le he caído en gracia y me aprecia igual que os aprecia a vosotros, inútiles, zánganos...». Aunque tampoco podría expresarse en esos términos, pues nada más lejos de la normalidad que el enrarecido ambiente de aquella casa.

A las tres semanas de haber llegado, Teodoro fue consciente de que nada funcionaba entre Pablo y aquella moza y de que, en verdad, la puesta en escena del matrimonio tenía visos de farsa y de paripé. Pablo procuraba pasar más tiempo fuera del piso que dentro y siempre tenía obligaciones. Algunas tardes, en cuanto terminaba el trabajo, se despedía de Teodoro y justificaba su repentina marcha alegando entrevistas con proveedores de materiales y reuniones que se alargaban y se convertían en cenas impuestas. A menudo regresaba de madrugada acompañado por su amiga Mercedes, con la que frecuentaba un grupo poético en la Cova del Drac. Los recitales tenían lugar varias veces por semana y en ellos salían al escenario a declamar composiciones suyas o de otros. Cuando cerraban la Cova, volvían a casa. En el salón acababan con el arsenal de botellas del mueble bar. Inundaban la estancia de humo, risas, canciones que dejaban a medias y versos que sabían de memoria. Por las mañanas aún quedaban rastros de la noche en el aire, y monedas esparcidas por el suelo, señal inequívoca de que Pablo había intentado desvestirse de camino a la cama. Otras volvía a eso de las once, solo, achispado y convencido de que debía hacer algo para reavivar su matrimonio y, ante la incomprensión de Teodoro, agarraba sin miramientos a su mujer por la cintura y le besaba el cuello torpemente, regalándole unos piropos de saldo que sonaban a broma. Se iban entonces a la habitación, él intentaba en vano hacer reír a esa mujer que iba a complacerle consintiéndole cuanto fuera necesario porque quién sabe si ella, su cuerpo más que su alma, también agradeciera aquellos arranques de lunático apurado. Teodoro, revista en mano, sentado en el sillón, contemplaba la escena desde el lado del espectador al que le están contando una mentira que no se cree. El espectáculo, más que gracia, le daba pena.

Estaban solos la mañana de sábado en que Gloria le preguntó si tenía algo para lavar. Teodoro rebuscó en los bajos de su armario y se acercó al lavadero con un fardo de ropa. Gloria frotaba de espaldas a él. La espuma que brotaba del pilón invitaba a observar ese agua blanca y burbujeante que templaba el aire. Apoyada contra la ropa, Gloria sintió el peso de la mirada en la espalda, pero no se volvió por vergüenza a que descubrieran sus ojos. Entonces Teodoro dio un paso al frente y sin querer golpeó el cubo de plástico en el que Gloria guardaba las pinzas.

—Dame la ropa, anda, déjala aquí —dijo ella sin moverse.

Debió de ser el tono de voz lo que alertó a Teodoro, que acto seguido dejó caer la ropa al suelo y la tomó por la cintura para obligarla a darse la vuelta.

—Estás llorando. —Certificó leyendo una inocente tristeza en los ojos de la muchacha—. ¿Qué ocurre?

La mirada dura de Teodoro se había tornado dócil.

—Nada, chico, que mi padre está muy malo. Suéltame, anda...

Vista así, tan cerca y de frente, entre los botones de la bata asomaban unos huecos que evidenciaba que la talla no era la adecuada y que el busto se le hacía más exuberante.

—Me ha llamado mi madre, en una hora volverá a hacerlo.

—Hay que avisar a Pablo.

—Si supiera dónde...

—Tal vez Mercedes...

—Qué asco, por Dios, ni me la nombres.

Era sábado y Pablo había abandonado la casa temprano alegando una visita a un cliente. Tanto ellos dos como la vecina, Carmen Catà, sabían de la deriva de Pablo en los últimos tiempos. Carmen, viuda, y Gloria, como si lo fuera, llevaban tiempo confesándose mutuamente penas semejantes. Aquella tarde, en aquel salón lleno de silencio, Teodoro vio muchas veces a Gloria sacar un pañuelo del bolsillo de la bata. A las doce de la noche, la señora Catà reapareció para decir que todas las pesquisas que había realizado en pos del paradero de Pablo habían fracasado.

—Este hombre es más débil de lo que aparenta, te lo digo yo —sostuvo ante la incomprensión de Gloria—. Desde pequeño que hace lo mismo. Su madre lo sufrió, no va de cara a los problemas, tiene miedo a la verdad.

—Yo me tengo que ir a mi casa, señora. Mi padre está en el hospital y yo aquí, no puedo más. Además, no me encuentro bien... —decía la muchacha, que no estaba para filosofadas baratas de nadie.

La vecina echó un vistazo a la mesa, allí estaba la caja de dulces del salón de té Vailima que le había traído a media tarde. Al verla vacía volvió a mirar a la chica:

—No me extraña, si yo me hubiera comido todo lo que había en esta caja me hubieran tenido que ingresar en San Pablo.

Se oyó entonces el ruido de un portazo que llenó el salón de recelo, y seguidamente el tintineo de unas llaves. Guiado por la luz encendida del salón, el recién llegado no tuvo más remedio que acercarse para encontrarse con una escena inesperada.

—¿Qué está pasando aquí? —preguntó tambaleante, a duras penas conteniendo un resuello.

Gloria estaba de pie, el pañuelo arrugado en la mano, la mirada implorante. Fue a su encuentro, pero no para abrazarle, ni siquiera para recriminarle:

—Mi padre, mi padre... —dijo al borde del sollozo.

—¿Qué le pasa?

—Un accidente.

Los destellos de embriaguez que transmitían sus ojos saltones y sus torpes andares parecieron esfumarse de golpe. Fue él quien la abrazó mientras en sus pensamientos se dibujaba la imagen del señor Madueño conduciendo, y junto a ella, la cruel esperanza de una liberación.

—Llévame a Montoro, por favor —dijo ella, ahora sí, llorando.

—Por supuesto, ahora mismo salimos...

La joven se retiró dispuesta a quitarse la bata y a vestirse. Aquella atmósfera tenía la consistencia de una densa espera en la que nadie se encontraba a gusto. Pablo buscó la mirada de Carmen Catà siendo muy consciente de lo que hacía; y con un gesto que consistió en levantar brevemente la cabeza preguntó si había algo que hacer. Con una corta negación, la vecina certificó la gravedad del estado de su suegro.

Pablo se sacó un cigarro del bolsillo que encendió sin tiento. Luego, con un vistazo nervioso, acudió a Teodoro:

—No llegaremos el lunes, quizás haya que quedarse más tiempo y tú tienes que trabajar. Recuerda que esas zanjas y esas alcantarillas no pueden esperar, el saneamiento tampoco. Es probable que hasta te eche de menos.

Si bien en Valdecádiar Teodoro ya había prestado atención al tocadiscos portátil de la fonda, aquí, la afición por la música resultaba mucho más palpable. La habitación contigua a la suya tenía una pared forrada con cartones de huevos que, según Pablo, eran el mejor aislante acústico. Cuando Gloria se acostaba, Pablo se encerraba allí y con los auriculares puestos y el paquete de tabaco al lado pasaba largas horas de soledad y placer. El sofá se convertía en cama y muchas veces dormía allí. Por el suelo y en la mesita se amontonaban los libros que no cabían en el estante y cuyos títulos leía Teodoro sin llegar a tocarlos —*La realidad y el deseo*, *Cancionero* y *Romancero de ausencias*, *El camino*—. Un par de fotografías daban fe de los recitales en la Cova. Aquí estaba Pablo, con traje y corbata, recitando; y más allá Pablo y Mercedes, ambos mirando los folios que sujetaban, compartiendo el micrófono. Pequeñas cartulinas con el logotipo de ese bar anunciaban «actuacions de jazz» con el nombre repetido de Tete Montoliu. Este espacio sí que se adecuaba más al Pablo de Valdecádiar, un refugio hecho a su medida. De dónde salían tantos discos era un misterio para Teodoro, que encontraba en ellos rastros de una juventud impúdica y excitante. Aquella mañana de domingo en que se encontraba solo, inspeccionó la colección de vinilos ante la callada luz que se colaba en rendijas tras las persianas. Ocupó el sillón de escay y dejó deslizar mansamente la mirada por las estanterías. Los discos ordenados le hablaban de otros mundos. No entendía aquel lenguaje que él atribuía al lujo y a la modernidad. Él no venía de este ambiente. El suyo era otro, el pueblo y la caza, la supervivencia y los cultivos. Los días festivos le generaban cierta indecisión. Tan acostumbrado estaba a ir a trabajar con Pablo que cuando estaba solo se volvía indeciso. Y eso que la amistad que Pablo sentía por él ya no era tan constante como años atrás. A veces, Teodoro lo idolatraba por su generosidad, su apoyo a los más desfavorecidos y todo ese discurso altruista mostrado en Valdecádiar, pero en otras ocasiones podía odiarlo por no tener valor de enfrentarse a la realidad de un matrimonio nocivo.

Teodoro se asomó al balcón de una calle Bailén sombreada por frondosos plataneros. Recostó el pie descalzo contra la bombona de butano, cuyo tacto frío le transportó a otros inviernos que le parecían lejanísimos. Antes de salir contó unas monedas que guardaba en el bolsillo. Debería tener suficiente para comer algo, ni que fuera un frankfurt. Tal vez podría acercarse al Centro Aragonés como hacían cada fin de semana Cosme y Damián. Decían que allí se lo pasaban en grande bebiendo vino y cantando jotas.

Su padre le había dicho que en Barcelona todo era jauja. A veces se preguntaba si tendría razón el pobre Zacarías. A lo mejor se refería a las amplias avenidas como la Gran Vía, los grandes edificios donde se agolpaba ese porvenir ante el que se sentía extraño. La emoción de aquel mundo descubierto le desordenaba la razón y le hacía antojarse habitar en otras pieles. Varones recién afeitados paseando a sus perros, parejas con niños, golfos fumadores de tos quebrada, fugaces transeúntes que pedían paso a la intensa luminosidad que pellizca los ojos en los días soleados. Por las calles del centro palpitaba ya la primavera. En las inmediaciones de la plaza Universidad estaba el Centro Aragonés, en cuya puerta se anunciaba una obra de teatro, como aquellas que quiso poner en marcha Pablo en Valdecádiar, cuando le parecía un visionario capaz de hablar en verso y nombrar lo indescifrable. Un rey. Don Pablo. Sí, el mismo que le había elegido como amigo, y qué feliz dignidad la suya, aunque ahora Teodoro no supiera decir si todo aquello era cariño, cordialidad o simple filantropía. Caminando por ese territorio ajeno y suyo a un mismo tiempo, llegó a notar el corazón ocioso y buscó bajo los fluorescentes que alumbraban en exceso aquella sala a los conocidos del pueblo. Qué natural se hacía el mundo por estos lares. Si parecía un bar de aldea de su comarca. El mismo acento, los tapetes en las mesas. El humo de las farias. Cualquiera podría ser pariente suyo. Los ojos se deleitaban de aquel tránsito entre mesas que revelaban las cosas más cotidianas.

Un saludo efusivo y una sonrisa le acercaron hasta la esquina en la que estaban Cosme y Damián, que celebraron en voz baja el encuentro. ¿Qué hacía Teodoro allí? Si pretendía dejar atrás el pueblo y huir de él —y con ello los estigmas que acarreaba—, tal vez no fuera esta la mejor manera. Le presentaron a otros de pueblos vecinos, coño de Maicas, hostia de Longares, qué casualidad. Jamás los había visto tan locuaces. La ciudad había hecho crecer a aquellos adolescentes desarrapados de Valdecádiar. Uno se había colocado en la Seat, ellos en la obra, otro vendía ristras de ajos en la plaza Real. Unas mozas de Alcaine se dejaron caer por su lado y de dirigieron a él, que las recibió como si ese nuevo retablo de sensaciones le hubiera estado esperando desde hacía tiempo para colocarle justo en este punto:

—Somos las del teatro —se presentó la más habladora— y estamos buscando chicos para un papel...

—¿Y qué papel es ese? —preguntó él.

—Pues el de Mario, de *El tragaluz*, ¿no te han contado?

A Teodoro le dio por reír al creer que le estaban tomando el pelo. No sabía de qué hablaban. ¿*El tragaluz*? ¿Eso qué era? Con su reserva, su habitual silencio, dio pie a la chica para que gritara entre tanto jolgorio.

—Es que estamos montando *El tragaluz*, de Buero Vallejo, que solo tiene cinco actores, dos mujeres y tres hombres. —El acento aragonés que gastaba le resultaba a Teodoro muy familiar—. Nosotras dos por un lado y por el otro nos falta uno de ellos, un protagonista. ¿Te gustaría apuntarte?

—Es que yo trabajo todo el día.

—¡Hay que ver qué sosos!, no hacéis más que trabajar...

—¿Y cómo es la historia?

—Pues la de dos hermanos a los que les gusta la misma. ¿No la conoces?

—No..., yo..., es que...

—Te dejo el libreto, ¿quieres?

Qué difícil se le hizo responder a esa pregunta. No había leído jamás un libro. Aun así, con su movimiento de hombros, debió dar a entender que estaría de acuerdo.

—Toma —al rebuscar en el bolso quedaron a la vista varios fajos de cuartillas—, tengo más copias, pero igualmente me lo devuelves, eh...

—Claro...

—Cuando lo leas verás quién es Mario, y si ves que puedes y te interesa, me lo dices y te hacemos una prueba. Mario es el bueno, el solidario, el soñador del que todas se enamoran, mira que te lo ponemos fácil...

Cuando notó que la amiga le tiraba del brazo, la joven preguntó:

—Bueno, que nos tenemos que ir. ¿Cómo te llamas, por cierto?

—Teodoro... y vosotras...

—Ella, Ana. —Logró pronunciar a marchas forzadas, pues ya su amiga la había empujado a andar—. ¡Y yo Angelines!

Así las vio desaparecer mientras le llegaba un vaso de vino. Teodoro pensó en las chicas del pueblo, que siempre se habían dirigido a él con otros intereses. Durante años había sido el hijo del Zacarías en ese lugar en el que nunca dejaría de serlo. Ahora estaba en un lugar donde podía ser Teodoro, y como tal se había presentado a Angelines, que menuda labia tenía, sinuosa danza de entusiasmo fuera de su alcance.

—Has visto —le distrajo Damián de sus cavilaciones—, aquí sí que pasan cosas, eh...

La ciudad era un hervidero de vivencias y decisiones que tomar a cada instante. Era guapa aquella moza, Angelines, de ojos oscuros y almendrados, la falda ceñida que por fuerza escondía una promesa de muslos prominentes y la blusa entallada, de domingo, que contrastaba con el espíritu libertario que irradiaban sus palabras emitidas a borbotones, tan llenas de deslumbramiento juvenil. Pero no era eso lo que le había interesado de ella, sino la chispa con que se enfrentaba al mundo. ¿Podría él llegar a ser así algún día? El estado de ánimo lo era todo: la expresión, el tono de voz, la manera de sonreír ejercían de carta de presentación, y lo que había visto en Angelines se le antojaba en las antípodas de lo que transmitía Gloria. En ese tipo de cosas pensaba cuando se entrometieron las opiniones de sus vecinos.

—Lo importante es que a una mujer se le rocen los muslos cuando ande, a mí me gustan así, jamonas pero fibrosas, como los toros. Yo a esta Angelines la abría sabes cómo, como a una naranja, jajaja... —reía Damián.

—Nunca te fíes de la primera impresión, igual está casada. ¿Te has fijado si llevaba un anillo? Eso es lo primero que tienes que mirar —explicó Cosme.

Teodoro asistía perplejo al intercambio de parecer de aquellos mendrugos que de un día para otro parecían expertos en el tema de la jodienda. ¡Hay que ver cómo eran capaces de descomedirse en la ciudad!

Cuando se acabó la música la sala empezó a vaciarse. Hombres tambaleantes se llevaban las manos a los bolsillos con la intención de rescatar alguna moneda para el transporte de vuelta. A la carrera, unas mujeres ventilaban manteles de papel de las mesas. Restos de buñuelos y dulces fritos caían al suelo dejando una baba aceitosa. Como quien pisa cucarachas, Teodoro miraba al suelo cada vez que pisaba un bubón de papel.

En la calle le esperaba un fino calabobos y la oscuridad de un cielo profundamente azulado que prometía fundirse a negro en cuestión de minutos. Teodoro se retiró atravesando la plaza para entrar en la Gran Vía. Le vino bien el agua, casi imperceptible a la vista, para refrescarse y despejar un pensamiento que mezclaba la imagen de las entusiastas chicas del teatro con la voz y los consejos de Pablo Peñalver. Al rato, mientras subía las escaleras, la cháchara del Centro Aragonés volvió a su memoria para recordarle algo, porque ¿qué escondía aquella saltimbanqui, artista de variedades o actriz profesional? No podía saberlo, y sin embargo, su recuerdo le trajo otro pensamiento. Lo que echaba en falta ahora, al entrar en casa, era una alegría similar en el matrimonio que le daba cobijo. Al encender la luz de la cocina y llenar un vaso de agua, se le vino a la cabeza Gloria, y encontró la evidencia de que su actitud pudorosa, sus dolores de cabeza, su ropa apretada, su eterno ademán pensativo, la barbilla caída y su mutismo se debían a algo. Fue así como comprendió que lo que escondía por fuerza tenía que ser un embarazo.

Dos días después regresó al hogar el matrimonio, y Teodoro observó a Gloria con suspicacia, saludándola escuetamente y dándole el pésame. Cuando buscó de cerca la expresión de su cara para ver qué se reflejaba en ella, bajó enseguida la mirada. Llegó ataviada de riguroso luto, lo que le otorgaba más edad de la que tenía. A Teodoro le recordó a aquellas señoras del pueblo que con estoico orgullo postergaban el duelo meses e incluso años.

Gloria remoloneaba seria, apática. Teodoro utilizaba el pasillo, su habitación, el salón y la galería y la cocina como en otro tiempo —cuando era zagal andrajoso y hambriento— había utilizado los corrales, los topetones y las calles del pueblo: para aprender de la actitud de esa mujer, pues él había visto esa resignación en ojos de sus hermanas y de su madre y de la tía Gracia, guiadas todas ellas por la contingencia que imponían los apremios más básicos, y entendía ahora los intereses de aquella moza sin que precisara que le dirigiera una palabra.

Una tarde, después del trabajo, Pablo, resguardado por coñac y tabaco, requirió a Teodoro en la barra de Can Gallart:

—Es curioso, cómo cambia la visión que tiene uno de las cosas con el tiempo. El Montoro que he visto estos días no tenía nada que ver con aquel...

—A qué te refieres —a Teodoro se le notaba inquieto.

—Antes, la casa de Gloria me parecía la rehostia. Ese padre, tan ágil, tan alegre, tan lanzado, tan hablador, y ahora es la casa de un muerto, oye, que parece vacía. Qué mal rato hemos pasado, cómo idealizamos ciertas cosas, ¿te das cuenta?

Pablo mantenía la locuacidad, seguía encantado de escucharse a sí mismo, haciendo gala de una retórica que no sabe dónde iba.

—Y el hermano, pobre, que no lo entendía. Gloria, imagínate, aunque estaba más entera. Fíjate lo que es la muerte, de un día para otro, zas, se te lleva. Ya no estás, ¿has visto? Cuando se fue mi padre no me di cuenta, pero cuando se fue mi madre sí: cuando eres huérfano te quedas sin puntos de referencia. Así estaba el hermano, como flotando, ¿entiendes?

—Sí, sí, pero...

—Y aquel cementerio..., lleno de niños. ¿Cómo llevan a estas criaturas a un entierro? Había niños, tú, niños de seis o siete años con el traje y jugando entre las tumbas, yo qué sé a qué, a ser felices me imagino, los niños juegan hasta en los cementerios, y los mayores a qué jugamos, a lo contrario... Todos los caminos llevan al mismo sitio, ¿te das cuenta?

En la actitud evanescente de Pablo tal vez se postergaran razones por evitar nombrar la evidencia. Por eso Teodoro, en un arranque de osadía, dio un paso al frente:

—Tu mujer sufre, y no me refiero al luto. Me refiero a otra cosa —la decisión de hablar se apoderó de él.

A Pablo se le tensó brevemente la mandíbula y miró, en un acto reflejo, a derecha e izquierda, antes de devolver la vista a la copa vacía. No hizo falta nombrar la palabra «embarazo». Teodoro se hizo cargo de recordarle que la jerarquía entre ellos se desvanecía:

—... y para mí que ya son tres meses, más o menos...

—Tres meses —afirmó Pablo, más liberado que nervioso—. Y no lo quiere...

—¿No quiere tenerlo?

—Eso dice, pero no le voy a permitir que haga tonterías...

—Bueno... —Teodoro habló con naturalidad, sin pararse a pensar en lo que decía—. A mí tampoco me querían tener y al final me tuvieron y me quisieron...

—¿Te quisieron o no tuvieron más remedio que tenerte? No es lo mismo...

—Me quisieron, y mi padre, cuando yo tenía días y parecía que me iba a morir, fue andando una noche de Valdecádiar a Horcajada del Palancar a por un antibiótico. Si eso no es querer a alguien...

—Vivir es amar, decía el señor Madueño. Pobre, qué equivocado estaba. Cualquier otro matrimonio se moriría de felicidad al enterarse de una cosa así. ¿Y nosotros? Ya ves...

—¿Y tú? ¿Lo quieres?

—Yo solo tengo miedo... —Por el motivo que fuera, en este punto, Pablo decidió cambiar de tema. Era algo habitual en él—. Y tú, ¿qué has hecho estos días?

—Nada...

—¿De picos pardos?

—¿A qué te refieres?

—Ay, pipiolo, es una expresión muy antigua, de cuando las putas llevaban faldas largas y de tanto trabajar se les quedaban los picos marrones de la tierra... Qué oficio más antiguo, ¿verdad?

A partir de la tercera copa los ojos de Pablo solían bailar, aligerados se deslizaban del cuerpo al rostro de su amigo, que seguía teniendo la tersa piel de joven escuálido, los pómulos prominentemente marcados y la cara estrecha con las mejillas hundidas y los ojos marrones.

—Pues no he hecho nada, la verdad, esperar a que volvieras y trabajar...

—Pues me han dicho por ahí que se te vio en ese Centro Aragonés al que vais los del pueblo. Vaya, yo quería hacer de ti un hombre cultivado y cosmopolita y te traigo a la ciudad para volver al pueblo... Si lo llego a saber...

Qué era aquello, ¿un reproche?, ¿quién podría comprender a este hombre por entero? Era completamente impredecible, no sabía por dónde saldría en cada uno de sus encuentros. Ahora, la imagen de Pablo, sonriendo por pena, le generaba más dolor que piedad, o era otra cosa, ¿amor, odio?, ¿eran mentira los recuerdos? Y entonces, en caso de que fuera amor, de qué tipo, ¿qué veía en él?, ¿era esto la amistad?, se cuestionaba Teodoro mirando cómo don Pablo se volvía hacia el camarero y con aires de señorito —ese ligero movimiento de dedos, con el que emitía ese maldito chasquido rutinario— exigía más de lo mismo para él.

—Bueno, a lo mejor va siendo hora de que algún día seamos sinceros, aunque la verdad sea repugnante desde un punto de vista... digamos sensual. —Así se expresó don Pablo en cuanto tuvo la copa al lado y el humo de un nuevo cigarro le insufló confianza—. Decía el poeta Antonio Machado, «también la verdad se inventa» —y ahí se rio solo.

No era como antaño, cuando se habían conocido en Valdecádiar, y se pasaban la tarde conversando, uno dando rienda suelta a sus conocimientos, el otro absorbiendo información sobre música, geografía, ingeniería, literatura o cosas más banales como las marcas de cervezas de importación o la importancia de llevar los zapatos limpios. Ahora las cosas habían cambiado. Tan pronto parecía como si no se conocieran de nada, como si ya se lo hubieran dicho todo. Tan pronto le soltaba Pablo un sermón sobre las telecomunicaciones y sus virtudes (que si las primeras cabinas de teléfono se inventaron en Chicago en 1893, que si el francés Ducretet realizó en el 38 los primeros ensayos de transmisión radioelétrica desde lo alto de la torre Eiffel) como sobre las claves del futuro (que si el peor enemigo es la prisa, que si hay que alejarse de los tontos y hablar más con los animales)... Unos temas con los que Teodoro ya no sabía si quería impresionarle o apartarle.

—Si prefieres que me vaya de aquí y os deje solos...

Antes de responder, don Pablo tuvo tiempo de sonreír:

—La verdad es que yo miento mucho, un hombre como yo debe hacerlo para sobrevivir, sobre todo con todo lo que tengo encima, ¿no crees? La verdad, ahora está de moda decir la verdad. Todos como monaguillos a decir la verdad y a confesarnos... La verdad es una condena, no tiene mérito, la verdad dicha con mala intención es peor que la mentira, yo creo en eso, no sé si me entiendes porque vamos a ver, la gracia de la vida para ti cuál es..., ¿tener la razón?, ¿prosperar?, ¿sostener una familia?

—No sé a qué te refieres...

—Oh, no esperaba otra respuesta más lúcida: «No sé a qué te refieres»...

Teodoro se sacó una pregunta como quien se arranca una astilla de la piel:

—¿Adónde vas tú por las noches?

Pablo se echó a reír dando un rápido vistazo al suelo, como si allí buscara una respuesta o un proverbio, amigo como era de tenebrosas moralejas y de escapismos. Empezó a toser, para luego seguir:

—A tu lado hasta un vulgar coñac sabe a pecado, oye, que te recogí del pueblo, muchacho..., que te enseñé a utilizar un desodorante, pero si el primer cepillo de dientes que has visto en tu vida ha sido en esta casa. No me vengas con historias, ahora ganas cuatro duros y te crees que eres miembro de un juzgado de primera instancia... —Don Pablo podía humillar a cualquiera cuando sacaba a relucir su actitud altanera. ¿Qué pretendía en realidad?—. Desde antes de conocerte tengo mis vicios. Y tú podrías ser uno de ellos, pero te empeñas en tratarme mal, y eso no se hace a la mano que te da de comer. No muestras interés por la música, ni siquiera te dignas a acompañarme a las audiciones que hago por la noche, a veces me pregunto si me habré equivocado contigo. Cada diablo necesita su infierno. ¿Sabes lo que quieren los que pregonan la verdad? Que nos casemos, tengamos hijos y nos dejemos engatusar por lo que llaman civilización del ocio, que para ellos es estarse seis días a la semana encerrado en casa dando de comer al canario, soportando a la señora esposa, jugando al pilla pilla con el crío pasillo arriba pasillo abajo. Para mí, el ocio es otra cosa, pero mejor no quieras saberlo, porque hasta podía gustarte... y ya te lo dije una vez: tú y yo somos iguales, somos polizones.

El sábado siguiente, un inseguro Teodoro, arreglado con un pantalón de tergal ligeramente acampanado y jersey de cuello vuelto rociado de Legrain, se preguntó, de camino al Centro Aragonés, qué pintaba él en Barcelona, viviendo de prestado en una casa cuando los demás compartían pensión sin rendir cuentas a nadie. Se contempló desde lejos y volvió mentalmente a Valdecádiar. ¿Quién era él?, ¿se conocía a sí mismo? Allí los mozos perseguían a las chicas presos de una incontinencia de la que él nunca había participado. Como si el desbarajuste de intenciones y emociones que transforman el carácter y definen el paso de niño a adolescente no fueran con él. Se había mostrado tan ajeno al tembleque emotivo y al desenfreno venéreo de la pubertad, que se veía incapaz de decir el nombre de una moza del pueblo que le hubiera hecho tilín. Venir de donde venía tal vez ayudara en su reticencia a integrarse. Con la llegada de Pablo todo cambió. ¿Qué había pasado? De alguna manera su instinto sexual había despertado, pero en silencio, a escondidas y ¿hacia qué lado? Recordaba comentarios y habladurías que circulaban en los corros y en las bodegas respecto a uno del pueblo del que se decía que le iba todo, que si tanto le daba hombres o mujeres.

Ya estaba en el amplio cruce de Paseo de Gracia con Gran Vía, allí donde el viento solía campar a sus anchas, cuando, observando en una valla un anuncio de corsetería, quizás fue consciente de que en el pueblo había vivido apartado de la realidad. Aquí, quien más quien menos, tenía su grupo de amistades, su conciencia política, sus modos de divertirse y su anonimato. En el escaparate de Garly dos muchachos de su quinta miraban trajes. ¿Tendría razón la tía Gracia cuando aseguraba que la ciudad estaba hecha para ricos? ¿Y su madre al decir que todo el mundo encuentra a alguien que lo cuide y lo quiera? Aquí la realidad era amplia, todos cabían en ella. En la concepción que él tenía del mundo apenas había virtudes eróticas y aún menos escenas rosas, pero aun así desempolvó de la memoria un decorado cercano y se dijo: ¿qué instinto le guiaba cuando se sentía atraído por alguien, el de la protección o el del sexo?, y a él, los demás, ¿lo verían apetecible o desvalido?

Una pareja de novios comía pipas en el banco de la entrada del cine Vergara. Unos niños que arrastraban alpargatas lo miraron con tristeza en la esquina previa al Café Zurich, como si hubieran sopesado pedirle limosna. En el semáforo de la calle Pelayo un grupito de jóvenes con camisa bordaba se daban lumbre y expulsaban el humo de la incontinencia mientras discutían el horario de apertura del Panams. Cuando estaba a punto de entrar en la calle Tallers, después de haber dejado atrás una vendedora ambulante de melones con aire de samaritana, reparó en que no había prestado atención al texto que le había entregado la tal Angelines. La marea humana de las Ramblas burbujeaba entre quioscos y flores, pero él giró a la derecha, donde la humedad encontraba su refugio y se estrechaban las calles y las formas de vida de los vecinos.

En la puerta del centro aguardaba una bella muchacha cuya cara le sonaba de algo. En el interior encontró a los que buscaba y le saludaron con la cortesía de quien se detiene por la fuerza. Intercambió formalidades y escuchó comentarios de hombres, muy machos y muy felices de encontrarse entre tanta vida, mientras él se vio a sí mismo pálido y algo endeble.

Qué paradoja. La camaradería que unía a los otros parecía sincera y generosa, y él se sentía desplazado, y sin voluntad para evitarlo. Un joven abotargado que traía en la camisa olor de carne asada repartió unas octavillas que anunciaban a Mary Santpere en el Emporium y uno dijo «ya lo veis muchachos, pan y circo», para luego añadir que no estaba para varietés de medio pelo y que lo que él quería era psicodelia.

Habría habido comida popular a mediodía porque las mesas estaban aun forradas con manteles de papel manchados de cafés y licores. Vasos de plástico con restos de azúcares atraían a las moscas y había quien de tanto en tanto las ahuyentaba de un manotazo. Teodoro se veía sin la chispa necesaria para relacionarse, su predisposición a vivir el ocio era a todas luces torpe, abreviada. ¿Para qué había ido? La amiga de Angelines mariposeaba por la sala pero de la otra no había ni rastro. Al preguntar por su paradero, Cosme, borracho y con la mirada perdida, farfulló que había encontrado novio: uno de Jaca que aceptó el papel de Mario a las primeras de cambio, y que antes de leer una sola frase de la obra se la trajinó en un plis plas como quien trincha a una pava. «Un hombre de verdad. —Se le escapó decir—. No como otros.»

El distanciamiento dejó de ser metafórico cuando apartaron las mesas para que hubiera baile y nadie contó con él ni siquiera para que doblara y apelotonara sillas contra la pared del fondo. Empezó a sonar *Muñequita linda* y algunas parejas se lanzaron a bailar lento y apretujadas. En los oídos de ellas se desenroscaban piropos que venían calientes de vino y en algunos rincones de chicos se planeaba el momento de apagar las luces como quien busca acercar el futuro para sí. Un rato después, tras haber deambulado con un vaso en la mano y farfullar cuatro saludos de cortesía, Teodoro se sintió fuera de lugar y buscó la puerta de salida sin despedirse de nadie.

De vuelta a casa se juró que no volvía al Centro Aragonés y que el lunes trataría de evitar por todos los medios hablar con aquellos dos gañanes del pueblo que le daban la espalda. Subió deprisa las escaleras. En el primer pasillo reinaba la penumbra, y más allá, junto al vacío, respiró el denso olor que aunaba el jabón de Gloria y los años de vida de la difunta madre de Pablo. Con pasos sonoros buscó su habitación. Cerró la puerta, se echó sobre la cama. En su cabeza, el pasado adquiría la forma de decorado de un sainete descolorido, venido a menos, desbravado. Un timbrazo lo obligó a ponerse en pie. Le extrañó que alguien llamara a las diez de la noche de un sábado. Gloria estaría en casa de la vecina como solía hacer por las tardes desde que su embarazo era una evidencia, las dos narcotizadas frente al televisor, mareadas de telediario y publicidad, y Pablo vete a saber dónde.

—Buenas tardes —dijo Mercedes Xancó, dubitativa—, o mejor, buenas noches, estoy buscando a Pablo...

—No está —dijo Teodoro observando el tocado que sostenía en la cabeza—, no sé dónde se habrá ido...

—Qué raro, lo estamos esperando en el Sona Bé. Si vuelve dile que baje por favor y que hay recital en la Cova del Drac y que ya vamos para allá...

Más que cerrar, Teodoro acompañó la puerta mientras el eco de los tacones de Mercedes Xancó se perdía escaleras abajo.

Pensaba en la cogorza que llevaba Mercedes cuando un ligero ruido alteró su paso por el pasillo. Del cuarto de la música le llegó el murmullo de una melodía. ¿Cómo era posible?, se preguntó mientras valoraba qué hacer. Pablo se habría dejado el disco puesto. En ese caso, ¿sería conveniente apagarlo? Se decidió a abrir la puerta sin que por su cabeza pudiera pasar lo que vería al instante. Sobre la cama se encontró a Pablo, en calzoncillos y camiseta de tirantes blancos, cierto letargo en el rostro, párpados hinchados, un cigarro en el cenicero.

Al lado de Pablo, la portada de un disco con una cantante: Billie Holiday. Teodoro sintió en los pies descalzos el frío de las baldosas y al mismo tiempo un repentino calor en el cuello y un vuelco en el corazón. Una voz rota cantaba cosas ininteligibles para él. Ladeó la vista: *Songs for Distingué Lovers*, le pareció leer.

Recolocándose sobre la colcha, ahora ligeramente incorporado, el hombre que tenía en frente, con tono parsimonioso, como si no existiera la prisa y la inflamación que emergía bajo su ombligo en absoluto fuera con él, dijo:

—Suena *All the Way*... Por fin tomas la opción adecuada, ven aquí, anda —y llevándose la mano a la entrepierna añadió: yo sé lo que tú necesitas...

18
María Broto

Trayecto Valdecádiar-Barcelona, 2016

Aparcan en el área de servicio de Alfajarín entre dos camiones. Al salir del coche, el impacto del viento resulta molesto para sus pasos. La sala es inmensa. Una larga barra se estira a la derecha. Reina un desafinado murmullo de cubiertos, máquinas tragaperras y voces en varios televisores.

—Si quieres ir al baño —le indica él—, están al fondo, abajo, donde las escaleras...

—Voy —asiente María—, voy, sí.

—Deberías comer algo —le dice Rafael al volver, que está de pie en la barra, y le acerca su café.

—Pues sí, ahora me comería un toro. A veces me entra el hambre y parezco una bulímica de esas.

—Lo sé, me lo decía tu padre muchas veces, que te daban ataques y devorabas lo que se te pusiera por delante. Te voy a pedir un bocadillo de jamón, que aquí son grandes, y si no te lo acabas, lo terminas en el coche.

María Broto remueve el azúcar y mira al frente. Recuerda fugazmente episodios de gula a las seis de la mañana, unos en el bar París, y otros en casa, cuando aún tambaleante le daba por hacerse espaguetis. Pero en lugar de nombrarlos, quizás forzada por la inercia del día, cambia de tema.

—Mi madre los llamaba desviados, enfermos del cuerpo y de la mente... —dice de repente María volviendo a la versión de los hechos que le contó su madre.

Antes de opinar, Rafael vislumbra una vez más a Pablo y a Teodoro, un mentor y un discípulo hablando el mismo idioma pero sin entenderse. Lo que debió sentir Teodoro al morder el placer del sexo, al que luego renunciaría por María.

—No te creas que en Valdecádiar era muy distinto. Y ojo, que se le puede entender, tampoco fue fácil para ella.

—Sí, pero no era la última víctima. —Ataja María, como si quisiera marcar que no está de su lado—. Ese fue el problema: su incapacidad de comprender que los otros también habían sufrido.

—Ella no perdonó a su propio padre... —dice Rafael, haciendo que el perdón, otra vez, se extienda como una mancha de tinta por el pasado.

—No. Ni yo a ella, ¿qué te crees? Pero sí, cuando la conocí, me di cuenta de que mi madre tenía mucho odio hacia su padre, la obligó a casarse muy joven. Por eso, cuando se murió, se sintió capaz de escapar, pero yo en cierto modo ya estaba allí, esperó que llegara a este mundo y me abandonó... Bueno, quizás yo hice lo mismo y siendo mayor que ella.

Rafael recuerda a ese Levan del que le ha hablado hace un rato, el aborto y arrepentimiento del que se ha lamentado.

—Mucha deshonra, demasiada vergüenza. ¿Qué hizo tu madre al llegar a Montoro?

María Broto da un sorbo al café. Muerde el pan y siente el sabor del jamón. Mientras imagina a su madre caminar arriba y abajo el eterno pasillo de aquel piso de Barcelona, habla de ella: sumisa y predestinada, Gloria no deja de maldecir al padre y deplora haberse casado para contentar a ese hombre que tanto ha luchado por ellos. Cada vez que llama a Montoro debe lidiar con las reprimendas de la madre. No es esto lo que quería y mucho menos lo que codiciaba en otro tiempo, cuando con las amigas remendaban sueños. Sin embargo, hay algo en su interior que posee garras. Rememora el principio de todo: «Tu padre, hija mía —le repetía su madre en Montoro— es el que trae el dinero a casa. Es un buen hombre. Cásate, y dale esa alegría», «No estoy segura, madre», «Ese hombre parece honrado y es una eminencia, un ingeniero, el jefe de una gran obra, el Generalísimo no deja que los pantanos los haga cualquiera...», «Me cae bien, madre, me hace gracia, pero no sé...», se quejaba ella, dando pie a que su madre zanjara: «Si lo que te preocupa es lo otro, yo te lo voy a explicar: un hombre se pone encima y hace lo suyo. Y ya está. Y es lo mismo uno que otro, son todos iguales».

Cuando salen de Barcelona para asistir al entierro del padre, ella ya sabe que está embarazada. Pablo Peñalver apenas le dirige la palabra en todo el trayecto, en el que no para de fumar y de beber. Pasan la noche en blanco. Una vez en Montoro, recién afeitado y con el traje impoluto, él va saludando a unos y a otros en el patio de la casa y luego en el funeral. Disimulando un pálpito de frustración por un lado se hace el importante, el señorito, y por otro el tierno, intentando llorar cuando se abraza a su cuñado.

Por la noche, desfallecidos por el trayecto y las emociones, bajo las sábanas frías, Gloria dice:

—¿Por qué no habré sido yo? El mundo está mal hecho.

—No digas eso, mujer.

Pablo da media vuelta, la rodea con el brazo, y la besa en la frente, pero ella, escrupulosa, aparta de un manotazo ese peso de franela que tanto desprecia.

—Eres un salvaje y un... —Aún no termina la frase—. Y el día menos pensado me voy. Hace tres meses que no me baja la regla.

—Y eso —pregunta Pablo Peñalver, como si se hiciera el tonto.

—Eso es otra cruz que me ha caído, cómo voy a tener un hijo de un maricón. Escoria, eres escoria.

Por primera vez Pablo Peñalver asocia el miedo con ella. Mientras intenta dormir adivina un odio insólito respirando a su lado que procede directamente de la tumba del señor Madueño.

Al día siguiente, la casa sigue llena de gente: apoderados, notario, cura, familiares, las amigas de Gloria y sus maridos. Le preguntan cómo va la vida en Barcelona y ella les responde que bien, aunque sin extenderse en explicaciones. Están en el patio, es hora de partir. Antes de ir al coche, Gloria va al servicio. Atraviesa el salón mirando los cuadros de su padre, escenas de caza, de crucifixión, de animales tristes. Aún puede verlo en uno de esos sofás, leyendo el periódico y fumando un puro, el suelo impoluto, los muebles de caoba relucientes, la liturgia del orden. Ya no estará más, piensa, «ya no podrá humillarme, por qué te habré querido tanto». Se interna en el baño, pero antes de cerrar la puerta, una mano lo impide. Su hermano la detiene y entra con ella, echa el cerrojo y la agarra por los hombros:

—¿Qué está pasando aquí? —la increpa en voz baja, la rabia es evidente.

Gloria, presa del susto y atolondrada, confiesa: no viven solos, sino que comparten el piso con un amigo del ingeniero. No quiere entrar en más detalles, dice, pero no tiene más remedio que hacerlo y admite que ha pensado mucho en pedirle ayuda pero que no se ha atrevido a trastocar su vida familiar de Málaga, que bastante tiene él con sus hijos, la mujer, el despacho.

—Pero cómo que los tres, ¿no sois un matrimonio?

—No, bueno, sí, pero él tiene su habitación y de vez en cuando se entienden.

—¿Cómo que se entienden?

—Pues eso, es su amigo, yo no existo.

—Pero dónde se ha visto, y ¿quién es ese?

—Pues uno que se trajo de un pueblo, se llama Teodoro, lo ha puesto a trabajar en las obras.

—¿Y se entienden?

—No hay más que ver cómo lo mira. Y cómo se quedan hablando hasta tarde, siempre con el jueguecito...

—Soy capaz de matarlo.

El hermano maldice haberse fiado de lo que le había contado el padre antes de morir con respecto a Pablo. Le hiere saber de qué manera se había enfrentado su hermana al fin de la inocencia, a las complejidades que la vida teje día a día para quien es expulsada de la idea de felicidad como de un grupo de amigos.

—Espera a que yo te llame, por favor.

Ella sabe que la llamada será el próximo año. Es el tiempo que necesita para deshacerse de todo.

Cuando llegó el momento, el hermano la esperaba en Málaga. Tardarían mucho tiempo en confesarle a la madre que Gloria vivía con ellos, en casa, que se había escapado porque aquel hombre le hacía la vida imposible y de él no quería nada, ni el recuerdo. El hermano le consiguió un trabajo en el bufete de un conocido. Empezó haciendo recados, siguió en la sección copias, luego en recepción, hasta llegar, después de casarse con el abogado en cuestión, al departamento de administración.

Enseguida se sintió liberada. Tanto había pensado en salir de allí, que al poco de conseguirlo de lo único de que se arrepentía era de no haberlo hecho antes. Ahora caminaba libre, sin pesos, entre los que estaba ella, María, aun sin dar un paso.

Rafael paga las consumiciones.

—Y eso... —sostiene María—. Se dedicó a vivir en la abundancia en una Málaga de club náutico y restaurantes. Así es como ella misma lo contaba.

María coge una servilleta de papel y se lleva la mitad del bocadillo. Sin quitarse la chaqueta ocupa su asiento. Rafael arranca y se incorporan a la autopista. Son las cuatro y media. María siente que algo vibra en su bolsillo. El sonido del teléfono la obliga a moverse. Logra rescatarlo y ve el nombre de Vidal. Cuando descuelga, aún con la boca llena, le responde escuetamente: «Estamos volviendo, luego te cuento, bueno, te puedes imaginar, no, no, llego esta noche, sí..., y tú, ah, en casa» (por un momento le viene a la cabeza la chaqueta y está tentada en decirle que la cuelgue de una percha y la guarde en el armario, por favor, que no quiere llegar y encontrar todo manga por hombro) pero se contiene. «Adiós, un beso.»

—Se ha acordado de mí. Qué raro... —se atreve a decir.

Pero basta ese detalle para que se encienda en su cabeza una convicción, la esperanza de que todo vuelva a ser como antes. En cuanto le hace caso, abre las puertas a ese deseo. Y así, de pronto, como si fueran circulares, los recuerdos confluyen en Vidal y en las tablas. El miedo a perderlos activa su instinto por conservarlos. Y es que su salto definitivo al teatro coincidió con el reencuentro con Vidal. Augusto la recomendó a su amigo Olmos para hacer de Manolita en *Las bicicletas son para el verano*. Aquel montaje fue un éxito nacional y se habló de ella (sobre todo de lo bien que le caía la falda por la espalda) en todos los corrillos de la profesión. Menudo estreno en Sevilla. Fue la primera vez que salió de Barcelona, que la nominaron a los Max y que, en un escenario, decía a unos padres que quería ser actriz. Como en la ficción no lo conseguía, tuvo miedo de que luego le pasara a ella lo mismo en la vida real. Pero no fue el caso. Todo fue rodado: su agente le fue consiguiendo una *Fedra* de Racine, *Medea*, *Glengarry Glen Ross*, *Final de partida*, *Madre Coraje y sus hijos*, *Incendios*... y siempre, en todos aquellos acercamientos a los personajes y en las interiorizaciones que llevaba a cabo en casa se encontraba Vidal. Luego, en la construcción en la sala de ensayos estaban el resto de actores y el director con sus indicaciones, pero en la cocina, en la cama, en el sofá, estaba él. Nadie, ni siquiera Montse, la conoce como Vidal. Lo han compartido todo y en aquellos tiempos hablaban por los codos. En las giras, se llamaban tanto desde los hoteles que a veces, cuando volvían a estar juntos, bromeaban diciendo que se querían más de lejos. Hoy, como ayer y como antes de ayer, cuando se sigue preguntando a dónde van piensa en esos inicios y tiene una conclusión: perdió la inocencia con él y con él trató de recuperarla. No esperaba nada a los quince años, pero a los treinta y cuatro sí. ¿Y qué espera ahora? El móvil entre sus manos le dice que tenga paciencia y actualiza en su pensamiento la necesidad que tiene de verlo.

Rafael es un hombre prudente. No entra a valorar esas palabras impulsivas. Una inesperada bruma le invita a dejar a María en su mundo y a concentrarse en la carretera. Tiene ganas de poner la radio, pero teme molestar a su acompañante.

Ahora María se obliga a terminar el bocadillo. La llamada ha alterado su ánimo. Parece que se le venga encima lo mucho que ha pensado en su padre, en Teodoro y en su madre. Muchas veces, los primeros años, después de enterarse y leer la carta, sospechó que la asediaba un recuerdo inventado. Creía haber sido consciente de los pasos de su madre alejándose por el pasillo y del sonido de estos en las escaleras, y del de sus propios sollozos al despertar. Qué inesperado el pasado, qué generosa la imaginación al servicio de la memoria. Se lo inventaba, claro, como tantas otras cosas, pero es un recuerdo que sigue doliendo, que no admite reconciliación. En su mente, otra vez se funden culpables, víctimas, pérdidas. Piensa en Montse Mundó, lo que sacrificó por ella al oficializar la adopción y lo tarde que lo supo. «No tienes ni idea de a lo que se renuncia por un hijo», le dijo un día: «Eres lo que más quiero en este mundo, por eso te pido que no tengas». ¿Es posible que lo entienda ahora, mientras observa la carretera y resuena el nombre de Teodoro? Piensa en Vidal, en lo que se convierte el amor con el tiempo, en los esfuerzos que requiere mantener la escasa intensidad que cede la costumbre, en las manías que se le han acrecentado con la edad, en lo exigente que es con él, pero también en lo difícil de la convivencia entre dos egocéntricos. Y todo para qué, se pregunta, ¿para no estar sola?, ¿no puede vivir sin él o no le viene bien vivir sin él?

Al cabo de los años, y de los golpes, María sabe bien que hay más verdad en la lágrima que en el amor que la ha provocado. Cree que sabe separar el grano de la paja como la certeza del engaño. Lo mismo ocurre con el placer, piensa, la mayor de las veces el gozo entrevisto es superior al obtenido. De repente sonríe sola. Sí, lo que ha vivido, lo que se ha divertido, el jugo que le ha sacado a algunos patinazos. Se ve con su amiga Azucena en el sofá del piso que compartían divagando sobre la cantidad de kilómetros que habrían hecho las dos para echar el polvo del siglo y luego decepcionarse. Qué grande era el placer invocado desde la inconsciencia de la fiesta, con la clarividente fijación de la borrachera, y en qué poco se quedaba luego, al intentar ponerlo en práctica. El que se quedó dormido mientras, el que iba demasiado puesto y no se le levantaba, el que quería hacer un trío, el que tenía micropene, el que no sabía moverse, y el que no se excitaba con ella, que también. Kilómetros y kilómetros, horas de sueño y pasta en taxis invertidos para trasladarse a lugares remotos, y despertarse en habitaciones insufribles con un martilleo en la cabeza y el ánimo por los suelos. Cuánto se disfruta por anticipado. Así es el deseo. Menuda trampa. Así era su padre, Pablo Peñalver, piensa. Así ha sido ella.

Trata de rescatar una imagen en el trozo de cielo que le brinda la ventana, pero a María le cuesta visualizar al Teodoro que le dijo adiós en el Borne, ya que se acostumbró a proyectarlo con la voz de la madre. Qué raro se le hace todavía hoy decir madre a la señora que conoció en Málaga al bajar de un autobús, después de hacer el mismo trayecto que hizo ella para librarse de su carga con dieciséis años de diferencia. ¿Cómo no reconocerla? Si era igual a como es ella ahora. La misma estatura, el mismo ancho de caderas, la piel oscura. El pelo tan bien conservado, saneado y negro. Son tan parecidas físicamente, pensará en la habitación la primera noche, pero tan diferentes en todo lo demás.

Ahora, al exhumar el aspecto vanidoso de Gloria para hacer de su narración a Rafael algo verosímil, constata que no tiene nada de ella más allá del físico. En cambio, piensa, de su padre tal vez haya heredado la inquietud, la curiosidad innata por la vida. ¿Vendrán de ahí su gusto por la música, su tendencia a la locura, su inestabilidad emocional? También él tenía una pasión, la ingeniería, el trabajo, en lo único en que era constante era en eso, igual que ella. En cambio, su madre carecía completamente de pasiones más allá de las religiosas.

María Broto se ha imaginado muchas veces en esa placenta, su comodidad en el confortable hotel que le brindó Gloria. Cree que, ni siquiera en aquellos nueve meses, debieron soportarse. La carta de su madre ya avanzaba una manera de vivir que, intuía, no se avenía con la suya. Pero igualmente se subió a un autobús. Allí recuperó una imagen mental de una anciana en el semáforo de Pau Claris con Aragón, cuando Vidal y ella ni siquiera salían juntos. «Yo buscando tu nombre en un cementerio y preguntando por ti y resulta que te habías ido», cree que le dirá cuando la vea.

En el autobús repasa las indicaciones de la carta:

> *Doy por sentado que te habrán dicho que estaría muerta o que te abandoné. Y es la verdad: era una chiquilla cuando te tuve, y las circunstancias no acompañaron. Cargo con ese arrepentimiento y no deseo a nadie un mal semejante. He vuelto a ser madre hace ahora quince meses, y siento que no puedo dejar pasar más tiempo, porque ahora más que nunca en cada momento Dios me pone ante un aprieto, y es él quien me pregunta cómo pude hacer una cosa así.*

Y también hablaba de esa Carmen Catà, a la que consiguió localizar y quien le contó que una vez vio pidiendo limosna en la puerta de unos grandes almacenes a ese individuo que dice que es tu padre..., y todo un reguero de arrepentimientos, de insultos, de condenas a la forma de ser de esos dos desviados, enfermos a los que Dios ha olvidado otorgar ciertos dones, y la esperanza de reencontrarle, el esfuerzo de su marido por dar con su paradero, y bla bla bla...

—Tu padre había leído esa carta, siempre decía que allí tu vida sería jauja, una vida de ricos —afirma Rafael, que escucha sin perder ojo a la carretera.

María Broto asiente y se ve entrando en la estación. Desde su asiento detecta entre la algarabía a una pareja junto a un carrito. Es ella, es ella. En cuanto pone un pie en el suelo, la señora levanta la mano, se acerca, se besan, insiste en abrazarla y llora. Más tarde, en el coche, dirá, «esa ropa», «ese pelo», pero antes dice: «Este es David, mira... Tu hermano», invitándola a mirar a un bebé de quince meses que ahora mismo duerme.

Quieren que pase el verano con ellos. Le cuentan que viven en el Candado, y el lunes la apuntarán al club social náutico. Son las siete de la tarde pero el sol de Málaga aún refulge y le ciega los ojos. Es la primera vez que María Broto se sienta en un Mercedes. ¿Qué está haciendo ahí? Qué raro es todo, piensa María, notando un pegajoso calor en la piel —la vista clavada en el vientre de un horizonte donde se descomponen el pasado y el rojo—, y controlando como puede un tumulto de sensaciones, de dudas, de preguntas que luego, después de que la nurse se haga cargo del niño, de que le sirvan la cena y de que ese hombre al que las internas llaman don Ángel se sirva un trago de bourbon y se deje descalzar por el servicio, la madre le responderá a su manera. Gloria habla de lo afortunada que se siente de que el Señor le haya dado una larga vida para subsanar delitos y culpas. Nadie mejor que él sabe que el hombre, cuando está maniatado, puede equivocarse. Y ahora vive en ella la ilusionante tarea de apartarla de la miseria, de la indigencia a la que le había abocado ese desgraciado —«pobrecita, hija mía, lo que habrás tenido que pasar», repite cada tanto—, ese infectado de una enfermedad de la que Dios no puede aliviar a quien se empeña en ir en su contra.

Esa noche María duerme a trompicones, el insomnio recompone la evidencia de un universo irreconocible. Al día siguiente le sirven el desayuno y Gloria le anuncia que han preparado en su honor una comida en casa de su hermano Álvaro —«tu tío, tu tío, hija, ay, qué ganas tiene de conocerte»—, que vive en el Limonar, a cuya finca acuden casi todos los domingos porque tiene una capilla y un cura amigo de la familia suele oficiar misas. Le enseñan la ropa que han comprado para ella, un par de vestidos que le parecen vergonzosos y unos zapatos sobre los que escupiría y que se calza con desgana. Sin embargo, hay un irremediable punto de fascinación en todo lo que estrena, la piscina, los caprichos atendidos, la comida servida, las primas gemelas, Juncal y Cayetana, dos años mayores, con las que pasará el verano en Sotogrande, donde con cara de asco se subirá por primera vez a un caddy, para seguir a don Ángel y a su tío de hoyo en hoyo en el golf de Valderrama. Qué distinto este verano al que pasaba en Barcelona con su padre, le escribirá a Vidal, sobre quien además añade que aún no entiende cómo le ha podido hacer esto, mentirle durante tanto tiempo, y que ya le ha escrito diciéndole que no quiere verle el pelo ni en pintura. Años después, Vidal le enseñará las cartas y ella llorará, entre la risa y la pena, al releer frases suyas como: «Estoy en mi habitación rosa, me fumaría un peta y me quedaría más a gusto que un arbusto. Hasta la victoria siempre», «no la soporto más, esto es una cárcel, te echo de menos y te quiero y te quiero y te quiero», «mis primas se visten de sevillanas y quiero potar», «me ha encantado tu nueva letra, reconozco que hay alguien que escribe mejores canciones que yo. *Love you*». Y eso le hará recordar que también escribió a Montse, y a Ruth una carta que empezaba «estoy viviendo en la típica casa que a ti te encantaría».

Quizás fue el desprecio hacia Teodoro, o la atracción de la vida fácil, el caso es que un día se vio matriculada en el colegio La Asunción, en Pedregalejo, repitiendo 2.º de BUP. Sus primas, que estudiaban en el colegio Limonar, desaparecieron del mapa porque aquel año tenían que empollar y aprobar COU como fuera. María hace nuevas amistades. Un sábado por la tarde pide permiso para ir al centro y Gloria se lo impide, alegando que allí solo hay gente de mal vivir. Con la llegada del otoño empiezan las desavenencias, la mano dura, las normas, la rigidez, las advertencias. Paulatinamente se pasa de la compasión («déjala, con lo que ha sufrido la pobre, no es de extrañar que no haga caso») a los reproches («pero qué rebelde es esta chica, menuda malcriada») y a las dudas («no entiendo por qué no te gusta el náutico, pero si lo tienes todo para jugar... Mira, que como te vea por la calle Beatas o por Cruz Verde, me das un disgusto»).

En casa le insisten en que vaya al club deportivo, pero ella desoye todas las propuestas y, con las dos amigas más alejadas del ambiente de cofradía del resto de la clase, se adentra en otros terrenos.

Un domingo come en el restaurante Los Frutos con sus tíos y sus primas. Mientras ellas le hablan de clases particulares de matemáticas y de la mano ancha de algunas monjas, ella piensa en el siguiente sábado. Ese día, con sus amigas, vuelve al centro. Es media tarde. Visitan dos tiendas de ropa en las que se prueban todo lo que en sus casas iría a la basura. Al salir ríen de su propio descaro y María compra tabaco. Una amiga habla de su hermano mayor, que debe de andar por ahí. «Vamos a buscarlo», propone la otra. «Vamos.» «¿Quién es tu hermano?», pregunta María. «No está en el cole, ha empezado este año la universidad. Le gusta el rock, yo sé que salen por aquí.» Esta parte de la ciudad es tan angosta y lúgubre que provoca en María un temor deseable, como si se tratara de un aforo prohibido en el que, al no haber rastro de puntos de apoyo, pudiera ser engullida por el vértigo. Ante las primeras farolas que se encienden flotan borrones de bruma. Encuentra en el ambiente una reverberación de libertad con la que está muy de acuerdo. Se adentran en la calle del Jinete y doblan por la calle Dos Aceras. Hay pequeños charcos, huele a humedad y de un balcón cercano llegan aires de jaleo. De pronto, guiadas por una espesa y floral emanación de hachís, dan con la puerta del bar Underground, que contiene la baraúnda de una música que María creía olvidada y que le hace decir: «¡Así sonaban *Komando Barcelona*! Mi grupo. Yo tengo un grupo en Barcelona, hacemos punk y *garage*». Traspasan el umbral. Es un local oscuro en cuya atmósfera se mezcla el humo y el sudor. Son unas niñas, pero por cómo se mueven, y por la decisión con la que encaran el pasillo, nadie lo diría. María lleva la voz cantante y pide cervezas. Suena *Personality Crisis* y María vislumbra a Santi ante el micro en el Búnker y los correspondientes celos de Vidal. En menos de lo que canta un gallo consigue que le pasen un porro. «Son los New York Dolls», le dice a la amiga que responde «¡mira, mi hermano!». Ahí está el joven. Es rubio, y mucho más bajito y regordete de lo que se había proyectado en su fantasía. Lleva una camiseta gris con la portada del Radio Ethiopia de Patti Smith. Va acompañado de otros amigos. Se sorprende de encontrarse con ellas y le dice algo al oído a su hermana. Luego se presenta: «Iván —y como quiere hacerse el gracioso, añade—: por Iván el terrible». Mientras empalma cervezas y cigarros le habla de un concierto de *reggae* al que irán luego. María no conoce ese estilo de música, algo que Iván no puede creer. Un amigo de este se presenta y le dice que se llama Javi pero que, como es tan alto, le puede llamar Javilón. Sin duda, estar ahí es lo mejor que le ha pasado desde que ha llegado. Iván se aleja a pedir una canción y cuando vuelve suena *I Wanna Love You* y, balanceando brevemente su torso, le habla a María de Bob Marley, de Jamaica, de la marihuana y de la identidad de una isla del Caribe con una música que denuncia la injusticia, que simboliza la resistencia, que revela una fuerza sociológica, espiritual y una manera de vivir que es precisamente la que a él le mola: el buen rollo, los porros, las rastas, el amor libre, la playa, la comunidad. María absorbe encantada toda esa información y el mundo se le presenta como un paisaje pluridimensional en el que músicas, recuerdos, descubrimientos, sabores y humos se interconectan.

No será esa noche, sino otra que sucede tiempo después cuando se acueste con la cabeza dando vueltas, pero no por la cerveza y el hachís, sino por cierta inquietud emocional. Su desvelo constata los efectos de la distancia, que logran evaporar rostros, compañías y amores. La imagen de Javilón se le aparece una y otra vez en su cabeza.

Ay, qué culpable se sintió al dejar a Vidal por carta. Recuerda el dolor de la sinceridad, que entonces creía necesaria, escondida tras una ingenuidad en la que ya nunca más se apoyaría. La inocencia de decir «he conocido a alguien» sin que sea del todo cierto y de hablar de ilusiones que no se sabe lo que durarán.

—Ahí empecé a irme —le dice a Rafael—. Desde entonces supe que quería volver, pensaba que iba a esperar a los dieciocho, pero no hizo falta...

—¿Por qué?

—Montse Mundó, que aún es mi tutora, me escribió para decirme que el piso de arriba, el nuestro, lo habían desmantelado los dueños por los impagos, y que me permitían hacer las pruebas de admisión en el Institut del Teatre... Se ve que se lo había pedido yo en una carta nada más llegar a Málaga, y ni me acordaba.

La aparición fugaz de aquellas líneas de Montse en las que también relataba su estancia frustrada en Cuba («la revolución es indefendible», «y voy y me entero de que Vicente tiene mujer e hijos y yo sin saber nada», «no he visto una sociedad más clasista», etc.) le hace pensar también en la fragilidad de ciertos significados.

—¿Y lo vieron bien? —pregunta Rafael.

—No hubo más remedio. Me pagaron el viaje, y me dieron mucho dinero, eso sí, dinero me dieron, al principio. Ellos ya tenían su hijo... Llegué a Barcelona. Me instalé con Montse. Le di permiso para que oficializara la tutoría que puso en marcha por medio de las Aldeas Infantiles. Llamé a Vidal y me enteré de que tenía novia, me preguntó si podríamos ser amigos y le dije que no. Llamé a Ruth y vino enseguida a buscarme.

—A fin de cuentas —ahora interviene Rafael—, tu madre fue la que ha tenido mejor vida de todos. A lo mejor, si hubiera sabido lo que iba a pasar después de su partida no te hubiera abandonado.

María sopesa refutar la apreciación, pero no lo hace.

—¿Qué pasó?

No hay mañana en Chéjov, les decía Augusto, todos los personajes van dando vueltas a la nada, en un vacío interior. La naturaleza te recuerda lo que no puedes tener. El jardín es la infancia, la primavera de la vida, lo que ya no regresará. Así estaba ella en aquel autobús que la llevó de vuelta a Barcelona, tantos años atrás, un vacío cambiando de lugar, convencida de haberse alejado de la nada. Ahí está ahora, volviendo también a Barcelona, junto a Rafael, en la antesala de todo.

19
Teodoro Broto

Barcelona, 1975

El rostro de Gloria carecía de expresión. Sus lentos andares delataban esfuerzo y agotamiento. Apenas hablaba si no era para emitir quejas y, en cuestiones relativas al embarazo, no tenía más intermediario que la señora Catà, quien se había convertido en su único consuelo, y que ya no dudaba en condenar la actitud de aquel a que hasta entonces había defendido.

—¿No te da vergüenza?— Le recriminaba a Pablo algunas noches, cuando Gloria ya se había acostado.

—¿Y quién trae el dinero a esta casa? —Se lamentaba él, los brazos abiertos, el gesto contrariado, casi desafiante.

—Si te viera tu madre... —refunfuñaba, la fina bata medio abierta, guantes de nitrilo azul—. A veces pienso que está mejor donde está...

Desde el séptimo mes de embarazo, ella misma decidió liberar a Gloria de faena y pasaba por las noches a fregar la cocina. Pablo argüía que las jornadas de trabajo en las nuevas instalaciones de Can Brians que llevaba a cabo Entel eran cada vez más extenuantes. Habían resurgido conflictos. La empresa se negaba a expropiar a pesar de expulsar a familias enteras de chabolas. Tenía que lidiar con ello y humillar a quien en realidad deseaba defender. Por si fuera poco, algunos operarios que tenían el apoyo de los sindicatos se habían unido contra él y pretendían organizar una huelga. La decepción adquiría consistencia, porque claro, y ahí dictó una de sus locuciones habituales: «El pobre no quiere la revolución, el pobre quiere ser rico» y «estos quieren dinero para destruir y yo para construir». En una de aquellas discusiones, recién llegado de la última reunión, muy alterado, no dudó en gritar a la vecina: qué culpa tenía él de todo esto, y que si lo de los hijos no iba con Gloria, que lo hubiera pensado mejor.

—¿Tendrás valor para hablar así? No la ayudas en nada. Ni siquiera la acompañas a las pruebas del médico. ¿Te has preocupado por algo?

—Pero qué quiere usted que haga, si no estoy en casa. Mire, mire a qué horas llego, y todo lo que tengo en la cabeza...

Teodoro asistía perplejo a unas discusiones que revelaban aspectos desconocidos de su amigo y de aquella vecina volcada en la ayuda doméstica. La señora Catà recordaba a menudo que no tenía nietos. Y que siendo viuda y heredera, era una pena no poder disfrutar de esa posibilidad ahora que le sobraba tiempo y dinero. Había sido muy amiga de sus vecinos. Los dos matrimonios entraron a la vez a vivir en aquellos pisos y habían tenido los hijos también por las mismas fechas. Cuando la vecina enviudó y los dos hijos se fueron de casa, las mujeres se necesitaron mutuamente y no sabían dar un paso la una sin la otra. Todo cambió al morir el padre de Pablo, pues ante la falta de liquidez, la vecina le propuso que le limpiara el piso, lo que aceptó obligada por las circunstancias y a escondidas del hijo, siendo consciente de que no le haría ninguna gracia saberlo.

Para la señora Catà hacerse cargo de Pablo era una fuente de entretenimiento. Cómo negarlo, apreciaba a aquel joven al que había visto crecer, hijo del matrimonio con el que habían compartido las ilusiones de levantar un hogar desde la inexperiencia, sin que hubiera en juego recelos ni envidias. Pese a todo, el entusiasmo por la pronta llegada de aquel bebé que consideraba causa primordial, resultaba excesivo. Teodoro constataba que para Pablo la amistad había dejado de tener el sentido que tuvo en su día. Y así era, porque cuando al fallecer su madre, la misma vecina se jactó tras el entierro de que era ella quien la había mantenido a flote teniéndola de criada, Pablo se sintió vulnerable, puso en tela de juicio el sentido de la amistad de la vecina y su orgullo le incapacitó para expresar estima.

Para Teodoro, verle pelear con la señora Catà le servía para evidenciar que los quebraderos de cabeza de Pablo aumentaban. Además, repentinamente, adolecía de fuerza muscular para según qué esfuerzos.

Teodoro nunca tuvo sintonía con la vecina. Desde el principio desconfiaron el uno del otro. Ella, como si ya supiera de lejos de qué pie cojeaba Pablo, se posicionó enseguida del lado de Gloria, ignorando por completo la presencia de aquel chaval de pueblo.

Las ausencias de Pablo alegando trabajos en otras

comarcas empezaron a ser cada vez más habituales y espaciadas, incluso de dos y tres noches.

En el sofá, con las manos arqueadas sobre el abultado vientre, la joven se quedaba en trance, como si maquinara lo que pondría en práctica en un futuro inmediato. Se negó en redondo a avisar a nadie de su familia. Bastante tenía su madre, decía, y bastante tenía su hermano, que debía trabajar y sacar adelante a una familia.

Una noche, Teodoro y la señora Catà se encontraron en la cocina. Pablo apareció atontado y con los ojos empequeñecidos por el alcohol.

—Menuda cara traes. Desde luego, esta casa parece un cementerio civil —opinó la vecina.

—Y más que lo va a parecer... —añadió él, la sonrisa floja, inerte, antes de lanzar un sobre de cuyo lateral asomaban papeles, y de sonreír a Teodoro. Era una sonrisa extraña, que bien podría querer decir «anda, y este qué hace aquí todavía despierto, ¿me estará esperando?».

Desde el encuentro en la habitación de la música, Teodoro no había vuelto a entrar sin recordar todo cuanto sucedió y con la ilusión de revivirlo al pie de la letra. Había descubierto un placer que creía que podría igualarse como si tal cosa; y la sola idea de volver a él dominaba sus pensamientos. La verdad de aquel placer, su intensidad, fue de tal calibre que hasta se sentía legitimado para exigir a la suerte que le devolviera lo que podía darle.

Recordaría bien Teodoro como al día siguiente,

Pablo dejó de hablarle, ignorándole por completo. Pero una semana después le regaló un perfume cuya esencia, dijo, le había recordado a él, y le invitó a que se quedara un rato con él e insistió en que escuchara a Edith Piaf, a pesar de evitar cualquier contacto. ¿Qué significaba ese comportamiento tan contradictorio, por aquí un destello, por allá un desplante? Esos cambios de actitud con respecto a él se convirtieron en una constante y Teodoro se obligó a conjurarse para evitar el juego de fogonazos. Cada día se despertaba pensando en el humor que tendría Pablo. Con ese aire victimista (mucho trabajo, tantos problemas, hoy me apetece jugar, mañana ya veremos) que transmitía, sin duda conseguía protagonismo y que los que estaban a su alrededor, de una manera u otra, vivieran pendientes de él. Al desconcierto contribuyó que fuera destinado a otra obra. «El pluriempleo —manifestó una noche en que llegó muy tarde y Teodoro lo había esperado— nos está salvando a los extravagantes como yo, no se nos puede dejar tiempo libre, estamos secularmente incapacitados para pensar, si me dejas la tarde libre entro en una *boîte* y salgo mañana, ¿entiendes?, o a lo mejor me da por leer a los marxistas y en lugar de resistir me da por protestar, y eso ya no lo aceptan. Que resistas, bien, pero si protestas, te aniquilan. Debe de ser por eso que me dan tanto trabajo, para ponerme un collar... Anda, buenas noches.»

Teodoro recordaba la primera noche, la sensualidad con que consiguió que se entregara, no solo por lo que ocurrió y por la manera en que ocurrió, sino porque marcó una frontera. Desde ese instante, el estado de ánimo de Pablo, ya de por sí veleta, se transformó en una montaña rusa aún más inconstante; pero entonces todavía Teodoro lo atribuyó a la cercanía del parto, que tuvo lugar un domingo, en la clínica de la Alianza. Lo que parecía un trámite se complicó con el paso de las horas y al fin hubo que intervenir quirúrgicamente y usar fórceps para extraer al bebé, lo que le dejó, durante dos días, la cabeza ligeramente amelonada y a la madre una semana de curas.

En el piso, Teodoro terminaba de ayudar a reubicar aquel mueble que la señora Catà se empeñaba en llamar cuco, delicada pieza de madera de nogal que había fabricado su difunto marido para su hijo y que conservó por si algún día tenía nietos. Llovía con fuerza y hasta el balcón llegaban los azotes del viento y el crepitar del agua. Un timbrazo sacudió el ánimo de Teodoro y, cuando abrió la puerta, volvió a ver a Mercedes. Cargada con dos bolsas de regalos y ropa puso pie en el recibidor para, seguidamente, hacerse un hueco en el pasillo y caminar hasta el salón, dejando un hilo roto de agua en el suelo.

—¿No ha llegado el principito? —preguntó a la señora Catà.

—Deben de estar al caer. Ha llamado para decir que ha sido niña.

—Ay... Pablito Peñalver padre de una niña —dijo Mercedes dejando los bultos a un lado del sofá—. Pocas cosas más raras verán mis ojos, qué alegría...

Teodoro hizo suya la apreciación y, sin saber con certeza por qué, la tomó como amenaza. Un súbito sentimiento de protección respecto a la recién nacida y aún desconocida se apoderó de él, y recordó a su madre, en Valdecádiar, la tarde en que le dijo: «A mí me da que te he traído al mundo para cuidar niños». Aún no la había visto pero, por alguna razón, barruntó su fragilidad como algo suyo.

Mercedes Xancó dobló en dos la gabardina, la sostuvo en su brazo derecho y, acto seguido, la volvió a desdoblar. Quizás, acostumbrada como estaba a atenciones, esperaba que alguien se hiciera cargo de ella. Como nadie se decidió, la colgó en el respaldo de una silla sin importarle que los bajos tocaran el suelo y lo humedecieran. Rodeó la mesa, pero no le dio tiempo de ocupar el sillón, pues en ese instante se oyó cómo se abría y cerraba una puerta y la presencia de gente que avanzaba por el pasillo. Gloria, con pasos cansados, tomaba la delantera. Desde el quicio del salón quedó a la vista su pelo mojado y un gesto abatido que incluía ojeras y catarro. Bajo la chaqueta sostenía una mantita amarilla en la que se escondía una recién nacida cuya cabeza, cubierta con un gorrito de algodón, empezó a moverse. Pablo Peñalver, como si ningún pecado fuera consigo y se creyera un navegante solitario que surca a su aire por el centro de un río, sonrió a Mercedes y a Teodoro. Lo primero que dijo el flamante padre fue:

—Maravilloso. Todo maravilloso...

Mientras hablaba se palpó los bolsillos hasta dar con aquello en lo que a buen seguro llevaba tiempo pensando. Luego acercó el cenicero a su lado de la mesa.

—Gracias por venir. Los amigos son mi estado, que decía una poeta. ¿Verdad, Mercedes?

Mercedes Xancó arqueó una ceja y se preguntó qué podría esconder tanta ironía. ¿Por qué se aferraba a la indirecta cuando en realidad se alegraba de verla?

La señora Catà se había acercado a Gloria, a quien en absoluto le costó ceder los tres kilos seiscientos de peso. Juntas abandonaron el salón y tras ellas acudió Teodoro. En la reciente intimidad, don Pablo se acercó a Mercedes y, reduciendo el tono de voz, el labio inferior temblando, dejó caer:

—Detesto pedir ayuda, pero...

Todo el aguante se vino abajo y dando tres pasos buscó cobijo en el abrazo de Mercedes. Al dejar la frente en su hombro, el eco de su voz se desvirtuó:

—Perdona, perdona por este silencio, perdóname...

—¿Por qué eres tan orgulloso?

—Será por vergüenza, o miedo, o qué sé yo...

—Todo va a ir bien. No será nada, siempre te pierdes la parte mejor de la amistad. Eres tonto.

Carmen Catà acostumbró a Gloria a combatir el resfriado con infusiones que mezclaban miel y limón y le habló de defensas, de vitaminas, de medicamentos, así como de la recóndita existencia de fuerzas desconocidas para una madre primeriza. El hecho de saber de lo que hablaba, y de ver a aquella joven desvalida y desmotivada, despertó un instinto materno, por lo que cada repulsa de la muchacha la sentía como ofensa. No era Gloria una persona que se dejase querer. Difícil de carácter, entrar en su pensamiento era una odisea para cualquiera. Encerrada en sí misma, renunció a relacionarse. Su memoria había borrado los tiempos de expectativas. En otra vida quedaba la niña que se lanzó a pasear con Pablo en Montoro con la idea imprecisa del amor revoloteando en su cabeza, haciendo de su capa un sayo y dispuesta a todo por contentar a su padre, cuyo retrato, junto a un secreter, un rosario, medallas y hojas parroquiales, ocupaba el centro de la mesa camilla que comprendía una esquina de la habitación. A él le debía la dicha, pero también la pena. Que su presencia se redujera a una imagen enmarcada, más que dolor le causaba desahogo.

A un lado, entre la cama y el armario, tenía el cuco. Tan pronto empezaba el bebé con su cantinela de lloros y berridos, la agarraba del torso y la traspasaba a la cama, tratando de dejar la pequeña cabeza sobre la almohada, demasiado fría al tacto. Tanto se iba habituando al silencio, que Gloria pasó a ser un ente serio, gélido, calculador, que deambulaba por la casa. Su porvenir tenía el horizonte y la consistencia de un buzón vacío. El contaminado aire de aquel lugar no podría ser dueño de ningún recuerdo. De vez en cuando rezaba y se la veía besando el abalorio de alguna virgen, como si aquello, un relieve de hojalata, fuera el mejor y el único confidente. Una menor casada por fuerza con un embaucador de tres al cuarto que la había traicionado no solo a ella sino a su padre y a su hermano y a su madre, que tanto habían hecho por él. Su padre, pobre, qué pensaría de todo esto, con las esperanzas que había dispuesto en ese matrimonio, creyendo que era un acaudalado, educado y brillante discípulo, y en verdad no era más un empedernido cantamañanas, golfo y a buen seguro putero, y peor, un desviado.

De ahí que el rechazo fuera mutuo. No solo era don Pablo quien la evitaba, también ella por las noches, cuando oía sus pasos vacilantes por el pasillo pedía a Dios que no entrara; y en el momento en que lo oía avanzar hacía el puñetero cuarto de la música respiraba aliviada y celebraba como una victoria esa propina de felicidad cotidiana.

Pablo Peñalver prolongó durante el mes siguiente un ritmo de vida aún más secreto. Seguía durmiendo en el cuarto de la música, por lo que la mayor de las veces, con los horarios de entrada y salida que tenía, uno no podía cerciorarse de si había pasado la noche o no en casa. Y el bebé, más que un encanto, era un incordio, un obstáculo. Porque el mayor problema, lo que le dejaba grogui, era María, sí, el desbarajuste de horarios y de hábitos a los que sometía a los habitantes de aquel piso. En el momento menos pensado se ponía a llorar. Ah, qué agresión a la salud, ¡si cuando salía de casa por las mañanas Pablo parecía un carromato que llevar al desguace!

Gloria no quiso darle pecho, y aunque la señora Catà dijo que aquello era una ofensa peor que la de no poner sobre aviso a la familia, sus quejas no fueron escuchadas y, en cuanto subió de la farmacia con leche y biberón, no recibió más objeciones.

De día, la niña dormía horas y horas; y de noche, era una cruz: cuando terminaban de cenar los ojos se le ponían como platos para desespero de quien tuviera delante, que recibía el torrente de berridos con resignación primero, con enojo después, con cólera más tarde y a la postre (a las tres o las cuatro de la mañana) con un sentimiento demasiado similar al odio como para reconocerlo en público.

—La tiraría por la ventana, te lo juro, ¡la tiraría!... —gritó su padre una de esas noches, en la que, en un arranque de prepotencia, se la quiso meter consigo en la cama del cuarto de la música.

—Por mí haz lo que quieras —repuso ella, fría como un sacerdote en un entierro—. Hazlo y vete tú detrás, menudo favor nos harías.

La respuesta dejó en Pablo un regusto amargo, que concluyó en una nueva evidencia de miedo. También despierto, Teodoro escuchaba las frases de ambos, esos dardos asiduos que endurecían su estómago.

—Dámela, anda —dijo a su amigo, dolido.

Teodoro era el último recurso y casi siempre funcionaba. Pasillo arriba pasillo abajo la paseaba en brazos tarareándole melodías que rescataba de Valdecádiar, evocando las voces de su madre y de su hermana Milagros. Empalmaba una con otra exhibiendo paciencia infinita. Resignación de pobre que viene de cuna, pensaba Pablo al verlo así, sin inmutarse por las horas de sueño perdidas, dando prioridad a la criatura que no tenía ninguna culpa de estar allí. Con cada arrebato de lloros, Pablo gritaba que aquello no podía ser, que él necesitaba dormir para rendir al día siguiente. Esas lágrimas enturbiaban cualquier pensamiento y sacaban lo peor de su persona. Las tres y media, las cuatro, las cuatro y media. Sin duda, la de Teodoro era la compañía que prefería el turbado y sagaz instinto de María. La buscaba, la reclamaba a tientas y con lloros. Cuando daba con ese calor humano reconocible, esa serenidad, apoyaba la cara en el hombro, y esperaba el peso de la mano en la espalda y el cálido murmullo en el oído. La primera vez en que, al separarse del bebé por tener que ir al trabajo, lo oyó berrear al otro lado de la puerta, a Teodoro le pareció escuchar un crujido en el corazón que consecutivamente le empapó la mirada.

Una de aquellas mañanas, en un acto a todas luces extraño e inesperado, Pablo Peñalver bajó las escaleras con prisa y a medio vestir, y se lanzó a la calle dispuesto a perseguir a Teodoro, que había salido un minuto antes. En la calle Aragón, a la altura de la persiana de la perfumería Rosamor, logró detener su paso, siempre tan ligero. Teodoro se volvió y lo vio abatido, baldado por una simple carrera de apenas cien metros, y con una astenia que sus rodillas arrastrarían todo el día. Pablo necesitó su tiempo para restaurar el ritmo de respiración y se llevó la mano al pecho. Teodoro lo imaginó sin haber dormido, llenando de humo todo su insomnio. Traía el pelo revuelto. Trasquilones de sueño desnaturalizaban los ojos hinchados. Se llevó la mano al bolsillo antes de hablar:

—Joder..., estas carreras por la mañana. Toma, te lo iba a dar ayer pero entre unas cosas y otras se me pasó, coge esto, quiero que lo guardes. Luego, cuando llegues, lo escondes. Me lo dejó mi madre, y antes de que se lo adueñe Gloria prefiero que esté en tu poder.

—¿Por qué? —preguntó Teodoro.

—Por nada, o por todo, o por lo que pueda pasar. Yo qué sé, tampoco me hagas mucho caso, estoy con algún problema, pero todo irá bien si nos ayudamos...

La ambigüedad seguía siendo el denominador común de las respuestas de Pablo. Apenas tenía pinta de padre primerizo y en su rostro podría leerse cualquier cosa salvo la felicidad. Cuando una clienta bajó el escalón de la panadería vecina, Pablo, vete a saber si por cortedad o por decoro, se abrochó los botones pendientes de la camisa, de cuyos huecos asomaban brotes de vello. Teodoro aceptó la ofrenda y guardó el pequeño pero pesado fardo.

—Es oro —dijo Pablo—. Mejor que esté a buen recaudo.

Teodoro no quiso ir a trabajar sin atar cabos:

—Quiere decir esto que te vas a ir a otra obra...

—A lo mejor, un tiempo. Hay cambios en la empresa. Este trabajo es así, donde pagan hay que ir, se habla de una instalación en Ullastret, unos arqueólogos han hecho unos descubrimientos en unas excavaciones. Son restos del siglo VI que quieren llenar de turistas, ese es el objetivo, un día todo esto estará lleno de turistas, nosotros seremos los bichos raros...

Aquello debió sonar a excusa para Pablo, pero no para Teodoro, que bienmandado como era, y al no entender a ciencia cierta de qué le hablaba, tomó por buena la explicación.

—Un asentamiento del siglo VI, ¿te das cuenta? Y yo me pregunto, ¿en aquella época los que vivían tendrían también presentimientos? Era la época de los metales, y aún hacemos lo mismo, qué importantes son las ruinas.

Así se despidieron.

En casa, María empezaba a entregarse al sueño que había desdeñado durante la noche. Mientras Gloria se adecentaba en el baño, Pablo le cambió el pañal. Para ventilar, abrió la ventana del pasillo y luego el balcón. Se desplazó al salón con María en brazos, observó su cara, los ojos a medio cerrar, el escaso pelo tan negro revuelto, que disimulaba las primeras costras de leche de la cabeza, una legaña, la respiración sosegada, la boca, la tregua. Aprovechando que la madre no estaba allí volvió a sopesar las palabras que le había repetido horas atrás («por mí tírala, tírala por la ventana») cuando él había padecido otro arranque de furia del que ahora se arrepentía y cuyo recuerdo le sacaba de quicio. Como no podía disculparse ante María con palabras lo hizo con lágrimas. Alzó la vista a la librería y se acercó a la foto de su madre, como si le enseñara el bebé. Entonces, a pesar de que las prisas por salir de casa le apremiaban, miró atrás, al tiempo de la fotografía, y deseó corregir su vida —tan distinta a como la imaginó de adolescente— y empezar de cero. Pero la vida no era como aquel ejemplar de *Hombre rico, hombre pobre* que leía su madre y que se había quedado ahí sin que lo terminara. La vida no era una fábula con final feliz, justicias poéticas, rimas preciosas o moralejas que guían a los que se quedan para lograr sobrevivir. La madre muerta y el padre muerto, dos antiguallas enmarcadas, revelaban la evidencia de sus razonamientos. ¿Y él?, ¿y ella, en sus brazos? Ah, su madre, su padre, ellos sí debieron de tenerlo en brazos, mucho antes de que su mala cabeza traicionara la inocencia, arrugada como una promesa de borracho. Ah, sí, él había tenido una virtud: la virtud de anularse a sí mismo. Ellos fueron amigos de esquemas, jamás rechazaron la realidad, jamás tuvieron otro horizonte que no fuera él, el hijo, el hijo como puerto de partida y de llegada. Pero él hizo lo contrario: se creyó el libre albedrío, destrozó el argumento establecido, liberó su voz y enfocó de manera múltiple. Recordó entonces el poema que leyó en una revista tiempo atrás y cuyos versos anotó en la libreta, entre datos, cifras, bosquejos de la obra, presiones hidráulicas y empotramientos, «son tres libras de amor / un rial de espera», y se vio nuevamente preso de las dos cosas que le quedaban y de las monedas que no.

—Es mejor así... —dijo a la fotografía, a la mirada triste de su madre viuda, sin saber que no sería la última vez que dijera esa frase ese mismo día.

Y es que ese atardecer de septiembre, cuando Teodoro subió las escaleras de la estación de metro de Paseo de Gracia y volvió a la calle Aragón le vino a la memoria el amanecer. Al pasar por la iglesia de la Concepción se llevó las manos al bolsillo y comprobó que seguía estando ahí el fajo de oro que le habían confiado esa mañana. Del pasaje del Rector Oliveras descendía un grupo de jóvenes barbudos ataviados con camisetas de cuellos descosidos, pantalones de tela que dejaban a la vista los tobillos, abarcas y curiosas mochilas de colorines en bandolera; y ellas, las dos chicas igualmente descamisadas y luciendo ligeras faldas de viscosa. Tal vez tuvieran la misma edad que él, o un poco mayores a lo sumo. El cura que iba con ellos les despidió ante las escaleras de la iglesia y Teodoro pensó en lo insólita que era aquella ciudad, melé de gentes de todo tipo. A sus oídos llegó la palabra ETA, y entendió que lo que se había rumoreado en la obra de la Zona Franca sería cierto. La noticia de un atentado en el centro de Madrid, en la cafetería Leandro, había llegado a Barcelona y, por lo que parecía, estaba en boca de todos.

Arrastrando cierta angustia, llegó a casa. Para su

asombro, en el recibidor, el candelabro dorado que reinaba sobre el arcón no se hallaba en su sitio y, en su lugar, había un círculo color caoba. A su alrededor, una fina capa de polvo que hasta ese momento había sido imperceptible. Atravesó la penumbra del pasillo mientras más allá adivinaba un extraño vacío. Por eso ni siquiera entró en la cocina para dejar la bolsa con las cuatro cosas que había comprado. Antes de llegar al salón le pareció distinguir unos lloros y mentalmente visualizó a María en brazos de Gloria, su eterna cara de agobio alérgica a cualquier indicio de júbilo. La luz de su memoria dio con ese rostro pero enseguida lo cambió por el resplandor de la pequeña.

No era María quien lloraba en el sofá, sino la señora Catà, con la niña en brazos, dormida.

—Se ha ido, se ha ido... —balbucía entre lamentos.

—¿Qué?, ¿quién? —alcanzó a preguntar mientras se hacía una composición mental de los hechos.

—La ha dejado sola, sola a la pobre criatura... —Entonces alzó la vista y siguió hablando con una vigorosa rabia, inherente a su estado de ánimo—. Me han despertado sus lloros hace solo media hora. Suerte que ha dejado las llaves puestas. Te das cuenta: debía de estar dormida y habrá empezado a llorar, a saber cuántas horas llevaba sola. Dicen que una madre lo perdona todo, pero yo no sé si una hija perdonará esto nunca...

Teodoro se apresuró en llegar a la habitación. Sobre la mesa camilla no quedaba ni un retrato. Toda su ropa había desaparecido del armario. En el baño no había ni rastro de sus enseres. Nada quedaba de Gloria en aquel hogar. El semblante de Teodoro palideció. Iba aquí y allá abriendo puertas. En el tendedor solo quedaba ropa de Pablo y suya. Miró su reloj. Se avecinaba una noche muy larga. Quiso hacerse cargo de María pero no le apetecía lidiar con la vecina. Por fin dejó los huevos y la leche en la repisa de la cocina. Allí le dio por abrir un cajón. Todo estaba perfectamente ordenado. La nevera, intacta. Brillaba el aluminio del fregadero, como si antes de irse se hubiera dedicado a borrar sus huellas.

Coincidió la llegada de Pablo con los primeros llantos del despertar de María. Siempre pragmática y ahora también dirigente, la señora Catà insistió en abrigarla si pensaban acostarla. Con un discurso atropellado, Teodoro fue relatando lo acontecido. En el salón se habían instalado la intranquilidad y el rencor, y cada uno de ellos atañía a uno de los dos adultos que había encontrado Pablo en plena confusión. Mientras escuchaba retazos de información, sin soltar el sobre que traía junto a la cartera de mano, como si aún no le hubiera dado tiempo de introducirlo en ella, o no hubiera querido, Pablo expresó cansancio con un bostezo. Pero acto seguido, como si una cerilla se hubiera prendido en su memoria, se alejó corriendo a su armario y a los pocos segundos estaba arrodillado rebuscando en los cajones. Volaban calcetines y calzoncillos y camisetas interiores igual que restos de un naufragio entre los que debe quedar algún vestigio. Cuando, aún de rodillas, se dio la vuelta y se encontró con Teodoro, visiblemente aliviado sujetaba otro sobre idéntico al que había traído, con una mirada temerosa, como la de un niño que sabe que ha hecho lo que no debía para salirse con la suya pero que igualmente espera un abrazo.

—Es mejor así —dijo entonces por segunda vez aquel día.

Luego se puso en pie y, una vez más, quiso exhibir el orgullo de considerarse un hombre ajeno a la ortodoxia que define a los seres convencionales. Así se dedicó a espolvorear su vanidad asegurando que tampoco era para tanto, que existían cosas mucho peores, que casos así se daban todos los días. Mandó encender las luces del salón y del pasillo alegando que aquello parecía un entierro, y con la fe de quien cree firmemente que aún le quedan sueños, se acercó a donde estaba María y la tomó en sus brazos para reconocerla suya y besarla como quien besa su breve testamento antes de devolverlo firmado al notario.

20

Maria Broto

Trayecto Valdecádiar-Barcelona, 2016

—Para, para. —María Broto corta el relato de Rafael, como si se sintiera obligada a advertir que de esto no tenía ni idea—. No me lo contaron así.

—Es lógico...

El consiguiente silencio cede un espacio para que María piense en su madre, una vez más empeñada en aparecer en su subconsciente. Recuerda cuando aceptó el papel de Maureen en *La reina de la belleza de Leenane.* María terminó la primera lectura asustada.

—¿Tú crees que pueden existir madres así? —preguntó a Vidal.

Después del estreno, Vidal y ella hablaron mucho de ello y así salieron a relucir trapos sucios. Su pensamiento teje ahora, a toda prisa, un hilo entre Amparo, Gloria, Montse y ella misma y rescata a Amparo, a la que vuelve a ver como hace un rato, llorando a su hijo y preguntándole si ella había sido madre. Se siente culpable, rebrota la promesa de ayudarles que ha emitido en voz alta horas atrás. Entiende ahora que la palabra madre es otra de esas cuyo significado también ha huido con el tiempo (igual que «compromiso», igual que «porvenir») y se ha descompuesto como el aire que llena un globo para dejarlo luego vacío y fofo.

— ¿Cuándo volverás al pueblo?

—No sé, para el 1 de mayo siempre suelo ir.

—Me gustaría ir contigo. Ojalá no haya función ese día.

21
Teodoro Broto

Barcelona, 1975

Teodoro Broto triplicó su atención por la pequeña, hacia la que profesaba una devoción integral, y evitaba así ahondar en otras cosas, incluido en él mismo. Porque mientras el vínculo entre los dos se fortalecía, aumentaba su temor a hablar de frente con Pablo de ciertos temas. Y la confusión debía ser mutua, pues ambos preferían dejar las dudas en manos del tiempo para ver si así, con un poco de suerte, se dispersaban como plancton en el mar y se perdían en el fondo de todo.

A los seis meses, María sonreía y avanzaba como un caracol sobre la alfombra. Era una alegría verla. Cada vez pasaba más horas despierta. De vez en cuando, igual que se elabora una croqueta, se volvía una y otra vez y celebraba con una carcajada su logro. Teodoro se acostumbró a verlo todo a través de ella. Y así, su aceptación y su risa, cuando se iba a trabajar, barnizaban el miedo a perderla que no podía evitar que fuera consigo. Durante la jornada de trabajo, María acudía de continuo a su pensamiento reclamando su atención, y él le contestaba mentalmente tomándose su tiempo, y recordaba la sensación deliciosa de tenerla en brazos y hacerla reír.

En cuanto llegaba de la obra, Teodoro curaba sus sabañones. Para evitar el dolor introducía las manos en un barreño de agua hirviendo y eliminaba así el mal que tuvieran antes de que se abrieran y supuraran. Con gran predisposición y de manera tan metódica, prefería acariciar a la pequeña sin ese rastro que consideraba impropio. La vida de Teodoro cada vez más se reducía a María y, bajo su prisma, todo lo demás iba adquiriendo un papel secundario.

Gloria no había sido pródiga en caricias ni carantoñas, más bien en reproches a sus aspavientos y lloriqueos a destiempo, y tal vez por eso agradecía tanto María la entrega natural de Teodoro, como si supiera en qué manos le gustaba estar. Los primeros días costó que otra persona le diera la leche, y en los venideros, a menudo, ante la obligación de comer a determinadas horas respondía llorando y ovillándose en la cama, demostrando a quien tuviera delante que pelear contra su desconsuelo sería una guerra perdida. Cuando podía, casi siempre al final de la jornada, Mercedes Xancó aparecía con juguetes, artículos de higiene, conjuntos de ropa que no había podido evitar comprar y, por supuesto, un extenso repertorio de zalamerías y carantoñas. Toda esa bisutería que tintineaba en sus muñecas y en el cuello, le servían a la pequeña para asirse y prolongaban su divertimento. Aquellos buenos momentos que sin ser conscientes vivían los tres adultos con María, serían a la postre recordados como una dulce tregua en mitad de una cruzada.

Cuando observaban embobados los movimientos del bebé y se dirigían a él con ñoños diminutivos, si alguien hubiera escrutado la escena desde fuera, hubiera sido incapaz de adivinar cuál de los cuatro era el menor. En aquel hogar se evitaban las palabras papá y mamá pero Mercedes se autodenominaba tía con soltura. Hubo risas, emoción, progresos y, por suerte, gracias a la insistencia de Mercedes, un carrete de 24 fotos que, con el tiempo, ayudaría a encuadrar y perpetuar el colorido gemido de la satisfacción. Cuando María caía rendida de sueño, la acostaban en la cama grande, y se reunían en el salón o en la cocina en torno a las botellas que Pablo se empeñaba en vaciar aludiendo a que, en verdad, lo que él esperaba de la vida era que le dotara del «don de la ebriedad», como su poeta favorito, y ahí empezaba a declamar un poema sobre la claridad y el cielo. Una noche, a Teodoro le pareció escuchar las habituales quejas que preceden al llanto y a toda prisa se alejó ante el consentimiento de Pablo. Cruzó el pasillo y entró con tiento en la habitación para hallar la entrecortada respiración de María agitada por un mal sueño. En la cocina quedaron ellos, a los que Teodoro oyó cuchicheando de cosas que no tardaría en comprender. Luego Mercedes se despidió. Y cuando, acarreando un ligero aroma a dentífrico, Pablo entró en la habitación —María en el centro de la cama, Teodoro a un lado—, no se atrevió a transportarla a la cuna por temor a despertarla y, sin necesidad de pijama, se hizo un hueco bajo las sábanas. Al notar que Teodoro se levantaba, la voz de Pablo densificó la oscuridad, llenándola de osadía:

—No te vayas. Durmamos los tres... —suplicó con

voz temblorosa y convicción relativa, la mirada perdida en la oscuridad del techo, los pies fríos, como el condenado que pide una última voluntad.

Porque nada volvería a ser lo mismo. Y es que en ese endemoniado invierno que se prolongaría hasta más allá de la Semana Santa, tras una contundente gripe que le mantuvo tres días con fiebres, Pablo visitó al médico, que le prohibió de manera tajante el tabaco. La consigna no obtuvo aprobación ni éxito. La semana siguiente, más bebedor y más inquieto que nunca, Pablo sufrió una colitis aguda que superó con antibióticos y cama. Desde allí, viendo reducida su vitalidad, su actitud devino lacónica. No era el mismo. Una noche aseguró a Teodoro que iba a ser enviado como jefe de obra a Navarra para la construcción de una presa como la que había ayudado a poner en marcha en Valdecádiar y que probablemente tendría que empalmar con unas grandes obras en el cinturón de Barcelona, y con la rehabilitación de un polígono en las afueras, por Badalona y San Roque, donde el ayuntamiento quería darle lustre para seguir con la moda del saneamiento de aguas.

—Qué mala suerte, me pongo enfermo en el peor momento... Tanta responsabilidad, mira, mira cómo me está dejando. —Y se llevaba la mano a la barriga, donde era visible la pérdida de peso.

Teodoro bajaba la vista sin opinar. Parte de su silencio procedía de una preocupación lógica. Desde hacía un mes y medio, era él, con su sueldo y sus escasos ahorros, quien se estaba haciendo cargo de la casa y tiraba del carro. Por eso, la ansiedad se volvió sofocante cuando otra noche apareció Pablo vestido de traje anunciando a bombo y platillo sonoros cambios de planes y nuevas obras que debía supervisar.

—Vale ya, por favor... —Teodoro no se contuvo—. ¡No mientas más! Que no ves que lo sé todo, que lo dicen los capataces, que llevas despedido no sé cuántos meses y se te ve por ahí solo mendigando trabajos... ¡No sabes las cosas que dicen de ti!, ¡no sabes lo que tengo que soportar!

Alrededor de Pablo se dilató la vergüenza, pendiente de recomponer. ¿Cómo había llegado hasta ahí un ingeniero como él? ¿Era el empeño en sus luchas imposibles lo que alimentaba su mala fama?

—¿Saben algo de la niña? —preguntó.

—No, de eso, no, nunca he dicho nada.

—No lo hagas, y no llores, por favor, encontraré otra cosa. Estos no me perdonan que venga del otro lado...

Teodoro aceptó el abrazo y las excusas como si no le quedara más remedio. El corazón le latía con fuerza. Y María empezó a reclamar su presencia con sollozos.

—Tengo que darle la cena. Y a ti también...

Después de dormir a la niña, Teodoro intentó en vano que Pablo comiera. La sopa que le llevó al cuarto de la música fue rechazada.

—No puedo tragar, mañana iremos al médico, mejor ponme música...

Esa misma noche, aprovechando que Pablo se durmió sedado de medicamentos, Teodoro rebuscó en el armario y dio con aquellos sobres que traían el membrete del hospital de San Pablo. Al leer los informes médicos y la evolución que se retrataba en ellos, Teodoro creyó advertir una excusa al rechazo al que le sometió Pablo en los últimos tiempos, el porqué de sus ausencias, el porqué del regalo apresurado de las joyas. Todo lo leído y todo cuanto tenía, reducido ahora a un trozo de noche tras la ventana y a la niña que dormía a su lado, tomó una forma de amor que le indujo al desvelo.

—Antes de ir al médico llévame a las termas romanas de Caldetas, por favor —insistió Pablo el sábado por la mañana.

Así, dejaron a la niña con Mercedes. Aunque convaleciente, Pablo se las apañó para conducir. Al entrar en el pueblo y ver el mar, elevó una mano al cielo:

—¡Alto jornal...! —gritó con aires de loco y mirada vidriosa, las manos y la cabeza tras la ventana. Y aún repitió más veces: ¡Alto jornal!, ¡alto jornal! Mira, mar y montaña. Venga, ponte aquí, es un buen lugar para practicar.

Aprovecharon un recodo de la abrupta calle para intercambiarse en los asientos. Luego remontaron la Riera y unas cuantas curvas hasta dar con las puertas de las Termas. Cuando don Pablo le dijo que aparcara, Teodoro se preparó para maniobrar y logró encajar el coche en el punto exacto arrancando un «bravo, bravo, Fittipaldi» de Pablo, que sirvió para que Teodoro chasqueara la lengua y sonriera. Caminaron hasta la recepción, donde la encargada de entregarles las toallas, que lo tenía visto de otras veces, advirtió sin tacto:

—Hola, señorito, usted hoy tiene mal color.

—Por eso vengo —aventuró sonriendo—. Aquí se cura todo...

Pero de vuelta a Barcelona el optimismo y la relajación desaparecieron. A la altura de Llavaneras tuvo que parar para echar una cabezada. Al despertar, veinte minutos después, le dijo a Teodoro que condujera él, que así practicaba más, que si hubiera algún control en la nacional ya se encargaría él de solucionarlo.

—Antes, en el agua, cuando te has ido al lavabo, he estado pensando y he llegado a una conclusión: lo único inalcanzable en la vida es lo vivido. ¿Te das cuenta? Qué contrasentido... —La carretera invitaba a Pablo a reflexionar—. Así que gracias por hacerme tanta compañía. Tú y yo somos iguales. La memoria de los pobres tiene más hambre y menos puntos de apoyo que la del resto, porque normalmente viajan poco. Me hubiera gustado ver más mundo. Por eso me gustaría que María viaje y disfrute, cuando sea mayor viajará mucho...

Teodoro se vio incapaz de responder.

—¿Te acuerdas de lo que buscaba en el armario con tanto ímpetu el día que se fue Gloria? —tal vez Pablo se percató de que sería mejor hablar de asuntos terrenales.

—Claro, era el informe del hospital.

—No exactamente, en verdad lo que buscaba era el libro de familia que nos dieron en el hospital. Temía que se lo hubiera llevado. Mercedes nos va a ayudar a hacer otro. Me gustaría ponerle tu apellido. Nadie merece un padre como yo...

—No me gusta que hables así. Ya veremos. ¿Corre prisa?

Al llegar a Barcelona, ahora sí, fueron a San Pablo. El complejo modernista dividido en pabellones y concebido como una aldea, podía llamar a engaño, pero Pablo conocía el camino de memoria. Pasó la revisión de rigor en urgencias. Se quejaba de apendicitis. Tras dos exploraciones, el médico de guardia mandó que lo ingresaran. Aquellos dolores que le impedían tragar alimentos devinieron en plastrón apendicular. Después de veinticuatro horas, salieron de allí con recetas de antibióticos y la orden de guardar reposo absoluto.

Lo primero que hizo Pablo cuando entró en el coche, antes de arrancar, fue encenderse un cigarro.

—No fumes, por favor.

—No te preocupes que mientras fumo este no fumaré otro... —¡Oh, su ánimo todavía tenía espacio para el humor!—. El día que no quiera fumar, preocúpate. Vamos, arranca, cada vez conduces mejor.

—Un día me pedirán el carné y ya verás.

—O no. ¿Sabes lo que te pasa a ti? Que vives los problemas por adelantado, no se puede vivir así. Hasta que no llega el problema no hay que preocuparse, venga, primera, segunda, y gas...

Así, tomando medicamentos a rajatabla y permaneciendo en la cama, pasó quince días, tras los cuales tuvo que ingresar de nuevo en San Pablo, donde fue trasladado directamente al quirófano con doble dosis de anestesia. Teodoro no se movió de la sala de espera, a la que acudió una amilanada Mercedes. Cuatro horas duró la intervención. Al concluir hubo que transportarlo con celeridad por los túneles subterráneos hasta llegar al pabellón asignado.

Fue a lo largo de esas esperas cuando más intimidad compartieron Mercedes, Teodoro y la niña. La situación les abocó a sostenerse. A través de las palabras de ella, Teodoro conoció a un Pablo distinto al que su mirada había inventado, pero al mismo tiempo real. Mientras recordaba, Mercedes no dejada de sonreír, y al hacerlo se le arrugaban las puntas de los ojos, dotándoles de agudeza y matizando los bordes de un rostro expresivo y agraciado. Tal vez Teodoro hubiera esperado otro tipo de requerimientos, otras explicaciones más comprometedoras o solventar ciertas dudas relacionadas con el deseo y la carne, pero no, estaba equivocado. Aferrada a un whisky con hielo, en el mismo bar del hospital, en cuanto tuvo ocasión, Mercedes rescató de la memoria momentos como si estuviera entre amigos hablando de un muerto:

—Nos conocimos en clase de estructuras. Pero a mí me hubiera gustado ser más amiga, por eso a veces lo he despreciado. Soy más orgullosa que él. Nos queremos y nos odiamos, supongo. Lo primero que sentí por él fue admiración, por las notas que sacaba, iba a curso por año, con matrícula de honor. Me fascinaba que estudiara tanto y que a la vez le llamara tanto el vicio y la inconsciencia. «Somos discontinuos y solo en el sexo buscamos la continuidad», me dijo la primera noche que salimos. Luego entendí su problema: es el rencor contra sí mismo, nunca me llevaba a casa mientras vivían sus padres, y en cuanto pudo se escapó aceptando cualquier obra, mal pagada y en lugares innecesarios. Nunca ha soportado venir de donde viene, que sus padres tuvieran que pedir prestado para que estudiara. ¿Sabes lo que hizo una vez el muy ingrato?

Teodoro negó, tratando de visualizar a un Pablo de apariencia mojigata, pero astuto por dentro.

—Era al inicio del curso. En primero, o quizás en

segundo. Su padre no había visto jamás la universidad y vino a esperarlo con la ilusión y el orgullo de padre que se desvivía por el hijo, pero además sin presumir de ello, como si fuera una obligación, ya me entiendes. Salimos de clase y al bajar la rampa de la Politécnica vimos a un hombre recio, muy campechano, que lo saludaba, contento de verlo allí... Todavía lo veo como si fuese hoy: Pablo se puso blanco, dudó entre seguir bajando o esconderse, pero descendió con nosotros sin decir nada y al pasar por su lado ni lo miró. Lo ignoró por completo, siguió caminando y me dijo: «Me voy que pierdo el autobús». Ese día lo hubiera matado, aún lo veo irse, acelerar el paso, con sus Sebago, sus Levi's y su camisa de cuadros. Pobre hombre. Y al final, fíjate, no era para él esta profesión: vive en una contradicción, en lo que le gusta y en lo que hace.

Hizo una pausa, dio un trago al whisky, miró el reloj y continuó:

—Vamos, ya habrá salido. —De camino a la sala de espera, aún añadió—: Ahora está obsesionado con que su vida ha sido un error.

A Teodoro le atraía la relación entre ellos. Esa amistad de idas y vueltas, de altibajos pero a la vez tan intensa. Iba a decir algo cuando un médico con bata desabrochada preguntó por los familiares de don Pablo Peñalver. Un temeroso Teodoro se puso en pie. Mercedes prefirió guardar asiento.

—¿Hermano?, ¿primo?

—Soy su amigo. No tiene más familia.

Con un acento catalán que hizo honor al apellido bordado en el bolsillo, «Dr. Serradell», ordenó:

—Acompáñeme, quiero mostrarle algo.

En una sala contigua, sin necesidad de sentarse, el doctor le mostró las piezas intervenidas y extirpadas del malogrado cuerpo de su amigo. Por unos segundos, el raciocinio de Teodoro regresó al pueblo, a aquella iglesia donde se hacían exvotos de cera en el día de la virgen. Él había visto muchas veces esas piezas en los animales, la sangría del matapuerco, su padre abriendo en canal a un jabalí.

—En este intestino ciego hay un tumor canceroso. También conocido como carcinomatoso. —Y ante el mutismo de Teodoro, añadió—: Si se hubiera intervenido un año antes hubiéramos podido hacer algo y habría esperanza de supervivencia, pero la invasión intestinal cancerígena, a día de hoy, hace imposible que podamos contemplar esa opción...

Seguidamente explicó que quizás se habían aventurado a operar pero que no habían podido valorar una alternativa ante el dolor tan intenso del paciente, y que en una operación de cáncer a veces es peor el remedio que la enfermedad, ya que al extirparlo reincide y prolifera a velocidad vertiginosa, generando la metástasis, así que las células epiteliales se habían trasladado de los intestinos a los pulmones, y no daban una esperanza de vida de más de tres meses, que al cabo se llenaron de punciones, agujas cortantes en las cavidades torácicas y émbolos con los que extraer líquidos sanguinolentos.

Ese fue el tiempo. Tres meses duraría con vida el ingeniero embaucador que llegó a Valdecádiar como un héroe para cambiarle la vida y que dejaría como herencia el descubrimiento de tantas cosas, algunas mentiras y una niña prematuramente huérfana de padre. Ni un solo día se separó Teodoro de él. Cuando lo tuvo que limpiar y cambiar lo hizo con buena cara. Cuando lo tuvo que asistir a horas impropias con el orinal, tres cuartos de lo mismo. Puede que fueran los tres meses en que más impresiones intercambiaron. Y todo aquel dolor también fue escuela. Porque tuvieron tiempo de orquestar el futuro despistando a quien hiciera falta, incluido al miedo. Noches en vela pasó Teodoro en el cuarto de la música, junto a un endeble Pablo, que quiso vivir allí lo que le quedaba convencido de que sería mucho. Pidió que le trajera los retratos de sus padres que estaban en el salón y unos cuantos ceniceros. Varias veces, mientras dormía, se vio a Teodoro besarle las manos, como si en el fondo le debiera algo más que aquellos años. Al final del primer mes, Teodoro abandonó todo contacto con el mundo laboral. Perdió de vista a jefes de obra, compañeros y sabañones y se dedicó a María y a Pablo, sin necesidad de depender de la siempre chafardera vecina, tan solo confiando en la ayuda crematística de Mercedes, que se hizo cargo de todo. Jornadas agotadoras, tensiones por recaídas y visitas de médicos. Pañales, biberones y primeras comidas, pediatras que preguntaban de más, sonajeros y nanas.

Una tarde Pablo reclamó su presencia y la de María. La niña miraba a su padre, postrado y melancólico, con extrañeza pero con entusiasmo, como si observara un muñeco que aún no sabe si le asusta o le hace gracia.

—¿Ya camina?

—Desde hace dos días no hace más que intentarlo.

—Qué maravilla...

—Ayer, en el sofá, por primera vez se soltó, no me

lo creía... Me miraba como si me pidiera opinión, como si me preguntara ¿qué hago?, ¿qué hago?

—Eso es que te necesita cerca. Procura que no se caiga, que no se haga daño... y si se cae, ayúdale a levantarse, me da tanto miedo que le pase algo.

—Sí, hay que estar muy pendiente... —indicó Teodoro encogiéndose de hombros.

—Cuidado con los golpes.

—Sí.

—Y tápala bien, que hay corrientes.

—Sí.

Pablo levantó la vista y pensó en caídas, heridas, dolores y odios de adulto. Cuando volvió a posar los ojos en la niña que se esforzaba por encaramarse desde el suelo, buscando apoyos entre la estantería y las piernas de Teodoro, contuvo una impresión que llegaba a sus ojos.

—Intenta darle la mejor vida posible, que sea buena y sobre todo que no se parezca a mí, y no la abandones, por lo que más quieras.

—Por nada del mundo haría eso. Ya sabes que conmigo no va a ser jauja, que decía mi padre, pero te aseguro que mataré por ella.

Contra la fiera convicción de Teodoro, enredado en la ingenuidad de jauja, Pablo Peñalver dibujó una sonrisa que llevó a su pensamiento a otros derroteros:

—La madre volverá un día, seguramente más pronto que tarde. Solo me pregunto por el calvario que estará pasando la pobre muchacha. Recuerda que no la ha abandonado a ella, sino a mí, y a la exigencia de su padre muerto, que la quería más que nadie... Se ha equivocado porque es muy joven, y rectificará...

—Sí —asintió Teodoro, achicando la mirada.

—Y a partir de ahora, vigila con lo que haces por ahí, que a la gente como tú en este país la marginan, como a las putas y los delincuentes, y la meten en la cárcel por menos de nada. Y la tuya es una causa muy pura.

—Nunca te lo he dicho. Tengo que agradecerte muchas cosas, pero esto —entonces dobló las rodillas y acarició el pelo de la niña— no hay manera de pagarlo...

—Al contrario, es al contrario, yo soy el que te da las gracias. —Ahí dejó caer los brazos a ambos lados de la cama y apuntó la mirada hacia su ombligo, sus piernas—. Pensaba darte mejor vida, lo que quería era que no tuvieras que verte en estas cosas, y mira lo que te toca por mi culpa. Te traje a medio hacer, y también contigo me quedo a medias, otro proyecto que no acabo. Supongo que debería pedir perdón, hay quien todo lo arregla con esa palabra, pero yo no sé pedir perdón, y eso sale caro, tal vez porque yo no puedo perdonarme muchas cosas.

María reclamaba atención y obligó a Teodoro a estar por ella y jugar sobre la alfombra del salón. Pero un rato después, Pablo volvió a requerir su presencia y Teodoro se personó con un vaso de agua que dejó en la mesilla.

—Una cosa estaba pensando. —A Pablo le costaba articular el discurso—. Cuando crezca, si sale tarambana como yo, y le pide a la vida más de lo que esta ofrece, ten paciencia con ella, y no le prohíbas nada, te lo ruego, todo es cuestión de paciencia, y de tiempo. Deja que vuele, y se estrelle, mientras sepa que tiene un padre para ayudarle todo irá bien. ¿Sabes lo que decía mi padre cuando algo me salía mal de niño y me preocupaba mucho por algo?

—No.

—Que las penas no matan, pero acaban. Me he pasado la vida queriéndolo y odiándolo en silencio y me voy a morir arrepentido por lo que le hice sufrir y sin reconciliarme con él, y eso ahora me duele más que los huesos. Escucha, cuanto mayor se hace uno, más solo se queda, así que por tu propio bien una cosa más te voy a suplicar: si alguna vez te hace daño, perdónala. Perdónala todo. Aunque cueste aprende a perdonarla, así será más fácil para ti, porque si no lo haces el rencor te acabará doliendo más. Y ten paciencia...

—Yo no tengo mucha paciencia.

—A partir de ahora la tendrás, hay que saber esperar. La prisa es un error, porque todos acabaremos en el mismo lugar. Y ahora venga, id a dar una vuelta, que a la niña le tiene que dar el aire, llévala al parque. Ponme el disco que me gusta y dame esos libros de ahí, ese que pone *Conjuros*, y ese otro, el naranja, *La realidad y el deseo*, y tráeme las pastillas, ahora no me duele nada, pero por si acaso. Luego me levantaré y cenaremos los tres, parece que estoy mejor. Tengo hambre. Y nada de lamentos, que «el dolor es el huésped, la alegría la casa». Enséñale eso bien a María: la alegría, la alegría. Y no le hables nunca de mí.

Como el que sabe que hay cosas que es mejor hacerlas solo, cuando volvieron, Pablo Peñalver no respiraba. Había terminado *Travellin Light*. La cara A del disco de Billie Holiday seguía girando.

Al día siguiente, Teodoro y María abandonaron la calle Bailén antes de las cinco de la mañana. Horas antes, mientras la pequeña dormía, Teodoro se había arriesgado a cargar con todo lo que pudo. La vida de prófugo inocente que inauguraba seguía por el momento los pasos previstos. Embebido de una reciente energía, Teodoro calculaba los movimientos con premura. Apenas había dormido una hora, pero por el momento no le vencía el sueño. Podía más la urgencia. El cansancio era un lujo que un padre como él no podía permitirse.

Había cerrado el maletero y había instalado a María en el asiento trasero cuando decidió subir por última vez. Hizo un repaso mental, otro visual habitación por habitación, y luego leyó la lista que con pulso endeble había escrito Pablo dos semanas atrás, y que incluía palabras como libro de familia, coche, oro, llaves, mapa, dinero. Saliendo de Barcelona por la Diagonal hizo recuento: por un lado estaba Pablo, con qué serenidad se había preparado, cuántas veces en los últimos días había repetido esa expresión suya, dándoselas de visionario, «yo las cosas las veo venir»; y por otro estaba el retrovisor, donde aparecía María cubierta con una manta, abrazada a la última muñeca que le trajo Mercedes, ajena a la pena y a la aventura.

Horas después, cuando el sol amenazaba con ser una evidencia y el horizonte se deshilachaba en puntadas de claridad, en un bar de carretera que encontró a la altura de Alfajarín, Teodoro agarró a la pequeña y pidió un café con leche y pagó al momento para disponer del cambio. Enseguida se acercó a la cabina de teléfono. Tras el prefijo, marcó el número:

—Mercedes, buenos días... —Y cuando el peso de la niña en el brazo izquierdo empezaba a incomodarle, encajó el auricular entre su hombro y el mentón e introdujo otras dos pesetas rubias en la ranura.

Antes de reanudar la marcha, en el primero de los tres contenedores alineados en un margen, depositó una gran bolsa de basura y liberó visibilidad en la luneta trasera. Ya de camino, entre los destellos de luz natural y el viento raso que cercenaba la carretera y bamboleaba cada tanto el coche, se figuró a los operarios de la ambulancia traspasar la puerta, encontrar el piso pulcro y medio vacío, siguiendo las indicaciones de Mercedes hasta dar con el muerto en el cuarto de la música. La medicación a un lado, la documentación al otro, junto a un sobre con papeles. Deshecha, y contrariada, a buen seguro la señora Catà intentaría desentrañar quién era en verdad aquel Teodoro del que ahora comprendía que solo conocía el nombre, pues por no saber, no sabía ni el apellido ni la procedencia, ni la edad, ni mucho menos a qué se había dedicado en todo aquel tiempo. En una obra, decía, sí, pero en cuál. Había sido para ella una presencia impuesta, un tanto fantasmal y siempre incómoda, un amigo del señorito Pablo, cuyo cadáver sería trasladado a Les Corts en espera de ser enterrado junto a sus padres. Menudo caradura, diría la vecina, dando voces, le roba cuanto tiene, se lleva a la niña y ¡ni siquiera lo entierra!

Siguiendo en el mapa la línea de carreteras trazada por Pablo, llegaron hasta Horcajada del Palancar. Allí, María abrió los ojos y, antes de protestar, babeó ligeramente y dedicó un tiempo a inspeccionar el terreno, como quien se sorprende de que le hayan cambiado de habitación.

Tantos años sin circular por aquí y todo seguía en

su sitio, pensaba Teodoro, evocando la primera vez que lo hizo, precisamente en este mismo coche, en el asiento de al lado. A partir de ahí no necesitaba brújula para llegar hasta ese refugio de urgencias, el único lugar donde estarían a salvo y donde empezar de cero. Así de caprichosa era la vida. No quedaba otra, porque la criatura que se quejaba a su espalda y reclamaba leche era su hija, y tendría que protegerla y sacarla adelante. En Valdecádiar llevarían una existencia tranquila, hasta que la pequeña se valiera por sí misma. Ah, qué ingenuo seguía siendo, no sabía lo que el destino esconde para aquellos a los que escoge incordiar. Así avanza el hombre joven, ajeno a la muerte y a las muescas del azar, mientras se dirige al porvenir confiado en que este contará con él para grandes gestas. Allí volvía tres años después, con una hija y con algunos ahorros. La tristeza de la pérdida, la ilusión del comienzo. Tanto había proyectado en su mente estas imágenes en el último mes que ahora, al pasar por el apeadero de Cortes, creyó que ya lo había vivido y que era una repetición. Así se acercaban Teodoro y María a Valdecádiar, sentados en las afueras de sí mismos, perseguidos por una aridez distante, similar a la que mostraba la ventana. Y así entraron, eludiendo los ojos del perdón, con el exceso de precipitación que imprime la necesidad; dos silencios inquietos como el peso de un pretexto, dos desvelos en el aire que, por el momento, no pueden ver más allá de una mole de cemento en la que resiste escrito «presa de gravedad. Obra de Pablo Peñalver. Valdecádiar 1966-1969», una loma coronada por una espigada torre de telecomunicaciones, y una tibia promesa de absolución en el cielo.

22

María Broto

Barcelona, 2016

Ese cielo es aún de un azul descolorido y la entrada a la ciudad se alarga como un torrente de luces por esta avenida recta, enmarcada por farolas prendidas. Son las siete de la tarde y el invierno tiene las horas contadas. Por la Diagonal el tráfico fluye mansamente. El cansancio del viaje repercute en María, que desea estirar las piernas mientras observa a su derecha el alto edificio de un banco y unos grandes almacenes. Han cambiado el paisaje y el fulgor. Y estas luces rutilantes, bajo un cielo que no quiere oscurecer, le devuelven de pronto un brochazo de melancolía. Y también de desconcierto, como si aún se preguntara qué ha pasado hoy, qué significa este día. ¿Es un día más, es un día menos?, ¿es verdad todo lo que ha acontecido?

María Broto intenta concentrarse en lo que le espera. Pero Rafael la distrae:

—Al final, todos crecimos antes de hora. Tus abuelos, tus padres, tú, yo...

María se esfuerza por rescatar del removido pantano de la memoria un primer recuerdo de su llegada a Valdecádiar, y vuelve a notar toda esa inercia que desde anoche arroja su pensamiento a la infancia. Por momentos se ve en la calle del horno, descalza, el día amaneciendo, un kilo de harina en una mano y en la otra Teodoro, y en su mente la imposibilidad de ser más feliz.

—Pasó todo volando —dice—. Maduré antes de hora. Quizás por eso luego quise dejar de serlo, y me dediqué a resbalar, como si quisiera vivir lo que no había vivido.

En la plaza de Francesc Macià les detiene el rojo de un semáforo. María recuerda una vez en que remontaba distraídamente la calle Girona junto a Montse Mundó. No tenía más de doce años. Cruzaron el carril lateral de la Gran Vía y, antes de llegar al central, el semáforo cambió a rojo. Los coches venían en tromba por la izquierda, pero ella siguió caminando y, como si la orden de detener el paso no fuera consigo, puso un pie en la calzada. Entonces Montse, suavemente, más que decir, dejó caer su nombre al vacío:

—María...

Ella se detuvo un segundo antes de que un coche rozara su nariz. Nunca olvidaría ese miedo instantáneo, el golpe de viento que barnizó su rostro. Aún puede sentirlo. Igual que la mano de Montse apresándole el brazo.

En el momento no le dieron más importancia. Ni la una ni la otra se atrevieron a poner palabras al desasosiego.

—¿Por qué dijiste mi nombre tan despacio? —preguntó María tiempo después.

—Me hago la misma pregunta todos los días —empezó a decir Montse, que ya se sentía madre—, y siempre pienso que si hubiera gritado, tal vez hubieras hecho algún gesto extraño y te hubieran atropellado. Quizás lo vi tan cerca que supe que solo te detendría si hablaba como si no pasara nada...

Más adelante, cuando una tarde, como tantas, se enfadaron, María fue tan ingrata que le dijo:

—Me podías haber gritado aquel día en la Gran Vía. ¡Qué descansada te hubieras quedado, eh!

Y otra noche, cuando Montse le pidió cuentas por no hacer nada en casa, discutieron a gritos y al final, cogiéndose un mechón de pelo, le amenazó:

—¿Ves esto? Pues tú a mí ya no me vas a ver el pelo más.

Y aún otro, cuando le soltó:

—A que me tiro por la ventana y te quedas sin hija. A mí me da igual, la que va a sufrir vas a ser tú...

Ahora se ve hablando a Montse con ese tono de voz fanfarrón, humillando a quien tanto le quiere, y se siente un despojo. Cada vez que se pregunta cómo pudo ser capaz de aquello, percibe el mismo nudo en el estómago. Fue tan madura a los trece que a los diecinueve le vino la edad del pavo. ¿Hasta dónde puede llegar nuestra crueldad?, se pregunta una vez más. Qué capacidad tuvo entonces para hacer daño a los otros. De dónde vendría esa rabia. Qué cantidad de improperios le dijo a Montse en aquella época en que no encontraba su lugar en el mundo, y necesitaba culpables y que alguien pagara por ella su frustración.

Está a punto de hablar de ello con Rafael. Y le gustaría hacerlo, exculpar a Montse, hablar del amor de ella, pero no hay tiempo para más explicaciones. Ya llegan a Paseo de Gracia y Rafael toma la rotonda para enfilar por Jardinets y buscar Mayor de Gracia. Pasan cerca del teatro Regina, y, como siempre, recuerda a Levan, tan mal vestido, tan fuera de su onda (¿cómo me metería en semejante lío si no teníamos nada que ver?). Cuando entran por la calle Montseny ya solo tiene cabeza para el teatro. En dos horas saldrá a escena y Liuba estará en la habitación de los niños, ese espacio en el que empieza y termina la obra, donde durmieron y jugaron los protagonistas cuando hasta llorar era un juego, cuando maldad y desengaños eran palabras sin significado. Qué coincidencia. La habitación de los niños. Liuba y los suyos llevan dentro, como una carga, aquella alegría de la niñez, convertida en hipoteca hoy, que vuelven a la finca del jardín de los cerezos y las deudas les apremian a que malvendan su infancia. Nunca tuvo María Broto una habitación propia hasta la adolescencia. Hace recuento de las habitaciones perdidas: la de los Hogares Mundet, la del Borne, la de Málaga, la que le brindó Montse Mundó, qué fugaz el paso por ellas, a ninguna puede volver ahora, como hace Liuba en el texto. Ya lo decía Augusto, ellos viven más que nosotros, nosotros morimos pero los personajes resucitan cada noche en un escenario, o en las páginas de una novela. Y, sin embargo, María siente lo mismo que Liuba. Ha vuelto a Valdecádiar, donde compartió su primera habitación con sus abuelos y con Teodoro, cuando todo era suficiente y no había que distinguir entre entonces y ahora, ni entre ayer y mañana, y merecía la pena levantarse y acariciar a Canica hasta importunarlo.

El coche se detiene en la puerta del Teatre Lliure.

María constata dos cosas: que debe salir cuanto antes porque entorpecen el paso, y que estas no son formas de despedirse de Rafael.

—Te llamaré otro día —dice, mientras se acusa por no haber empezado a despedirse en la Diagonal, y le da dos besos.

—Cuando tengas tiempo —responde él, con la aceptación de quien lo dice de verdad.

—Muchas gracias...

—¿Por qué?

María quisiera añadir «por todo, por llevarme a casa, por traerme, por avisarme», mientras Rafael se encoge de hombros, sorprendido de que le dé las gracias, pensando «nos criamos juntos, joder, cómo no voy a llevarte al pueblo al entierro de tu padre».

—Perdona —insiste María— por irme así. Ni siquiera he limpiado el coche, te lo he puesto todo perdido.

—No pasa nada, venga, vete...

Suena un claxon tras ellos, imperativamente.

—Quedamos pronto, a ver si estoy libre el 1 de mayo, eh —dice ella.

—Suerte con la obra. Lo vas a hacer muy bien. Por Teodoro.

El coche avanza seguido de otros y ella espera a cruzar la calle y entrar en el teatro. Tiene que lidiar con una sensación confusa en la que coinciden el abatimiento, la obligación y un dolor en las articulaciones. Avanza atrapada en una voluntad que no rige igual que ayer. Pero aun así debe empezar otra vez. Suena su móvil. Es Vidal. Lo silencia.

Entra en el camerino y deja el bolso en la banqueta. Se quita la chaqueta y la cuelga. Le entran los nervios, la tensión previa al pase técnico, el vértigo de la tercera y a veces maldita función, tan propicia a los patinazos. Hay parte del elenco que le saluda en silencio. Los que dos días atrás brindaban en la cena se muestran hoy abstraídos. Cada uno tiene su rutina de calentamiento, unos estiran, otros templan la voz. María Broto empieza por el maquillaje y la peluquería y deja para el final el vestuario.

—Qué, Liuba, ¿preparada para llorar? —le dice el maquinista guasón rompiendo el silencio.

Aparece el director, diligente. Contrasta la tensión de hoy con la resaca que llevaba ayer:

—Venga, chicos —dice aplaudiendo—, concentración, por favor, hoy tenemos programadores y es la tercera, ojito...

Empieza el pase técnico. Repasan el libreto y los juegos de luces. Los asientos que rodean el escenario están vacíos y el eco de sus voces traza un encaje de sombras furtivas. María Broto se percibe insegura, víctima de una desdicha que remueve su confianza. No se ve capaz. Teme equivocarse. Sin embargo, es consciente de que por nada del mundo puede traicionar al amor desgraciado e incompleto de Liuba, al efímero sueño de felicidad que le espera en el escenario y en el texto.

—María, recuerda que entras llorando. —Le habla el director—. Liuba llora desde la primera frase, eh, ojito... hondo, hondo, llora hondo..., que luego no venga el crítico diciendo que pareces inglesa, aquí se llora con profundidad.

María Broto asiente. Claro que sabe cómo debe

llorar, lo sabe desde que Augusto le descubrió este texto y le ayudaba a controlar el énfasis de esas lágrimas de gozo.

Empieza la obra. Desde las cajas escucha a sus compañeros. Hablan de la llegada de un tren. Los nervios le endurecen el estómago y, al mismo tiempo, le dotan del ímpetu más bello que conoce, cuando llega la hora de salir a escena.

—¿Te acuerdas mamá de esta habitación? —le pregunta Aina tras dar unos pasos en las tablas. La oscuridad de la sala no impide reconocer las miradas que se posan en ella. Qué hermoso paisaje le rodea. Un jardín de cerezos imaginarios y un público real. Oye su respiración y la de sus compañeras. Da una vuelta, resuenan los zapatos.

—Claro, sí, me acuerdo. ¡Es la habitación de los niños! —responde mientras llora, contenidamente.

—Nuestros aposentos, mamá, siguen siendo los mismos —le replica Varia—. Ninguna variación hubo en ellos. Todo está tal y como lo dejamos.

María Broto mira alrededor y dice:

—Aquí dormí yo siendo niña, muy niña... —ya no necesita forzar las lágrimas—, y hoy, ¿por qué no decirlo?, vuelvo a ser una niña, vuelvo a ser una niña (abraza a su hermano, y luego a Varia, como abrazó antes a sus abuelos) y aquí está Duniascha, la reconozco bien, no ha cambiado nada...

Sigue desde dentro el texto sin pensar en otra cosa. Está saliendo una tercera función muy digna, pese a la relajación de algunos con respecto a la tensión del estreno. Después de dos horas paseando por la casa, recordando todos los detalles de su infancia, negando la evidencia del dolor, abrazándose a una esperanza de barro, amando a la patria, tomando tazas de té, recordando amores que dejó en el camino, besando como una tonta su armario, asegurando que nadie va a talar jamás ese jardín de cerezos, llorando la muerte de un hijo, dirigiendo una fiesta triste, increpando a quienes no entienden el amor, reconociendo la falta de dinero, empujada por su hija se despide del jardín:

—Adiós, mi querido jardín, mi vida, mi juventud, mi felicidad, adiós...

—Vamos, mamá —dice su hija.

—Mi padre se sentía tan feliz en este aposento... —dice María.

—Mamá...

—Sí, vámonos...

María Broto se va y espera entre cajas el final. Normalmente, a partir de este momento respira tranquila y no escucha. Ya está a salvo. Por su cuerpo circula la satisfacción de no haber cometido grandes errores y comparte con su interior esa pequeña felicidad. Pero hoy se apoya en la pared y observa la sombra de su compañero Jordi, solo en escena interpretando al criado Fritz.

Jordi pasea a tientas por la casa buscando una salida imposible. Llama a sus señores pero nadie responde. Golpea una puerta de cristal imaginaria. Resuena el golpe seco del hacha que va talando los cerezos. Y María, por primera vez en los diez meses que llevan ensayando, presta atención a sus últimas palabras.

—Está cerrada. Se han ido. Me han olvidado. —Jordi suspira con inquietud y se deja caer en un sillón—. La vida ya pasó. Ha pasado la vida como si no hubiera vivido...

A María le gustaría poder abrir esa ventana y que Fritz viera correr el aire y ella salir corriendo y abrazar su infancia y no tocarla, y a Teodoro. Ahora, cuando ya sabe que la reputación dura toda la vida, y el dolor amenaza con doblarle las rodillas.

La luz se apaga, y se oyen los primeros aplausos. Es hora de saludar. María Broto recibe los aplausos del público desde el jardín talado. Las luces se encienden y ya hay quien se pone en pie. Igual que ayer, cegada por la emoción, busca a Vidal en la fila siete de la platea y no lo encuentra. Se gira a las pequeñas gradas de los otros dos lados. Siente el peso del día en las piernas, pero pueden más estos aplausos que le devuelven la agitación y la quimera de la palabra jauja. Revive y responde al fervor con fingida alegría, mientras se siente presa de la necesidad de hablar a Vidal y de cumplir con su promesa de volver a ver a sus abuelos. Ha pasado la vida como si no hubiera vivido, ha dicho Jordi, que ahora la coge de la mano izquierda. Da vueltas a la frase final mientras reconoce rostros de la profesión. Una mujer aplaude sonriente. María señala con el mentón a los técnicos. Muestra agradecimiento inclinando el torso. Así dice adiós a su jardín, a la felicidad, a la juventud. En la mano derecha siente el tacto de Gemma, su hija en la ficción, Varia, la que le ha dicho «mamá» hace unos minutos. Mamá. Esa palabra que ella jamás ha pronunciado y que nadie más que Gemma le ha dicho nunca. Rodeada del elenco y de aplausos nunca se ha sentido más sola y sin poder evitarlo se le echa encima el día de hoy, y piensa que ella, en lugar de mamá decía abuela, abuelo, papá, Canica, Montse.

Se despiden y vuelven a las puertas del camerino. Es allí, mientras nota los gestos de complicidad de sus compañeros, la satisfacción del trabajo hecho que brilla en los ojos, la felicitación del director, cuando de pronto se ve llorando y se descubre pensando en Ruth. Porque esa mujer que aplaude puesta en pie y tan sonriente en la grada derecha se parece excesivamente a ella.

Reclamado por la ovación, el elenco sale al escenario en tromba y a medio vestir. María Broto, acuciada por la duda, devuelve los aplausos sin saber por qué se siente tan pequeña, tan cobarde ante el riesgo de la verdad. Aplaude y sonríe, aplaude y agradece, aplaude y mira a todos lados, incluso a la grada de la derecha para comprobar si es Ruth, como si ahora, entre estos cerezos boyantes, el perdón fuera la flor que sembró en sí misma la niña sin jardín de aquella canción que tanto le gustó de adolescente.

Aplaude y nota que el viento del mediodía de Valdecádiar azota su rostro abatido. El que tuvo de niña, ese rostro de ojos absortos con el que entraba en casa cuando venía de jugar en la presa, después de ver al vecino escuálido y fibroso hacer equilibrios y caminar con las manos sobre una recta de hormigón, ajeno al miedo y al vértigo y sin pensar en el día de mañana; esos equilibrios tan parecidos a los que hace ella ahora para seguir en pie sobre la cuerda floja que separa el dolor de hoy y la jauja de ayer.

Nota del autor

Durante los dos años de gestación de esta novela varias personas la han enriquecido, ya fuera con sus lecturas y sugerencias, ya fuera atendiendo mis consultas sobre temas específicos que aparecen en la historia. No puedo por tanto dejar de agradecer el tiempo y la buena disposición a Anna Soldevila, Mònica Martin, Marcos Giralt Torrente, Ignacio Martinez de Pisón, Gabi Martínez, Lucía Soriano, Eva Martín, José Luis Torrijos, José Luis Ferrer y Eva Cosculluela. Además, agradecer a quienes han hecho posible que la escribiera renunciando a mi tiempo a costa del suyo: Marion y Marc, *comme d'habitude*.